Jörg Steinleitner & Matthias Edli

AMBACH – Die Suite/Die Falle

PIPER

Zu diesem Buch

Nachdem Felix Ambach vom mittellosen Schreiner zum millionenschweren Kunstfälscher avanciert ist, sieht er nun endlich den Zeitpunkt gekommen, um das Fälschen aufzugeben und dem skrupellosen Kunstberater Gabriel de Moño den Rücken zu kehren. Doch plötzlich geht alles den Bach hinunter: Ohne Vorwarnung trennt sich seine Freundin von ihm. Um den Schock zu verkraften, greift Felix zu Drogen. Und dann taucht auch noch die Frau seines Bruders bei ihm auf. Sie enthüllt ein lange gehütetes Geheimnis – kurz darauf ist sie tot. Felix ist verzweifelt. Von seinem kriminellen Partner kann er jedoch keine Hilfe erwarten. Als sich ein Ermittler der Mordkommission an seine Fersen heftet, steht ihm das Wasser bis zum Hals. Felix bleibt nur noch eine Möglichkeit, um aus dem mörderischen Geschäft mit de Moño auszusteigen und seine Haut zu retten. Und so schmiedet er einen riskanten Plan.

Jörg Steinleitner, geboren 1971 im Allgäu, ist Historiker und Anwalt. Als buchszene.de-Kolumnist und Autor der Anne-Loop-Krimireihe (Piper) erreicht er ein großes Publikum. Steinleitner lebt in Oberbayern.

Matthias Edlinger, 1972 in München geboren, führt Regie bei Musikvideos für namhafte Bands. Neben seiner Tätigkeit als Autor arbeitet er außerdem auch als bildender Künstler. Er wohnt in München.

Jörg Steinleitner & Matthias Edlinger

AMBACH

DIE SUITE

DIE FALLE

Kriminalroman

PIPER

Mehr über unsere Autoren und Bücher:
www.piper.de
Aktuelle Neuigkeiten finden Sie auch auf Facebook, Twitter und YouTube.

Von Jörg Steinleitner liegen im Piper Verlag vor:
Anne-Loop-Reihe:
Tegernseer Seilschaften
Aufgedirndlt
Räuberdatschi
Hirschkuss
Maibock

AMBACH-Reihe:
Die Auktion
Die Tänzerin
Die Deadline
Das Strandmädchen
Die Suite
Die Falle

MIX
Papier aus verantwortungsvollen Quellen
FSC® C083411
www.fsc.org

Originalausgabe
Juli 2017

Umschlaggestaltung und -motiv: Hauptmann & Kompanie Werbeagentur, Zürich
Satz: Kösel Media GmbH, Krugzell
Gesetzt aus der Trump Mediaeval
Druck und Bindung: CPI books GmbH, Leck
Printed in Germany ISBN 978-3-492-31034-5

Teil 5
Die Suite

Eins

Um Punkt zehn Uhr würde Pablo Picassos Tochter das Pariser Hotel Ritz betreten. Es war ein bedeutender Tag: Maya Widmaier-Picasso würde mit ihrer Expertise einen gigantischen Kunstdeal über zwanzig Millionen Euro ermöglichen – oder eben platzen lassen.

Bereits um neun Uhr siebenundvierzig nahm Felix Ambach einen Platz in der Lobby ein. Der Kunstfälscher war sich nicht sicher, ob dies ein kluger Entschluss war, aber er wollte die Frau, die in wenigen Minuten über sein weiteres Leben entscheiden würde, wenigstens ein einziges Mal sehen: Eine karge Gefängniszelle oder unfassbarer Reichtum, das waren die beiden Optionen für seine Zukunft.

Der Ledersessel, den Felix ausgewählt hatte, stand seitlich neben dem Eingang. Von dieser Position aus konnte er jeden neuen Gast, der die Lobby durch die Drehtür betrat, ins Visier nehmen, ohne selbst aufzufallen. Um sein Gesicht zusätzlich vor Maya Picassos Blick zu verbergen, legte er auf dem Beistelltischchen aus Zedernholz eine Ausgabe von »Le Monde« bereit. Die Zeitung würde er hoch halten, wenn es so weit war. Zwar fand er diesen uralten Agententrick selbst ein wenig unkreativ, aber etwas Raffinierteres war ihm nicht eingefallen. Nun rebellierte sein Magen. Die Übelkeit, die ihn befallen hatte, als sein Geschäftspartner Gabriel de Moño das Telefonat mit der Kaufinteressentin Viviane Metancourt beendet hatte, war er seither nicht losgeworden.

Um neun Uhr zweiundfünfzig erntete Felix einen irritierten Blick des Kellners, weil er eine Tasse Kamillentee orderte. Umgehend erkundigte sich dieser in einem von starkem französischem Akzent verfärbten Englisch, ob er *noch* etwas für den Gast tun könne – vielleicht einen Arzt rufen? Man verfüge über exzellente Kontakte zu den besten …

»Warum?«, blaffte Felix den Hotelbediensteten auf Englisch an. »Mir geht es gut!« – Eine höfliche Lüge! Der Teint des talentiertesten Kunstfälschers seit Wolfgang Beltracchi erinnerte an eine vergilbte Raufasertapete. Felix hatte kaum geschlafen und zu viel geraucht. Natürlich hatte der Kellner ganz richtig bemerkt, dass dieser Mann in der Lobby das Potenzial hatte, ihm erhebliche Probleme zu bereiten. Er konnte hier alles brauchen, nur keinen kollabierenden – oder noch schlimmer: kotzenden Gast. Dennoch entschuldigte sich der Ober mit unterwürfiger Sachlichkeit für seine Indiskretion und verschwand.

Felix hatte den kurzen Dialog mit dem Kellner schon vergessen. Seine Gedanken – sofern man das Gewitter aus Bildern und Worten in seinem Kopf als solche bezeichnen konnte – wanderten zu den besorgniserregenden Informationen, die Dana am Vorabend noch im Internet gefunden hatte. Maya Picasso war die Tochter des Models Marie-Thérèse Walter, jener Geliebten Picassos, die sich 1977 im malerischen Strandort Juan-les-Pins erhängt hatte. Die betagte Dame nutzte heute ihren berühmten Namen, um sich etwas Taschengeld dazuzuverdienen: Sie galt in der Szene als angesehene Kunstexpertin. Würde sie den Schwindel durchschauen? Eine als »Menschen am Strand« betitelte Skulpturenserie hatte es schließlich nie gegeben. Erst vor fünf oder sechs

Jahren hatte die Alte in einem aufsehenerregenden Gerichtsverfahren vor dem Amtsgericht Rosenheim – ausgerechnet vor einem bayerischen Gericht! – ein ihrem Vater zugeschriebenes Werk für falsch erklärt. »Wegen Stil- und Motivfehlern«, so war es in dem Zeitungsbericht formuliert, den Dana entdeckt hatte.

Diese Frau ließ sich nicht so leicht hinters Licht führen, so viel war klar. Und daran würde auch Gabriels gewinnende Art nichts ändern, selbst wenn der gegenüber Madame Picasso seinen besten Auftritt hinlegte.

Um neun Uhr vierundfünfzig schrie Felix auf. Der Kamillentee stand mittlerweile dampfend vor ihm, und er hatte sich beim vorsichtigen Nippen die Lippe verbrannt. Scheppernd balancierte er die Tasse zurück aufs Tablett. Sofort näherte sich mit gedämpfter Eile der Kellner. Doch Felix' feindseliger Blick ließ ihn abdrehen und im Rahmen einer Übersprunghandlung ein nur für ihn sichtbares Staubensemble vom Nebentisch wischen.

Exakt um eine Minute nach zehn war es endlich soweit. Die Tochter des vermutlich bedeutendsten Künstlers aller Zeiten passierte die Drehtür des Ritz. Eine einzigartige Aura umgab sie. Auch die anderen Gäste in der Lobby schienen dies wahrzunehmen: Ein junges Pärchen drehte sich ehrfürchtig zu ihr um, ein vom Hauch der Dekadenz umwehter Araber unterbrach seine lauthals an der Rezeption vorgebrachte Beschwerde, und auch die vielleicht eineineinhalbjährigen Zwillinge, die gerade noch auf dem Teppichboden herumgetollt hatten, gaben für einen Moment Ruhe. Maya Picassos Bewegungen muteten trotz ihres hohen Alters elegant und energiegeladen an, ihr blondiertes Haar wippte wie in Zeitlupe. Als sie ihren Kopf kurz in seine Richtung drehte, bestand für Felix kein Zweifel mehr: Die Strahlkraft ihrer Augen, die markante Nase und sogar die Falten um den Mund – sie war ihrem berühmten Vater wie aus dem Gesicht geschnitten. Mochte die ganze Welt Täuschung, Fälschung, Einbildung sein, diese Frau im uniformartigen weißen Hosenanzug mit Goldknöpfen und der dünnen Pelzweste war eine echte Picasso. Gebannt vom Anblick dieser faszinierenden Person, die in wenigen Augenblicken über sein Schicksal entscheiden würde, riss Felix viel zu spät die Zeitung nach oben. Nach einem kurzen heftigen Laut verursachte das Papier ein merkwürdig regelmäßiges Rascheln. Ein Blick auf seine Knie vergegenwärtigte Felix, dass seine Beine in nervösen Zuckungen auf dem weichen Hotelteppich auf und nieder wippten wie eine Nähmaschine auf Speed. Erst nach einigen Atemzügen wagte er einen erneuten Blick über die schützende Deckung hinweg.

Dicht hinter der Grande Dame folgte die potenzielle Käuferin Viviane Metancourt. Sie war gut halb so alt wie die über achtzigjährige Künstlertochter und gehörte der beinahe skandalfreien Lamasse-Dynastie an, welche die Kunstwerke, sollten sie für echt befunden werden, für zwanzig Millionen Euro zu kaufen gedachte. Die kleine Frau trug ein schwarzes Abendkleid von Dior, dessen Schlichtheit lediglich durch ein fein gesticktes, in Weiß gehaltenes Blumenmuster aufgelockert wurde.

Die beiden Damen wechselten einige Worte mit der Rezeptionistin, dann eilte ein Page herbei und begleitete sie zu den Fahrstühlen. Als die Aufzugtür sich hinter ihnen schloss, legte Felix die Zeitung auf den Tisch zurück – seine Tarnung hatte funktioniert – und fischte fahrig eine Schachtel Zigaretten aus der Hosentasche. Geistesabwesend erhob er sich, ging durch die Drehtür, zitterte sich eine Zigarette aus der Box, steckte sie sich zwischen die Lippen und öffnete mit derart unsicheren Händen eine Streichholzschachtel, dass ihm ein Großteil der Hölzer auf die Füße fiel. »Scheiße«, entfuhr es ihm leise. Er wollte sich gerade bücken, da kam ihm schon ein aufmerksamer Concierge zu Hilfe und pflückte die Zündhölzer von Felix' nicht sehr eleganten Turnschuhen. Er hätte den Mann erwürgen können. Der jedoch sammelte in aller Ruhe die Streichhölzer auf, sortierte sie in die Schachtel ein – mit den Köpfen in dieselbe Richtung –, beließ aber eines in der Hand. Eine Sekunde später hielt er es Felix mit brennender Flamme unter die Nase. Der Kunstfälscher inhalierte tief – ein Zug, zwei Züge, drei Züge –, dann wurde es ihm schwarz vor den Augen.

Zwei

»Du verschwindest jetzt, das ist mein letztes Wort!« Gabriels Laune schwankte zwischen Wut und Nervosität. Sein Lover Hugo bestand darauf, wie schon bei der ersten Präsentation, zu der Madame Metancourt allein gekommen war, in seiner Funktion als »Bodyguard« während der Verhandlungen anwesend zu sein. Doch die Nerven des Kunstberaters lagen blank. Mit allem hatte er gerechnet – renommierten Wissenschaftlern, weltbekannten Kunsthändlern, ausgebufften Sammlern –, aber nicht damit, dass Madame Metancourts Kontakte sogar bis in die Familie Picasso hineinreichen würden. Um für den Termin gut gerüstet zu sein, hatte er schon vor dem Frühstück eine Line Koks gezogen. Und nun musste

Hugo raus aus der Suite! Gabriel liebte diesen Mann, aber das Primitive, das ihn sonst so anzog, empfand er jetzt als Bedrohung, als unkalkulierbares Risiko. Alles andere hatte er perfekt vorbereitet: Die Zimmer der Suite waren aufgeräumt, die vier Skulpturen standen im größten der drei Räume zur Begutachtung bereit. Die Koffer waren bereits gepackt, und Gabriel hatte schon um acht Uhr ausgecheckt und bezahlt. Bis zwölf Uhr mittags durften sie die Räume nutzen. Dann sollten alle Zimmer des Hotels für die Geburtstagsparty von Madonna geräumt werden. Wenn alles nach Plan lief, würde das zeitlich gerade so funktionieren.

Der Kunstberater sah auf die Uhr: noch fünf Minuten bis zehn. Dana, die bereits beim ersten Zusammentreffen mit der Interessentin als Gabriels Assistentin aufgetreten war, nutzte die verbleibenden Minuten, um noch die letzten Staubflusen von den vier gefälschten Picassos zu zupfen: »Badender Junge mit ausgebreiteten Armen«, »Strandmädchen mit Sonnenschirm«, »Mann mit Ball« und »Badende Schönheit«. Gabriel nickte ihr zu. Dana war attraktiv und kooperativ. Sie verstand es, sich in den besseren Kreisen der Gesellschaft zu bewegen. Aber Hugo …

»Hugo, die Damen können jeden Moment hier sein. Ich sage es dir jetzt ein letztes Mal: Bitte verlass sofort die Suite!«

Der Latino mit dem von Pockennarben zerfurchten Gesicht spielte mit seiner Pistole herum und zog eine Grimasse. »Puta madre! Und warum darf *sie* hierbleiben?«

»Weil sie meine Assistentin ist!«

»Und ich bin die Security«, entgegnete Hugo trotzig.

»Hugo, das ist nicht gut für die Atmosphäre! Schon

allein die Waffe ...« Gabriel schüttelte verzweifelt den Kopf. Hugos geistige Schlichtheit war manchmal kaum zu ertragen. »Komm, hab ein Einsehen.« Der Kunstberater griff seufzend in die Innentasche seines Jacketts, fummelte einen Hundert-Euro-Schein heraus und steckte ihn seinem Freund in die Brusttasche des blütenweißen Hemds. Dann trat er noch näher und sagte leise und in zärtlichem Tonfall: »Wir brauchen jetzt absolute Ruhe. Geh nach unten zu Felix und bestell dir einen Gin Tonic. Ich liebe dich ...«

Noch während Hugo schließlich die Suite durch das für ihn und Gabriel reservierte Schlafzimmer verließ, klopfte es bereits an der Tür. Dana eilte herbei und öffnete die massive Flügeltür. Zunächst sah sie nur den Hotelpagen, der sich ehrerbietig verneigte. Dann traten die ihr bereits bekannte Madame Metancourt und Maya Picasso ein. Dana fiel es schwer, ihre Verblüffung über die Ähnlichkeit der alten Dame mit ihrem Vater zu verbergen. Diesen kurzen Moment des Zögerns durchbrach Madame Metancourt jedoch umgehend, indem sie ihre berühmte Begleiterin vorstellte. Dana fing sich sofort wieder, griff nach der mit teuren Ringen verzierten Hand und deutete einen Knicks sowie einen Handkuss an. Sie konnte kaum glauben, dass dies nicht nur einfach eine Frau war, die den großen Maler persönlich gekannt hatte – sondern seine veritable Tochter! Gabriel dagegen war nicht so einfach zu beeindrucken; er war hier, um diese historische Persönlichkeit von der Echtheit der vier, aus südfranzösischem Sperrholz zusammengenagelten Kunstwerke zu überzeugen. »Bonjour, Madame, Gabriel de Moño mein Name. Ich freue mich ganz außergewöhnlich, Sie kennenzulernen. Es ist ein Geschenk, dass Sie uns Ihre Expertise zur Verfügung stellen. Wir lieben jede Art von Kunst, aber die Ihres grandiosen Vaters am allermeisten. Keiner verstand es besser, die Komplexität des Lebens in einfachere, verspieltere, humanere, ich würde sogar behaupten: liebevollere Formen zu …«

»Sie wissen, dass mein Vater meine Mutter bereits betrog, als ich noch keine zwei Jahre alt war?« Die Dame hatte eine leise, aber durchdringende Stimme, ihr Englisch war grammatikalisch perfekt, der Akzent unüberhörbar. Mit einer derartigen Erwiderung hatte Gabriel nicht gerechnet. Seine Gesichtszüge entgleisten für einen Augenblick. Madame Picasso schien dies gleichgültig zu sein. »Aber das ist lange her …« Ihre ausdrucksstarken Augen musterten Gabriel auf eine Weise, dass er sich nackt vorkam. »Also, Monsieur de Moño, machen wir uns an die Arbeit.« Sich von ihm abwendend, meinte Maya Picasso beiläufig: »Ich kann mir ja die Existenz dieser Skulpturen nicht so recht erklären. Jedenfalls habe ich von einer Serie dieses Namens noch nie gehört.«

»Aber das Werk Ihres Vaters ist ja auch von überbordendem Reichtum, seine Produktivität war sensationell«, brachte Gabriel hervor, doch das schien die Achtzigjährige nicht weiter zu interessieren. Sie näherte sich mit kleinen, festen Schritten den vier Skulpturen und blieb in einem Abstand von eineinhalb Metern stehen. Dann setzte sie ihre Brille auf. Gabriel konnte nicht erkennen, ob sie eine bestimmte Skulptur ins Auge fasste oder das Ensemble als Ganzes betrachtete. Madame Metancourt postierte sich schweigend eine Armlänge hinter der Tochter des berühmten Malers – und Dana hielt die Luft an. In diesem Moment hätte man die vier in ihrer konzentrierten Reglosigkeit verharrenden Menschen auch für Teile eines Wachsfigurenkabinetts halten können. Durch die geschlossenen Fenster drang der gedämpfte Lärm der Großstadt herein. Nach etwa zwei Minuten machte Picassos Tochter einige Schritte nach vorn und nahm das »Strandmädchen mit Sonnenschirm« genauer in Augenschein. Dana wusste durch ihre Internetrecherche, dass Madame Picasso für ihre Expertise vermutlich nur sechstausend Euro bekommen würde. Es war in der Kunstszene allgemein bekannt, dass ein solch niedriger Geldbetrag für viele andere Gutachter im Falle einer Unsicherheit den Ausschlag für ein positives, die Echtheit bestätigendes Urteil geben konnte. Man wollte ja im Geschäft bleiben ... Im Fall Maya Picassos war dies wohl völlig ausgeschlossen. Alle Sprösslinge der Picasso-Dynastie galten als finanziell unabhängig. Der so fruchtbare wie lebenslustige Vater hatte mit seinem künstlerischen Schaffen für Generationen von Picassos vorgesorgt. Seinen vier Kindern, deren drei Müttern und sonstigen Nachkommen blieb der Gang zum Sozialamt erspart, und so würde es auch auf lange Zeit bleiben.

»Und woher, Monsieur de Moño, soll diese Serie stammen?«

Gabriel räusperte sich. »Ich hatte es bereits Madame ...«, er nickte in Richtung Viviane Metancourts, »... mitgeteilt: Amerika ... Sie müssen verstehen: Die Angelegenheit ist diffizil. Ein namhafter amerikanischer Sammler hat mir diese Werke anvertraut. Allerdings befindet er sich derzeit in einem unglückseligen Scheidungskrieg mit seiner Frau und möchte deshalb auf keinen Fall, dass der Verkauf publik wird ...« Da der Kunstberater erkannte, dass diese Information im Gesicht der Expertin nicht die erhoffte Wirkung erzielte, fühlte er sich bemüßigt, fortzufahren: »Uns ist bewusst, dass diese Auskunft nicht befriedigend ist, aber nur unter dieser Bedingung – der absoluten Wahrung der Anonymität meines Klienten – bin ich überhaupt befugt, Ihnen diese Preziosen zu zeigen … Ich meine, es ist ja auch nachvollziehbar, dass er den Erlös aus dem Verkauf nicht mit seiner Frau teilen möchte, nicht wahr?« Sah Gabriel richtig – schüttelte Madame Picasso kaum merklich den Kopf? Verunsichert bemühte er sich um eine Wendung des Gesprächs: »… Ich denke aber, die Parallelen zur ›Badenden‹-Serie sind unübersehbar. Oder was meinen Sie? Natürlich bleibt stets eine gewisse Restunsicherheit, aber …«

»Na ja«, unterbrach ihn plötzlich Dana mit sanfter Stimme und in perfektem Französisch. Weil dies nicht abgesprochen war, traf sie umgehend ein stechender Blick Gabriels, doch davon ließ sie sich nicht beirren: »… und dann gibt es ja auch noch den Kunstband aus dem Jahr 1974, in dem die ›Menschen am Strand‹ ausführlich gewürdigt werden. Die Fotos der Werke und der dazugehörige Text bestätigen aus unserer Sicht auf sehr eindeutige Weise die Existenz dieser phantastischen Serie. – Apropos, Madame Metancourt, haben Sie das schöne Buch heute gar nicht mit dabei?« Diese Frage war direkt an die Kaufinteressentin gerichtet und kam einer vorsichtigen Kampfansage gleich. Dana würde dieser Kunstmatrone das Feld nicht ohne Gegenwehr überlassen. Gabriel nickte beeindruckt.

Während die vermeintliche Käuferin zur Antwort ansetzte, klingelte Madame Picassos Handy. Sie nahm ab und sprach einige sehr leise Worte auf Spanisch, denen weder Gabriel noch Dana folgen konnten. Madame Metancourt nahm von dem Telefonat scheinbar keine Notiz, sondern erwiderte auf Danas Frage: »Oh nein, verzeihen Sie bitte – das Buch war mir einfach zu schwer.

Aber natürlich habe ich es Madame Picasso gezeigt. Und jetzt liegt es bei mir zu Hause im Salon.« Viviane Metancourt hob beim Sprechen den Blick, schenkte Dana ein Lächeln und legte ihr vertrauensvoll die Hand auf den Arm.

Diese war sich nicht sicher, ob das Gewicht des von einer Expertin in Gabriels Auftrag gefälschten Kunstbands wirklich der wahre Grund dafür war, dass die Kaufinteressentin das Buch nicht zur Begutachtung der »Strand«-Serie mitgebracht hatte. Lag es bereits unter dem Mikroskop eines Wissenschaftlers? »Darf ich den Damen eigentlich einen Champagner anbieten?« Dana rechnete nicht mit einer positiven Reaktion auf ihr Angebot – wer trank schon morgens bei einem Geschäftstermin Sekt? –, aber da hatte sie sich getäuscht.

»Eine gute Idee«, brummelte Picassos Tochter, die ihr Telefonat inzwischen beendet hatte. Sie stand nun in leicht gebeugter Haltung direkt vor der »Badenden Schönheit« und ließ ihre Finger vorsichtig über den Besenstiel gleiten, den Felix quer zu dem kräftigeren Längsholz angebracht hatte, um die ausgebreiteten Arme der Figur darzustellen. An den beiden Enden dieses Besenstiels hatte er aus den Brettern einer der alten Weinkisten, die Gabriel und Hugo aus Frankreich mitgebracht hatten, zwei grobe Hände herausgesägt, deren Finger dreiecksförmig endeten. Bei der Gestaltung dieser Figur hatte sich Felix vor allem an der »Frau mit ausgebreiteten Armen« aus der »Badenden«-Serie von Picasso orientiert; ohne diese allerdings zu kopieren. Anders als bei dem zum Bestand der Stuttgarter Staatsgalerie zählenden Werk hatte er auf ein Brett, das den Brustbereich der Frau darstellen sollte, verzichtet.

Das Perlen des Champagners unterbrach die konzentrierte Stille. Als sie vier Gläser gefüllt hatte, nahm Dana zwei davon und reichte erst Madame Picasso das eine und dann Madame Metancourt das andere. Um Gabriel seines zu geben, musste sie zum Fenster gehen, wo der Kunstberater stand und auf die Place Vendôme hinabschaute. Dana folgte Gabriels ernstem Blick und sah gerade noch, wie der letzte von sechs großen Mannschaftswagen der französischen Polizei vor dem Hotel Ritz zum Stehen kam. Weiter gelangte Dana mit ihren Beobachtungen nicht, denn schon prostete die Tochter des Meisters ihr mit einem freundlichen »Santé« zu. Nachdem Madame Picasso mit einem Schluck das halbe Glas geleert hatte, meinte sie anerkennend: »Gut, gut! Der schmeckt! Das belebt! – Nicht wahr, Madame?« Sie lächelte ihrer Begleiterin beschwingt zu. Dana war sich unschlüssig, was sie von diesem plötzlichen Stimmungswechsel halten sollte: Hatte die Alte bereits eine Entscheidung getroffen? Oder brauchten Frauen dieser Gesellschaftsschicht einfach morgens ein Gläschen, das den Kreislauf in Schwung brachte?

»Ja. Nicht schlecht, oder? Was sagen Sie, Madame?«, erkundigte sich jetzt Viviane Metancourt in munterem Ton bei Dana. Auch sie schien aufzutauen. Nickend stimmte die junge Tänzerin zu.

Die alte Picasso zog die Mundwinkel nach unten und hob die Schultern, es war die Andeutung einer Geringschätzung. »Wir sollten gleich mal kurz unter vier Augen sprechen …«

Als Dana dies hörte, musste sie sich zusammenreißen, um nicht die Fassung zu verlieren. Was hatte Maya Picasso vor? Jedenfalls hörte es sich nicht gut an. Unfähig zu einer Reaktion, schwieg sie betreten. Es war Gabriel, der das Wort übernahm, und zwar mit einer Lockerheit, die Dana in Staunen versetzte: »Aber, Mesdames, das ist ja gar kein Problem! Sollen wir Sie für einen Moment allein lassen?«

»Wäre dies denn möglich?«, stieg Madame Metancourt sofort auf das Angebot ein.

»Aber natürlich! Natürlich!« Der Kunstberater rief diese Worte beinahe, stellte sein Glas, das er kaum angerührt hatte, ab und forderte Dana mit einem Nicken auf, ihm zu folgen. Kaum hatte er die Tür hinter sich geschlossen, sagte er: »Los, wir hauen ab. Die hat uns durchschaut.«

Drei

Hastig eilte der Kunstberater den Hotelflur entlang in Richtung Aufzug. Dana lief entsetzt neben ihm her. »Was? Es läuft doch ganz gut!«

Er schüttelte den Kopf, schob sie in den Aufzug und drückte auf den Parterre-Knopf. Dana war völlig verwundert über Gabriels Panik. So kannte sie den Kunstberater gar nicht! Als die Tür sich geschlossen hatte, keuchte er: »Vergiss es! Die hat die Polizei gerufen. Wir müssen zusehen, dass wir noch durch den Hinterausgang rauskommen. Nichts wie weg!« Er dachte nach. »Hoffentlich finden wir Hugo und Felix gleich. Ansonsten …«, er zögerte, »… da sehe ich keine andere Chance … müssen wir beide uns absetzen … und die anderen zwei …« Die Aufzugtür öffnete sich. Dana hatte noch immer Schwierigkeiten zu begreifen, was gerade geschah. War Gabriel verrückt geworden? Sie konnten doch jetzt nicht einfach mitten in den Verhandlungen verschwinden! Allerdings musste auch sie sich nach einem Blick durch das Eingangsportal auf die Place Vendôme eingestehen, dass es nicht gut aussah: Die Polizisten – sie waren gekleidet wie die Sondereinsatzkräfte bei Antiterroreinsätzen – hatten die Mannschaftswagen bereits verlassen und waren im Begriff, das Hotel zu betreten. Dana warf einen suchenden Rundumblick durch die Lobby. Ohne Felix wollte sie hier nicht weg. Oder doch? – Da saß er ja! Und neben ihm Hugo! Gabriel hatte die beiden auch entdeckt, und gemeinsam eilten sie zu ihnen. Felix war noch immer bleich im Gesicht, aber er hatte seinen Kreislaufschock überwunden.

»Los, los! Aufstehen! Wir reisen ab!«, zischte Gabriel ihnen zu. Als Hugo und Felix gehetzt aufsprangen, raunte er, um Ruhe bemüht: »Aber unauffällig. Geordneter Rückzug. Wir nehmen die Tiefgarage.«

»Was? Und unser Gepäck?«, fragte Felix panisch.

»Das ist jetzt unser geringstes Problem, Jüngelchen«, entgegnete Gabriel im Laufschritt.

Felix sah seine Freundin fragend an, woraufhin Dana nur ungläubig mit den Schultern zuckte. Hugo folgte den Dreien einfach, ohne groß nachzudenken. Wenn es hart auf hart kam, hatte er immer noch seine Knarre. Die Schritte der vier hallten durch die Parkbuchten der Tiefgarage. Plötzlich klingelte Gabriels Handy. Wie auf Kommando blieben alle vier stehen, versteinert blickte der Kunstberater auf das Display.

»Sie ist es …« Er ließ es klingeln. Als das Läuten endlich erstarb, atmeten alle auf. Etwas langsamer als noch gerade eben setzten sie sich wieder in Bewegung, die Ausfahrt der Garage kam immer näher, da ertönte erneut der Klingelton.

»Die halten uns wohl für bescheuert!« Gabriel schwitzte und verstaute im Weitergehen das Handy in der Hosentasche.

»Was bringt das denn, wenn wir jetzt abhauen? Wenn die uns kriegen wollen, dann kriegen die uns doch sowieso. Ich meine, die Fälschungen stehen da oben. Gabriel, ich verstehe nicht, was du vor hast …«, mischte sich Dana ein.

»Ich geh da auf keinen Fall dran!«

»Dann gibt mir das Handy. Das lief doch alles gar nicht so schlecht. Du kannst doch jetzt nicht einfach den Deal platzen lassen!« Dana blieb stehen und streckte fordernd ihre Hand aus, der Klingelton war noch immer gedämpft zu hören.

»Jetzt geh endlich ran, verdammte Scheiße!«, schrie Felix. »Kann ja sein, dass wir hier rauskommen. Und vielleicht kriegen wir auch noch einen Flieger. Aber dann? Wo willst du hin? Und was machen wir mit den Fälschungen? Er schüttelte den Kopf: »Es war einfach ein Fehler, einen Künstler zu fälschen, der so berühmt ist – und erst seit so kurzer Zeit tot. War doch klar, dass das auffliegt!« Der Klingelton hallte weiter durch die Tiefgarage, weiter hinten fiel eine Autotür zu. Gabriel holte das Telefon wieder aus der Tasche und starrte es wie hypnotisiert an. Felix blickte von Gabriel zu seiner Freundin und wieder zurück. Im Hintergrund fuhr ein goldener Porsche Cayenne die Rampe hoch. Schließlich schnappte Dana sich das Telefon, holte tief Luft und hob ab. »Oui? … Ach so! Ja, ja … Ah … äh, wir sind nur schnell nach draußen, um Luft zu schnappen, eine zu rauchen.« Dann redete Madame Metancourt. Dana hörte lächelnd zu und beendete das Gespräch mit den Worten: »Aber natürlich, wir kommen sofort.«

Felix blickte sie verdutzt an: »Wie jetzt?«

Dana konnte ihre Worte wohl selbst kaum glauben, aber sie verkündete: »Sie wollen kaufen! Wollen nur noch mal über den Preis reden, den finden sie etwas hoch. Aber sie haben unsere Story geschluckt.«

Felix konnte sich ein triumphierendes Lächeln nicht verkneifen.

»Und was ist mit den Bullen?«, hakte Gabriel skeptisch nach.

»Keine Ahnung«, sagte Dana.

Er schüttelte den Kopf. »Ich bleib dabei. Das ist eine Falle. Wir sollten abhauen. Und wenn du da jetzt hochgehst, sag nicht, ich hätte dich nicht gewarnt, Dana.«

Felix war hin- und hergerissen. Natürlich hatte auch er mit steigendem Adrenalinpegel das Ankommen der Polizei vor dem Hotel verfolgt, aber andererseits – sofern es keine Falle war – hatte soeben eine Tochter Picassos die von ihm fabrizierten Fälschungen für echt befunden. Das war schierer Wahnsinn! Was sollte er tun? Felix hatte jedoch keine Zeit, länger nachzudenken, denn seine Freundin hatte sich bereits umgedreht und verabschiedete sich mit den Worten: »Ich gehe da jetzt hoch und verkaufe die Dinger.« Was für ein Schlappschwanz dieser Gabriel doch war, wenn es darauf ankam, dachte sie sich auf dem Weg zurück in Richtung Lobby.

»Good luck«, rief ihr Gabriel ironisch hinterher. »Und wir bringen uns jetzt in Sicherheit, Jungs.« Er packte Hugo am Arm und steuerte mit ihm über die Rampe der Tiefgarage nach oben. Obwohl Felix Dana liebte, entschied er sich, den zwei Männern zu folgen. Was sollte er auch sonst tun? Mit ihr in die Suite gehen? Wohl kaum.

Während Dana im Aufzug gebannt auf die Leuchtanzeige blickte, auf der die Stockwerke langsam nach oben zählten, stiegen die drei Männer in ein Taxi. Hugo und Felix drängten sich auf den Rücksitz, während Gabriel dem marokkanischen Fahrer befahl, sie auf dem schnellsten Weg zum Flughafen zu bringen. Der Taxifahrer gab sofort Gas, und tatsächlich hatten sie wenig später die Place Vendôme hinter sich gelassen. Doch schon an der nächsten Straßenecke stockte der Verkehr.

»Scheiße, ein Stau«, unterbrach Gabriel seine Erklärungen, er unterrichtete Felix und Hugo gerade ausführlich über die Gründe ihrer plötzlichen Flucht. Felix fühlte sich überrumpelt. Das klang zwar alles plausibel, was Gabriel ihm gerade in Kurzform erzählte, aber warum war sich Dana dann nur so sicher, dass alles in Ordnung war?

Letztere befand sich bereits wieder auf dem Hotelflur, wo sie einem älteren Herrn begegnete, der sie an Bill Murray erinnerte. Er lupfte im Vorbeigehen den Hut, und trotz ihrer Eile erwiderte sie den Gruß. Als sie vor der Tür der Suite stand, blickte sie nochmals zurück in den Gang. Keine Verfolger zu sehen. Sie drückte die Chipkarte an den Sensor über der Klinke und schob die Tür auf. Nervös blickte sie sich im Vorraum um, denn sie war sich nicht sicher, ob sie gleich von einem französischen Polizisten zu Boden geworfen werden würde. Aber die einzigen Personen, die ihr in den Räumlichkeiten begegneten, waren die beiden gut gelaunten Damen, die sie erneut freundlich begrüßten.

»Ich dachte schon, Sie seien geflüchtet«, scherzte Madame Metancourt.

»Nein, nein, wie gesagt, wir wollten Ihnen nur die nötige Privatsphäre zugestehen, und da sind wir kurz vor die Tür gegangen, um eine Zigarette zu rauchen.«

Madame Metancourt trat etwas näher und berührte Danas Hand. Für ihre Begriffe kam ihr die Frau etwas zu nah, aber sie hatte schon seit dem ersten Treffen die Vermutung, dass diese Madame sie nicht nur als Gesprächspartnerin schätzte.

Dana räusperte sich. »Ach ja, Herr de Moño lässt sich entschuldigen: Ihm ist gerade nicht wohl – vermutlich verträgt er die Muscheln von gestern Abend nicht –, aber ich bin befugt, alles Weitere mit Ihnen zu verhandeln.« Die zierliche Französin im Designerkleid lächelte: »Dagegen habe ich überhaupt nichts einzuwenden, ma chère. Wir werden uns sicher einig.«

Dana fühlte sich geschmeichelt, aber wenn diese Lesbe dachte, sie sei anfällig für deren Charme, dann täuschte sie sich. Felix' Freundin schlug einen geschäftsmäßigen Ton an: »So, wie das alles klingt, haben Sie sich wohl entschieden?«

»Nun ... Madame Picasso hält die Gruppe für echt.« Viviane Metancourt sprach den Satz kühl und leicht abgehackt. Sie war nun wieder ganz Geschäftsfrau.

Felix betrachtete sorgenvoll die neben ihrem Taxi im Stau stehenden Autos. Hier und da wurde laut gehupt. Ein Motorroller, der aussah, als bestünde er nur aus Rost, schlängelte sich an ihnen vorbei. Hugo summte leise eine undefinierbare Melodie, und Gabriel starrte schweigend vor sich hin. Felix war genervt. Was um alles in der Welt sollten sie am Flughafen?

»Das bringt doch nichts, Gabriel. Lass uns zurückfahren!«

»Ausgeschlossen!« Gabriel drehte sich nicht einmal zu Felix um, während er dies sagte.

Maya Picasso bedachte die Skulptur der »Badenden Schönheit« mit einem eindringlichem Blick. Als Dana sich ihr näherte, sah sie Tränen in den Augen der alten Dame. Picassos Tochter drehte sich zu ihr um und sagte, sichtlich bewegt: »Ich kann mich noch genau an Gaston erinnern. Er stand immer in unserem Ferienhaus, und ich habe auf ihm Reiten gelernt.«

Dana neigte den Kopf – war die Frau jetzt irre geworden? Wer sollte das sein – Gaston? Die Picasso-Erbin erkannte, dass ihre Ausführungen weitere Erklärungen erforderten. »Als Kind, ich muss drei Jahre alt gewesen sein, hatte ich ein Pferd namens Gaston. Der Besenstiel! Sehen Sie diese große Einkerbung hier vorn?«

Dana sah sich das Stück genauer an, da war tatsächlich eine dicke Einkerbung im Holz. Sie glich einer geschwungenen Linie.

»Das ist Gastons Mund. Er lächelte immer. Er war ein gutes Pferd.«

Mit einem Mal verflog die verträumte Stimmung der Alten, und mit munterer Kommentatorenstimme fuhr sie fort: »Den Mund habe ich natürlich selbst gemacht, mit einem Schnitzmesser; da habe ich ganz schön rumgeschnitzt, bis mir das Lächeln gefiel ...« Dana stand mittlerweile neben Maya Picasso und hörte ihr so gerührt wie erleichtert zu. Ohne es zu bemerken, legte sie der Tochter des Malers die Hand auf die Schulter. Sie konnte ihr Glück kaum fassen. War das wirklich ein Zufall? Hatte Gabriel tatsächlich auf irgendeinem Trödelmarkt in Frankreich den Besen erwischt, den die kleine Maya als Spielzeug benutzt hatte? Oder gab es einfach viele alte Besen auf der Welt, die diese Einkerbung besaßen, und die Alte bildete sich das alles nur ein? Letztendlich spielte es keine Rolle. Der Deal stand kurz davor besiegelt zu werden. Aber eine Sache galt es noch zu klären.

Dana wandte sich wieder Madame Metancourt zu und bemühte sich um ein Pokerface. Nachdem sie tief Luft geholt hatte, sagte sie: »Freut mich wirklich sehr, dass Sie die Echtheit der Figuren anerkennen, aber Sie meinten vorhin am Telefon, dass Ihnen der Preis zu hoch angesetzt sei. Darf ich fragen, wie Sie darauf kommen?«

»Ja«, seufzte die Metancourt und bedachte Maya Picasso mit einem Seitenblick. »Madame hält angesichts der Tatsache, dass das Werk noch keine museale Vergangenheit hat und vermutlich noch nie oder jedenfalls nicht nachvollziehbar ausgestellt wurde … hält Madame … also … den Preis für … überhöht.«

Dana verzog keine Miene. Welcher Preis hier angebracht war, davon hatte sie nicht die geringste Ahnung – aber davon, wie man Preise aushandelte, sehr wohl. Schließlich verkaufte sie regelmäßig und nicht gerade erfolglos auf Flohmärkten.

»Was wäre denn Ihrer Ansicht nach angemessen?«

»Nun ja, Madame dachte an zwölf Millionen. Sie meint, das wäre gerade noch vertretbar …« Sie schenkte Dana einen Blick, der wohl verschämt aussehen sollte.

Dana schluckte. Dieser Betrag klang in Anbetracht der Tatsache, dass sie in einer Stunde das Zimmer räumen mussten, verlockend. Aber eine richtige Verhandlung erforderte schließlich, dass sie dem Angebot der Gegenseite nicht sofort zustimmte. Außerdem wusste sie ja nicht, welche Summe Gabriel als unterste Schmerzgrenze empfand. Und war es nicht viel glaubwürdiger, wenn auch sie nicht sofort einschlug?

»Hm, um ehrlich zu sein: Ich kann Ihnen gerne entgegenkommen … aber mehr als zehn Prozent kann ich

Ihnen eigentlich nicht gewähren, das wären dann also achtzehn …«

Im weiteren Verlauf des Gesprächs wurde gefeilscht, als ginge es um den Kauf einer Secondhandjacke auf dem Hinterhof-Flohmarkt in München-Giesing, aber nach einigem Hin und Her einigten sich die beiden Frauen letztlich doch:

»Unter fünfzehn Millionen kein Deal!« Das machte die abgebrühte Mittzwanzigerin ihrem Gegenüber irgendwann freundlich, aber unmissverständlich deutlich. Madame Metancourt schlug schließlich ein, und alle drei prosteten sich kurze Zeit später lächelnd mit einem weiteren Glas Champagner zu. Dann wurde die ausgelassene Stimmung rüde von einem heftigen Klopfen an der Zimmertür unterbrochen.

Dana warf ihren Gästen einen entschuldigenden Blick zu, trat beschwingt in den Vorraum der mondänen Suite, blickte durch den Türspion und wurde kreidebleich. Durch den Türspion sah sie alles extrem verzerrt, aber es gab keinen Zweifel: Da standen ein Hotelpage und zwei Polizeibeamte!

Wie hartes Karamell, das durch Erhitzen plötzlich flüssig wurde, hatte sich der Stau, in dem Felix, Gabriel und Hugo festgesessen hatten, wieder in zähfließenden Verkehr verwandelt. Felix grübelte, wie er sich elegant von seinen beiden Begleitern abseilen konnte. Warum war er nicht einfach bei Dana geblieben? Nervös trommelte er mit den Fingern auf dem Oberschenkel herum, da klingelte sein Telefon. Es war Dana. Aufgeregt ging er dran: »Und?« Er spürte, dass auch Gabriel sich ihm neugierig zuwandte; nur Hugo starrte weiter gelangweilt nach draußen.

»Wie, Polizei?« Jetzt hatte er auch Hugos volle Aufmerksamkeit.

Doch schon lachte Felix erleichtert auf: »Ach komm! Wie krass ... Wie?! Wegen Madonna! Ja, klar!« Ungläubig und noch immer lachend schüttelte Felix den Kopf, bevor er sich mit den Worten »Wir kommen sofort« von Dana verabschiedete und auflegte.

»Hombre, was ist krass?« Hugo schrie beinahe, sodass der marokkanische Taxifahrer vor Schreck fast das Fahrzeug vor ihnen gerammt hätte.

Felix ignorierte diesen akustischen Ausbruch und sagte mit ruhiger Stimme und nach vorn zu Gabriel gewandt: »Sie hat die Skulpturen verkauft. Für fünfzehn Millionen. – Und die Polizei ist wegen Madonna im Hotel. Die kontrollieren alle Zimmer, wegen der Sicherheit ...« Längst hatte Felix' Erleichterung in Begeisterung umgeschlagen. Seine Dana hatte die von ihm gefälschten Skulpturen ganz alleine verkauft! Sie beide waren ein super Team. Während Felix sich in seinen euphorischen Gedanken verlor, richtete Gabriel de Moño seinen Blick wieder nach vorne, und ein dämonisches Lächeln umspielte seine Lippen.

Wenig später standen alle vier wieder vereint in ihrer Suite und besprachen das weitere Vorgehen. Nun war wirklich Eile geboten, denn in fünf Minuten mussten sie die Suite räumen. Überall wimmelte es von Polizisten, die für einen reibungslosen Ablauf von Madonnas Geburtstagsparty sorgen sollten. Minuten später verließen die frisch gebackenen Multimillionäre eine der besten Suiten des Pariser Ritz und machten Platz für die wirklich prominenten Gäste. Offenbar hatten sich sogar Beyoncé und Jay-Z angekündigt, genauso wie Elton John mit seinem Mann und Nicolas Sarkozy, begleitet von Carla Bruni. Aber das war Felix und Dana, Gabriel und Hugo vollkommen egal.

Vier

Es war Hugos Job, die sorgfältig verpackten Picasso-Skulpturen mit dem Transporter zu einem Lager im Norden von Paris, das Madame Metancourt als Lieferadresse angegeben hatte, zu bringen. Gabriel, Felix und Dana bezogen währenddessen ihre neuen Zimmer im Buddha Bar Hotel. Das Haus war zwar deutlich kleiner als das Ritz, stand diesem in Sachen Service und Luxus aber in nichts nach. Der Stil war asiatisch-modern. Zur Lobby gelangte man durch eine große vertäfelte Eingangstür aus dunklem Holz und einen langen Gang, von dessen Decke Hunderte roter, chinesischer Lampions hingen. Der elegante Schieferboden, der sich bis zum hölzernen Tresen der Rezeption erstreckte, zeigte das aufwändige Mosaik eines goldenen Drachens, der sich über die gesamte Länge des Eingangsbereichs schlängelte.

Auch Felix' und Danas gemeinsames Zimmer war in Rot, Dunkelbraun und Goldgelb gehalten. Viele kleine Lampions und Ballonlampen mit heller Bespannung tauchten das Zimmer in ein angenehm warmes Licht. Das ganze Ambiente wirkte auf Felix geschmackvoll und einladend, aber auch ein wenig verrucht, wie eine Opiumhöhle.

»Und heute Nacht feiern wir standesgemäß unten im Restaurant«, hatte Gabriel in der Lobby mit feierlicher

Stimme verkündet, um dann mit etwas weniger Pathos anzufügen: »Morgen um zwei geht dann unser Flieger.« Hierauf hatten sich die drei erst mal in ihre Zimmer zurückgezogen.

Felix spürte noch immer die Wirkung des Adrenalins in seinen Adern. Jede Faser seines Körpers stand unter Spannung. Und er war stolz auf seine Dana. Sie war es, die das Geschäft perfekt gemacht hatte. Das machte sie für ihn nur noch anziehender: seine Dana, eine Gangsterbraut? Er betrachtete die schlanke Tänzerin, die sich gerade mit einer anmutigen Bewegung ihren Slip auszog. Dann packte er sie grob und warf sie auf das große Doppelbett. Dana stieß einen überraschten Schrei aus, aber als sich seine Lippen langsam ihren Schenkeln näherten, gab sie sich ihm hin.

Keiner der beiden bemerkte die winzige, in der Deckenlampe versteckte Kamera, die ihre Leidenschaft durch ein weitwinkliges Objektiv schonungslos dokumentierte.

Als Gabriel, dessen Zimmer direkt an das ihre grenzte, ihre Lustschreie vernahm, schlich sich erneut ein wissendes Lächeln auf seine Lippen. Hugo, der seinen Botengang erledigt hatte und soeben im Hotel eingetroffen war, beobachtete ihn genervt.

»Was grinst du?«, fuhr der nur mit einem engen Slip bekleidete Latino seinen Lover an. Gabriel warf ihm einen milden Blick zu und zog ihn zu sich.

»Jetzt komm schon, Hugo, das ist der Wohlklang junger Liebe. Kannst du nicht wenigstens einmal romantisch sein?« Nach einem zärtlichen Kuss schob er im Befehlston nach: »Und jetzt blas mir einen!«

Am Abend nach dem großen Deal genoss das Quartett im Hotelrestaurant das reichhaltige Angebot an Speisen:

Schwertfisch-Sashimi, Lachstartar und diverse exzellente Sushiplatten ließen Danas Herz höher schlagen. In Felix' getrüffelter Misosuppe schwammen wohlschmeckende Teigtaschen, gefüllt mit Foie gras, Wasserkastanien und einer Pilzsorte, von der er noch nie gehört hatte. Als Hauptgang teilten sich die vier das Poulet Dragon, den Lachs im Teppanyaki-Style, den mit Miso karamellisierten Seebarsch und zwei der legendären Buddha-Bar-Cheeseburger. Obwohl keiner am Tisch mehr Hunger verspürte, leerte sich auch der Teller mit den Dessertvariationen innerhalb von Minuten.

Sogar Felix, der sonst nie trank, ließ sich an diesem besonderen Abend hinreißen, von einem Glas Taittinger Jahrgangschampagner zu kosten. »Scheiß drauf, ich bin Picasso!«, war der Toast, den er durch das ganze Lokal brüllte.

Als Felix am nächsten Morgen aufwachte, fand er sich allein im Bett wieder. Auf dem Schreibtisch im Zimmer lag eine handschriftliche Nachricht von Dana: »Lieber Pablo, bin schon unten bei den Croissants. Dicker Kuss, D.«

Felix stellte sich unter die kalte Dusche, aber auch das half nicht gegen seine Kopfschmerzen. So beschissen fühlte sich das also an, wenn man getrunken hatte. Darauf konnte er gut verzichten. Unendlich langsam zog er sich an und schleppte sich in den Frühstücksraum. Seine Freundin trug ein bezauberndes Sommerkleid und saß an einem geschmackvoll gedeckten Tisch, gegenüber von Gabriel. Felix nuschelte ein kaum verständliches »Guten Morgen« und wandte sich zunächst dem Frühstücksbuffet zu. Er wählte einen schwarzen Kaffee und ein Croissant und steuerte auf etwas wackeligen Beinen zurück zum Tisch. Mit Genugtuung stellte er fest, dass der Abend auch an dem sonst immer so perfekt gestylten Kunstberater nicht spurlos vorübergegangen war. Gabriel sah ziemlich zerknittert aus. Nachdem Felix seinen Hunger gestillt hatte, fiel ihm die seltsame Stimmung am Tisch auf. Besonders Dana wirkte vollkommen verändert. Sie sah aus, als hätte sie gerade vom Tod eines nahen Angehörigen erfahren. Sie wirkte abwesend, wich seinem Blick aus, sogar, als er sie küsste. Was war hier los? Felix konnte sich keinen Reim darauf machen. Hatte es damit zu tun, dass Gabriel erst kürzlich versucht hatte, Dana aus dem Weg zu räumen? Oder waren die beiden einfach nur verkatert, so wie er? Ehe Felix weiter grübeln konnte, meinte Gabriel: »Und, Felix, wie fühlt man sich so als Multimillionär?« Verwirrt drehte Felix sich um. Ihm schien es, als würde Gabriel hinter ihm stehen. Doch da war niemand. Irritiert drehte er sich wieder zum Tisch um und fixierte das Gesicht seines Partners. »Jüngelchen? Alles in Ordnung mit dir?« Der Kunstberater lächelte ihn an.

Felix war verunsichert. Was, zur Hölle, war hier los? Träumte er?

»Ja, nein, also alles in Ordnung, ja ja«, stammelte er. Er hatte die Frage schon wieder vergessen, aber er wollte seine Stimme hören, um sicherzugehen, dass er tatsächlich wach war.

»Felix, fünfzehn Millionen.« Gabriel schien sich die Zahl auf der Zunge zergehen zu lassen. »Das sind sieben Komma fünf für dich und sieben Komma fünf für mich.«

Der Kunstfälscher blickte seinen Geschäftspartner ernst an. Der gigantische Geldbetrag überstieg Felix' Vorstellungskraft. So mussten sich Lotto-Millionäre fühlen, dachte er: im einen Moment noch mittellose Penner, die von Pfandgeld lebten, und im nächsten Moment stinkreich und vollkommen überfordert. Die Bedeutung seines frisch erworbenen Reichtums sickerte langsam in sein Bewusstsein ein, gerade so, wie sich heißes Wasser seinen Weg durch das Kaffeepulver in die Kanne bahnt. Schließlich breitete sich ein Grinsen in seinem Gesicht aus und er brachte nur ein Wort hervor: »Wahnsinn!« Dann drehte er sich zu Dana, die noch immer teilnahmslos neben ihm saß und in ihrem Müsli herumstocherte. Auch Gabriel beobachtete die Tänzerin, in seinem Blick lag etwas Lauerndes. Schließlich formten ihre Lippen einen Satz: »Ich will meinen Anteil!« Dabei fixierte sie die Tischdecke. Felix war irritiert. Hatte er gerade richtig gehört? Aber Dana sprach schon weiter: »Fünf Millionen. Ich will ein Drittel. Das steht mir zu.« Jetzt schaute sie Felix direkt in die Augen.

Der wusste nicht, wie ihm geschah: Was war in Dana gefahren? Einen Anteil hatte sie sich natürlich verdient, seinetwegen sogar eine Million. Aber fünf?

»Wie bitte?«, platzte er entgeistert heraus. Er schnappte nach Luft.

»Ihr habt mich genau verstanden!« Danas Antwort klang feindselig und berechnend, sie verschränkte die Arme. »Was hättet ihr denn ohne mich? Nichts! Gar nichts! Wer war es denn, der den Deal gerettet hat, als ihr euch vor Angst verpisst habt?« Sie legte ihren Löffel in die Müslischale. »*Ich* habe das Ding gerettet. Also ist es doch nur gerecht, wenn wir den Gewinn dritteln. Für jeden fünf Millionen – ich finde das mehr als fair!«

Felix atmete tief ein und suchte Gabriels Blick. »Gabriel, sag doch was!«

Der zuckte gleichgültig mit den Schultern. »Was soll man da sagen? – Ich habe dich immer vor der da gewarnt ...«, er machte eine verächtliche Handbewegung in Danas Richtung, »... aber du wolltest ja nicht auf mich hören!«

Gabriels Kommentar ignorierend, setzte Felix' Freundin eiskalt nach:

»Und falls ihr beiden ein Problem damit habt, dann rufe ich eben die Metancourt an und sage ihr, was wirklich Sache ist.«

Felix schüttelte verdattert den Kopf. Was war denn hier los?

Zu allem Überfluss blickte ihn nun auch noch Gabriel böse an und sagte: »Du wolltest, dass sie mitkommt. Das ist jetzt dein Problem, Felix. Von meinen siebeneinhalb Millionen kriegt sie jedenfalls nichts!« Dann schmiss er seine Serviette auf den Tisch und stand auf.

Felix glaubte, ein »Bin schnell beim Händewaschen« gehört zu haben. Doch Gabriel ging nicht zur Toilette. Vielmehr betrat er wenige Augenblicke später Felix' und Danas Hotelzimmer, stieg auf einen Stuhl und schraubte die gut versteckte Überwachungskamera aus der Lampe an der Decke. Dann zog er den Speicherchip aus dem Gerät und ließ ihn in seiner Geldbörse verschwinden. Als er wieder am Frühstückstisch Platz nahm, unternahm Felix gerade den Versuch, mit Dana in ein normales Gespräch zu kommen. »Ich verstehe das nicht«, sagte er, »da legst du mir heute Morgen noch so eine liebevolle Nachricht hin und jetzt behandelst du mich, als ob du Schluss machen würdest! Was geht hier ab?«

Aber Dana wich seinem Blick aus und schwieg eisern. Als hätte jemand ihren Mund versiegelt.

Felix war fassungslos. Betrogen, verraten und verlassen – so fühlte er sich. Hatte er sich derart gravierend in dieser Frau geirrt? Hatte sie ihm die ganze Zeit etwas vorgespielt? Ging es ihr wirklich nur um Geld oder steckte mehr hinter ihrem plötzlichen, so mysteriösen Sinneswandel?

Während Hugo sich mit dem Auto bereits wieder auf den Rückweg nach Deutschland gemacht hatte, war Felix auch am Flughafen Charles de Gaulle noch immer völlig verstört von Danas Forderung. Als sie sich einen Kaffee holen ging, nutzte er den Moment und beugte sich zu Gabriel: »Sag mal, vielleicht hat sie doch recht, und das ist gar keine so unverschämte Forderung. Außerdem … wenn wir uns die fünf Millionen teilen, dann gibt jeder von uns nur zweieinhalb Millionen ab. Das ist doch fair!«

Gabriel legte seine Modezeitschrift beiseite. »Wie bitte? Fair? Hör mal, Jüngelchen, um diese Diskussion abzukürzen, erkläre ich dir die Sachlage noch mal.« Felix wusste, was jetzt kommen würde: »Wir beide hatten eine klare Abmachung. Ich wollte die Schlampe nicht dabeihaben, du schon. Ich habe zugestimmt, allerdings unter der Bedingung, dass du für sie die Verantwortung übernimmst. – Und damit warst du einverstanden, richtig?« Felix weigerte sich zu nicken, aber natürlich war ihm bewusst, dass es genauso gelaufen war. »Also: Die fünf Millionen, die sie jetzt haben will, sind deshalb ganz offensichtlich dein Problem, und nicht meines. Ich würde es so formulieren: Wenn du sie liebst, dann gib ihr das Geld; wenn nicht, leg sie um.« Weil Dana gerade mit einem Pappbecher in der Hand zurückkehrte, vertiefte sich Gabriel wieder in seine Lektüre.

Bis sie im Flugzeug saßen, sprachen die drei nur das Nötigste. Dann, kaum war Dana an ihrem Fensterplatz eingeschlafen, wandte sich Felix nochmals an seinen

Partner. »Wie genau läuft das eigentlich mit dem Geld? Überweisen die das oder kriegen wir das bar?«

Flüsternd erwiderte Gabriel: »Dein Anteil liegt innerhalb der nächsten zwei Tage auf einem Nummernkonto in der Schweiz. Das habe ich extra für dich eingerichtet.«

Darüber hatte sich Felix noch gar keine Gedanken gemacht. »Aha, und wie komme ich da dran?«

»Am sichersten ist es, du holst es dir bar, am besten in Tranchen von maximal Zehntausend. Von größeren Überweisungen auf dein deutsches Konto rate ich dir ab. Sonst hast du gleich die Behörden am Hals.« Felix nickte nachdenklich. Geld zu haben war eine völlig neue Situation für ihn. Und doch interessierte es ihn für den Augenblick nur bedingt: Die Millionen waren zwar wichtig, denn sie würden seinem Leben eine neue Richtung geben, aber viel mehr beschäftigte ihn, weshalb Dana sich plötzlich so abweisend ihm gegenüber verhielt. Was war bloß passiert? Hatte er sie irgendwie verletzt oder sich danebenbenommen? Felix war sich keiner Schuld bewusst. Gedankenversunken nahm er einen Schluck aus der Dose Cola, die die Stewardess ihm gereicht hatte. Oder steckte am Ende Gabriel hinter Danas radikaler Verwandlung? Es war doch alles perfekt gelaufen! Felix rutschte unbehaglich auf dem Sitz umher. Hoffentlich würden sich alle Probleme bald in Luft auflösen. Es war doch nichts anders als vor zwei Tagen noch – außer, dass sie jetzt alle reich waren! Ja, und außerdem war er sich jetzt noch sicherer, dass er Dana liebte. Sie hatte die Sache geregelt, als Gabriel plötzlich Panik bekommen hatte! Doch nun kam es ihm so vor, als hätte sich eine unsichtbare Mauer zwischen sie geschoben. Er schenkte ihr einen Seitenblick. Ihr Gesichtsausdruck war neutral. Sie döste noch immer, mit Kopfhörern in den Ohren.

Felix hätte sie gerne mit seinen Fragen konfrontiert. Aber das vollbesetzte Flugzeug war nicht der richtige Ort, um den Ursachen ihrer plötzlichen Kälte auf den Grund zu gehen. Und in Gabriels Anwesenheit wollte er ohnehin nicht mit ihr sprechen. Dafür brauchte es Zeit und Ruhe.

Der Flug nach München verlief ohne Zwischenfälle. Da sie nur Handgepäck mit sich führten und vom Zoll nicht kontrolliert wurden, saßen sie bald in einem Taxi in Richtung Innenstadt. Gabriel ließ den Fahrer zuerst Danas Wohnung ansteuern. Als sie ausstieg, kletterte auch Felix aus dem Auto. Auf ihren fragenden Blick hin sagte er: »Ich komme mit zu dir.« Sie hob die Schultern. »Wenn du meinst …«

Was sollte diese Gleichgültigkeit? Nach einer knappen Verabschiedung von Gabriel – er gab Felix ein »Viel Glück, Jüngelchen!« mit auf dem Weg – stiegen die beiden die Treppen nach oben. Während Felix gedankenverloren auf Danas Hintern starrte, versuchte er, sich die Worte zurechtzulegen, mit denen er das Gespräch beginnen wollte. Immerhin war er bereits jetzt zu einem wichtigen Schluss gekommen: Seine Liebe zu ihr war ihm mehr wert als das ganze Geld. Er war bereit, ihr entgegenzukommen. Aber die komplette Summe, die sie forderte, konnte er ihr unmöglich geben. Das war einfach zu viel. Und vor allem wollte er wissen, was auf einmal in sie gefahren war.

Der Schwarztee schmeckte bitter. Felix stellte die Tasse neben seinem Stuhl auf den Boden. Dana hatte auf ihrem Bett Platz genommen. Er sah sie eindringlich an, doch sie wich seinem Blick aus. Schließlich sagte Felix: »Ich habe nachgedacht. Du hast recht. Du hast die Skulpturen verkauft, also steht dir auch ein Anteil zu.« Er machte eine Pause, weil er hoffte, sie würde jetzt endlich den Kopf heben und ihn ansehen. Vergebens, sie tat es nicht. Er räusperte sich. »Ich gebe dir die Hälfte von meinen siebeneinhalb.«

Ohne ihn anzusehen, erwiderte Dana monoton: »Das wären ja nicht mal vier. Ich brauche fünf.«

Felix schüttelte den Kopf. Eine Mischung aus Wut und Verzweiflung überkam ihn. Und die Wut gewann die Oberhand: »Wie, du *brauchst* fünf? Vor ein paar Tagen konntest du doch mit gar nichts rechnen! So sehr ich deinen Einsatz in dem ganzen Deal schätze – gemacht habe noch immer ich die Figuren! Und ich biete dir jetzt die Hälfte von meinem Anteil. Das ist doch mehr als großzügig!« Er atmete hörbar aus, zählte innerlich auf zwanzig, denn er war viel aufbrausender gewesen, als er es sich vorgenommen hatte. Als er glaubte, sich etwas beruhigt zu haben, setzte er neu an: »Dana, ich liebe dich! Es kann doch nicht sein, dass dieses verdammte Geld jetzt unsere Liebe zerstört! Ich meine ... ich verstehe nicht ... also – liebst du mich denn plötzlich nicht mehr?« Er hatte diese Frage nicht stellen wollen, denn er fürchtete die Wucht ihrer Antwort. Aber nun war es zu spät.

Dana knetete an ihren Händen herum. Jede Sekunde, in der sie nicht antwortete, versetzte seinem Herz einen neuen Nadelstich. Nach einer Weile sagte sie, noch immer ohne jedes Gefühl: »Klar liebe ich dich. Aber ich brauche fünf Millionen.« Wie ein Automat hörte sie sich an, wie eine Computerstimme aus dem Smartphone. Gerade so, als spräche sie nicht selbst, sondern als *würde* durch sie gesprochen!

Felix geriet außer sich. »Aber hör mal, das ist doch Schwachsinn! Wenn ich die ganze Arbeit mache – und du willst von siebeneinhalb Millionen fünf haben –, dann bekommst du doch doppelt so viel wie ich. Ich weiß gar nicht, wie du da darauf kommst, dass du doppelt so viel verdienst wie ich! Ich bin doch hier der Künstler! Ohne mich hätte keiner von uns auch nur einen Cent, verstehst du?« Mit den letzten Worten packte er seine Freundin an den Schultern und rüttelte sie durch. Doch alles, was er damit erreichte, war ein kurzer genervter Blick. Dann saß Dana wieder da und starrte auf ihre Hände. Es war nicht zu fassen: Sie ließ ihn einfach ins Leere laufen. Felix suchte nach Worten. Nach einer Strategie. Entglitt ihm gerade seine Beziehung? Einfach so? Ohne Vorwarnung? Nach einer Weile brachte er hilflos hervor: »Jetzt antworte mir doch wenigstens, Dana! Wo ist denn hier die Logik, wenn du doppelt so viel bekommst wie ich? Und noch einmal: Was ist jetzt eigentlich mit uns? – Ich dachte, wir lieben uns? Warum geht es denn jetzt hier dauernd nur um dieses Scheißgeld? Ich verstehe dich nicht! Steckt Gabriel dahinter? Bitte sag mir doch, was los ist!«

Ohne auf eine der Fragen einzugehen, sprach Dana in derselben monotonen Weise wie gerade eben: »Ich habe bei dem Kirchner-Deal auch schon nichts verdient, obwohl ich da Modell gestanden habe.«

»Was? Was hat *das* denn jetzt damit zu tun?« Felix blickte sich verzweifelt um. Aber in dem WG-Zimmer war weit und breit keine Hilfe in Sicht. Dana fixierte stur den Boden. »Das ist doch alles keine Begründung für dein Scheißverhalten … Und wieso … um alles in der Welt … willst du mich so abzocken? Verstehst du das denn nicht? *Wenn* dir irgendjemand fünf Millionen gibt, dann bin das doch ich! Das geht doch alles von meinem Anteil weg! Und Gabriel, dieser Penner, ist fein raus. Ist es das, was du willst? Mich abzocken?« Wieder keine Antwort, genauso gut hätte Felix mit dem Bücherregal reden können.

»Dana, wir lieben uns doch?« Der letzte Satz, der eine selbstbewusste Aussage, womöglich sogar eine Forderung hätte werden sollen, war ihm zu einer vorsichtigen Frage missraten. Als könnte er ihre Beziehung noch retten, schob er hilflos hinterher: »Also, ich meine – liebst du mich denn nicht mehr?«

Anstatt zu antworten, hob Dana den Kopf und starrte traurig die Wand hinter ihm an. Mehr kam nicht mehr von ihr. Als er versuchte, sie in den Arm zu nehmen und zu küssen, verhärtete sich ihr Körper, gerade so, als wäre er aus Stein; sogar das Gesicht wandte sie von ihm ab. Felix war verzweifelt. War es das Gift des Reichtums, das hier seine Wirkung zeigte? Oder steckte etwas ganz anderes hinter Danas Verhalten, das er so gar nicht verstand? Nicht mal körperliche Nähe ließ sie mehr zu. Es war unbegreiflich. War das nun das Ende ihrer Liebe?

»Jetzt erklär mir doch wenigstens mal, was die ganze Scheiße soll! Ich versteh das alles nicht!«, schrie er sie an; dann stiegen ihm Tränen der Verzweiflung in die Augen. »Hast du einen anderen? Oder hast du mich die ganze Zeit nur verarscht, um an das Geld zu kommen?«

Sie zuckte mit den Schultern und schwieg beharrlich. Ihr Gesicht verriet keinerlei Gefühl, außer Ablehnung.

»Das kann doch alles gar nicht wahr sein, Dana, ich liebe dich – ich meine, dir ist schon klar, dass es das dann war, wenn du jetzt …«

»Felix, ich glaub, es ist besser, wenn du jetzt gehst.«

»Dana! Ist das dein Ernst?« In Felix' Körper machte sich plötzlich ein dröhnender Schmerz breit.

»Ja, geh einfach!« Der Blick, mit dem sie ihn in diesem

Moment bedachte, gab ihm den Rest, er war kaltherzig und hart. Es war aus.

Verbittert sagte Felix: »Dann hatte Gabriel also von Anfang an recht; du bist eine hinterhältige Schlampe.« Er stand auf und verließ türenknallend die Wohnung. Sie blieb allein in ihrem Zimmer zurück und knetete weiter ihre Handflächen. Dann verzog sich ihr Gesicht zu einer traurigen Grimasse, und sie begann bitterlich zu weinen.

Fünf

Kelly Christs Bett glänzte trotz der dreckigen Fensterscheiben im schwachen Licht der untergehenden Abendsonne. Eigens für Toni Glasers Besuch hatte sie die King-Size-Matratze mit einer blauschwarzen Satinbettwäsche bezogen. Dies war nun nicht so ganz Tonis Stil. Der achtundzwanzigjährige Kriminalkommissar war eher ein bodenständiger Typ – er mochte Karomuster, Baumwolle, Cowboystiefel und sportliche Frauen mit Flechtzöpfen. Dennoch konnte er sich dem fremden Zauber von Kellys Schlafzimmer nicht entziehen. Allein schon, wie es hier roch! Kokosnuss, Ananas, Orange – Tonis Ermittlernase wurde von einem derart köstlich-exotischen Duftgemisch betört, dass er die einzelnen Bestandteile gar nicht ausmachen konnte. Und Kelly stand vor ihm, nackt wie eine griechische Göttin, nur dass ihr perfekter Körper ölig glänzte wie der gefettete Kolben eines Verbrennungsmotors.

Eigentlich hatte Toni beabsichtigt, dieses Treffen mit Kelly für drei Dinge zu nutzen: Erstens wollte er mehr über ihren sogenannten »Freund« Bikini herausfinden; zweitens seine eigenen Chancen bei dieser Hammerbraut abklären; und drittens, falls »zweitens« gut lief, herausfinden, ob er seine Beziehung zu ihr nicht noch ausbauen konnte. Nach der Handvoll Treffen, die die beiden sich bislang gegönnt hatten, beschränkte sich ihr Verhältnis vor allem auf Sex. Das war Toni zu wenig, obwohl ihr Körper zwingend dazu einlud.

Als vernünftiger Polizeibeamter hatte Toni gelernt, Verführungen aller Art zu widerstehen; ganz gleich, wie gut sie rochen oder wie ölig sie sich ihm darboten. Aber der Sex mit Kelly war schlicht galaktisch, und auch davon abgesehen war sie die tollste Frau, die er je kennengelernt hatte. Wäre da nicht dieses einen Meter fünfundneunzig große Problem gewesen: Kellys Noch-Freund Bikini, der mit bürgerlichem Namen Hans Bicker hieß, war ein Krimineller der übelsten Sorte: Seit seiner nicht ganz legalen Recherche im Europol-Fahndungssystem wusste Toni, dass gegen Kellys Lover bereits wegen Zuhälterei, Betrugs, Körperverletzung, Hehlerei, Geld- und Wertzeichenfälschung, Meineids, versuchter Erpressung, Diebstahls und Unterschlagung ermittelt worden war. Aktuell war der Mann etwas außer Gefecht gesetzt, weil er seine Strafe für schweren Internetbetrug absaß; die ersten sechs Monate Gefängnis hatte er hinter sich, und er war nun an den Wochenenden Freigänger. Ein derartig laxer Umgang mit kriminellem Gesocks schürten Tonis Zweifel am deutschen Rechtssystem.

Verträumt betrachtete der Kriminalbeamte die geschwungenen Lippen seiner Angebeteten, die sich ihm langsam näherte. Sein Blick glitt hinunter auf ihre vollen Brüste, die so einladend glänzten, dass er sie am liebsten gleich mit seiner Zunge bearbeitet hätte. Als Kelly direkt vor ihm stand, ließ sie ihre Hände verführerisch an ihrem Bauch hinabgleiten – bis in den rasierten Schritt. Dort blieben nun Tonis Augen hängen. Seine Levi's-Jeans waren zum Bersten gespannt. Er musste sich zusammenreißen, um nicht sofort über Kelly herzufallen. Warum nur war diese begehrenswerte Frau ausgerechnet mit einem Verbrecher liiert? Er musste sie dazu bringen, die Beziehung mit diesem asozialen Element zu beenden. Besser heute als morgen. Gerade öffnete Toni staunend den Mund, da stellte Kelly einen Fuß in seinem Schritt ab und begann sich die Nippel zu massieren. Toni wusste nicht, wie ihm geschah. Schon griff Kelly mit einer Selbstverständlichkeit, die er noch nie bei einer Frau erlebt hatte, nach seiner Gürtelschnalle – für das heutige Rendezvous hatte er die mit dem aufsteigenden Hengst, der von zwei Revolvern gerahmt wurde, gewählt – und öffnete ihm routiniert die Hose. Toni atmete schwer. Was, wenn seine Chefin Ute Dukaz ihn in dieser Situation sähe? Mit einer Gangsterbraut, die gerade ihren kriminellen Liebhaber mit einem Polizisten betrog! Das roch nach Schwierigkeiten! Dukaz war eine tolerante Person, die, so mutmaßte er, sogar über eine eigene kleine Marihuanaplantage verfügte, aber würde ihre Toleranz auch so weit reichen?

»Nimm mich!«, stöhnte Kelly, deren Hand längst in seiner Unterhose verschwunden war und nun sein Geschlecht so fest in der Hand hielt, als handelte es sich um den Griff eines Tennisschlägers.

Toni hielt es kaum noch aus. Auf der Polizeischule hatte man den angehenden Beamten nahegelegt, die privaten Verhältnisse ihrer Sexualpartner einer kritischen Prüfung zu unterziehen. Aber wie sollte das funktionieren? Wer konnte einer derartigen Versuchung widerstehen? Offenbar war Kelly von solchen Gedanken nicht belastet. Ihre Hand hielt seinen Ständer immer noch fest umschlossen. Mit geöffnetem Mund zog sie Toni zu sich heran, um kurz darauf auf seinem Schoß zu landen und ihn zu küssen. Toni schoss durch den Kopf, dass er jetzt etwas tun musste; jetzt musste etwas passieren, jetzt musste besprochen werden, wie es mit ihnen weitergehen konnte. Jetzt – ehe es zu spät war und sie beide sich wieder vollkommen in einem ekstatischen Liebesakt verlieren würden!

»Kelly«, presste er hervor, es fiel ihm wirklich schwer, »… wir müssen reden.«

»Klar, Schatzi«, flüsterte sie und liebkoste seinen Hals mit geübter Zunge. Er roch das betörende Körperöl, sicher war da irgendein aphrodisierendes Zaubermittel drin; er musste stark sein. Toni spannte seine Muskeln an, um auf diese Weise etwas Abstand zu Kellys Oberweite zu bekommen, ihre erregten Nippel drückten sich bereits durch den festen Stoff seines Karohemds. Aber es war sinnlos. Ehe er sichs versah, glitt er vollständig in sie hinein. Der Rest war Sport. Olympischer Zehnkampf, hemmungslos und schweißtreibend.

Als Toni wieder zu sich kam – er musste direkt nach den diversen Geschlechtsakten eingeschlafen sein –, lag er unter einer warmen Decke, die ebenso überdimensioniert war wie das Bett. Zudem wies sie denselben blauschwarzen Farbton wie das Laken auf, den Toni mittlerweile aber gar nicht mehr als so hässlich empfand. Auch ein wachsamer Kriminaler erlag der berauschenden Wirkung der Hormone.

Kellys zierliche Nase schmiegte sich an seinen Hals, als ob sie da hingehörte. Ihre rote Perücke kitzelte ihn mit jedem ihrer Atemzüge, und ihre prächtigen Brüste ruhten an seinen Rippen wie zwei schlafende Kätzchen. »Sag mal, Toni, wie viel verdienst du eigentlich so als Bulle?«

Mit dieser Frage hatte er nicht gerechnet. »Warum fragst du?«

Sie drehte ihren Kopf zu ihm und kraulte seine Brusthaare. »Ach, nur so. Ich interessiere mich halt für alles, was dich ausmacht …« Sie küsste ihn. »Verrätst du es mir?«

»Klar«, meinte er mit fester Stimme. »So circa Dreißigtausend.« Er fand, dass das ein gutes Einkommen war.

»Echt? Dreißig im Monat?«, kiekste Kelly, sichtlich beeindruckt richtete sie sich auf.

»Nein, natürlich nicht im Monat – im Jahr. Nicht einmal die Bundeskanzlerin verdient Dreißigtausend im Monat.«

War es nicht wunderbar, wie weltfremd und naiv diese Kelly, sein wildes Mädchen, war? Er strich ihr zärtlich die Haare aus der Stirn.

Von Kelly kam nur ein enttäuschtes »Ach so« zurück. Schnell schob Toni hinterher: »Das ist nur das Grundgehalt. Ich bekomme natürlich Zuschläge für alles Mögliche. Dann kann es deutlich mehr werden.«

Kelly überlegte: Dreißigtausend waren besser als nichts. Klar hatte sie mit Bikini zu manchen Zeiten richtig gut Geld gemacht. Da waren auch mal Dreißigtausend im *Monat* drin gewesen. Aber seit ihr Lover im Knast saß – und auch schon in den Monaten davor –, war sie froh, wenn sie überhaupt das Nötigste für Essen und Schönheitspflege zusammenkratzen konnte. Die Leute stellten sich das Gangsterleben so lässig vor. Aber wenn man ehrlich war, unterlagen die Einnahmen eines Kriminellen großen Schwankungen. Klar könnte Kelly jederzeit wieder als Prostituierte arbeiten, aber zurück auf den Straßenstrich, von dem Bikini sie gerettet hatte, wollte sie auf keinen Fall.

»Das sind also zwo fünf im Monat«, murmelte Kelly nachdenklich. Das war nun wirklich nicht die Welt. Allein die Beautyprodukte, die sie benötigte, um ihren Körper in Schuss zu halten, waren nicht ganz billig. Vielleicht war es taktisch doch klüger, nicht komplett auf Toni zu setzen, sondern ihn und Bikini weiter parallel laufen zu lassen. Zwei Typen bedeuteten letztlich auch ein doppeltes Einkommen – und doppelt so viel Sex. Letzterer machte ja bekanntlich auch schön; insbesondere war er, das hatte Kelly in einem Blog-Beitrag auf Youtube gesehen, gut für den Teint.

Toni riss sie aus ihren Gedanken: »Ja, zwo fünf – aber, wie gesagt, plus Zulagen. Weihnachtsgeld krieg ich ja zum Beispiel, und dann noch Urlaubsgeld …«, zählte Toni stolz auf. »Die Aufstiegschancen sind auch gut. Als Nächstes werde ich Kriminaloberkommissar und dann Kriminalhauptkommissar wie meine Chefin. Da kommt man dann locker auf über Vierzigtausend im Jahr.« Er spielte vorsichtig an Kellys Nippeln herum – bereit für eine neue Runde. »Vor allem aber ist mein Job krisensicher – wenn man eine Familie gründen will oder so …« Er hoffte, dass seine Affäre auf diese Steilvorlage reagieren würde. Mit ihr konnte er sich wirklich vorstellen, eine Familie zu gründen. Aber Kelly schwieg zunächst.

Als sie das Gefühl hatte, es sei angemessen viel Zeit verstrichen, flüsterte sie: »Toni, ich muss dir was sagen.« An ihrer Stimme erkannte er, dass Kelly nicht auf seine Avancen eingehen würde. Sie raunte leise und ziemlich ernst: »Wir müssen ab jetzt ganz, ganz vorsichtig sein, Tonischatzi.«

Tonischatzi! Über Tonis Lippen huschte ein Lächeln. Verträumt studierte er die Plastiksterne, die über dem Bett an der Decke klebten. Wenn sie erst mal ein richtiges Paar wären, mit Trauschein und allem Drum und Dran, würde er Kelly ein Wigwam über ihr Bett bauen, so wie er eines zu Hause hatte. Sie konnte ruhig schwanger werden, das würde ihm gar nichts ausmachen, und das wollte er ihr auch sagen. »Wieso meinst du, dass wir vorsichtig sein müssen? Nimmst du etwa nicht die Pille?«

Sie sah ihn an, als hätte er sie gerade gefragt, ob sie schon einmal Sex mit einem Aktenordner gehabt hätte. »Nein, natürlich nehme ich die Pille nicht. Ich habe 'ne Spirale drin. Diese ganze Chemiescheiße macht die Liebe kaputt. Die Pille killt die Hormone, die beim Sex entstehen, weißt du. Deswegen nehmen die Pille eigentlich nur noch Frauen, die eh keine Lust auf Sex haben, oder Mädels, die keine Ahnung haben und denken, sie bekommen davon schöne Haut.« Sie rümpfte die Nase. »Aber so meine ich das gar nicht mit dem Vorsichtigsein. Ich meine, wir müssen wirklich aufpassen – und zwar wegen Bikini.« Ihre Stimme wurde noch ernster. »Das war letztes Mal, als wir gevögelt haben, ganz schön knapp: Kaum warst du draußen, war er drinnen …« Toni überlegte, wie genau er das verstehen sollte. Sie fuhr fort: »… Und er hat mir scheißunangenehme Fragen gestellt … Also, was ich meine: Wir dürfen uns echt nicht von ihm erwischen lassen. Der legt dich eiskalt um.«

Das hätte Kelly besser nicht gesagt. Denn schon richtete sich Toni Glaser auf und sah mit bösem Gesichtsausdruck auf sie hinab. »Umlegen? Mich? Spinnst du?

Ich bin Polizist! Wenn der mich umlegen will, dann wandert der ein. Und dann ganz sicher für immer!« Er schüttelte den Kopf. »Du redest ja Zeug! Mich umlegen! Einen bayerischen Kripobeamten! – Soll ich dir was sagen: Ich bin einer von denen, die solche Typen wie deinen Bikini festnehmen, wenn's sein muss. Den ziehe ich schneller aus dem Verkehr als der ›Freigang‹ sagen kann!«

Kelly schmiegte sich noch enger an Tonis Brust und sprach mit kindlicher Stimme und mit einem koketten Blick durch ihre langen Wimpern: »Weißt du, mein Bikini ist sehr, sehr eifersüchtig.«

»Pff«, meinte Toni verächtlich. »›Mein Bikini‹!« Der Typ musste weg, das war ihm jetzt endgültig klar. Er hasste diesen Verbrecher. Und er wusste auch, dass er als Polizist im Zweifel immer am längeren Hebel saß.

»Versprich mir das bitte, Toni: Wir dürfen uns nicht erwischen lassen, nie, nie, nie!« Kellys Worte hatten etwas Flehendes. Dann wanderte ihr Kopf noch tiefer, und sie küsste das Körperteil, das ihr an ihrem Liebhaber am wichtigsten war. Der Polizist hätte gerne noch etwas geantwortet, aber er war sprachlos. Eine derart zielstrebige Frau hatte er noch nie erlebt! Kelly unterbrach ihre Liebkosungen und sagte: »Wenn Bikini könnte, würde er sogar meine SMS kontrollieren, aber mein Handy ist passwortgeschützt. Bei dem schaltet das Hirn aus, wenn der misstrauisch wird, einfach so. Und dann kann selbst ich ihn nicht mehr kontrollieren.«

Toni runzelte die Stirn. Dann sagte er langsam, jedes Wort abwägend: »Ich könnte eventuell ein bisschen nachhelfen … dass ihm sein Freigang am Wochenende wieder gestrichen wird.«

»Nein!«, entfuhr es Kelly. »Das will ich nicht. Auf keinen Fall.« Dann sprach sie wieder leise und fast wie ein Kleinkind: »Weißt du, Bikini hat mir mal … also … praktisch das Leben gerettet.«

»Aha – und wie das?«

»Er hat mich …« Kelly überlegte kurz, entschied sich dann aber dagegen, Toni von ihrer Vergangenheit im Rotlichtmilieu zu erzählen. Sie hatte Sorge, dass ihn das abschrecken würde. Zu oft schon hatte sie es erlebt, dass ihre Vergangenheit als Hure eine sich anbahnende Affäre zerstört hatte. Sie fasste sich wieder, wandte ihm das Gesicht zu und drückte ihm einen feuchten Kuss auf den Mund. »Jedenfalls müssen wir vorsichtig sein. – *Ich* jedenfalls bin *super*vorsichtig.« Sie kicherte. »Soll ich dir was verraten?«

»Mm-mh.« Der Kriminalbeamte war nun nicht mehr so entspannt.

»Rate mal, unter welchem Namen ich deine Handynummer gespeichert habe.« Sie kicherte erneut.

»Keine Ahnung.« Ihm persönlich hätte »Cowboy« gefallen oder »Sheriff«.

»›Fantasy Nails‹!« Kelly lachte laut. »Der Name von einem Nagelstudio. Ist das nicht lustig? Da kommt der nie drauf. Nie!«

»›Fantasy Nails‹«, murmelte der Polizist ungläubig.

Ehe er darüber nachdenken konnte, warum Kelly aus ihrer Vergangenheit ein Geheimnis machte, kuschelte diese sich wieder ganz nah an seine Brust. »Ich bin so froh, dass wir uns begegnet sind, Toni! Du könntest das größte Glück meines Lebens werden!«

»Ja, wirklich?« Plötzlich keimte Hoffnung in ihm auf. Das würde schon noch werden mit Kelly und ihm. Er musste einfach nur geduldig sein. Wenn er daran dachte, unter welchen Umständen sie sich kennengelernt hatten und wie kurz das erst her war … Es würde sich alles fügen. Sie waren füreinander bestimmt, dessen war er sich ganz sicher: »Wenn man sich überlegt, dass wir nur deshalb zusammengefunden haben, weil ein anderer Mensch gestorben ist …«

Vor seinem inneren Auge wiederholte sich der Moment, in dem er Kelly das erste Mal gesehen hatte: Er war im Krankenhaus gewesen, wo er ein schwerverletztes Unfallopfer als Zeugen hatte befragen wollen, und Kelly hatte dort bei diesem armen Kerl am Bett gesessen. Leider war der Mann kurze Zeit später gestorben. Aber ohne diesen Schwerverletzten hätten sich ihre Wege nie gekreuzt. »Wofür so ein Unfall alles gut sein kann …«, murmelte er gedankenversunken.

»Das mit dem Seefellner war kein …« Erst als sie den Satz bereits halb ausgesprochen hatte, wurde Kelly bewusst, dass sie einen Fehler begangen hatte. Aber die Wörter ließen sich nicht mehr einfangen. Sie biss sich auf die Unterlippe, doch Toni Glaser war sofort hellwach und im Ermittlermodus: »Kein was? Kein Unfall?«

»Ach, nix«, flötete Kelly und stürzte sich reichlich übereilt mit dem Kopf zwischen seine Beine. Sie hätte sich in den Hintern beißen können: Was war bloß in sie gefahren? Sie konnte doch unmöglich ihr Wissen mit einem Bullen teilen! Das war brandgefährlich!

Tatsächlich war der Instinkt des Ermittlers stärker als der Fortpflanzungstrieb, und so nahm Toni Kellys Kopf in beide Hände und versuchte, ihn von seinen Weichteilen weg nach oben zu ziehen. Doch Kelly hielt dagegen – und so starrte Toni Sekunden später zunächst auf die rote Perücke in seinen Händen – und dann auf Kellys kahl rasierten Kopf. »Oh, sorry«, entfuhr es ihm.

Die ehemalige »Professionelle« riss den Kopf hoch und kreischte: »Hey! Spinnst du?«

»Tut mir leid … tut mir echt leid …« Er war völlig verdattert und vergaß beim Anblick der Glatze vollkommen, nachzuhaken, was sie mit der Andeutung gemeint hatte.

Kelly sprang auf und eilte ins Bad, wo sie sich vor dem Spiegel die Perücke wieder aufsetzte und zurechtrückte. Sie konnte und durfte Toni Glaser nichts über Seefellner und die wahren Umstände seines Todes verraten! Und je länger sie nachdachte, umso mehr kam sie zu dem Schluss, dass sie ja ohnehin nichts Stichhaltiges über die Todesumstände des geistig Zurückgebliebenen wusste, den viele den »Deppenschorsch« genannt hatten. Es war also nicht gelogen, wenn sie vorgab, keine Ahnung zu haben.

Sicher wusste sie ohnehin nur, dass dieser Felix Ambach gedroht hatte, ihr etwas anzutun, wenn sie mit irgendwem über Seefellners wahre Sterbensumstände reden sollte. Klar hatte dieser Hilfsschreiner angedeutet, dass er den Deppenschorsch umgebracht hatte, aber vielleicht war das ja nur Prahlerei gewesen. Auf eine Überprüfung durch die Polizei wollte Kelly es aber dann doch nicht ankommen lassen. Zudem hatte dieser Felix zehntausend Euro dafür bezahlt, dass sie schwieg; aber auch davon erzählte sie Toni besser nichts.

Kelly betrachtete sich im Spiegel. Die Frisur saß wieder. Sie trug Lippenstift auf, sprühte ein wenig von dem Anemonen-Aphrodite-Spray unter ihre Achseln und ging zurück zu Toni, um es noch einmal von der sportlichen Seite anzugehen.

Bikinis rechte Faust landete genau im Zielgebiet. Nasenknochen splitterten, und Dimitri, sein muskelbepackter Mithäftling, ging mit schmerzverzerrtem Gesichtsausdruck zu Boden. Diese niederschmetternde Attacke hatte den Ukrainer überrascht. Bikini wirkte doch auf den ersten Blick wie ein harmloses Landei! Während Dimitri nackt und blutverschmiert in Richtung Kachelboden sank, bereute er bereits, Bikini provoziert zu haben. Das kalte Wasser der Dusche prasselte ihm ins Gesicht, Fragen schossen ihm durch den Kopf: War er naiv gewesen? Hätte er mit einer derart brutalen Reaktion rechnen müssen? Bikini wirkte zwar nicht wie ein wehrloses Opfer, aber eben auch nicht wie ein Psycho, der bei der kleinsten Provokation sofort austickt. Dimitri hatte ihn eigentlich nur ein wenig gefoppt, wie man das halt so machte unter Zellen-Kumpels: »Deine Frau gute Schlampe, aber mein Cousin sagt, sie bumst andern.« Dimitri kam nicht mehr dazu, sein dreckiges Lachen, für das er im Knast bekannt war, hinterherzuschicken, Bikinis Faust war schneller gewesen.

Der dumpfe Aufprall des Körpers drang bis in den Vorraum der Duschen. Allerdings interessierte sich keiner der Häftlinge sonderlich dafür. Die Männer stutzten sich die Bärte oder putzten ihre Zähne. Streit und Reibereien unter Gefangenen gehörten zum Gefängnisalltag.

Dimitri krümmte sich stöhnend, das aus seiner Nase fließende Blut mischte sich mit dem Duschwasser auf dem Kachelboden. Er wischte sich mit der Hand das Blut von der Oberlippe und wandte den Kopf nach oben: In Zeitlupentempo schob sich Bikinis mit nackten Frauen in erotischen Posen tätowierter Oberkörper über ihn und verdunkelte seine Sicht. Kellys Lover beugte sich etwas nach unten und spuckte seinem Opfer mitten ins Gesicht. Während Dimitri angeekelt zurückzuckte, knurrte Bikini so leise wie langsam:

»Damit wir uns verstehen: Meine Freundin geht dich

einen Scheiß an, du Spast. Kelly ist eine Klassefrau, die fickt mit niemandem außer mit mir. Sag das deinem behinderten Cousin, ansonsten polier ich ihm nächsten Samstag genauso die Fresse wie dir.«

Der glatzköpfige Dimitri hielt sich schützend die Hände vors Gesicht: »Hey, Bikini, Alter! War doch nur Spaß, hey, nur Spaß!« Seine Miene zeugte von Todesangst.

»Spaß, Arschloch? Wenn es um meine Frau geht, verstehe ich keinen Spaß. Hast du das verstanden, du Spast?«

Dimitri nickte kleinlaut. »Ja, ja. Alles klar, Bruder, alles klar.«

Bikini hatte den Eindruck, dass der Trottel seine Lektion gelernt hatte. Er stand auf und drehte das Wasser ab. Im Duschraum wurde es ruhig. Nur das Geräusch vereinzelter Tropfen, die auf die stumpfen Kacheln fielen, und das Gemurmel aus dem Nebenraum durchbrachen die Stille.

Ohne sich noch einmal zu seinem Zellengenossen umzudrehen, griff sich Bikini sein Handtuch vom Haken und verließ pfeifend den Ort der Auseinandersetzung. Im Vorraum mit den Waschbecken spürte er die Blicke seiner Mithäftlinge. Der Respekt, der aus ihnen sprach, wärmte ihn wie die Strahlen der Morgensonne. Dennoch gelang es Bikini auf dem Weg zurück in die Zelle nicht, diese eine finstere Frage aus seinem Kopf zu verbannen: Verbarg sich womöglich doch ein Funken Wahrheit hinter Dimitris dreister Behauptung?

Sechs

Felix war fertig mit den Nerven. Was war nur in Dana gefahren, dass sie ihn so kalt abfertigte? Vor dem Ausflug nach Paris hatte sich doch alles ganz normal angefühlt. Ihr Plan stand: Sie wollten zusammenziehen. Sie waren verliebt. Sie wollten auf immer zusammenbleiben. Und jetzt sah es so aus, als zeigte sie ihr wahres Gesicht: Offenbar waren ihr die Millionen wichtiger als ihre Liebe. Und er war wieder allein. Je länger Felix sich den Kopf zermarterte, desto wütender wurde er. Wenn die Schlampe Geld wollte, sollte sie ihr Scheißgeld kriegen! Aber ihr doppelt so viel Geld überlassen, wie er selbst behalten durfte? Das war doch nicht gerecht! »Felix, mir ist es ernst mit den fünf Millionen. Wenn ich die nicht innerhalb der nächsten drei Tage habe, rufe ich die Metancourt an und lasse den Deal auffliegen.« Das hatte sie gesagt. Felix stand allein vor dem Haus, in dem ihre Wohnung lag, deren Tür er eben mit voller Wucht zugeschlagen hatte. Große Einsamkeit überkam ihn. Und Ratlosigkeit. Was sollte er tun? Wo zum Teufel war überhaupt sein Auto? Er hatte es vor ein paar Tagen irgendwo hier in der Gegend geparkt. Aber wo genau? Sein Kopf fühlte sich an wie eine Ladung Dynamit kurz vor der Zündung. Ziellos irrte er durch die Straßen, passierte Touristen mit Stadtplänen, lachende Kinder auf einem Spielplatz und turtelnde Liebespaare. Doch Felix nahm nichts davon wahr. Stattdessen blickte er sich immer hektischer um. Wo um alles in der Welt war der verfluchte VW-Bus? Der konnte sich doch nicht einfach in Luft aufgelöst haben! Nach einer halben Stunde verzweifelter Suche spielte Felix tatsächlich mit dem Gedanken, die Polizei anzurufen. Vielleicht war der Wagen gestohlen oder abgeschleppt worden? Und vielleicht war es ohnehin eine gute Idee, die Polizei anzurufen und reinen Tisch zu machen: »Ja, ich suche meinen Scheißwagen. Aber nebenbei wollte ich Ihnen noch sagen, dass ich zwei Menschen umgebracht und vier Picassos gefälscht und für ein paar Millionen in Paris verhökert habe. Kommen Sie bitte vorbei und erlösen Sie mich!«

Felix kratzte sich. Sein Bart juckte. Seit der Reise nach Frankreich hatte er sich nicht mehr rasiert. Natürlich war die Polizei keine Option. Aber was dann? Er blieb stehen, vergrub die Hände in den Hosentaschen. Da war noch Kleingeld. Ein Zeichen? Er wechselte die Straßenseite, fütterte den Zigarettenautomaten mit Münzen, riss hastig die Plastikfolie von der Pappschachtel, schob sich eine Zigarette in den Mund und zündete sie an. Als der erste Zug seine Lunge ausfüllte, hielt er inne, ihm wurde leichter. Er würde sich einfach treiben lassen. Das Rauchen beruhigte. Es hatte eine nahezu meditative Wirkung auf ihn. Einatmen, ausatmen, einatmen, ausatmen. Das tat gut. Er rauchte die erste Zigarette im Stehen fertig und zündete sich direkt eine neue an. Dann machte er sich wieder auf den Weg. Ging die Straßen noch einmal ab. Jetzt aber nicht mehr panisch, sondern gelassener. Er ließ den Blick umherschweifen. Die Karre musste ja irgendwo sein.

Nach einer Viertelstunde fand er sie. Der Bus stand in einer Seitenstraße. Erleichtert setzte er sich hinters Steuer und fuhr zurück aufs Land.

In seinem Heimatdorf Hinteröx war alles totenstill und seltsam fremd. Er stieg aus. Ihn fröstelte es. Felix fühlte sich wie ein Besucher, der nicht willkommen war.

Sein Blick wanderte über das heruntergekommene Wohnhaus und den verwilderten Garten. War dieser Ort noch sein Zuhause? Er wirkte so abweisend. Jeder Busch, jeder Stein, jede Mauer schien ihm ein lautloses »Hau ab! Scher dich zum Teufel!« entgegenzuschreien. Er musste weg von hier. Alles erinnerte ihn an seine miese Kindheit, seinen cholerischen Bruder und – an Dana. Mit dem Hausschlüssel in der Hand starrte er auf die Wohnungstür, da flitzte durchs hohe Gras die Katze des Nachbarn auf ihn zu. Sie stoppte kurz vor ihm, schmiegte sich an seine Unterschenkel und forderte ihn mit nachdrücklichem Schnurren dazu auf, sie zu streicheln. Er machte einige Schritte zur Tür. Das Tier folgte ihm. Er dachte daran, wie sehr Dana diese Katze gemocht hatte. Er blickte nach unten, für ihn war dieses Vieh nichts als eine Klette. Dann schüttelte er den Kopf und sperrte die Tür auf. Als sie einen Spalt offen stand, versuchte die Katze an ihm vorbei ins Haus zu huschen. Felix wurde sauer. Er verpasste ihr einen heftigen Tritt, der sie in hohem Bogen zurück auf den Kiesweg schleuderte. Nach einer eleganten Landung sah sie ihn vorwurfsvoll an. Weil er sich schäbig fühlte, drehte er sich eilig weg, trat ein und zog die Tür hinter sich zu. Er ging ins Badezimmer und drehte den Hahn auf, vielleicht würde ihn ein Bad beruhigen. Zunächst plätscherte nur eine braune Brühe in die Wanne, aber allmählich wurde das Wasser klar und warm. Er zog sich bis auf die Unterhose aus, wanderte dann – einem unerklärlichen Impuls folgend – in die Küche, öffnete den Kühlschrank und stierte ins Innere. Im Seitenfach standen mehrere Flaschen Weißwein, die er für Dana gekauft hatte. Auch wenn er in Paris mit den anderen Champagner getrunken hatte, verabscheute er Alkohol im Grunde noch immer. Er hasste seine betäubende Wirkung. Als er noch ein Kind war, hatte sein Vater sich jeden Tag fast bis ins Koma gesoffen; es war seine Methode gewesen, vor Problemen davonzulaufen. Zeit seines Lebens hatte Felix sich vorgenommen, nicht so zu werden wie der Vater. Wie in Trance stierte er weiter in das weiße Licht des Kühlschranks, die rechte Hand am Plastikgriff der Tür. War das Leben nicht verrückt? Hatte er nicht erst vorgestern den größten Erfolg seiner Karriere gefeiert? Siebeneinhalb Millionen waren ihm auf dem Silbertablett serviert worden. Mehr als genug, um sein kriminelles Schaffen endgültig zu beenden. Dank der Kohle hätte er mit Dana ein neues, sorgenfreies Leben in der Stadt beginnen können. Und jetzt, zwei Tage später, lag das Silbertablett auf dem Boden. Eine gemeinsame Zukunft mit Dana würde es nicht geben, das war sicher. Zudem schrumpfte sein Anteil an der Beute erheblich. Felix stand noch immer in Boxershorts vor dem offenen Kühlschrank seiner Bruchbude und bemitleidete sich selbst. Sein Vater hätte ihn ausgelacht – und sein älterer Bruder erst! Vielleicht war er ja wirklich der Versager, für den ihn alle hielten?

Felix packte die erste Flasche aus dem Fach, riss die Plastikverpackung vom Flaschenhals, drehte den Schraubverschluss auf und schüttete den Wein auf den Boden. Scheiß drauf! Wie befreiend das war! Er packte die nächste Flasche, öffnete sie und goss noch mehr Wein mit wilden Bewegungen in der ganzen Küche herum. Das tat gut! Ihm ging es schon viel besser. Als die zweite Flasche leer war, schrie er laut auf, bevor er sie mit voller Wucht gegen die alte Anrichte warf. Einige Kaffeetassen gingen klirrend zu Bruch. Scherben verteilten sich auf den Kacheln. Und Felix nahm Fahrt auf: Wie ein Derwisch ging er nun zur Anrichte, auf der Teller und Tassen standen, und wischte alles mit einer einzigen, kraftvollen Armbewegung auf den Boden. Ein schepperndes Scherbenmeer der Zerstörung! Dann fiel sein Blick auf die alten Schnapsgläser des Vaters. War das möglich – lachten sie ihn aus? Mit beiden Händen packte er die kleinen Trinkbehältnisse und donnerte sie wütend gegen die Küchenwand. Ein Irrläufer traf die noch immer offen stehende Tür des Kühlschranks und gab ihr einen Schubs. Sofort sprang Felix zurück zu dem brummenden Gerät und riss die letzte Weinflasche aus dem Getränkefach. Dabei trat er mit seinem linken Fuß in einen scharfen Glassplitter. Der Schmerz war ihm egal, und doch bewirkte er eine Verwandlung: Berauscht von seinem eigenen Zorn setzte Felix die Flasche an und schüttete sich gierig einen großen Schluck in die Kehle. Er hatte nichts mehr zu verlieren.

Gabriel de Moño saß allein in seinem Münchener Penthouse, den Oberkörper über den Laptop gebeugt. In seinen tiefschwarzen Pupillen spiegelte sich das Display. Er begutachtete seine Arbeit, nickte zufrieden und strich sich mit dem Daumen über den schmalen Oberlippenbart. Dann griff er nach dem geriffelten Glas, das neben ihm auf dem Tisch stand, nahm einen großen Schluck Whiskey und klickte mit dem Zeigefinger der rechten Hand auf die Taste der silbernen Maus. Ehe der Drucker ansprang, neigte der Kunstberater seinen Kopf nach hinten, die Knochen der Halswirbelsäule knackten. Mit beschwörendem Gesichtsausdruck fixierte er den Schlitz des Laserdruckers. Nach fünf Ausdrucken stoppte das Gerät. Ohne aufzustehen nahm Gabriel die Bögen aus dem Drucker und betrachtete sie mit Wohlgefallen. Die versteckte Kamera hatte gute Arbeit geleistet. Die fünf

Fotos zeigten Felix und Dana beim Sex. Auf allen Aufnahmen war Felix zweifelsfrei zu erkennen. Man sah ihm an, wie sehr er genoss, was er gerade tat. Zufrieden verstaute Gabriel die Fotos in einem braunen Umschlag und schob noch einen verchromten USB-Stick mit dem kompletten Sex-Tape besagter Nacht dazu. Innerlich freute er sich schon auf den nächsten Schritt, auch wenn er damit noch etwas warten musste.

Seine Fußsohle blutete, die Weinflasche war beinahe leer. Felix betrachtete sich im Badezimmerspiegel, aber auf dem Glas hatte sich Wasserdampf gebildet, er konnte sich nur schemenhaft erkennen. Der ungewohnte Alkohol war ihm direkt ins Hirn geschossen. Schlagartig wurde ihm wieder bewusst, dass er keine Freundin mehr hatte. Das tat weh. Er schwankte. Er trug noch immer nur seine schwarzen Boxershorts. Plötzlich riss ihn ein Klingeln aus seinen Gedanken. Wer war das? Dana? War sie doch wieder zu Verstand gekommen und kam, um ihn um Entschuldigung zu bitten? Mit der grünen Weinflasche in der Hand wankte er eilig zur Haustür. Er freute sich. Der Schock, den sein desolates Aussehen ihr versetzte, war der vor der Tür stehenden Frau anzusehen. Seine Exfreundin Maria starrte ihn irritiert an.

»Was ist denn mit dir passiert? Hast du getrunken?« Hastig warf sie einen verunsicherten Blick zurück zu ihrem Auto, das in der Einfahrt stand. Felix hatte Alkohol doch immer verabscheut. Was war in ihn gefahren? Felix folgte ihren Augen und erkannte Marias Tochter Soleil auf dem Beifahrersitz. Ihm gelang nicht mehr als ein freudlos gelalltes »Hallo, Maria.« Er war enttäuscht.

»Felix, wir müssen reden, dringend!«

Felix verdrehte die Augen. »Reden? Wir? Worüber denn?«

Er hatte keinen Nerv, jetzt auch noch mit der nächsten gestörten Exfreundin zu diskutieren.

»Kann ich bitte kurz reinkommen?«

Felix baute sich im Türrahmen auf, als gälte es den Einlass eines angesagten Clubs zu verteidigen. Er hatte genug Probleme, Maria sollte draußen bleiben. »Nein. Kannst du nicht.«

Maria atmete tief ein. Sie durfte jetzt nicht aufgeben. Sie hatte alles auf eine Karte gesetzt. »Ich habe mich von Christian getrennt.«

Felix war überrascht. Er sah sie prüfend an. Verlegen wichen ihre Augen seinem Blick aus, wanderten stattdessen vom Kopf über den nackten Oberkörper und die Unterwäsche bis zu den Füßen. Er war barfuß, seine Füße bluteten. Hinter ihm zog sich eine Blutspur durch den Eingangsbereich des Hauses. Was war hier los?

»Es tut mir leid, dass ich vielleicht zu einem schlechten Zeitpunkt komme, aber ... ich habe lange nachgedacht.« Sie hob den Kopf, nahm all ihren Mut zusammen und sagte hastig: »Es war der größte Fehler meines Lebens, mich von dir zu trennen.«

Trotz seiner Ungeduld spürte Felix für den Bruchteil eines Augenblicks so etwas wie Genugtuung. Es gab also doch noch Frauen auf dieser Welt, die sich für ihn interessierten. Er strich sich durchs Haar und erwiderte mit schwerer Zunge: »Das fällt dir ja früh ein. Wie lange ist das jetzt her – zwanzig Jahre?«

Maria schluckte. Felix war ihre einzige Hoffnung. Ihre Koffer lagen im Auto. Sie hatte Christian, Felix' großem Bruder, Adieu gesagt. Zaghaft hob sie die rechte Hand und versuchte nach seiner zu greifen. Es kam zur Andeutung einer Berührung, aber er riss sich sofort wieder los, verbarg die Hände hinter dem Rücken und fuhr sie an: »Spinnst du? Was soll der Scheiß?«

»Felix, ich liebe dich … Das ist mir … jetzt … klar geworden«, sagte sie mit leichtem Zittern in der Stimme.

Felix schüttelte wütend den Kopf und warf die leere Weinflasche mit einem lauten Klirren auf die Steinplatten der Treppe, Scherben flogen durch die Luft und landeten wenige Zentimeter neben Marias Füßen.

»Nein, tust du nicht, Maria!« Er schrie so laut, dass ein unheimliches Echo von der Mauer der gegenüberliegenden Werkstatt zurückhallte.

Eingeschüchtert wich Maria zurück. Sie warf einen besorgten Blick zu ihrer zehnjährigen Tochter im Auto, woraufhin Soleil fragend die Stirn runzelte.

Spätestens jetzt musste Maria sich eingestehen, dass ihr Plan naiv gewesen war. Sie rang mit sich. Sollte sie ihren letzten großen Trumpf ausspielen? Sie wandte sich wieder Felix zu. War es richtig, es ihm zu sagen, jetzt? Sie nahm allen Mut zusammen und sprach übertrieben deutlich: »Doch, ich liebe dich! Und du mich auch.« Nicht einmal Felix' abwehrendes Kopfschütteln konnte sie jetzt noch aufhalten. Maria sagte: »Und da gibt es noch etwas Wichtiges, Felix. Es hat mit Soleil zu tun …«

»Maria!«, fiel der Halbnackte mit dem irren Blick ihr ins Wort und packte sie grob an den Schultern. »Ich empfinde nichts mehr für dich, kapier das doch endlich! Und ich habe genug eigene Probleme.«

Felix redete sich so sehr in Rage, dass Maria es mit der Angst zu tun bekam. »Lass mich einfach in Ruhe! Du hast Probleme mit Christian? Ja? – Weißt du was? Das ist mir scheißegal! Ich kann dir nicht helfen.«

Die letzten Worte sprach er langsam und abgehackt,

dabei hämmerte er mit seiner rechten Faust mehrmals heftig gegen den Türrahmen.

»Wie du vielleicht weißt, ist mir bekannt, was für ein Idiot und Arschloch mein Bruder ist, aber …«

Weiter kam er nicht, denn seine Exfreundin brach in Tränen aus. Sie bedeckte dabei allerdings nicht mit den Händen ihr Gesicht. Sie senkte auch nicht den Kopf. Während sie weinte, sah sie Felix direkt ins Gesicht. Und überforderte ihn damit völlig. »Hör auf mit deinem Scheißgeflenne!« Er trat einen Schritt zurück in die blutigen Schlieren auf dem Fußboden. »Such dir einen anderen, der sich deinen Mist anhört!« Dann knallte er Maria die Tür vor der Nase zu. Noch nie hatte Felix einen Menschen, der ihn liebte, einfach so abserviert. Irgendwie fühlte sich das gut an.

Sieben

Am nächsten Morgen kam es Felix vor, als wäre sein Schädel ein Stück Holz, das intensiv mit einem Beil bearbeitet würde. Seine Schläfen pochten, die Schnittwunden in der Fußsohle brannten. Er verband sie, so gut es ging, mit einer Mullbinde aus dem Erste-Hilfe-Kasten, den er in seinem Transporter fand. Dann humpelte er vom Wagen zur Werkstatt. Es war ein Tag mit dunkelgrauem Himmel, Bindfadenregen benetzte die Welt, ein ekelhafter Wind peinigte seine Ohren. Felix öffnete die drei Schlösser der Schiebetür und schüttelte sich die Regentropfen aus dem Haar. Er betrat die spärlich vom Tageslicht erhellte Werkstatt und kontrollierte die drei

Verstecke, in denen er das Bargeld verborgen hatte. Soweit er es auf den ersten Blick sehen konnte, war noch alles da: um die siebzigtausend Euro. Er griff sich ein Bündel Scheine, schätzungsweise Zwanzigtausend, und steckte es in die rechte Gesäßtasche seiner Jeans. Das sollte erst einmal ausreichen. Dann nahm er die restlichen Scheine seines Barvermögens, ging zurück ins Haus und packte sie in eine Plastiktüte, die er unter einen Berg Schmutzwäsche in der alten Waschmaschine stopfte. Nachdem er eine Tasche mit dem Nötigsten gepackt hatte, verließ er das Haus, sperrte ab und hievte sich schwerfällig auf den Fahrersitz des VW-Busses. Sein Schädel brummte, jede noch so kleine Bewegung der Augen fühlte sich an, als bohrte sich ein heißer Lötkolben in sie hinein. Er musste hier weg! Die trostlose Einsamkeit seines Elternhauses, die öde Leere der Provinz hielt er einfach nicht mehr aus. Pulsierendes Leben, Großstadt, München. Und er mittendrin. Er war frei und hatte beschlossen, das Leben in vollen Zügen zu genießen. Er würde nichts auslassen. Nichts! Er war bereit für ein neues Leben. Auch ohne Dana.

Nachdem er den Wagen in einem Parkhaus beim Isartor abgestellt hatte, schleppte er sich mit der Tasche über der Schulter in Richtung Viktualienmarkt. Sein Fuß schmerzte noch immer höllisch. Im erstbesten Hotel, an dem er vorbeikam, checkte er ein. Dass es sich beim »Torbräu« angeblich um das älteste First-Class-Hotel der Stadt handelte, war ihm vollkommen gleichgültig. Genauso wie die Tatsache, dass nur noch die Juniorsuite frei war. Felix blätterte dem Mann an der Rezeption tausendfünfhundert Euro auf den Tresen und sagte: »Zwei Nächte. Der Rest ist für Sie.«

Der Mann im dunkelblauen Anzug zögerte keine Sekunde, bedankte sich kurz und reichte Felix die Zimmerkarte. Wenig später saß Felix auf einem weiß bezogenen Bett und wechselte den Verband an seinem Fuß. Danach widmete er sich dem Frühstück, das der Etagenkellner vor zehn Minuten auf einem Servierwagen in den Raum geschoben hatte. Als nur noch zwei Scheiben Vollkornbrot, etwas Obst und Wurst, die Felix nicht mochte, übrig waren, kramte er eine schwarze Visitenkarte aus der Seitentasche seiner Reisetasche und wählte die darauf notierte Nummer. Da er lediglich die Mailbox erreichte, sagte er nach kurzer Pause: »Grüß dich, Felix Ambach hier, Gabriels Geschäftspartner. Ruf mich doch mal zurück.«

Genau achtzehn Minuten später, Felix stand gerade vor dem von hellblauen Fliesen gerahmten Spiegel und rasierte sich, klingelte sein Handy. Sein Herz klopfte schneller. Es war ihre Nummer.

»Ja?«

»Ich bin's, Lolita.«

»Hallo … äh … ich weiß nicht, ob du dich an mich erinnerst …« Er suchte nach Worten, aber es fiel ihm nichts ein, denn allein der Klang ihrer Stimme reichte aus, um jeden klaren Gedanken zu verdrängen. Es war Gabriel, der Felix seinerzeit die atemberaubend schöne Escortlady mit dem Künstlernamen »Lolita von Schnee« zugeführt hatte, um ihn von Dana abzulenken. Felix war nach der Party, auf der seine Freundin spurlos verschwunden war, neben der verführerischen Schwarzhaarigen aufgewacht.

»Hey, bist du noch da? Klar kann ich mich an dich erinnern.« Ihre Stimme klang vertraut. Felix dachte an ihre gepflegten Fingernägel, sie waren damals hellgrau lackiert gewesen.

»Ja. Ich wollte fragen, ob du …« Was sagte man in einer derartigen Situation? »… Hast du mal Zeit?«

»Kommt drauf an, wann.«

Die selbstverständliche Art, mit der sie ihm begegnete, entspannte Felix. Er sagte: »Ähm – wie wäre es mit sofort?«

»Oh!« Lolita schien freudig überrascht. »Also, eine Stunde brauche ich schon noch. Ich muss mich ja auch noch frisch machen.«

»Okay, das passt.« Felix spürte ein Ziehen im Bauch. Wenn Dana ihn nicht mehr wollte, dann kaufte er sich eben Liebe.

»Noch eine Frage – nur, damit ich planen kann: Weißt du schon ungefähr, wie lange du mit mir zusammen sein willst?«

»Öhm …« Felix dachte nach. Er hatte keine Vorstellung davon, wie das mit solchen Frauen lief. Gabriel hatte ihm seinerzeit verkündet, Lolita stünde ihm einen ganzen Monat zur Verfügung. Deshalb sagte er: »Einen Monat?«

»Okay …«, erwiderte Lolita, sie schien nachzudenken. »Und du meinst, rund um die Uhr?«

»Ja«, gab Felix knapp zurück. Sein Kopfschmerz war wie weggewischt, er fühlte sich plötzlich befreit.

»Okay. Da gibt's bloß ein Problem: Ich habe mir für kommende Woche schon vier Termine eingetragen …«

»Ich bezahle besser. Wie viel?«

Minuten später war der Deal perfekt: Felix hatte Lolita von Schnee exklusiv gebucht – mit allem Drum und Dran –, für zehntausend Euro. Ein Gefühl der Macht breitete sich in ihm aus. Nur ein Anruf von ihm genügte, und keine zwei Stunden später lag eine der attraktivsten Frauen, die er je gesehen hatte, nackt neben ihm auf dem Bett, während er sich noch immer keuchend von der ersten Runde erholte. Lächelnd strich Felix ihr über das lange pechschwarze Haar und genoss die freie Sicht auf den makellosen Po. Mit den Füßen hatte Dana es ihm noch nie gemacht. Die Frau mit der hellen Haut war eine Göttin der Erotik. Sogar das Tattoo auf ihrem Oberarm – es zeigte ein künstlerisch gestaltetes Schneewittchen mit einem Apfel in der Hand, das sein Spiegelbild betrachtete – gefiel ihm, obwohl ihm Tätowierungen eigentlich gleichgültig waren. Wie alt mochte sie sein? Wenn er nach ihrem Äußeren ging, dann schätzte er sie auf höchstens zwanzig; wenn er jedoch ihre raffinierte Eleganz in Liebesdingen betrachtete, dann musste sie wesentlich reifer sein. Oder hatte sie bereits als Teenager Erfahrungen gesammelt? Sie wirkte keine Sekunde so, als wäre ihr diese Arbeit unangenehm. Vielmehr gab sie sich vollständig der Wollust hin – gerade so, als wäre er ihr echter Liebhaber. War es möglich, derart glaubwürdig zu schauspielern?

Lolita schien seine Blicke zu spüren, denn jetzt drehte sie sich zu ihm um. »Was denkst du?« Ihre Stimme klang rauchig.

»Wie alt du bist …«

»Zweiundzwanzig.« Das Callgirl lächelte verschmitzt und wippte sanft mit ihren Unterschenkeln hin und her. »Keine Angst, alles ganz legal«, fügte sie schäkernd hinzu.

»Gegenfrage: Was hast du eigentlich mit deinem Fuß gemacht?« Sie deutete auf den Verband, der sich wieder blutrot verfärbt hatte. Ihr Gesichtsausdruck signalisierte ernsthafte Besorgnis.

»Unfall«, antwortete Felix knapp.

»Darf ich mir das mal ansehen?« Sie beugte sich über

seinen Fuß. »Ich habe früher als Krankenschwester gearbeitet.«

In den nächsten vierundzwanzig Stunden weihte Lolita von Schnee Felix in die Geheimnisse der Liebeskunst ein. Kokon, Krabbe, gespaltener Bambus, Patronengurt, Kuh und Reiterin, Schaukel, die stolze Königin, glühender Wacholder und das sich putzende Kaninchen waren nur einige der Stellungen, zu denen ihn seine erfahrene Begleiterin mit ihrem geschmeidigen Körper verführte. Zwischendurch tranken sie Champagner – auch Felix hielt mit, denn er hatte beschlossen, sich ganz und gar gehen zu lassen. Der Alkohol wurde schneller sein Freund, als er dies für möglich gehalten hätte. Der Rausch machte dieses Scheißleben erträglicher, intensiver. Die beiden ließen sich feine Speisen kommen, aßen einander von den nackten Körpern. Sie leckten Flüssigkeiten von der Haut des anderen, und Felix fischte mit seiner Zunge mehrere exotische Früchte aus Lolitas Vagina. Je tiefer er zwischen den Beinen des Callgirls versank, umso wilder machte ihn der Geruch von Erde und Baumrinde, den er dort vorfand. Lolitas Lustschreie waren derart glaubwürdig, dass er mitunter vollkommen vergaß, dass er sie für ihre Dienste bezahlte.

Am zweiten Tag – Felix war Lolita gerade vor dem geöffneten Fenster im Stehen und von hinten nahegekommen – riss ihn ein penetrantes Klopfen aus der Ekstase. Nach einem letzten, mit einem leisen Stöhnen verbundenen Stoß löste sich Felix von seiner Gespielin und öffnete, nackt wie er war, die Tür. Der Herr im Anzug behielt trotz der Blöße seines Gegenübers seine Mimik unter Kontrolle, gab sich als Hoteldirektor zu erkennen und deutete an, dass die aus der Suite in den Flur und in die Nebenzimmer drängenden Geräusche die Ruhe der anderen Gäste störten. Weshalb er sich – bei allem Respekt! – außerstande sehe, das Paar noch länger in seinem Haus zu beherbergen. Er lege einen Umzug in ein auf sportliche Kundschaft eingestelltes Hotel nahe.

Dreieinhalb Stunden später bezog der Kunstfälscher eine zwar sündhaft teure, dafür aber mit prunkvoller Geschmacklosigkeit möblierte Maisonettewohnung am Stadtrand. Lolita kannte das luxuriöse Etablissement bereits von früheren Engagements. Felix kam zunächst aus dem Staunen nicht heraus: Das Appartement verfügte über einen Whirlpool, eine Sauna, eine großzügige Dachterrasse mit Blick über die Stadt, einen randvoll gefüllten Kühlschrank – und obendrein konnte man jeden sonst noch erdenklichen Service dazubuchen. Fünftausend Euro Monatsmiete war ihm die Ungestörtheit wert. Als er einem seltsam kichernden Makler im Seidenanzug das Geld hingeblättert hatte, realisierte er für einen kurzen Moment, dass er innerhalb der letzten zwei Tage fast die gesamten zwanzigtausend Euro verblasen hatte. Aber immerhin ermöglichte ihm diese Geldsumme, noch intensiver von Lolita in die Mysterien des Kamasutra eingeweiht zu werden.

Der silberne VW-Bus wirkte in der Hightechgarage zwar etwas deplatziert, aber Felix spielte ohnehin mit dem Gedanken, einen Teil seines neu erworbenen Reichtums demnächst in einen Sportwagen zu investieren.

Nach weiteren zwanzig Stunden tabulosen Liebesspiels und mehreren Stunden tiefen Schlafs riss es Felix aus dem Bett hoch:

Im Traum war Dana aufgetaucht, mit völlig verheultem Gesicht. Schlagartig war er hellwach, und das, was er tagelang erfolgreich verdrängt hatte, machte sich nun wieder in seinem Bewusstsein breit. Den Schmerz über den Verlust hatte er mit Alkohol und Sex betäubt. Aber er musste die Sache mit Danas Millionenforderung regeln – nicht, dass sie ihre Drohung noch wahrmachte!

Auch wenn es ungerecht war: Er würde ihr die geforderten Millionen geben. Das Leben war zu kurz, um es sich mit Geldstreitigkeiten zu vermiesen. Aber wie sollte er sich sein Geld holen, und wie konnte er Dana ihren Anteil so zukommen lassen, dass er nicht in den Fokus der Behörden geriet? Von Nummernkonten und großen Geldbeträgen verstand er rein gar nichts.

Seufzend ließ Felix seine Hand über Lolitas glatten Po gleiten, steckte noch einmal die Nase zwischen ihre Schenkel und sog den Duft tief in sich auf; die Schlafende regte sich kaum merklich. Schließlich rappelte er sich auf, griff nach dem Smartphone, ging ins Bad und aktivierte den Whirlpool. Als er im blubbernd-warmen Wasser saß, wählte er Gabriels Nummer. Sein Partner meldete sich mit geringfügiger Verzögerung und begrüßte ihn gut gelaunt: »Felix, freut mich von dir zu hören. Wie geht's?«

Der Kunstfälscher hatte keine Lust auf Small Talk, nicht nur, weil Lolita gerade zu ihm in die Wanne stieg, sondern auch, weil sein Misstrauen gegenüber Gabriel, nach allem, was geschehen war, noch gewachsen war. Deshalb sagte er geschäftsmäßig: »Passt schon, Gabriel, lass es uns kurz machen.« Lolita tauchte unter und küsste seinen Penis. Felix schloss die Augen, sprach aber weiter: »Ich habe mir das jetzt überlegt: Ich scheiße auf das Geld. Kannst du Dana die fünf Mille überweisen?«

»Na klar.« Felix war von Lolitas Berührungen abgelenkt, weshalb er Gabriels stille Freude über diese Entscheidung gar nicht wahrnahm. Aber Felix versuchte, sich zu konzentrieren. Die Fünfzigtausend in der Tüte würden bei seinem jetzigen Lebensstil nicht lange reichen: »Und dann brauche ich noch mal so um die Hunderttausend … in bar …« Felix stöhnte leise auf, um gleich darauf das Gesicht seiner Gespielin zu streicheln, die eben wieder aufgetaucht war, um Luft zu holen. »Kannst du mir die per Kurier bringen lassen? Ich schicke dir die genaue Adresse gleich per SMS. Bin nämlich umgezogen.« Felix hatte beschlossen, dass sein Partner sich um die lästigen Geldangelegenheiten kümmern sollte. In solchen Belangen kannte Gabriel sich einfach besser aus.

»Auch das, auch das, mein Freund …« Felix konnte nicht sehen, dass ein diebisches Grinsen über Gabriels Gesicht glitt. Scheinheilig erkundigte sich der Kunstberater: »Darf ich fragen, was du damit vorhast?«

»Ich werde mir ein Atelier in München mieten, um dort meine *eigene* Kunst zu machen.«

»Tolle Idee, Jüngelchen, tolle Idee!«, flötete Felix' Gesprächspartner. Gabriel war sich sicher, dass diese *eigene* Kunst, die sein Schützling schaffen wollte, keine Menschenseele zwischen München und Tokio interessieren würde. Dennoch schob er dreist noch ein »Das wird bestimmt revolutionär!« hinterher. Felix hörte die darin verborgene Ironie nicht, und kurz darauf beendeten die beiden das Gespräch.

Gabriel zog eine E-Zigarette aus der Tasche seines weiten weißen Kimonos, füllte den Behälter mit Vanille-Liquid und dampfte zufrieden eine Viertelstunde vor sich hin. Dann wählte er Danas Nummer. »Ich soll dir ausrichten, dass Felix sich entschieden hat, dir das Geld zu überweisen. Du warst also sehr überzeugend, neulich.« Dana gab sich kurz angebunden. »Sparen wir uns die Show, Gabriel!«

»Was denn für eine Show, meine Liebe? Warum denn so feindselig? Wir machen ein Geschäft – das ist keine Show.« Gabriel nahm einen tiefen Zug. Der Verdampfer gab ein röchelndes Geräusch von sich. Aber Dana nutzte die dadurch entstehende Pause nicht. Sie schwieg eisern. »Also, ich sehe schon, du bist nicht in Stimmung …«, nahm Gabriel das Gespräch wieder auf. »Na, dann lassen wir das halt. – Es bleibt also bei unserer Abmachung, ja?«

»Ja«, antwortete Dana mit einem Anklang von Trotz. Eine Träne kullerte über ihre Wange. Was hätte sie auch sonst sagen sollen? Sie hatte keine Wahl. Und hätte sie gewusst, was Felix trieb, so wären ihr womöglich erst recht die Tränen gekommen.

Felix war frühmorgens völlig überdreht aufgestanden und hatte sich mit Hugo in der Garage seines neuen Domizils zur Geldübergabe getroffen. Hunderttausend Euro in Scheinen lagen vor ihm in der unscheinbaren Plastiktüte eines Supermarkts. Die beiden hatten nur das Nötigste geredet. Die Situation war ihnen gleichermaßen unangenehm. Hugo, weil er sich zu Höherem berufen fühlte – diese Botendienste empfand er unter seinem Niveau. Und Felix, weil der zwielichtige Spanier ihm Angst machte. Er wollte nicht, dass der Typ wusste, wo er wohnte. Aber sei's drum, dachte er. Das Rascheln der Plastiktüte in der Hand beruhigte ihn. Dann brauste Hugo davon und Felix wandte sich wieder seiner Gespielin zu.

Nachdem der Kunstfälscher tagelang seinen Sexhunger gestillt hatte, mietete er zu einem astronomischen Preis ein Atelier auf der Münchner Praterinsel. Drei Monatsmieten kosteten ihn fünfzehntausend Euro und ein Achselzucken. Scheiß drauf, Geld muss arbeiten, sagte er sich. Nur wer es ausgibt, zu dem kommt es auch zurück.

Felix ließ sich von verschiedenen Lieferanten Leinwände und Farben, eine Fotoausrüstung, Werkzeuge, sogar eine Motorsäge, außerdem Naturholz und Antiquitäten, kostbare Weine und andere Spirituosen bringen. Es war ein Fest der Verschwendung. Weitere zwanzigtausend Euro waren auf einen Schlag weg. Und mit jeder neuen Lieferung verblasste die Erinnerung an Dana ein bisschen mehr. Auch eine hochwertige Soundanlage orderte er; und weil Lolita ihn dazu anregte, zudem Kokain, LSD und eine bunte Mischung anderer Drogen, deren Namen und Wirkungsweisen er nicht kannte. Eigentlich interessierte ihn das chemische Zeug gar nicht. Aber nun war es schon einmal da, also probierte er es auch. Wie sich ein Alkoholrausch anfühlte, das wusste Felix ja inzwischen ganz gut. Aber Kokain, Crack, Speed und LSD waren Neuland für ihn. Sehr schnell hatte er das Gefühl, dass die Drogen nicht nur das dunkle Loch, das Dana in ihm hinterlassen hatte, überdeckten, sondern auch seine Kreativität befeuerten. Felix verlor immer mehr das Gefühl für Zeit, Raum und Wirklichkeit. Aber er fühlte sich unschlagbar. Jetzt würde er Kunst erschaffen, die die Welt noch nicht gesehen hatte. Wer so gute Fälschungen herstellen konnte, brachte noch viel bessere Originale zu Stande, oder etwa nicht? Wer hatte denn Picasso wie einen Zwerg aussehen lassen? Jetzt war es an der Zeit, dass er selbst, unter seinem richtigen Namen, ins Scheinwerferlicht der Kunstgeschichte trat.

Die größte Leinwand, die Felix geordert hatte, maß sechs mal acht Meter. Er ließ sie von den aufgrund seines exaltierten Auftretens verstörten Lieferanten auf dem Boden installieren, drehte an der wattstarken Musikanlage asiatische Punkmusik an, laut und aggressiv, baute die Filmkamera auf und riss sich nach einer Nase Koks voller Vorfreude die Kleider vom Leib. Nachdem die Arbeiter aus Angst vor dem offensichtlich wahnsinnigen Auftraggeber fluchtartig die Halle verlassen hatten, forderte Felix Lolita auf, sich ebenfalls auszuziehen. »Ich erschaffe jetzt ein Meisterwerk«, rief er ihr wie von Sinnen zu. Zwar leistete sie der Aufforderung Folge, doch sie war misstrauisch. Obwohl auch sie die Wirkung der Drogen spürte, war ihr nicht entgangen, dass Felix dabei war, jeden Bezug zur Realität zu verlieren.

Jetzt beschmierte er sich gerade mit Farbe, bevor er ganze Eimer auf der Leinwand auskippte und Lolita aufforderte, sich im Farbmatsch zu wälzen.

Die schüttelte den Kopf. »Da steh ich überhaupt nicht drauf!«, schrie sie gegen die viel zu laute Musik an.

»Was?«, brüllte Felix mit irrem Blick zurück.

»Ich mag das nicht! Und diese Musik ist auch scheiße.«

Nun hatte er verstanden. Wütend ging er auf sie zu, packte sie und warf sie zu Boden. Lolita schrie auf, wehrte sich, aber gegen den von der körperlichen Arbeit trainierten Kunstfälscher hatte sie keine Chance. Er schlug sie mehrmals ins Gesicht, bis er ihren Widerstand gebrochen hatte. Kaum lag sie auf dem Boden, warf er sich auf sie und nahm rittlings auf ihr Platz. »Das ist Kunst, verstehst du? Kunst muss wehtun!«, schrie er. Lolita sah ihn entsetzt an. Ihre Nase blutete. Reglos lag sie da, inmitten eiskalter Farbe. Als er spürte, dass sie ihre Gegenwehr einstellte, wurde auch er ruhiger. Plötzlich, als hätte ihn eine Eingebung befallen, sprang er auf und riss einen der Kartons mit den Werkzeugen auf, wühlte darin herum, bis er fand, was er suchte: die Axt.

Er legte sie neben Lolita. Als sie sich wegrollte, um aufzustehen, herrschte er sie an: »Bleib liegen!«

»Felix, ich habe Angst …«

Er hielt in seiner Bewegung inne, näherte sich, kniete neben ihr nieder und schrie: »Du musst keine Angst haben! Das ist Kunst! Vor meiner Kunst soll nur der Betrachter Angst bekommen! Bleib liegen!« Sie nickte zögerlich. Felix ging zu einer Palette, die mit mehreren, rund einen Meter zwanzig langen Teilen eines noch nicht entrindeten Eichenstamms beladen war. Nacheinander packte er die Holzstücke und stellte sie im Halbkreis auf die besudelte Leinwand um die am Boden liegende blutende Frau. Dann wuchtete er eine Biedermeiderkommode, die er ebenfalls im Wahn bestellt hatte, an eine Stelle oberhalb von Lolitas Kopf und öffnete alle Schubladen. »Das ist die Hure Liebe!«, brüllte er gegen den aus den Boxen lärmenden Punkrock an, griff nach der Axt und holte aus. Zuerst hieb er auf die Baumstümpfe ein. Doch das Eichenholz war hart, und obwohl seine Schläge mit fast übermenschlicher Kraft ausgeführt waren, erzielten sie kaum Wirkung. Daher wandte er sich der Kommode zu und schlug sie kurz und klein, sodass das Holz splitterte und in alle Richtungen sprang. Lolita hielt sich die Hände vors Gesicht und schrie gellend. Dies schien Felix zu gefallen, denn er legte die Axt zur Seite, kniete neben Lolita nieder und küsste sie. »Komm, wir rauchen was!«, schlug sie vor, um ihn von weiteren Axtschlägen abzuhalten. Er nickte und ließ sie aufstehen. Die völlig mit Farbe besudelte Lolita rollte einen Joint und kehrte zu ihm zurück. Das Marihuana beruhigte Felix. Erschöpft ließ er sich zu Boden gleiten und streckte die Arme von sich, wie Jesus am Kreuz. Sekunden später war er eingeschlafen.

Als er erwachte, stellte Felix fest, dass die Musik aus und Lolita verschwunden war. »Lolita!« Seine Stimme röhrte, rau und hohl. »Looliitaaa!« Als noch immer keine Antwort kam, begann er am ganzen Körper zu zittern, und schließlich übermannte ihn ein Weinkrampf, den zu kontrollieren ihm erst gelang, als er sich eine Flasche Champagner über die farbverklebten Locken goss – und eine weitere Flasche leer trank. Ein den ganzen Körper umfassender Schmerz tobte in ihm, und er hoffte, ihn mithilfe des französischen Schaumweins abtöten zu können. Vergeblich. Als die Flasche ausgetrunken war, suchte er nach seinen Kleidern. Als er sich bewusst wurde, dass sie verschwunden waren, legte er sich auf die besudelte Leinwand, rollte sich zusammen wie ein Embryo und starrte in die einzige Ecke des riesigen Raums, die von seiner Farbsudelei und Zerstörungswut verschont geblieben war. »Lolita«, flehte er. Klein wie ein Kind fühlte er sich. »Lolita!«, rief er lauter, und schon mischte sich wieder Wut in sein Rufen. »Verdammte Scheiße, wo bist du?« Das Echo, mit dem der Raum widerhallte, klang höhnisch und kalt. »Ich habe für dich bezahlt, dann wirst du wohl …« Er brach ab, seine Aggression wandelte sich in einen regelrechten Heulkrampf. »… Du kannst mich doch hier nicht allein lassen …«

»… leinlassen …«, hallte es zurück. Einsamkeit und Kälte breiteten sich in ihm aus, er verfiel in Schweigen. Nach Minuten oder Stunden, er hatte jegliches Zeitgefühl verloren, hörte er ein Geräusch aus dem Nebenraum. Felix raffte sich auf, wankte durch die rote, blaue, schwarze, gelbe Farbschmiere und riss die Tür auf. Der Nebenraum wies zwei weitere Türen auf, die mit Toilettensymbolen markiert waren. Aus dem Damenklo vernahm er ein Spülgeräusch. Vorsichtig schlich der nackte Künstler in Richtung der Tür, drückte die Klinke und schob sie langsam auf. Durch einen Spalt sah er Lolita. Sie war wieder angezogen und trug eine Jeans und ein weites Holzfällerhemd. Gerade dieses uneitle Outfit machte sie noch verführerischer. Felix blickte an sich selbst hinunter: Er war nackt und mit angetrockneter Farbe beschmiert. Behutsam schob er die Tür etwas weiter auf und äußerte ein schüchternes »Hallo«.

Lolita hob den Blick. »Na, wieder normal?« Er starrte sie an. »Weißt du, was du getan hast?« Auf ihren nachfragenden Blick hin schüttelte er den Kopf. Er konnte sich an nichts erinnern. Sie hob gleichgültig die Schultern. »Noch mal so was, und ich bin weg.«

»Aber ich bezahle dich.« Felix' Antwort klang hilflos.

»Aber nicht dafür, dass du mich schlägst. Wenn du Sadomaso willst, dann geb ich dir gerne die Nummer von einer Kollegin, aber nicht mit mir.«

»Nein. Du kriegst mehr Geld. Warte ...« Er drehte sich um, hielt aber sofort wieder inne. »Wo sind meine Kleider?«

»Ich habe sie sichergestellt.«

»Wie?« Er sah sie überrascht an.

Lolita drehte sich um, öffnete den Putzschrank an der Wand, griff mit beiden Händen hinein und warf Felix seine Klamotten zu. »Reine Sicherheitsmaßnahme. Erfahrungsgemäß kommen austickende Freier relativ schnell wieder auf den Teppich, wenn sie nackt auf der Straße stehen.« Felix starrte sie an. »Wobei ich mir bei dir nicht sicher war, ob du das überhaupt raffst.« Sie schaute kurz in den Spiegel. »Wie viel bekomme ich denn zusätzlich?«

»Ähm … fünftausend?«

Sie ließ einige Augenblicke verstreichen. Dann sagte sie zögerlich: »Okay, dann bleibe ich.«

Bei einer Pizza, die sie sich hatten liefern lassen, sahen sich Felix und Lolita den Film an, den die Kamera von seiner Raserei aufgezeichnet hatte. Der Streifen war eine knappe Stunde lang. Felix empfand beim Betrachten dieses Albtraums Scham und ein Gefühl der Entfremdung von sich selbst. Erst nach einer Line Kokain fand er wieder zu so etwas wie Selbstsicherheit.

Vielleicht war konzeptionelle Videokunst doch nicht das Richtige für ihn. Aber die große Leinwand, die bei der Aktion quasi beiläufig entstanden war, die würde er ausstellen. Die Farben wirkten wild und bedrohlich, es war ein abstraktes Gemälde geworden. Und trotzdem gab es konkrete und schmerzhafte Geschichte zu dem Bild. Das war es doch, wonach Galeristen und Sammler lechzten: etwas, das der Betrachter nicht auf Anhieb verstand, aber das man ihm mit ausschweifenden Worten erklären konnte. Das Bild würde das Keypiece seiner ersten eigenen Ausstellung werden! Felix war begeistert von seiner Idee und konnte es kaum abwarten. Am liebsten wollte er das Gemälde gleich jetzt aufhängen und eine rauschende Party bei sich im Atelier veranstalten. Überdreht rief er Gabriel an und schwärmte ihm von seiner Vision vor.

»So etwas Gewaltiges hat die Kunstwelt noch nicht gesehen, Gabriel! Schmerzen gepaart mit Leid, Lust und Macht – und das alles in einem Bild! Meine Ausstellung wird eine neue Zeitrechnung einläuten.«

Gabriel antwortete zurückhaltend: »Sei mir nicht böse, Jüngelchen, aber mit einem Bild allein, da füllst du noch keine Ausstellung.«

Zwar hatte Felix ohnehin vorgehabt, noch mehr Bilder zu erschaffen, aber Gabriel hatte ihn auf eine Idee gebracht. »Doch, das ist doch gerade das Neue. Ein einziges Bild! Und weißt du was? Ich werde das Bild nicht verkaufen, sondern am Ende der Vernissage einfach verbrennen. Das wird so geil.«

Behutsam versuchte Gabriel, seinen Schützling von diesem Plan abzubringen. Für ihr Fälschergeschäft wäre es riskant, wenn Felix plötzlich öffentlich als Künstler auftreten würde. Aber alle Versuche, ihn von etwas mehr Vorsicht zu überzeugen, schlugen fehl. Felix blieb immun gegen jegliche Bedenken. Nachdem er das Telefonat beendet hatte, stand für Gabriel fest: Wer nicht hören will, muss fühlen.

Acht

Der angesehene Kunstsachverständige Dr. Christian Ambach schrie aus voller Kehle. Sein Gesicht war leichenblass, er roch nach kaltem Schweiß. Eben hatte er sein Leinensakko an die Garderobe gehängt, nun stand er in der Küche seines Hauses und war außer sich. »Was willst *du* denn hier? Ich dachte, du bist ausgezogen?«

Seine Frau Maria, die gerade dabei war, eine Kanne Tee aufzugießen, machte vorsichtshalber einen Schritt zurück, und dann noch einen, um sich hinter dem Küchentisch in Sicherheit zu bringen. Hatte Christian einen cholerischen Anfall, war ihm alles zuzutrauen. Angstvollen Blicks und mit zittriger Stimme hauchte sie: »Ich … wir … also … sind … wieder da.«

Dies schien den Zweiundvierzigjährigen nicht zu besänftigen. »Aha, wieder da. Und was soll das bitte?«

Er machte einen drohenden Schritt auf den Küchentisch zu. Maria wich unwillkürlich zurück, stieß dabei an einen im Weg stehenden Hocker, eine darauf abgestellte Obstschale ging klirrend zu Boden, Äpfel rollten unter den Tisch. Ihre Augen waren weit aufgerissen, sie hatte Angst. »Wir ... Christian ... wollen wir es nicht noch einmal versuchen?«

Ihr Vorschlag klang halbherzig, das blieb sogar Christian, der über geringfügig mehr Einfühlungsvermögen als ein Betonpfeiler verfügte, nicht verborgen, weshalb er, jetzt wieder lauthals schreiend, antwortete: »Du willst es noch einmal versuchen?« Wütend schüttelte er den Kopf. »Du bist ja krank! – Nach allem, was du mir an den Kopf geworfen hast, willst du es noch einmal mit mir versuchen? Bist du jetzt komplett verrückt geworden?« Er senkte die Stimme, sein Ton wurde schärfer: »Du hast gesagt, dass du Felix liebst – und schon immer geliebt hast! Und jetzt kommst du daher und willst es noch einmal versuchen – mit mir?« Er schob seine schwarze Hornbrille nach oben und rieb sich die Druckstelle am Nasenbein. Dann polterte er ungebremst weiter: »Glaubst du im Ernst, ich bin so bescheuert, Maria? Glaubst du, ich hab nichts Besseres zu tun, als mir deine Scheiße anzuhören? Heute Hü, morgen Hott, oder was? Das letzte Mal erzählst du mir, dass du mich nie geliebt hast, sondern meinen Versagerbruder, und dass du mich verlassen willst ... und jetzt?« Christian Ambach legte eine unheilvolle Pause ein, in der er einfach mit offenem Mund dastand und seine deutlich kleinere Frau anstarrte. Maria war vollkommen verunsichert. Was sollte sie entgegnen? Er hatte ja recht mit seinen Anschuldigungen: Es war die reine Verzweiflung, die sie zurück zu ihm getrieben hatte. Sie wollte es nicht noch einmal mit ihm versuchen – sie musste!

Jetzt wütete Christian weiter: »Nach allem, was ich für dich getan habe, behandelst du mich wie den letzten Deppen. Glaubst du etwa, du kannst mich für dumm verkaufen? Wenn du wirklich glaubst, dass ich es jemals noch einmal mit dir versuchen will, Maria, dann bist du nicht ganz dicht! Aber das ist typisch für dich. Du bist so dumm, da könnt ich kotzen. Also hau endlich ab oder nenn mir einen guten Grund, warum ich es nochmals mit dir versuchen soll?«

Die Angesprochene brach in Tränen aus, zog den vor ihr stehenden Stuhl vom Tisch weg und ließ sich darauffallen.

»Würdest du mir bitte schön antworten?« Anstatt etwas zu erwidern, weinte Maria noch heftiger. Christian riss den auf seiner Seite des Tischs stehenden Stuhl nach hinten und stellte den Fuß darauf. Wie ein Henker sprach er von oben herab zu seiner Frau: »Weißt du was, Maria? Du packst jetzt deine Sachen zusammen und verpisst dich!« Sein Zeigefinger schnitt wild gestikulierend durch die Luft wie eine Machete durch das Dickicht eines Urwalds.

»Ich dulde niemanden in meinem Haus, der mir ein Leben lang die große Liebe vorgegaukelt hat!« Er zog den Fuß wieder vom Stuhl und warf Maria einen weiteren zornigen Blick zu. Unter Schluchzen fragte sie: »Und Soleil? Was ist mit Soleil, Christian?«

»Die kann … ist sie da, oder was?«

Christian Ambach sah sich unsicher in der Küche um.

»Oben«, presste Maria hervor.

Christian dachte einen Moment nach, hob den Blick

zum Fenster, erwiderte wütend den Gruß einer winkenden Nachbarin, fasste sich und sagte dann mit grenzenloser Kälte in der Stimme: »Das Beste ist, ihr haut beide ab. Ihr steckt doch eh unter einer Decke.«

»Aber wo sollen wir denn hin?«, fragte Maria hilflos. »Lass uns doch wenigstens noch hier wohnen, bis wir was anderes gefunden haben!«

»Oh nein, jetzt komm mir nicht so! Es war deine Idee, auszuziehen. Deine war das!« Er sah auf die Uhr. »Ihr habt dreißig Minuten.«

»Ich weiß nicht, wo wir hinsollen, ich weiß nicht …« Der Rest von dem, was Maria sagen wollte, ging in ihrem verzweifelten Schluchzen unter.

Felix betrachtete sich im Spiegel. Seine Haare waren an den Seiten gänzlich wegrasiert, der oben verbliebene Schopf platinblond gefärbt und asymmetrisch nach vorn gegelt. Wenn er sich durchs Haar fuhr, fühlte er sich wie ein Männermodel aus der Vogue. Sein extravagantes Outfit passte dazu perfekt: Jeans und Hemd waren von roten und gelben Spritzern übersät, wild und ohne jedes System. Ein stylisher Nebeneffekt seiner Kunstaktion. Einige der größeren Farbflächen hatten bereits Risse bekommen. Felix trat näher an den Spiegel und studierte die Struktur eines sternförmigen Flecks auf Brusthöhe. Die Akribie, die er dabei an den Tag legte, erinnerte an einen Gehirnchirurgen, der Bilder aus dem Computertomografen studierte.

»Hat sich doch gelohnt, dass ich dich zu Dede in den Salon geschickt habe, oder? Hyperlook!« Lolita von Schnee, deren knapp geschnittenes Kleid an eine japanische Schulmädchenuniform erinnerte, war mit dem Ergebnis ihrer Friseurempfehlung äußerst zufrieden.

Felix betrachtete sich noch immer hochmütig im Spiegel. »Fucking geiler Undercut«, kommentierte er selbstzufrieden. Im nächsten Moment klingelte der Fahrservice an der Tür.

»Geil, geil, geil«, entfuhr es Felix. Er war aufgedreht. Das mit dem Fahrdienst war eine feine Sache. Man konnte so viel saufen oder Drogen nehmen wie man wollte und wurde zur Party und zurück chauffiert. Die schwarze Limousine setzte das Pärchen zwanzig Minuten später vor einem hell beleuchteten Gebäudekomplex in der Münchener Innenstadt ab.

Der vor dem Club ausgelegte Teppich lechzte Felix knallpink entgegen wie die Schamlippen seiner Escortlady. Das LSD, er hatte sich etwa eine Stunde zuvor zwei Trips eingeworfen, hatte längst begonnen, seine psychedelische Wirkung zu entfalten. Felix konnte ein Lachen nur mühsam unterdrücken: Die Leute um ihn herum trugen allesamt lustige Hasenmasken und falsche Zähne. War das hier eine Mottoparty?

Lolita von Schnee verfügte über nicht unerhebliche Erfahrung in der Betreuung berauschter Kunden, aber Felix mit seiner unkontrollierten, maßlosen Art stellte auch für sie eine spezielle Herausforderung dar. Pirouetten drehend bewegte er sich über den roten Teppich. Die irritierten Blicke der Gäste, zu denen auch mehrere stadtbekannte Klatschreporter zählten, nahm er nicht wahr. Ebenso wenig wie die herausgeputzten Vertreter der Münchner High Society, die sich zur Neueröffnung des Szeneclubs »Royal Mosh« eingefunden hatten. Dass Prominente oder solche, die sich dafür hielten, angetrunken über den Teppich des hell erleuchteten Eingangsbereichs torkelten oder auch hin und wieder mit einer zu großen Ladung Selbstbewusstsein die wenigen Meter für ein peinliches Schaulaufen vor den Kameras der Papparazzi nutzten, das war man hier gewöhnt. Aber Felix in seinem Maleroutfit war weder prominent noch konnte man bei ihm von simpler Angetrunkenheit sprechen. Er war voll auf LSD und sah die Welt mit den Augen eines Mannes im grellbunten Zerrspiegelkabinett.

Die Inneneinrichtung des Royal Mosh wurde von Schwarz und Kupfertönen dominiert. Alles Partyleben zentrierte sich um die gigantische Bar in Form eines großen L. Davor ergoss sich ein spiegelnder Dancefloor, an dessen einem Ende »wichtige« Menschen über mehrere Stufen den VIP-Bereich erklommen; vorausgesetzt sie waren geladen oder hatten gegen eine Spende von dreitausend Euro eine der Lounges reserviert. Von der Decke hingen vier elegante und überdimensionierte Schaukeln aus Metall, auf denen jeweils ein knapp bekleidetes Gogo-Girl mittels lasziver Posen die Aufmerksamkeit auf sich zog. Felix hatte über seine Begleiterin von der Eröffnung Wind bekommen und es für eine gute Idee gehalten, sich eine der Lounges zu mieten. Lolita schleifte ihn hinter sich durch die Menschenmenge; gerade so wie eine genervte Mutter, die ihr Kind durch die Süßwarenabteilung eines Kaufhauses lotst. Felix kam aus dem Staunen nicht mehr heraus. Seine Augen badeten in einem Meer von Brüsten, schier endlos erscheinenden Frauenbeinen und Stroboskop-Blitzen. Auf dem Weg zu seiner Lounge wäre er mehrfach beinahe über einen anderen Gast gestolpert, weil sein Blick nicht nach vorn gerichtet war, sondern auf die um ihn herum wabernden Körper. Endlich gelang es seiner attraktiven Begleiterin, ihn an der Security vorbei hinter die VIP-Absperrung zu navigieren, und er fläzte sich sofort in eine der drei Ledercouches. Von hier oben war der Ausblick noch besser.

»Ganz geil hier«, sagte er leicht lallend zu Lolita. Schon kam eine knapp beschürzte Bedienung und stellte ein voluminöses, mit Eiswürfeln und diversen Flaschen gefülltes Gefäß vor ihnen auf den Tisch. Lolita klemmte sich eine Strähne ihres schwarzen Haars hinters Ohr, mixte zwei Gin Tonic und reichte ihm lächelnd ein Glas.

»Auf uns«, prostete Felix ihr zu. Lolita bewegte zwar auch ihren Mund, aber er hörte nicht, was sie zu ihm sagte. Dann winkte sie einem großen Typen im hellen Anzug zu, der sich durch die Tanzenden hindurch auf sie zubewegte. Der Sicherheitsmann ließ ihn ohne Weiteres durch die Absperrung. Der Neuankömmling trug ein enges schwarzes Unterhemd unter dem hellen Jackett und hatte einen fast quadratischen Schädel.

»Felix, darf ich dir vorstellen, das ist Sandro Förster, der schmeißt hier den Laden.« Seltsamerweise hatte Felix diesmal trotz des Lärms alles verstanden. Er riss sich zusammen und gab dem Fremden die Hand. »Angenehm, Felix Ambach. Ich bin Künstler.«

»Schön, aber warum sitzen Sie denn so alleine hier? Suchen Sie sich doch einfach ein paar attraktive Begleiterinnen von da unten aus.« Das Lächeln des Geschäftsführers zog sich in die Breite – bis Felix sich nicht mehr sicher war, ob er es mit einem Menschen oder einem Frosch zu tun hatte. Schon stand der Mann mit dem Bodybuilder-Kreuz wieder auf. Er nickte Felix zu, gab Lolita zwei Küsschen, stoppte kurz bei einem der Security-Männer, um ihm etwas mitzuteilen, und deutete auf Felix. Dann war er in der Menge verschwunden.

»Wie hat der das jetzt gemeint mit den Begleitungen?«, fragte Felix. Lolita lächelte ihm verschwörerisch zu: »Na, so.« Dann gab sie einer aufreizend tanzenden Blondine in ultrakurzem pinkem Minikleid ein

Handzeichen, das diese sofort verstand. Sie klapperte auf hochhackigen Schuhen und mit einem an Blasiertheit grenzenden Siegerlächeln hinauf zu dem Security-Mann und zeigte stolz auf Felix. Der Mann warf Lolita einen fragenden Blick zu, und erst, als sie ihm das Thumbs-up-Zeichen gab, begleitete er die Schönheit an den Tisch. Felix nickte der blonden Amazone zu, wobei er sich höllisch konzentrieren musste, um zu verhindern, dass sich ihr Gesicht in das einer Echse verwandelte. So einfach war es also, sich mit den schönsten Frauen des Clubs zu umgeben! Nach und nach zeigte er auf weitere Tänzerinnen, und schon bald umringten sie ihn kreischend und prosteten sich mit den von ihm ausgegebenen Drinks zu. Zwischendurch ließ sich Lolita von Felix einen Fünfhunderter reichen, den sie dem Sicherheitsmann zusteckte.

Je mehr Drinks flossen, umso hemmungsloser wurde Felix. Ihm war, als durchströmte ihn eine unsichtbare Macht. Alle lächelten ihn an. Sie wollten ihn. Felix zückte sein Handy und filmte sich selbst dabei, wie er der Blondine in Pink an die Brüste fasste. Mit einem verkrampften Lächeln schob sie seine Hand weg. Aber Felix nahm ihre Irritation gar nicht war, unbeirrt zog er die nächste Gespielin zu sich und fasste ihr zwischen die Beine. Erschrocken sprang sie zur Seite, doch selbst das brachte Felix nicht aus dem Konzept. Er war jetzt derart erregt, dass er Gürtel und Hosenladen seiner Jeans öffnete. Die locker sitzenden Boxershorts konnten seine Erektion nicht verbergen. Völlig willkürlich packte er eine dunkelhaarige Schönheit in Hotpants am Arm und zwang sie auf seinen Schoß. Sie zappelte und kreischte, während er aus voller Kehle schrie: »Hoppe hoppe Reiter!« Sein Opfer riss sich quiekend los. Auch die anderen Mädchen realisierten jetzt, dass ihr Gönner im Begriff war durchzudrehen. Mit einem gekreischten »Du Schwein« verabschiedete sich die Brünette mit den Hotpants. Jetzt merkte auch Lolita, dass die Situation aus dem Ruder lief und versuchte ihren zugedröhnten Auftraggeber zu stoppen. »Felix, lass die Mädchen in Ruhe«, schrie sie ihm, gegen die Lautstärke der Musik ankämpfend, ins Ohr, »wir haben unseren Spaß gehabt. Ja? – Ich glaube, wir gehen jetzt dann mal …«

Doch Felix stand auf und stieß Lolita grob zur Seite. Ihr empörtes Gesicht schien sich in einen Schlangenkopf zu verwandeln. Aber Felix hatte keine Angst vor ihr. Die Hosen in den Kniekehlen, stand er auf, woraufhin auch die übrigen Frauen seine Lounge fluchtartig verließen.

»Was ist denn los, Ladys? Die Party geht doch jetzt erst los«, lallte er wie von Sinnen. Endlich griff die Security ein. Auch wenn üppig Trinkgeld geflossen war und der eine oder andere Sicherheitsmann selbst kein Kind von Traurigkeit war, das Verhalten des durchgedrehten Künstlers ging zu weit. Doch so einfach wollte sich Felix nicht geschlagen geben. Während ihn zwei Mitarbeiter unter den Armen packten und aus dem VIP-Bereich entfernten, schlug er wild um sich. Die Partymeute machte auf der Tanzfläche Platz, und so gelang es den Sicherheitskräften, den Störenfried weiter in Richtung Notausgang zu befördern. Felix tobte. Doch dann, ganz plötzlich, teilte sich das Volk der Tanzenden vor ihm, und er sah sie. Er traute seinen Augen nicht. Er zwinkerte, sah zu Boden und hob den Blick wieder. Konnte das sein? War er verrückt geworden? Hatte er zu viele Drogen erwischt? Zunächst rief er nur ungläubig: »Dana?« Doch als er sich sicher war, dass sie es war, schrie er so laut er konnte: »Dana! Danaaaaa, ich liebe dich!« Der Anblick seiner verloren geglaubten Geliebten mobilisierte alle seine Reserven. Wie ein Aal wand er sich im harten Griff der beiden Security-Schränke. Vergebens, sie waren stärker als er. Nun hatten sie beinahe den Ausgang erreicht. Doch Felix' Blick war noch immer über seine Schulter nach hinten gewandt; da, wo die Tanzfläche in die Lounges überging; da, wo er eben noch seine große Liebe gesehen hatte. Aber jetzt war Dana weg. Von der ekstatisch zuckenden Menge verschluckt. Er musste zu ihr! Und dazu musste er die beiden Stiere an seiner Seite loswerden.

»Jetzt hör auf zu zappeln, sonst rufen wir die Bullen«, schrie ihm eines der Huftiere ins Ohr. Da kam Felix eine Idee. Er streckte sich und biss dem riesenhaften Tier, das ihn mehr trug als zerrte, so fest ins Ohr, dass das Blut spritzte. Der Security-Hüne schrie vor Schmerz auf, lockerte für Sekunden den Griff – und Felix war frei. Endlich! Jetzt musste er nur noch Dana finden. Er sprintete los in Richtung Tanzfläche. Doch schon nach zwei Schritten stolperte er und fiel um wie eine Bahnschranke. Er hatte vergessen, dass seine Jeans ihm immer noch in den Kniekehlen hing. Gegen die Übermacht der jetzt auftauchenden kampferprobten Sicherheitsriesen hatte er keine Chance. Sie fielen über ihn her wie ausgehungerte Leoparden über eine verwundete Gazelle. Die Faust, die ihn endgültig niederstreckte, traf ihn wie aus dem Nichts, er hatte sie nicht kommen sehen.

Felix spürte etwas Nasses im Gesicht. Er leckte sich über die Lippen. Es schmeckte nicht salzig. Er öffnete die Augen. Nieselregen prasselte auf ihn nieder. Vorsichtig bewegte er seine Beine. Er fühlte sich elend. Der Kiefer schmerzte, er fror, seine Klamotten waren klatschnass. Felix robbte sich an die nächste Hauswand und zog sich an der dort stehenden Mülltonne hoch. Als er in gebückter Haltung an der Tonne lehnte, tastete er nach den Muskeln seines Körpers. Seine Gliedmaßen fühlten sich an, als wären sie aus Gummi. In seinem Kopf hämmerte wie ein Presslufthammer der Schmerz. Was war passiert? Jede Erinnerung war wie weggeblasen. Halt, nein! Er entsann sich, dass er eine große Summe Bargelds dabeigehabt hatte. Doch ein Griff in seine Jackentasche verriet ihm, dass der Packen Hunderter, mit dem er gestern in die Nacht gestartet war, verschwunden war. Verwirrt strich Felix sich mit der Hand das nasse Haarbüschel aus der Stirn. Hatte man ihn überfallen? Und war er nicht mit Lolita unterwegs gewesen? Wo war das Callgirl?

Neun

Was der Kärcher für die Dachrinne, ist Kokain fürs Gehirn. Diese Erfahrung machte Felix am Tag nach seinem Rausschmiss aus dem Club. Sein Kopf glich einem Schrottplatz der Gedanken. Erst nachdem er eine Line gezogen hatte, herrschte wieder Klarheit, alle eben noch verbeulten Gedanken standen nun wieder glänzend in Reih und Glied. Er stellte sich unter die Dusche und ließ das heiße Wasser so lange auf seine Haut prasseln, bis das Badezimmer an ein türkisches Dampfbad erinnerte. Als er sich abgetrocknet hatte und sein Smartphone in der Hand hielt, kehrte auf einmal ein Teil seiner Erinnerung zurück: Das Bargeld, das er vermisste, hatte Lolita ihm aus der Tasche gezogen, als er verletzt in der Gosse gelegen hatte; und wenn er sich nicht täuschte, hatte sie es dazu verwendet, die Security-Männer zu schmieren, um sie von einer Anzeige abzuhalten. Danach hatte sie sich aus dem Staub gemacht. Er tippte auf seinem Smartphone herum, und da war sie wieder, ihre Nachricht:

Sorry, Kleiner, aber so läuft's nicht.
Ich bin raus. Ruf mich nie wieder an!

Lolita. Was für ein Flittchen! Wütend rief er den Fahrdienst an und ließ sich zu seinem Atelier auf der Praterinsel fahren. Zuerst tigerte er ruhelos durch die Halle. Das Sex- und Prügelbild mit der riesigen Leinwand, auf der er sich mit Lolita gewälzt hatte, lag noch unverändert da. Farbe und Blut waren mittlerweile getrocknet. Das Keypiece seiner Ausstellung war bereit, präsentiert zu werden. Aber für eine Vernissage hatte er jetzt keine Muße. Um sich abzulenken, machte er einen Kassensturz. Seine Bargeldvorräte waren schneller geschmolzen als Eiswürfel im Strahl eines Flammenwerfers. Gerade mal fünfhundert Euro zählte er noch. Das war der magere Rest von den Hunderttausend, die ihm Hugo vorbeigebracht hatte. Das würde keine zwei Tage reichen. Er brauchte dringend Nachschub. Felix hatte keine Lust, deswegen schon wieder Gabriel anzurufen. Das fühlte sich für ihn an, als wäre er ein Kind, das sein Taschengeld von den Eltern einfordern muss. Aber das musste er ja auch gar nicht. Er hatte ja noch fünfzigtausend Euro in Hinteröx in der Schmutzwäsche versteckt. Momentan fühlte er sich allerdings außerstande, dort hinzufahren. Nachdenklich ging er zum Kühlschrank mit den Champagner-Vorräten. Nach der ersten Flasche fiel ihm etwas ganz Entscheidendes wieder ein: Dana! Er hatte gestern Nacht Dana gesehen. In dem Club. Ob es die wahre, echte, Original-Dana gewesen war oder nur eine Vision im Drogenrausch, war gleichgültig. Allein die Tatsache, dass sie ihm erschienen war, musste doch ein Zeichen sein! Und plötzlich wurde im klar, was er zu tun hatte: Nicht diese Escort-Schlampe war es, auf die er setzen musste. Nein, er musste Dana wiedersehen, und mit ihr da weitermachen, wo sie aufgehört hatten. Zwar verstand er ihre plötzliche Geldgier noch immer nicht, aber Dana war die Einzige, die er wirklich liebte! Musste er da nicht über seinen Schatten springen? Ja, er wollte Dana bei der Eröffnung der Ausstellung an seiner Seite haben! Auch wenn er noch nichts organisiert hatte, sie musste unbedingt kommen, wenn es so weit war. Dann würde sie endlich begreifen, was für ein Talent in ihm schlummerte. Und er würde großzügig sein, alles verzeihen würde er ihr. Ihr vielleicht sogar einen Heiratsantrag machen.

Er griff nach dem Handy und wählte ihre Nummer. Während er darauf wartete, dass sie abhob, tigerte er rauchend im Atelier hin und her. Aber Dana ging nicht ans Telefon, nur ihre Mailbox sprang an. Er versuchte es wieder und wieder. Drückte permanent die Wahlwiederholung. Nach einer halben Stunde gab er auf und knabberte nervös an seinem Daumennagel. Wieso ging sie nicht ran? Vermutlich hatte sie das Geld von Gabriel längst bekommen. Was gab es da noch für einen Grund, ihn zu meiden? So leicht würde er sich nicht abwimmeln lassen. Kurzerhand rief er den Fahrservice. An einem auf dem Weg liegenden Blumenladen ließ er halten und kaufte fünfzig rote Rosen. Ein paar Minuten später klingelte er an der Tür zu Danas WG. Der Türsummer ertönte, und Felix stürmte mit einem Lächeln im Gesicht nach oben. Ja, er war erleichtert. Er würde ihr die Blumen schenken, sie würden reden, und dann würde sich alles aufklären. Felix nahm zwei Stufen auf einmal, er konnte gar nicht schnell genug die Treppen hinaufeilen.

Entsprechend groß war seine Ernüchterung, als er in das Gesicht von Danas Mitbewohnerin Inge blickte. Stirn und Wangen der eigentlich attraktiven Amerikanistikstudentin waren hässlich gerötet. Sie hielt sich an der Tür fest, als sie fragte: »Was wollen Sie?«

»Hey, Inge, ich bin's doch, Felix, Danas Freund ...« Seine Worte verloren sich im Halbdunkel des unbeleuchteten Treppenhauses. Es war ein trüber Tag. Inge reagierte nicht, sondern starrte ihn verständnislos an. Deshalb setzte er noch einmal an: »Felix ... der Künstler ... bin ich. Also, die Frisur ist neu, weißt du?« Er strich sich unsicher durch das gefärbte Haupthaar.

»Ja, also, Dana ist nicht da«, erwiderte die Studentin abweisend.

»Wie, nicht da? Wo ist sie denn? Schau mal: Ich habe ihr die geilsten Blumen der Welt mitgebracht, und die müssen ins Wasser. Magst du mich nicht kurz reinlassen?«

Felix machte einen Schritt auf die Tür zu, aber Inge schloss sie bis auf einen Spalt. Danas komischer Freund jagte ihr Angst ein. »Nein«, sagte sie. Es klang wie ein Hammerschlag. »Dana ist ausgezogen.«

Felix verstand nicht: »Was?«

»Sie ist ausgezogen, schon vor zwei Tagen.«

»Aha, ausgezogen.« Felix war sich nicht sicher, ob

Inge ihm die Wahrheit sagte. Er betrachtete sie kritisch, soweit er sie durch den schmalen Türspalt überhaupt noch erkennen konnte. Dann wurde ihm klar, dass die Studentin mit der Neurodermitis auf der Stirn ihn tatsächlich nicht hineinlassen würde, damit er sich selbst davon überzeugen konnte, dass seine Freundin wirklich ausgezogen war. Also fragte er resigniert: »Und wohin?«

»Weiß nicht.« Inge senkte den Kopf. »Du, mir geht's nicht gut. Sorry. Ciao.« Nach dieser gemurmelten Entschuldigung machte es »Wumm«, und Felix starrte auf die verschlossene Tür.

Draußen, vor dem Mietshaus, riss er die erstbeste Tonne auf und warf die Rosen hinein. »Das ist die Papiertonne!«, hörte er eine Stimme aus dem Vorgarten.

»Leck mich«, antwortete Felix, aber er sagte es so leise, dass der Vorgartenschreier ihn nicht hören konnte. Dann eilte er mit schnellen Schritten davon, während ihm ein erneutes »He, Sie, das ist die Papiertonne!« hinterherschallte.

Hätte Felix sich umgedreht, hätte er einen Mann im grauen Arbeitskittel gesehen, der einen Strauß von fünfzig Rosen in der Hand hielt. Der Hausmeister hatte die Blumen vor dem Schredder gerettet und blickte dem Müllsünder böse nach. Aber Felix drehte sich nicht um, er rief Gabriel an.

»Sag mal, weißt du, wo Dana hingezogen ist?«, fragte er nach knapper Begrüßung.

»Hingezogen? Wieso hingezogen?«

Felix war sich unschlüssig, ob er den überraschten Tonfall des Kunstberaters glaubwürdig finden sollte. »Jetzt komm, Gabriel, verarsch mich nicht; du weißt doch ganz genau, wo sie ist!«

»Ich? Nein! Ich habe keine Ahnung!«

Felix schüttelte zornig den Kopf. »Gabriel! Lüg mich nicht an!«

»Ich würde dich nie anlügen! Du bist doch mein Partner!«

»Scheiße«, entfuhr es Felix leise.

»Jüngelchen, vergiss die Schlampe …« Felix drückte ihn einfach weg. Auf diesen immer gleichen Vortrag hatte er keine Lust.

Gabriel realisierte nicht sofort, dass sein Partner einfach aufgelegt hatte. Doch dann legte er das Smartphone auf den Couchtisch in seinem riesigen Wohnzimmer und sagte zu seinem ihm gegenüber sitzenden Lover Hugo, der sich gerade einen alten Schwarzenegger-Film auf seinem Tablet ansah: »Dana ist weg. Du musst sie finden.«

Hugo gähnte. »Was?«

»Dana ist weg.«

»Na und …« Erneut gähnte Gabriels nicht übermäßig mit Intelligenz ausgestatteter Hausfreund.

Hugos Gleichgültigkeit provozierte Gabriel. Wütend beugte er sich vor, entriss dem Latino das Tablet und befahl: »Nichts ›na und‹. Du ziehst dich jetzt an und fährst zu ihrer alten Wohnung! Und wenn sie da nicht ist, dann überlegst du dir, wie du sie findest.« Als er den ungläubigen Gesichtsausdruck seines Liebhabers wahrnahm, fügte Gabriel ungeduldig hinzu: »Jetzt schau nicht so. Du weißt genau, dass ich es hasse, die Kontrolle zu verlieren.« Sein Blick wanderte zu der ausladenden Panoramafensterfront, vor der sich die Silhouette der Münchner Altstadt ausbreitete. »Immerhin entwickelt sich das Jüngelchen davon abgesehen in eine Richtung, die mir gefällt …« Als wäre er für einen Moment sich selbst entglitten, riss er sich abrupt zusammen und sagte mit fester Stimme: »Los jetzt, Hugo, ich bereite dir die Hölle auf Erden, wenn du sie nicht gleich suchst! Ich will wissen, wo sie ist.«

Darauf reagierte Hugo sofort. Zwanzig Minuten später saß er in einem Taxi, das ihn zu Danas letztem bekanntem Wohnort bringen würde.

Bikini hatte sich vorgenommen, wenigstens für den Rest seiner Haftstrafe sauber zu bleiben. Er wollte die vorzeitige Entlassung nicht gefährden. Aber keine Straftaten zu begehen musste man sich leisten können. Was brachte ihm der Freigang, wenn er kein Geld hatte? Alles, was Spaß machte, kostete Geld; außer der Sex mit Kelly. Aber die war gerade im Nagelstudio. Missmutig schlenderte er über eine Nebenstraße der Kleinstadt. Außer ihm schien keine Menschenseele unterwegs zu sein. Dafür standen hier lauter schnittige Wagen. Bikini näherte sich unauffällig den parkenden Autos und begann nach einem weiteren prüfenden Blick nach rechts und links zu checken, ob sie alle abgesperrt waren. Der achte Wagen war ein Schrotthaufen auf Rädern, aber die Tür ging auf. Bikini sah sich erneut um. Kein Mensch zu sehen. Also öffnete er kurz entschlossen die Fahrertür ganz, ließ sich auf den Sitz fallen und zog sie rasch wieder zu. Im Inneren der Karre stank es nach Benzin. Bikini verzog das Gesicht. Aber dann entdeckte er in der Mittelkonsole auf einem Stapel CDs eine Schachtel Marlboro. Bikini schnappte sie sich und schaute hinein. »Das muss mein Glückstag sein!«, sagte er in die Stille hinein. Er steckte sich eine Kippe in den Mund und fummelte die kleine Tüte mit den schokoladenbraunen Stückchen hervor. Wie lange hatte er kein eigenes Haschisch mehr besessen! Und diese Menge reichte locker für drei anständige Dübel. Er steckte das Tütchen ein, zündete sich eine Zigarette an und öffnete das Handschuhfach. »Noch besser!«, stellte er – nun schon beinahe jubelnd – fest. Seine Begeisterung galt dem iPhone, das darin lag. Zwar hatte das Display einen Riss, aber Ömer oder der Typ von der Tankstelle würde ihm dafür trotzdem mindestens einen Hunderter geben. Das war immerhin ein Anfang. Aber jetzt war es Zeit, unauffällig zu verschwinden. Er drückte die Tür auf, glitt vom Sitz, schob die Tür zu – und sah einen Mann auf sich zukommen. Er hatte einen langen Vollbart, trug Latzhose und Gummistiefel. »Was machst du da in meinem Auto?«, fragte der Mann freundlich. Bikini wunderte sich. Wieso fragte dieser Idiot so höflich? Bikini selbst hätte einem Typen, der sich erlaubte, in sein Auto zu steigen, gleich die Fresse poliert. War es dem Latzhosen-Heini egal, wenn fremde Typen in seiner Karre herumlungerten?

»Hab mir nur 'ne Zigarette gepumpt.«

»Ach so«, meinte der Mann. »Kannst ruhig zwei nehmen, warte, ich gebe dir noch eine.« Ehe Bikini etwas sagen konnte, war der Kerl an ihm vorbei ins Auto gestiegen und suchte nach der Zigarettenschachtel. Seine Beine baumelten vom Sitz auf den Gehsteig. Bikini sah mitleidig von oben auf ihn herab. Eigentlich hätte er weitergehen sollen. Aber der Latzhosentyp war irgendwie süß, und Bikini hatte ja auch sonst nichts zu tun. Jetzt wandte sich der Mann wieder ihm zu: »Sag mal, kann es sein, dass du dir aus Versehen schon die ganze Schachtel genommen hast?«

»Nö«, antwortete Bikini gelassen. Er ließ absichtlich eine ganze Weile verstreichen. Dann fügte er an: »Nicht aus Versehen. Mit Absicht.«

Der Mann mit dem langen Bart sah ihn nachdenklich

an. »Ist nicht okay, so was. Bitte gib mir die Schachtel wieder. Da ist schwarzer Afghane drin. Und zwar nicht irgendeiner, sondern von der Bio-Plantage von meinem marokkanischen Freund.«

Bikini hatte plötzlich keine Lust mehr auf den Kerl. Bio-Plantage, marokkanischer Freund! So ein Arschloch. Er griff mit beiden Händen nach dem oberen Rahmen der Autotür und rammte sie zu. Der Mann schrie vor Schmerz auf. Bikini drehte sich gelangweilt um und ging weg. Hinter ihm wurden die Schreie langsam leiser. Als er dreimal abgebogen war, zog er das iPhone aus der Tasche und versuchte ohne jedes System, den Code zu knacken. Vor dem Schaufenster eines Ladengeschäfts blieb er stehen und zündete sich eine weitere Zigarette an. Er hob den Blick: »Fantasy Nails« stand da in Regenbogenfarben an der Scheibe. Das kam ihm bekannt vor. War das nicht das Studio, in dem Kelly sich die Nägel machen ließ?

Felix hatte sich das Organisieren einer bahnbrechenden Vernissage wirklich schwieriger vorgestellt. Aber auf Koks ging ihm das alles so leicht von der Hand! Innerhalb einer Stunde hatte er mühelos eine alte Lagerhalle im Münchner Norden gefunden und für einen Abend gemietet. Eine Off-Location, denn renommierte Galerien waren seiner Meinung nach nicht mehr in. Gabriel hatte ja keine Ahnung. Der Schwachkopf hatte ihn gewarnt und gesagt, dass so eine Ausstellung von einem unbekannten Künstler nur wenige Leute interessieren würde. Und auch Gabriels Freund, der Kunstsammler Gunther von Kleist, hatte ihm abgeraten. Aber das hielt doch einen Felix Ambach nicht auf! Billig würde das alles natürlich nicht werden, aber Geld hatte er doch genug.

Im Nu hatte er einen Cateringservice beauftragt, »dafür zu sorgen, dass mindestens tausend Gäste eine Vernissage feiern konnten, über die man noch lange sprechen wird«.

Bikini betrat, begleitet von den Tönen der digitalen Türklingel, das Nagelstudio. Hier drin roch es nach einer Mischung aus süßlichem Parfum und beißendem Nagellackentferner. Er blickte sich um. Es war ein kleines Studio mit vier Arbeitsplätzen. An zwei von ihnen saß jeweils eine Kosmetikerin, die ihren Kundinnen die Nägel sanierte. Diese Nagelpussies gehören mal ordentlich genagelt. Bikini musste über seinen originellen Gedanken grinsen. Seine Kelly konnte er allerdings nirgends entdecken. Er wandte sich an die höchstens Achtzehnjährige mit der solariumgebräunten Haut, den lilafarbenen Extensions und den getunten Lippen; nicht, weil er sie besonders attraktiv fand, sondern weil sie der Tür am nächsten saß: »Hi, Kelly ist wohl nicht mehr da, wie?«

»Was denn für 'ne Kelly?« Die junge Frau hob den Kopf, und Bikini sah, dass sie ein Perlen-Piercing in der Zunge hatte.

»Na, Kelly Christ, meine bessere Hälfte. Die hatte doch heute bei euch einen Termin.«

»Kelly?«, fragte sie, um dann gleich weiter nach hinten zu rufen: »Mieze, war heute schon 'ne Kelly hier?« Sie sah wieder zu Bikini. »Kelly wie?«, antwortete die Frau, die vermutlich Mieze hieß.

»Christ«, antwortete er. »Christ wie Jesus.«

»Christ wie Jesus, Mieze!«, rief die Frau mit dem Piercing ihrer Chefin zu.

»Nö, kenn ich nicht. Noch nie gehört.«

Bikini war im Begriff, ausfallend zu werden, da klingelte das Handy in seiner Jacke. Reflexartig zog er es raus und nahm den Anruf an.

»Ja? Bikini?« Erst als er diese zwei Worte gesprochen hatte, wurde ihm bewusst, dass es sich um das geklaute Smartphone handelte.

Die Stimme am anderen Ende sagte: »Wenn du vermeiden möchtest, dass ich dich anzeige, dann kommst du jetzt ganz schnell mit meinem iPhone zurück und entschuldigst dich …« Bikini erkannte die Stimme sofort. Es war das Weichei von gerade eben. »… mein Schienbein tut nämlich fies weh, und es blutet sogar ein bisschen. Und mein Telefon und das Dope hätte ich auch gerne wieder.«

»Halt's Maul, Schwuchtel«, raunte Bikini in das Gerät. »Sag mir lieber deinen Code, sonst komme ich dich heute Nacht besuchen.«

Am anderen Ende der Leitung herrschte schockierte Stille. Nach einigen Schrecksekunden sagte der Latzhosenträger: »Okay, alles klar«, und legte auf. Bikini schüttelte den Kopf und wandte sich mit etwas zu lauter Stimme an Mieze und ihre Mitarbeiterin: »Habe ich das also richtig verstanden, dass meine Alte, also, eine Frau namens Kelly Christ, in eurem Laden niemals aufgetaucht ist?«

»Man soll ja niemals nie sagen«, antwortete die Chefin. »Aber ich glaube, ich habe den Namen noch nie gehört. Also heute war sie auf jeden Fall nicht da.«

Bikini nickte nur, machte auf dem Absatz kehrt und verließ das Nagelstudio. Konnte es sein, dass seine Kelly ihn belogen hatte? Hatte der Typ im Knast doch recht gehabt? Falls ja, war das mehr als niederträchtig von Kelly. War nicht er es gewesen, der sie aus der Gosse geholt hatte? Der ihren Zuhälter in den Rollstuhl befördert hatte, aus Rache für alles, was das Schwein ihr angetan hatte? Und nun das! Bikinis Puls raste, er schäumte vor Wut. Wenn ein anderer Typ hinter dieser Sache steckte, dann sollte der sich besser warm anziehen.

Maria saß in der kleinen Pension, in der sie seit dem Rauswurf durch ihren Mann mit Soleil untergekommen war. Sie heulte: Spätestens übermorgen würde ihr das Geld ausgehen. Christian hatte alle Konten für sie gesperrt. Und fünfzig Euro in bar war alles, was sie noch hatte. Sie war verzweifelt. Ein heftiges Klopfen riss sie aus ihren dunklen Gedanken. Langsam rappelte sich Maria auf, ging zögerlich zu der grauen Eingangstür und öffnete sie vorsichtig.

Sie sah den vor ihr stehenden Mann misstrauisch an. War das ein Mitarbeiter der Pension? Maria musterte ihn von oben bis unten. Er trug einen Tweedanzug und teure braune Lederschuhe. Sein langes graues Haar war zu einem gepflegten Zopf gebunden. Die Oberlippe zierte ein feiner Schnurrbart. Aber trotz seiner eleganten Kleidung war Maria skeptisch.

»Wer sind Sie?«

»Dürfte ich eben mal kurz reinkommen, Frau Ambach?« Seine Stimme klang sympathisch.

»Woher wissen Sie meinen Namen?« Maria war derart verdattert, dass sie sich beinahe verhaspelte.

Anstatt ihre Frage zu beantworten, entschuldigte sich der Fremde: »Oh, ich habe mich gar nicht vorgestellt.« Er hielt ihr die Hand hin. »Gabriel de Moño mein Name. Felix Ambach schickt mich.«

Wie ferngesteuert schlug Maria ein.

»Alles okay, Mama?« Das war Soleils Stimme.

Maria drehte sich zu ihr um und sagte: »Ja, alles in

Ordnung, Liebling!« Die Tochter verschwand beruhigt im Badezimmer.

Mit der Andeutung eines Lächelns wandte sich Maria wieder dem Fremden zu:

»Felix schickt Sie? Woher weiß er denn, dass ich hier bin?«

»Das weiß ich auch nicht, aber er hat mir diese Adresse genannt und mich hierher gesandt.« Er nickte ihr aufmunternd zu. »Und er hat mir etwas für Sie mitgegeben, dass ich Ihnen unbedingt persönlich aushändigen soll.«

Marias Stimmung hellte sich auf. Gab es doch noch eine Chance für Felix und sie? Vor lauter Freude darüber, seinen Namen zu hören, fragte Maria sich gar nicht, woher Felix die Adresse des Hotels haben könnte. »Was sollen Sie mir denn geben?« Der Fremde lächelte. Ein Sonnenstrahl. Hoffnung keimte in ihr auf.

»Kommen Sie doch bitte eben raus auf den Flur. Vorn am Fenster stehen zwei Sessel. Dort sind wir ungestört.«

Gabriel drehte sich um und ging voraus. Maria folgte ihm. Das Muster des Teppichs verschwamm vor ihren Augen, vermutlich eine Nebenwirkung des starken Beruhigungsmittels, das sie genommen hatte. Der Mann setzte sich auf jenen der beiden Sessel, der näher am Fenster stand, und deutete mit einer einladenden Handbewegung auf den anderen. Während Maria sich langsam auf das weiche Polster sinken ließ, zog der Fremde aus einer feinen Ledertasche einen großen Umschlag hervor und legte ihn feierlich auf den Tisch. »Ich bin mir sicher, dass Sie dies interessiert«, sagte er, um sie daraufhin auffordernd anzusehen.

Was wohl in dem Umschlag war? Ein Brief von Felix? Aber dafür war das Kuvert zu groß. Maria nahm den braunen DIN-A4-Umschlag in beide Hände und prüfte sein Gewicht, dann blickte sie den Mann zweifelnd an. »Ich weiß nicht. Irgendwie ist das alles komisch.«

Gabriel nahm ihre linke Hand, umfasste sie fürsorglich und sagte mit seinem besten Verkäuferlächeln: »Nur Mut!«

Maria zögerte noch immer.

»Geben Sie sich einen Ruck. Meist finden sich freudige Überraschungen in solchen Umschlägen.« Gabriel lächelte erneut gewinnend.

Maria besah den Umschlag. Es war eine gewöhnliche, fensterlose, braune Versandtasche. Eigentlich hatte sie ja nichts zu verlieren. Und wenn Felix sich die Mühe machte, ihr etwas zu schicken, konnte das ja nur ein gutes Zeichen sein. Endlich spürte Maria Freude in sich aufkeimen. Vorsichtig öffnete sie das Kuvert und zog den Inhalt ans Tageslicht. Sie blickte auf die Rückseite mehrerer Fotoabzüge. Vielleicht waren es alte Aufnahmen, aus der Zeit, als sie noch ein Paar waren? Hastig drehte sie die Bilder um und betrachtete das erste. Einige Sekunden brauchte sie, um zu realisieren, was sie da Teuflisches in ihren Händen hielt. Als das Gift des Gesehenen zu wirken begann, verlor sie die Kontrolle über ihre Mimik und ein schmerzhafter Blitz der Erkenntnis durchzuckte ihren ganzen Körper. Mit weit aufgerissenen Augen starrte Maria auf das Foto. Sie war unfähig etwas zu sagen. Der fremde Bote schien ihren Zustand zu bemerken. Besorgt fragte er: »Um Gottes willen. Ist alles in Ordnung mit Ihnen?«

Maria hob den Blick und sah ihn verstört an. Dann starrte sie wieder zurück auf das Foto, bevor sie es beiseitelegte und das nächste betrachtete, aber es wurde nicht besser. Sie kannte die Augen, die Hände, die Lippen, ja den ganzen Körper des Mannes, der da zu sehen war. Es gab überhaupt wenige Menschen auf der Welt, dic sie so gut kannte wie ihn. Der Mann auf den Bildern war Felix. Und die Fotos zeigten ihn beim hemmungslosen Sex mit einer jungen Frau, die Maria nicht bekannt vorkam.

»Ist das ein schlechter Scherz?« Maria hob den Kopf, ihr Blick kreuzte sich mit dem des Fremden. Tränen schossen ihr in die Augen. »So ein Schwein!«

»Hören Sie, es tut mir aufrichtig leid. Sie scheinen verletzt zu sein. Das wollte ich auf gar keinen Fall. Ich hatte ja keine Ahnung ...« Der Bote lächelte sie unsicher an und legte ihr sanft seine Hand auf die Schulter. Mit zitternden Händen hielt Maria ihm die Bilder hin. Interesse heuchelnd blätterte Gabriel die Abzüge durch, räusperte sich und sagte dann: »Das ist übel, aber Felix hat mich gebeten, Ihnen den Umschlag zu bringen. Es tut mir leid.« Scheinbar fassungslos schob er hinterher. »Tut mir wirklich sehr, sehr leid. Wenn ich das gewusst hätte, hätte ich mich natürlich nie zu diesem Botendienst bereiterklärt.«

Der Kunstberater zog eine Packung Papiertaschentücher aus seiner Jackettasche, fingerte eines hervor und reichte es der Schluchzenden. Sie schnäuzte sich. »Was für ein herzloser Typ, dieser Felix. Das hätte ich ihm gar nicht zugetraut, aber ...« Der Fremde tat so, als suchte er nach den richtigen Worten, dann fuhr er in mitfühlendem Tonfall fort: »So sind Männer ... Dann ist das für Sie wohl das Ende, nicht wahr?« Kaum hörbar fügte er ein »leider« an. Maria nickte weinend. Sie war vollkommen durcheinander, und so wurde ihr gar nicht bewusst, wie seltsam es war, dass dieser Fremde von ihrem Versuch, Felix zurückzugewinnen, wusste. Gabriel gab ihr die Fotos wieder zurück und griff selbst in den Umschlag.

»Vielleicht ist das alles ja einfach nur eine schreckliche Verwechslung«, sagte er bemüht hoffnungsfroh und legte den verchromten USB-Stick vor ihr auf den Tisch. Aber Maria reagierte nicht, die Bilder entglitten ihren Händen und fielen zu Boden.

Ehe sie begriff, was geschehen war, war der Fremde verschwunden. Hätten vor ihr auf dem Teppich des Hotelflurs nicht die Fotos gelegen, hätte sie geschworen, dass sie sich dies alles nur eingebildet hatte.

Am Abend desselben Tags stand Felix allein in einer riesigen Lagerhalle aus Backstein. Zu den peitschenden Gitarrenriffs einer unbekannten asiatischen Speedmetal-Band begutachtete er mit einem Siegerlächeln seine gigantische Leinwand. Das Bild – er hatte es »Fick die Demokratie« genannt – hing frei schwebend in der Mitte des Raums. Darunter stapelte sich Holz zu einem Scheiterhaufen. Zum Höhepunkt der Vernissage wollte er ihn anzünden, und die Leinwand darüber sollte sich im lodernden Feuer in Asche auflösen. Das würde die ganzen Kunstfatzkes beeindrucken! Stolz ließ er den Blick über die vier großzügig dimensionierten Bartresen gleiten. In der Halle hätte gut und gerne ein Flugzeug parken können. Aber das konnte er ja bei der nächsten Vernissage machen. Er hatte tausend brillante Ideen.

Etwa dreißig Service- und Barkräfte waren damit beschäftigt, Säcke mit Eiswürfeln zu schleppen, Getränkekisten zu stapeln und die Theken auf Hochglanz zu bringen. Die Kühlschränke waren gefüllt, aber bis auf einen offensichtlich verwirrten Obdachlosen mit einer vergammelten Jutetasche war bislang noch kein Gast da. Dabei war Felix in den letzten vier Stunden im Schiebedach einer Stretchlimousine stehend durch die Münchner Innenstadt gefahren und hatte wahllos Flyer auf Passanten geworfen. Viele Leute hatten ihn dabei fotografiert und ihm zugejubelt. Wo waren diese Penner jetzt? Es gab schließlich Alkohol umsonst. Das musste doch wohl reichen, um auf sich aufmerksam zu machen? Mit einem Mal keimte so etwas wie Nervosität in ihm auf. Weil ihn dieses Gefühl verwirrte, ging er nach draußen zum Toilettenwagen, vor dem zwei Barfrauen standen und rauchten. Sie sahen ihn mitleidig an. Felix überlegte kurz, ob er sie deswegen anschnauzen sollte, denn Mitleid war ja wohl das Letzte, aber dann teilte er doch sein Koks mit ihnen.

»Also, ich finde dein Bild voll geil«, sagte die eine, nachdem sie ihre Line gezogen hatte.

»Ja genau, das ist so next level shit«, stimmte ihr die andere zu.

»Wann geht's denn los?«

»Einundzwanzig Uhr«, antwortete Felix.

Die erste blickte auf ihr Smartphone und sagte aufmunternd: »Die kommen in München immer erst später in die Gänge, bleib mal entspannt. Die richtig guten Partys starten eh erst gegen drei.« Sie schien noch etwas sagen zu wollen, ließ es aber sein und meinte nur: »Wir gehen dann mal wieder rein an die Bar, ja?«

Felix nickte. Dank des Kokains fühlte er sich jetzt wieder etwas zuversichtlicher. Klar würde der Laden gleich gerammelt voll sein. Und wenn nicht? Um die letzten Zweifel zu unterdrücken, packte er sein Päckchen mit dem Marschierpulver noch einmal aus und legte zwei Lines nach. Dann begutachtete er sich im Spiegel des Klowagens, den er aus gutem Grund nur für sich allein geordert hatte. Seine fast weißen Haare saßen, auch der Jeansoverall war dem Event angemessen. Schließlich war er der Künstler, er stand heute im Mittelpunkt. Als er zehn Minuten später in den Backsteinbau trat, war sogar der Obdachlose wieder verschwunden. Die Musiker der asiatischen Band waren mittlerweile dazu übergegangen, Kinderlieder zu spielen und sich dabei hemmungslos zu betrinken. Felix fand das mit den Kinderliedern nicht gut. Für Ironie hatte er jetzt keinen Nerv. Er ging zur Bühne und schrie die Musiker an: »Ich habe euch nicht gebucht, damit ihr hier einen auf Kindergarten macht, ja? Spielt richtigen Sound! Coolen Sound!« Seine Stimme überschlug sich. Er sah auf die Uhr. Es war schon kurz nach elf. Mit Wut im Bauch trat er an eine der Bars, ließ sich eine Flasche Wodka reichen, setzte an und trank das scharfe Zeug, als ob es Wasser wäre. Da öffnete sich mit einem Rumpeln die große Stahltür. Gabriel streckte vorsichtig den Kopf in den Flugzeughangar. Felix war erleichtert, dass wenigstens sein Partner gekommen war. Der Kunstberater warf einen Rundumblick durch die Halle und kam dann direkt auf Felix zu. Im Hintergrund schepperte jetzt wieder laut und hart die Metal-Musik.

»Schicke Frisur, Felix«, schrie Gabriel zur Begrüßung.

»Danke«, antwortete der Angesprochene ohne eine Regung und reichte dem Kunstberater die zur Hälfte geleerte Flasche Wodka.

»Danke, nein, ich wollte nur kurz vorbeischauen und sehen, wie es so läuft.« Er zögerte und warf noch einen Blick in die leere Halle. »Aber ich bleibe nicht lang, Felix.«

»Auch gut.« Felix schüttete den restlichen Wodka in sich hinein.

Gabriel blieb zehn Minuten, doch dann hatte er genug von dem Trauerspiel. Er verabschiedete sich mit einem maliziösen Lächeln, von dem Felix in seinem Schnapsrausch keine Notiz nahm.

Als der Alkohol und die Drogen die Enttäuschung über den katastrophalen Abend nicht mehr übertünchen konnten, stieg eine mörderische Wut in Felix auf. Während der Cateringservice sein Equipment wieder abtransportierte, kletterte der Künstler auf den wackeligen Scheiterhaufen und sprang hinauf zu seinem Kunstwerk. Beim zweiten Mal gelang es ihm, sich festzuhalten. Nun hing er wie ein Käfer an der Leinwand und versetzte sie, einem gigantischen Pendel gleich, in Schwingungen. Dabei schrie er, als hätte der Wahnsinn vollends von ihm Besitz ergriffen. Das Personal bemühte sich, so zu tun, als beachtete es ihn nicht. Doch dann krachte Felix mitsamt der Leinwand erst auf den Scheiterhaufen und dann auf den Boden. Das Kunstwerk begrub ihn unter sich. Nach einem Moment der Stille kämpfte er sich mit lautem Geheule von unten durch den Nesselstoff. Er zerschlug das Material, zerfetzte den Stoff, riss alles, was er in die Finger bekommen konnte, von dem hölzernen Keilrahmen. Als nichts mehr von der Leinwand übrig war, außer einem armseligen Gerippe, war Felix bereits wieder allein. Die von ihm engagierten Leute hatten das Schlachtfeld der Peinlichkeit verlassen.

Zehn

Als Felix am Nachmittag des folgenden Tages die Augen öffnete, hatte er das Meiste, was in der vorangegangenen Nacht geschehen war, bereits vergessen. Was er noch wusste, war, dass seine Vernissage ein Reinfall gewesen war. Und dass er seine letzten Geldreserven verfeuert hatte. Er brauchte dringend neues Bargeld. Weil es ihm zu riskant erschien, einen Fahrer, dessen Vertrauenswürdigkeit er nicht einschätzen konnte, zu seinem Geldversteck fahren zu lassen, setzte er sich selbst hinters Steuer. Felix rauchte, lenkte und wechselte gelegentlich den Gang. Er war derart geistesabwesend, dass er am Ortseingang von Hinteröx nicht einmal Hubert Novaks Gruß erwiderte. Dabei hatte der Dorfbewohner extra dafür den mit einer frisch erlegten Wildsau beladenen Schubkarren abgesetzt, er kam gerade von der Jagd.

Felix nahm die Abzweigung von der Dorfstraße, die zu seinem Anwesen führte. Jetzt hatte er die blutrote Sonne im Nacken. Er stellte den Wagen zwischen Werkstatt und Wohnhaus ab und blieb erst einmal sitzen. Im Dämmerlicht sah der Garten nicht mehr einfach nur verwahrlost und ungepflegt aus, sondern er hatte etwas Abweisendes, Bedrohliches. Felix zündete sich noch eine Kippe an und stieg endlich aus. Die Luft war klar, immerhin, er schöpfte Mut und nahm die Stufen zur Haustür mit neu entdeckter Leichtigkeit. Doch die schwand sofort wieder, nachdem er im Flur stand. Felix nahm einen tiefen Atemzug durch die Nase. Irgendetwas stimmte hier nicht.

Er betrat die Küche. Auf dem Tisch gammelten die Überreste eines Essens: gebrauchte Teller, Gläser, Wasserflasche, Weinflasche, zwei Aschenbecher, auf dem Herd stand eine Pfanne. Er konnte sich nicht erinnern, wann er dieses Essen zubereitet hatte – oder ob überhaupt. Ein kalter Luftzug. Hatte er vergessen, ein Fenster zu schließen? Felix lauschte konzentriert – und riss die Augen auf. Aber er sah nur wenig. Er hatte beim Betreten des Hauses kein Licht angemacht. Es war schummrig, aber im roten Schein der untergehenden Sonne konnte er die Möbel durchaus erkennen. Klapperte da etwas im oberen Stockwerk? Woher kam der Luftzug? Ohne sich etwas dabei zu denken, eilte Felix die Stufen nach oben. Als er die Schwelle zu seinem Schlafzimmer erreichte, blieb er wie erstarrt stehen. Der Raum war düster, aber eines konnte Felix erkennen: In seinem Bett lag etwas. Ein dunkles Etwas. Ein menschlicher Körper. Felix schluckte und horchte auf ein Atemgeräusch. Nichts. Felix drehte sich um, schlich die Treppe zurück in die Küche, öffnete behutsam die Schublade des Buffetschranks, schnappte sich das große Küchenmesser und stieg wieder nach oben. Er trat in sein Zimmer, immer noch darauf bedacht, keine unnötigen Geräusche zu verursachen, umschloss den Messergriff fester, drückte mit der Linken auf den Lichtschalter und fragte laut und mit fester Stimme: »Was machen Sie hier?«

Die Person im Bett gab keinen Mucks von sich.

»Hey, aufwachen! Was machen Sie in meinem Bett?« Er spürte einen Luftzug am Nacken. Aber nichts passierte.

Felix machte drei, vier Schritte – und dann erkannte er, wer da lag.

»Maria?« Er näherte sich dem Bett noch weiter. »Jetzt komm, Maria, was soll der Scheiß!« Sie stellte sich schlafend. Wie idiotisch war das denn! Er ging die letzten beiden Schritte, legte das Messer von der rechten in die linke Hand, beugte sich über seine Exfreundin, legte die Rechte auf ihren Arm und rüttelte sie. Als seine Hand ihr Shirt berührte, wusste er, dass etwas nicht stimmte. Maria war kalt, das spürte er durch den Stoff durch. Fieberhaft suchte Felix an ihrem Hals nach dem Puls, aber da war nichts. Maria lag leblos da, die Beine leicht angezogen. Sie war tot. Auf dem Nachtkästchen stand eine leere Flasche Wasser, daneben zwei Tablettenpackungen; die mit dem Schlafmittel war leer, von den Schmerztabletten waren noch welche übrig.

»Scheiße! Scheiße, Scheiße, Scheiße!«, zischte Felix halblaut und starrte auf den leblosen Körper seiner Exfreundin. Ja, er hatte sie geliebt. Aber das, was sie zuletzt von ihm verlangt hatte, war zu viel gewesen. Wieder mit ihr zusammen zu sein ... Was für eine absurde, verrückte Idee? Oder hätte er ... hätte er anders entscheiden müssen? Jetzt, da Dana unauffindbar war – änderte dies die Situation? War Maria nicht seine erste große Liebe gewesen? Eine Träne rann aus seinem linken Auge. Es folgte eine weitere aus dem rechten. Felix weinte, ohne genau zu wissen, weshalb: Beweinte er seine Exfreundin? Oder die Härte, mit der er sie, die Hilfesuchende, von sich gewiesen hatte? Beweinte er, dass er so allein war auf dieser Welt, die es anscheinend böse mit ihm meinte? Oder verfluchte er den Tag, an dem er sich mit Gabriel eingelassen hatte? Von jenem Tag an war nichts Gutes mehr in seinem Leben passiert. Voller Zorn warf er das Küchenmesser von sich und sackte neben Maria auf dem Bett zusammen. An ihren leblosen Körper gekuschelt, weinte er, bis das Reservoir seiner Tränen erschöpft war. Dann hob er langsam den Kopf und blickte sich um. Plötzlich schoss ihm ein Gedanke durch den Kopf, der alle Wut und Trauer verdrängte: Marias Leiche war für ihn eine Gefahr! »Warum musstest du dich ausgerechnet bei mir umbringen, verdammt?« Er sprach die Worte zu ihr, gerade so, als lebte Maria noch. Seine Stimme klang hilflos, aber auch zärtlich. »Mann, Maria! Ich kann ja nicht einmal ein Beerdigungsinstitut anrufen! Geschweige denn deinen Mann, das Arschloch!« Felix war vollkommen hilflos. Nur eines wusste er: »Du musst hier weg,

Maria! Sonst kommen die Bullen und … und … alles fliegt auf! Du musst weg!« Für einen Moment spielte er mit dem Gedanken, Gabriel anzurufen. Aber dann kam ihm eine bessere Idee.

Marias lebloser Körper war schwer. Als die Leiche endlich auf der Ladefläche des VW-Busses lag, stellte Felix fest, dass er vollkommen nassgeschwitzt war. Die Drogen und der Alkohol der letzten Tage zeigten ihre Wirkung. Felix ging unter die Dusche und brauste sich eiskalt ab. Dann zog er sich frische Kleider an. Für das, was er jetzt vorhatte, brauchte er Mut und einen klaren Kopf.

Als er wieder im Auto saß und gewendet hatte, fiel sein Blick auf das kleine Fenster der Toilette im Untergeschoss. Es stand offen, das Glas war zerbrochen. »Weiß du was, Maria?«, rief er zu der von einer braunen Wolldecke verdeckten Leiche nach hinten. »Eine richtige Scheißaktion ist das – einbrechen und sich umbringen! Richtig scheiße ist das!« Er würde später noch einmal zurückkehren müssen um das Fenster wenigstens notdürftig abzudichten.

In gemächlichem Tempo fuhr er an den kilometerlangen Weidezäunen vorbei, die die Landstraße Richtung Stadt säumten. Jeden einzelnen Zaunpfahl konnte er klar und deutlich erkennen. Gut, dass er schon seit Längerem kein LSD mehr genommen hatte.

Vor dem Haus seines Bruders Christian machte er kurzen Prozess. Es war zweiundzwanzig Uhr dreizehn. Alle Fenster waren dunkel. Er stellte den Wagen in die Einfahrt und stieg aus. Nach einem eiligen Blick auf die Nachbarhäuser, in denen sehr wohl Lichter brannten, öffnete er das Gartentürchen. Dann wandte er sich dem Kofferraum zu, lud sich Marias Leiche auf die Schulter, umrundete den Bus und trug sie in den Vorgarten. Dort ging er ächzend in die Knie und legte seine Exfreundin vorsichtig unter einen rotblättrigen Busch. Er verzichtete darauf, sie mit der Wolldecke zuzudecken. Sein Bruder sollte sie auf keinen Fall übersehen.

Die Aktion dauerte acht Minuten. Um zweiundzwanzig Uhr dreiundvierzig war Felix zurück in Hinteröx und suchte in der Werkstatt nach Klebeband. Er wurde fündig, klebte damit das durch Marias Einbruch beschädigte Klofenster notdürftig ab, holte sich aus seinem Versteck die restlichen Geldscheinbündel und setzte sich wieder in den Wagen. Er fuhr nicht gleich los, sondern dachte kurz an seinen Bruder: Wie würde er reagieren, wenn er die eigene Ehefrau tot im Garten fand? Felix ließ den Motor an, legte den Rückwärtsgang ein – und drehte den Zündschlüssel gleich wieder zurück. Sein Blick war auf den Briefkasten gefallen, aus dem ein weißes Etwas ragte. Mehr konnte er im Dunkel der Nacht nicht erkennen. Er seufzte, stieg aus und sperrte den Briefkasten auf. Das Weiße, was er gesehen hatte, war ein Briefumschlag. Auf dem Kuvert stand nichts als sein Name, geschrieben mit schwarzer Tinte und in Marias Handschrift. Felix warf ihn mit der anderen Post auf den Beifahrersitz und ließ den Motor wieder an. Als er den Wagen gewendet hatte, zog er jedoch eine Grimasse des Unwillens, schaltete den Motor erneut aus, griff sich den Brief und riss ihn auf.

Lieber Felix,
ich wusste leider keinen anderen Ausweg mehr. Christian wollte uns nicht mehr. Und ich habe jetzt verstanden, dass du mich auch nicht mehr zurückwillst. Ich kann das sogar verstehen, nachdem ich dich damals wegen deines Bruders

einfach so verlassen habe. Aber ich war damals jung und unerfahren. Was du nicht weißt, ist, dass ich damals schwanger war. Und ich wollte sichergehen, dass ich einen Mann an meiner Seite habe, der mir und meinem Kind ein sorgenfreies Leben ermöglichen kann. Mein Verstand hat in diesem Moment über mein Herz gesiegt. Das hätte damals mit uns beiden nicht funktioniert, zumindest dachte ich das damals. Ich hoffe, du kannst mich irgendwann verstehen. Ich hab es nicht böse gemeint. Ich werde dich immer lieben, Felix. Aber die Kälte, mit der du mich jetzt behandelt hast, hat mich erschreckt. Ich habe das Gefühl, dass du nicht der Felix bist, den ich kannte. Wenn du wenigstens den Mut aufgebracht hättest, dich mit mir persönlich zu treffen, wäre vielleicht alles anders, und ich hätte damit umgehen können. Aber dass du mich einfach durch diese Fotos so brutal verletzen wolltest, hat mir die Augen geöffnet: Ich bin allein. Ich habe niemanden mehr.

Machs gut, Felix – das ist das letzte Mal, dass ich dich mit meiner Anwesenheit belästige.

Ich hoffe, dass ich nie wieder aufwachen werde.

Eine letzte Bitte habe ich noch an dich: Kümmere dich um Soleil. Ich wollte es dir schon lange sagen, jetzt tue ich es endlich: Du bist ihr Vater. Auch, wenn du es nicht wahrhaben willst: Soleil ist deine Tochter. Das schwöre ich dir!

Leb wohl.
Maria

Auf der Fahrt zurück nach München sah und hörte Felix nichts. Obwohl seine Augen geöffnet waren und seine Hände den Transporter steuerten, fühlte er sich wie abgetrennt von der Wirklichkeit. Er war Vater einer Tochter und hatte keine Vorstellung davon, was dies bedeutete.

Elf

Eigentlich war es unüblich, dass sich Ute Dukaz und ihr Kollege Toni Glaser privat trafen, aber der junge Kriminalbeamte hatte auf dieser Ausnahme insistiert. Nun stand er im Flur des Hauses der Kriminalhauptkommissarin und gab sich alle Mühe, deren Mann nicht allzu entgeistert anzustarren. Guido war nur mit einer Unterhose bekleidet, und so wie die dicke Selbstgedrehte zwischen seinen Lippen roch, störte Toni ihn gerade beim Kiffen.

»Sorry noch mal, ich wollte euch wirklich nicht an eurem Feierabend stören …«, entschuldigte sich der junge Kollege zum wiederholten Mal bei seiner Chefin. Dukaz winkte genervt ab. »Toni, ist gut jetzt!«

Ihr schien es nichts auszumachen, dass er ihren Mann mit einem Joint ertappt hatte. Guido war bis zu seiner Frühpensionierung Landschaftsgärtner gewesen. Seither züchtete er Bonsai-Bäume – und Marihuana. Ein Hobby, das seine Frau leichtsinnig fand, aber tolerierte.

Um die seltsame Situation aufzulösen, meinte die übergewichtige Kriminalhauptkommissarin in ihrem unvorteilhaften Schlabber-Jogginganzug: »Lass uns runtergehen in meinen Übungsraum, dann haben wir unsere Ruhe.«

Eine Kellertreppe später saßen die beiden sich in einem klassischen Bandproberaum, dessen Wände mit schalldämpfenden Eierkartons zugekleistert waren, gegenüber. Ute Dukaz hatte auf dem Hocker hinter ihrem verchromten Schlagzeug Platz genommen und Toni Glaser auf einem abgewetzten Ledersessel aus den Sechzigerjahren, der neben dem Instrument stand.

»Also, was gibt's denn jetzt so Wichtiges?«

Toni, der zum ersten Mal bei seiner Chefin zu Besuch war, ließ den Blick durch den Raum schweifen und war ziemlich beeindruckt: An den Wänden hingen Poster von Phil Collins, Dave Grohl mit seinen Bandkollegen von Nirvana und Charlie Watts von den Rolling Stones, allesamt in den Top Ten der besten Drummer zu finden. Außerdem einige T-Shirts von Rock- und Indiefestivals und ein Foto der jungen Ute Dukaz in einem knappen Bikini. Damals war sie schlank und attraktiv gewesen.

Er räusperte sich: »Also, Sie erinnern sich ja noch an den Todesfall im Krankenhaus.«

»Du meinst den Seefellner im Martha Maria?«

»Genau den.«

»Ja und, was ist mit dem?«

»Also ich habe da so ein Gefühl, dass das vielleicht doch kein so normaler Todesfall war ...«

»Aber hat nicht damals der Stationsarzt gesagt, dass sie nichts Ungewöhnliches feststellen konnten?« Ute Dukaz schien in ihrer Erinnerung zu suchen. »War es nicht sogar so, dass der denen schon in den ersten Tagen beinahe gestorben wäre – und sie ihn nur retten konnten, weil sie ihn zweimal reanimiert haben?«

»Ja, schon, aber …«, druckste Toni herum, »es kommt mir einfach komisch vor.«

»Soso, Monate später kommt es dir auf einmal komisch vor …« Ute Dukaz musterte den Kollegen. So ein Verhalten kannte sie von ihren halbwüchsigen Söhnen, wenn sie ihr nicht die ganze Wahrheit erzählen wollten. »Und warum jetzt auf einmal, wenn ich fragen darf?«

»Nur so ein Gefühl.«

»Aha, ein Gefühl. Und könnte es vielleicht sein, dass dieses Gefühl mit deiner neuen Freundin zusammenhängt?«

»Was denn für eine Freundin?«, schnaubte Toni erbost. Mit wem er sich privat traf, ging Ute Dukaz rein gar nichts an. Noch mehr als diese Grenzüberschreitung ärgerte ihn aber, dass seine scharfsinnige Chefin genau ins Schwarze getroffen hatte. Verlegen trommelte er mit seinen Fingern auf der Snare Drum herum.

Sofort herrschte Dukaz ihn an: »Finger weg, das ist kein Spielzeug!« Dann angelte sie sich einen Schlagzeugstick und hielt ihn demonstrativ in die Luft. »Nur mit Sticks, sonst gehen die Felle kaputt.«

»Ach so, 'tschuldigung«, murmelte Glaser.

Nachdem sie ihn eine Weile eindringlich angeschaut hatte, sagte seine Chefin: »Also, so wie ich das sehe, lieber Kollege, pflegst du seit geraumer Zeit ziemlich engen Kontakt mit dieser Kelly, die wir damals im Krankenhaus bei Seefellner getroffen haben. Diese Observation neulich hatte doch auch damit zu tun, oder? Hans Bicker heißt ihr Freund, oder? Spitzname Bikini. Also, rück raus, was hat dir die Dame anvertraut? Es ist doch wohl kein Zufall, dass dir dein Gefühl auf einmal sagt, dass es sich hier nicht um einen normalen Todesfall gehandelt haben soll?«

Toni schmunzelte widerstrebend. »Ja, also … Sie haben recht, also zum Teil. Aber eigentlich hat mir die Kelly nichts Neues gesagt.«

»Sondern?«, hakte die erfahrene Polizistin nach.

»Na ja, sie hat neulich etwas zu dem Fall gesagt, was mich beunruhigt hat. Das ist ihr eher so aus Versehen herausgerutscht.«

»Und was war das?« Die Ermittlerin warf ihm einen ungeduldigen Blick zu.

»Sie hat angedeutet, dass im Krankenhaus beim Seefellner womöglich wer nachgeholfen hat. Und als ich nachgehakt habe, ist sie mir ausgewichen und hat komplett zugemacht.«

»›Zugemacht‹ … soso …«, meinte Dukaz ironisch, nun ihrerseits schmunzelnd. Nach einer Weile des Schweigens holte sie tief Luft. Ihr Kollege war unerfahren, aber seinen Instinkt respektierte sie. Er hatte hin und wieder einen guten Riecher. »Das Problem ist, dass so eine Obduktion, wenn wir die auf dem normalen Weg erreichen wollen, einen ziemlichen Papierkrieg mit sich bringt. Und am Ende ist vielleicht doch nichts dran …« Sie wippte sanft mit ihrem rechten Fuß auf dem Pedal des Schlagzeugs und ließ dadurch kaum hörbar die Bass Drum erklingen. Nachdenklich fuhr sie fort: »Aber vielleicht können wir das abkürzen. Über Beziehungen. Wäre ja nicht das erste Mal …« Sie lächelte.

»Du bist ja stürmisch heute!« Kelly warf ihrem Freund einen beeindruckten Blick zu. Bikini nickte und rollte sich von dem schlanken Körper seiner Geliebten. Er war schweißgebadet. Allerdings war es weniger seine Liebe für Kelly, die ihn so hatte rasen lassen, sondern seine Wut über die Untreue, die er ihr unterstellte. Am liebsten hätte er sie sofort zur Rede gestellt, um zu erfahren, warum sie ihn in der Sache mit dem Nagelstudio angelogen hatte und welcher andere Mann dahintersteckte. Aber das würde er schon noch herausfinden. Und zwar eleganter als nur mit einem dämlichen Wutausbruch.

»Ja, da ist Druck aufm Kessel«, sagte er und zündete den halb gerauchten Joint wieder an.

Mit einem »Ich geh duschen« verschwand Kelly im Badezimmer. Als er das Wasser plätschern hörte, griff Bikini sich ihr Smartphone vom Nachtkästchen. Wenn sie einen Lover hatte, dann musste er doch vor allem hier Spuren hinterlassen haben. Er drückte auf die Standby-Taste. Ein Feld mit Nummern tauchte auf, gefolgt von der Aufforderung »Passwort eingeben«. »Fuck.« Mit einem Passwort hatte er nicht gerechnet. Aber noch hörte er Geräusche aus dem Badezimmer, also versuchte er es auf gut Glück mit ihrem Geburtsdatum: »0508«. Das Handy vibrierte, aber die Sperre blieb bestehen. Wieder wurde er aufgefordert, das Passwort einzugeben. Er überlegte: Welche Zahl hatte Kelly wohl gewählt? Nach kurzem Nachdenken versuchte er es noch einmal, dieses Mal mit ihrem Geburtsjahr »1991«. Wieder verweigerte das Handy ihm den Zugriff. Diesmal noch mit der Warnung versehen, dass er nur noch einen Versuch habe, ehe das Gerät gesperrt werde. Er sah sich nervös im Raum um, als ob sich dort irgendwo ein Hinweis auf die Zahlenkombination finden würde. »Denk nach, Bikini, denk nach!«, feuerte er sich selbst an, um dann wieder auf die Zahlenfelder zu starren.

Die Duschgeräusche verstummten. »Soll ich dich eigentlich nachher wieder zum Knast fahren oder holt dich wer ab?«, rief Kelly aus dem Bad. Panisch drückte Bikini die Kombination »1979« in das Handy, sein Geburtsjahr. Was Besseres fiel ihm auf die Schnelle nicht ein. Sein Herzschlag beschleunigte sich. Wenn er es jetzt versemmelt hatte, dann wusste sie, dass er misstrauisch geworden war. Aber tatsächlich verschwand das Zahlenfeld und das Display wurde freigegeben. Jackpot! Doch Bikini blieb keine Zeit, seinen Triumph zu genießen, schon hörte er, dass Kelly im Begriff war, das Bad zu verlassen und zurück ins Schlafzimmer zu kommen. Schnell rollte er sich zurück in Richtung Nachtkästchen und platzierte das Telefon wieder dort, wo es gelegen hatte. Als Kelly mit einem Handtuch um die Hüften den Raum betrat, lächelte er ihr unschuldig zu.

Christian Ambach saß verstört in seinem Wohnzimmer. Auf dem Teppichboden vor ihm spielte seine Tochter Soleil; gerade kämmte sie einem blonden Frisierkopf das Haar. Sie schien noch nicht realisiert zu haben, dass ihre Mutter tot war.

»Und sonst haben Sie nichts gesehen?« Der uniformierte Polizeibeamte sah den Kunsthistoriker ungläubig an.

»Nein! Das habe Ihnen doch schon gesagt! Plötzlich war meine Tochter hier, meine Frau war telefonisch nicht zu erreichen, und wie ich heute nach Hause komme, liegt Maria tot im …« Christian Ambach stockte, dann verschlug es ihm die Sprache. Aber die Geste seiner Hand in Richtung des Vorgartens war Erklärung genug. Dort war es trotz der Abendstunden taghell; die Polizei hatte mehrere wattstarke Scheinwerfer aufgestellt. Als er sich wieder gefasst hatte, fuhr er fort: »Davor war ich in München, ich habe einen Vortrag über … ach, was soll die Scheiße? Wieso erzähle ich Ihnen, was Sie schon längst wissen! Drei Zeugen habe ich Ihnen auch genannt, wieso überprüfen Sie das denn nicht endlich, Herrgott noch mal!« Wutentbrannt sprang Christan Ambach auf. Durch die Terrassentür betrat ein weiterer Polizist den Raum und flüsterte dem Vernehmungsbeamten leise etwas ins Ohr. Schließlich blickten beide den frisch gebackenen Witwer an, und der Mann, der ihm die Fragen gestellt hatte, sagte: »Gut, Herr Ambach. Das mit Ihrem Alibi passt.«

»Sag ich doch«, entfuhr es Ambach trotzig.

»Es wäre dennoch gut, wenn Sie sich in den nächsten Tagen zu unserer Verfügung halten könnten.«

Das war zu viel für den Kunstexperten. Nicht genug, dass er nach Hause gekommen war und seine Tochter ohne Beaufsichtigung in seiner Wohnung vorgefunden hatte; nein, zu allem Überfluss lag dazu noch die Leiche seiner Frau im Vorgarten – und jetzt sollte er sich zur Verfügung halten! Glaubten die etwa, er wäre so blöd, seine Frau umzubringen und sie vor sein eigenes Haus zu legen? Wie bescheuert waren die Bullen eigentlich? Sichtlich um Fassung bemüht, bellte er: »Alles klar! Ich werde mich schon nicht nach Kolumbien absetzen – falls Sie es vergessen haben: Ich muss hier mal noch ganz nebenbei eine Beerdigung organisieren und außerdem überlegen, in welcher Einrichtung ich meine Tochter unterbringe!«

Soleil war die ganze Zeit über mit ihrem Frisierkopf beschäftigt gewesen, aber der letzte Satz ihres Vaters riss sie nun doch aus dem Spiel. Schnell sprang sie auf, umklammerte den Vater und schluchzte: »Nein, ich will nicht weg von dir!« Christian Ambachs Blick suchte Halt in den Gesichtern der Polizisten, aber die sahen nur peinlich berührt weg.

Zwölf

Zwei Tage später klingelte es an der Haustür von Felix' Münchner Luxuswohnung. Verkatert versuchte er, die Uhrzeit von der Wanduhr abzulesen. Konnte man ihn nicht einfach in Ruhe lassen? Er blieb liegen und zog sich die Decke über den Kopf. Aber das Klingeln hörte nicht auf. Als dann sogar noch laut an die Wohnungstür geklopft wurde, gab er nach. Er stolperte über einen Berg leerer Champagnerflaschen, schnappte sich das zerknitterte Hemd vom Sessel und öffnete schwungvoll die Eingangstür. Dieser Penner, der sich erdreistete, ihn so rücksichtslos herauszuklingeln, obwohl er sich ja ganz offensichtlich nicht nach Besuch fühlte – sonst hätte er schließlich aufgemacht! –, würde etwas erleben.

»Grüß Gott, Herr Ambach, ich bin Ute Dukaz von der Kripo. Das ist mein Kollege Toni Glaser.« Die korpulente Frau deutete auf den neben ihr stehenden Mann mit Vokuhila. »Wir würden uns gerne kurz mit Ihnen unterhalten.« Felix starrte die Polizistin mit hohlem Blick an.

»Geht es Ihnen nicht gut?«, fragte jetzt der männliche Kollege.

»Äh, was? Äh, nein. Hab geschlafen«, stammelte der Künstler und kratzte sich am Kopf. Er blickte an sich hinunter. Unter dem schmuddeligen Hemd schauten seine nackten Beine hervor. Auch roch er seinen eigenen Schweiß. Er hob den Kopf und sah die Polizisten verschämt an.

»Können wir kurz reinkommen?« Das war jetzt wieder die Beamtin. Felix hatte eigentlich keine Lust, zwei

Polizisten in seine unaufgeräumte Wohnung zu lassen. Auch wenn er nicht direkt etwas zu befürchten hatte, denn die Drogen hatte er im Atelier auf der Praterinsel gebunkert.

»Von mir aus«, erwiderte er wenig begeistert und öffnete die Tür ein Stück weiter.

Ehe er sich mit den Beamten auf die Couchgarnitur setzen konnte, musste er dieselbe von einem Haufen getragener Klamotten befreien. Auch griff er sich schnell einige leere und halb leere Flaschen vom Couchtisch, aber es waren einfach zu viele. Während er weiter versuchte, wenigstens etwas Ordnung zu schaffen, kam die Pummelige zur Sache: »Lassen Sie mal. Wegen uns müssen Sie hier nicht aufräumen. Viel wichtiger wäre es, dass Sie uns ein paar Fragen beantworten.« Felix hielt inne. »Sie wurden dabei beobachtet, wie Sie eine Leiche im Vorgarten Ihres Bruders abgelegt haben. Können Sie uns das erklären?« Nachdem Ute Dukaz die Frage gestellt hatte, sah sie ihn erwartungsvoll an. Felix schwitzte. Er wischte sich über die Stirn. Wer zur Hölle hatte ihn beobachtet? Er war sich sicher gewesen, dass ihn niemand gesehen hatte. Wie sollte er sich jetzt verhalten? War es klüger, gleich mit der ganzen Wahrheit herauszurücken – er hatte Maria ja nicht umgebracht, sondern nur ihren Fundort verlegt, oder …? Er überlegte eine Weile hin und her, bevor er schließlich antwortete:

»Ich habe nicht das beste Verhältnis zu meinem Bruder.« Er zündete sich eine Zigarette an. »Und … ich war völlig überfordert, als ich die Leiche seiner Frau entdeckt habe.«

»Wo wollen Sie die Leiche denn entdeckt haben?«, hakte Ute Dukaz nach.

»Na, hier, verdammte Scheiße!« Felix fuchtelte nervös mit den Händen herum. Er gab sich alle Mühe zu weinen, um glaubwürdiger zu wirken, aber es gelang ihm nur ein erbärmliches Röcheln.

»Ich bin nach Hause gekommen und über sie drüber gestolpert. Sie lag direkt hier vor meiner Wohnungstür.« Felix war klar, dass er mit dieser Lüge ein gewisses Risiko einging. Aber noch riskanter wäre es gewesen, zu sagen, wie es wirklich gewesen war – und dann die Polizisten in seinem Haus in Hintertöx zu haben, wo sie sicher auch in seiner Werkstatt rumschnüffeln würden …

»… und dann habe ich Panik bekommen – ich meine, eine Leiche vor der Tür, und dann noch die der eigenen Schwägerin … Ich habe Maria also in meinen Wagen geladen und zu meinem Bruder gefahren.«

»Und was haben Sie sich dabei gedacht? Ich meine, das ist ja dann vielleicht doch nicht der ganz normale Umgang mit einem toten Menschen, den man ja vermutlich auch ein wenig mochte …?«

»Wie gesagt, ich habe nicht das beste Verhältnis zu meinem Bruder. Auch wegen Maria. Wir hatten früher mal was … und in letzter Zeit wieder öfter Kontakt … und sie war verliebt in mich … hat sie gesagt … und wollte sich von ihm trennen. Ach, ich fühle mich so schuldig …« Er machte eine Kunstpause.

»… Und als ich dann bei meinem Bruder vor der Tür stand, mit der toten Maria im Auto, wollte ich eigentlich klingeln und mit ihm reden. Aber dann habe ich plötzlich Angst bekommen: Was, wenn er sie umgebracht hat? Oder wenn er durchdreht, und mich für ihren Tod verantwortlich macht, und mich auch noch umbringt … Mein Bruder ist ein jähzorniger Typ, der verliert schnell die Kontrolle …« Felix wurde in diesem Moment bewusst, dass er sich um Kopf und Kragen redete. Deshalb stoppte er seine Erzählung abrupt und schob ratlos hinterher: »Ich weiß nicht, ob Sie das mit Christians Jähzorn wissen.«

»Das wissen wir«, erwiderte nun der Polizist, und zwar in einem Ton, den Felix als kumpelhaft empfand. Für diese Indiskretion erntete der Beamte prompt einen bösen Blick seiner Vorgesetzten.

Felix wandte sich hierauf ganz dem jüngeren Beamten zu. »Na sehen Sie«, raunte Felix, nun beinahe konspirativ. »Und da habe ich dann – wie gesagt – im letzten Moment einfach Schiss gekriegt.« Er warf einen entrückten Blick in die Ferne und drückte seine Kippe in einem leeren Pizzakarton aus. Er musste sich konzentrieren, um nicht den konfusen Bildern nachzuhängen, die in seinem drogenverseuchten Schädel hin und her jagten. Warum hauten die Polizisten nicht einfach wieder ab?

»Können Sie uns denn zeigen, wo und wie genau Sie die Leiche entdeckt haben?«, fragte die Kommissarin jetzt.

»Klar«, antwortete Felix und erhob sich. »Kommen Sie mit!« Im Gang vor der Wohnungstür erklärte er, in welcher Position er Maria gefunden haben wollte. Dabei beschrieb er alle Details exakt so, wie sie in seinem Haus in Hinteröx wirklich gewesen waren, bis auf den Fundort natürlich. Danach wirkten die Polizisten einigermaßen zufrieden. Bei der Verabschiedung kündigten sie jedoch an, sich auf jeden Fall noch einmal bei ihm zu melden.

Der unerwartete Besuch hatte Felix schlagartig ernüchtert. Sein Herz kam mit dem Pumpen kaum hinterher und jagte große Mengen Adrenalin von der Nebenniere durch die Arterien in alle Gefäße seines Körpers. Von mir aus können die hier auch eine Hausdurchsuchung machen, dachte er. Hauptsache, die nehmen nicht das Grundstück in Hinteröx unter die Lupe. Seine Gedanken wanderten zu Stefan Blank, den er erschossen hatte, und an seine Fälscherwerkstatt. In Hinteröx lag genügend Verräterisches herum. War es sicherer, das ganze Haus einfach abzufackeln?

Nachdem Ute Dukaz den Wagen gestartet hatte, warf sie Toni Glaser einen nachdenklichen Blick zu. »Eine seltsame Familie, diese Ambachs, findest du nicht?«

Der Befragte nickte zustimmend und öffnete sich einen Energydrink mit Heidelbeergeschmack. Nach dem ersten, gierigen Schluck sagte er: »Ich finde, wir sollten diesem Felix Ambach mal die Kollegen von der Drogenfahndung vorbeischicken. Der hatte ja Pupillen wie Formel-1-Reifen!«

Eine Woche später schloss sich hinter Bikinis Rücken das Rolltor der Justizvollzugsanstalt. Endlich Wochenende! Zwei Tage Freigang! Er platzte schier vor Tatendrang. Mit der Plastiktüte, in der er seine Habseligkeiten verstaut hatte, stieg er gut gelaunt in den Bus: »1979« flüsterte er immer wieder leise vor sich hin. Das war sein Geburtsjahr und – was viel wichtiger war – der Zahlencode für Kellys Handy, das er bei der erstbesten Gelegenheit überprüfen würde. Die würde sich noch wundern! Und falls es wirklich einen Typen gab, mit dem sie ihn betrog, dann konnte der schon mal mit dem Beten anfangen.

Als er vor seiner und Kellys Wohnung im Gewerbegebiet stand, war er zunächst einmal überrascht, denn schon von außen erkannte er, dass die Rollläden an allen Fenstern heruntergelassen waren. Was hatte das zu bedeuten? War Kelly ausgezogen? Oder war sie in den Urlaub gefahren? Diese Frau machte ihn noch wahnsinnig! Wütend steckte Bikini den Schlüssel ins Schloss. Längst hatte er einen Entschluss gefasst: Sollte sich seine Braut wirklich mit einem Liebhaber abgesetzt haben, würde er sich das nicht bieten lassen. Er würde sie finden. Kurz vor der Wohnungstür hielt Bikini inne. Was roch hier so komisch? Mit Schwung drückte er die Tür auf. Er rechnete mit allem, sogar damit, dass Kelly die Wohnung leergeräumt hatte. Doch dass die Behausung, gar nicht leer und dunkel, sondern hell erleuchtet sein könnte, hatte er nicht erwartet. Entsprechend verblüfft war Bikinis Miene, als er ein Appartement betrat, in dem Kerzen und Teelichter warmes Licht verbreiteten; außerdem lief über die Anlage »Patience«. Diese Ballade von Guns N' Roses versetzte sogar ihn in tiefromantische Stimmung. Plötzlich stand Kelly vor ihm. Sie sah hinreißend aus! Ihr splitternackter Körper war mit Perlenketten verziert, die im Kerzenlicht schimmerten. Sofort vergaß Bikini seinen Groll.

»Willkommen zu Hause, Schatzi!« Kelly hielt ihm eine Plastikflasche Pils hin und zuckte entschuldigend mit den Schultern: »Für Sekt hat's nicht gereicht.« Noch im Flur und mit wenigen kraftvollen Schlucken leerte der Heimkehrer die Flasche. Er liebte die Freiheit, und er liebte diese Frau. Schon zog Kelly ihn ins Schlafzimmer und verwöhnte ihn nach allen Regeln der Kunst. Sie hatte wirklich an alles gedacht: Schließlich schob sie sogar noch »Pretty Woman« in den DVD-Player, Bikinis Lieblingsfilm. In dieser Geschichte erkannte er sein und Kellys Schicksal wieder. Es war ein wunderbarer Streifen, wenngleich er Kelly noch attraktiver fand als Julia Roberts. Bikini fühlte sich so entspannt wie lange nicht und schlief selig lächelnd ein. Als er wieder aufwachte, war Kelly weg. Ein kurzer Schreck durchfuhr ihn. Hatte sie ihn doch gelinkt? War alles nur Show gewesen? Aber dann sah er, dass seine Freundin ihm mit rosafarbenem Lippenstift ein Herz auf den nackten Bauch gemalt hatte. Neben ihm im Bett lag die ausgerissene Seite einer Illustrierten, darauf stand mit demselben Lippenstift geschrieben: »Ich liebe dich. Bin kurz Tost holen.« Er schmunzelte über den Schreibfehler, ließ sich wieder in die Kissen fallen und genoss die Stille. Das Leben war doch eigentlich gar nicht so beschissen. Jetzt musste er nur möglichst bald eine neue Geldquelle klarmachen, um Kelly den Komfort zu ermöglichen, den sie verdiente. Im Knast hatte ihm einer erzählt, dass der Gangster von heute im Internet seine Kohle mache – nicht als Betrüger, so wie er das ja schon praktiziert hatte, sondern als Hacker. Bikini hatte dieses Thema sofort fasziniert. Aber im Gefängniscomputerkurs, der von einem pensionierten Hauptschullehrer im Ehrenamt geleitet wurde, hatte er nichts Neues gelernt. Der hatte ihm ernsthaft Excel und Powerpoint beibringen wollen, was sollte er mit derart unnützem Scheiß? Der Signalton von Kellys Handy riss ihn aus seinen Gedanken. Offensichtlich hatte sie es nicht zum Einkaufen mitgenommen. Sofort flammte Bikinis Jagdinstinkt wieder auf. Er sprang auf und ging in den Flur. Da lag das Teil auf der Kommode. Die SMS, die eben eingegangen war, stellte sich als harmlos heraus: eine Aufforderung, das Guthaben wieder aufzuladen. Bikini nickte zufrieden. Ja, sie würden bald wieder Geld haben. Er würde dafür sorgen. Er kratzte sich am Sack, legte sich genüsslich seufzend mit dem Telefon wieder ins Bett und gab den Code ein. Wenn sie eine Affäre hatte, würde er das in wenigen Augenblicken wissen. Zwar glaubte er nach dem romantischen Empfang, den Kelly ihm bereitet hatte, nicht mehr, dass sie mit einem anderen in die Kiste stieg, aber sicher war sicher. Zumal das mit dem Nagelstudio ja schon mehr als merkwürdig gewesen war. Er scrollte sich durch die Nachrichten. Aber da fand sich zunächst nichts Verdächtiges. Nur ein paar SMS und WhatsApp-Nachrichten, alle Absender waren Frauen. Weil er Durst bekam, stand Bikini auf und ging in die Küche. Im Kühlschrank fand er noch eines dieser Plastikbiere. Eigentlich war das Zeug widerlich. Hatte ein Typ wie er nicht Besseres verdient? Trotzdem drehte er den Kunststoffverschluss auf, nahm einen Schluck und stieß einen leisen Rülpser aus. Dann schlenderte er zurück zum Bett, ließ sich auf die weiche Matratze fallen, legte das Smartphone neben sich, schaltete den Fernseher an und zappte durch das Nachmittagsprogramm. Da aber ausnahmslos dämliche Quizshows und langweilige Zoo-Dokumentationen liefen, griff er wieder nach dem Handy. Zwar war er sich inzwischen sicher, dass sie ihm treu war, aber unterhaltsamer als dieses dämliche Fernsehprogramm war ihr Handy allemal. Eine Weile lang spielte er Angry Birds. Irgendwann verlor sich jedoch seine Lust, mit einer Schleuder Vögel auf Bauwerke zu schießen, in denen sich Schweine versteckten. Wer ließ sich eigentlich so einen Bullshit einfallen? Um sich abzulenken, öffnete er den Ordner mit den Fotos. Die meisten Bilder, die er vorfand, kannte er schon: Kelly und er vor ihrem geilen Ford, sie beide auf einer Harley, Kelly im superengen Ledermini in der Disco auf Malle, Kelly am Ballermann, sie beide eng umschlungen auf einer Berghütte mit karierten Hemden, Seppelhüten und Joints in der Hand; sie beide sich küssend im Tropical Island, dieser Schwimmhalle in der Nähe von Berlin, wo es aussah wie auf den Bahamas. Bikini hob den Kopf und dachte nach: Kelly und er, das war wahre Liebe. Gerührt scrollte er sich durch die Miniaturansichten der Fotos aus den vergangenen Monaten. Doch an einem Foto blieb sein Blick plötzlich hängen. Bikini stutzte: Was war das für ein Bild? Ein unbekannter Mann? Bikini tippte auf das Foto, um es sich im Vollbild anzeigen zu lassen. Es zeigte einen gut gebauten, auf dem Rücken liegenden Typen mit langen dunkelblonden Haaren. Bikini durchfuhr es wie eine Ladung Starkstrom. Wie war dieses Foto entstanden? Auf diese Frage gab es nur eine Antwort: Kelly musste auf dem nackten Typen gesessen haben! Was sie da zu suchen gehabt hatte, war wohl mehr als klar. Hass stieg in ihm auf. Aber er richtete sich weniger auf Kelly als auf diesen Mann. Was für ein Schwein! Je länger er das Bild betrachtete, umso mehr erhärtete sich sein Verdacht: Neben dem Mann lag ein rosafarbener Rüschenslip. Und Bikini kannte diesen Slip. Sosehr ihn diese Erkenntnis schmerzte, sie hatte auch etwas Gutes: Er wusste, wer dieser Typ war. Der Schreiner aus Hinteröx, den er seinerzeit mit Kelly beobachtet hatte, weil er gedacht hatte, dass bei dem was zu holen wäre. Dieses Arschloch konnte sich schon mal warm anziehen. Bikini spürte, wie die Wut seinen Herzschlag beschleunigte. »Fuck!«, fluchte er. Es kostete ihn beträchtliche Anstrengung, nicht das Handy durch den Raum zu schleudern. Also hatte Kelly ihn mit ihrer romantischen Kerzenshow doch verarscht! Sobald sie vom Toastbrotholen zurückkommen würde, würde er sie windelweich prügeln! Er trank die Plastikflasche in einem Zug leer. Das Bier schmeckte bitter. Obwohl – Bikini überlegte –, war es nicht klüger, dem Wichser eine Abreibung zu verpassen und erst dann mit Kelly abzurechnen? Sonst warnte sie ihren Lover am Ende noch! Nein, nein: Kelly würde er erst einmal gar nichts sagen. Erst würde er *ihn* fertigmachen. Und dann würde er sich um seine Alte kümmern. Das war ein guter Plan, ein Masterplan.

Dreizehn

»Was machst du, wenn du eines Tages erfährst, dass du der Vater eines Mädchens bist, dessen Mutter sich umgebracht hat?« Diese Frage ging Felix nicht mehr aus dem Sinn. Und es war ja nicht die einzige, die sich ihm stellte. Seine Situation war noch komplizierter: Derjenige, der sich in den vergangenen Jahren für den Vater dieses Mädchens gehalten hatte, war sein Bruder; und dieser Bruder war ihm verhasst wie kein anderer. Ob Maria auch Christian einen Abschiedsbrief hinterlassen hatte? Wusste er, dass Felix Soleils Vater war? Und wusste seine Tochter, dass er und nicht Christian ihr Vater war?

Felix ging ins Bad und zündete sich auf der Toilette eine Zigarette an. Mit einem Mal spürte er, wie kalt und unpersönlich dieses Luxusappartement war. Nachdem er ein paar Züge genommen hatte, tippte er auf die Zigarette und sah der Asche dabei zu, wie sie auf die Kacheln segelte und dabei in winzige Teile zerfiel. Betrachtete man das eigene Leben aus großer Distanz, zum Beispiel aus dem Weltraum, dann war es unbedeutend wie ein Ascheflug: Am Ende kam unweigerlich der Aufprall.

Seine Gedanken wanderten wieder zu Soleil. Er hatte sie immer gemocht, aber wenn er ehrlich war, musste er zugeben, dass er sich mit seiner Nichte, die nun quasi über Nacht seine Tochter geworden war, noch nie intensiv beschäftigt hatte. Musste er sein Verhalten ihr gegenüber jetzt ändern? Er nahm einen weiteren Zug, aschte noch einmal ab und verfolgte einmal mehr den Ascheflug.

»Ich kann jetzt noch keine Entscheidung treffen.« Felix sprach den Satz halblaut ins leere Bad hinein. »Ich muss erst herausfinden, was Christian weiß; was Soleil weiß …« Er brach seinen Monolog ab, stand auf und drückte die Spülung. Eigentlich hatte er keine Lust, sich mit seinem Bruder zu befassen. Jeder Gedanke an ihn bereitete ihm Unwohlsein und steigerte sich meist bis hin zu blankem Zorn. Aber er konnte es sich jetzt nicht leisten, den Mann zu ignorieren, in dessen Obhut sich seine Tochter befand.

Die kalte Dusche tat ihm gut. Felix zog frische Kleidung an und ging ins Wohnzimmer. Dort legte er zwei Lines auf den Spiegel auf dem Tisch und beugte sich über das Kokain. Doch dann hielt er inne, hob den Blick und starrte die weiße Wand an. Er hatte eine Tochter. Er war nicht mehr nur für sich selbst verantwortlich. Mit einer abrupten Bewegung wischte er das Koks vom Tisch. Dann griff er nach seinem Smartphone und tippte auf den Kontakt im Adressbuch.

»Ja, Ambach?«, meldete sich der Bruder mit tiefer Stimme.

Du weißt genau, dass ich es bin, dachte Felix, aber er schluckte seinen Groll hinunter. »Grüß dich, Christian, hier spricht Felix. Ich habe gehört, was passiert ist …«

»Was passiert ist?«, fiel ihm der Bruder ins Wort.

»Meine beschissene Frau hat Suizid begangen! Einfach so. Und jetzt rufst du Psychopath auch noch an. Die Polizei hat mir gesagt, dass du vielleicht auch was mit dem Tod zu tun hast. Hast du sie umgebracht, weil sie sich für mich entschieden hat, oder was?«

Felix war unfähig, sofort zu antworten. Was wusste Christian von der Polizei? Hatte man ihm mitgeteilt, dass er es gewesen war, der sie in seinem Garten abgelegt hatte? Felix holte tief Luft. »Ich möchte dir mein Beileid aussprechen.«

»Toll! Danke!«, bellte Christian sarkastisch zurück. »Dein Beileid kannst du dir sparen. Sag mir lieber, was du mit der Sache zu tun hast!«

Felix zögerte. Er wusste nicht, was er sagen sollte. »Nichts … also … eigentlich …«

»Eigentlich?« Christian lachte verächtlich. »Könnte es sein, dass du bei ihrem Selbstmord ein bisschen nachgeholfen hast?«

Ehe der ältere Bruder weitersprechen konnte, unterbrach Felix ihn, indem er fast in den Hörer schrie: »Du spinnst wohl!« Doch Christian ließ sich nicht beeindrucken, sondern schimpfte weiter, bis Felix ihn übertönte: »Ich rufe an, um zu fragen, was du planst, beerdigungsmäßig und so!«

Diese Frage bremste die Wut des Älteren. Christian schwieg eine Weile und sagte dann in ruhigerem Tonfall: »Beerdigung, ja. Aber nur in ganz kleinem Kreis. Selbstmord ist nichts für die Öffentlichkeit.« Seine Stimme hörte sich mit einem Mal brüchig an. Anscheinend waren seine Anschuldigungen nicht wirklich ernst gemeint gewesen. Sie entbehrten auch jeder Grundlage. Die Polizei hatte den Selbstmord schließlich als Todesursache bestätigt.

Ohne dies zu wollen, spürte Felix Mitleid mit dem Bruder. Leise fragte er: »Kann ich auch kommen?«

Der Bruder schnaubte durch die Nase. Aber es klang nicht ungehalten, eher hilflos. »Ja, klar, kannst kommen.«

Als Felix drei Tage später den Friedhof der Kleinstadt betrat, wurde ihm bewusst, wie lange er schon nicht mehr am Grab seiner Eltern gewesen war. Die alte Fichte am Familiengrab der Ambachs war beträchtlich gewachsen. Unter ihr Marias frisch ausgehobene Ruhestätte, ein kleines Loch, das für eine Urne reichte. Weil am Grab noch niemand war, sah er sich suchend um. Ein Mann in der Uniform des Friedhofspersonals, der gerade seine Rauchpause machte, deutete in Richtung Aussegnungshalle. Felix nickte und setzte sich in Bewegung.

Die Urne stand auf einem mit einem weißen Tuch bedeckten Podest von der Höhe eines Barhockers. An dem Gefäß lehnte ein gerahmtes Foto von Maria. Sie lachte dem Betrachter fröhlich und unbeschwert entgegen. Felix erinnerte sich, dass er das Foto gemacht hatte. Oder bildete er sich das nur ein? Um die Urne herum standen Blumen und die übliche Trauerdekoration – Kränze, Schleifen, Gestecke. Genau in der Mitte der ersten Stuhlreihe von dreien, die für die Trauernden bereitstanden, saßen Christian und Soleil. Dahinter verteilte sich in unregelmäßigen Abständen eine Handvoll Menschen. Felix erkannte nur Marias Eltern, wer die anderen drei waren, wusste er nicht.

Als Felix Soleils verheultes Gesicht, ihre geröteten Augen, ihre blassen Wangen, das dunkelblonde Haar zum ersten Mal sah, seit er wusste, dass er ihr Vater war, staunte er: Wie hatte er in der Vergangenheit die Ähnlichkeit nicht bemerken können! Er nickte Christian zu, was dieser mit einem Blick erwiderte, den Felix nicht anders als feindselig empfinden konnte. Auch seiner Tochter nickte Felix sachte zu, bevor er sich neben sie setzte. Ohne den Blick von der Urne abzuwenden, legte er seine rechte Hand auf Soleils kleine Hände, die sie in ihren Schoß gefaltet hatte. Die Hände seiner Tochter. War das zu glauben? Aufregung stieg in ihm auf. Und schon schossen ihm wieder wirre Gedanken durch den Kopf: Musste er Soleil gleich nach der Trauerfeier mitnehmen? Nein, das ging vermutlich nicht. Er hatte ja keine Ahnung, was Kinder so essen, außerdem hatte er überhaupt kein Spielzeug zu Hause ... Das Mädchen schenkte ihm einen Seitenblick. War das ein fragender Gesichtsausdruck? Ob sie wohl wusste, dass er ihr Vater war? In den Reihen hinter ihnen raschelte Stoff, eine Person putzte sich die Nase.

Felix schielte, ohne den Kopf zu drehen, nach links. So konnte er Soleil unauffällig von der Seite beobachten. Seine Tochter. Sie war seine Tochter. Warum hatte Maria ihr Geheimnis nicht viel früher schon mit ihm geteilt? Wie wäre sein Leben verlaufen, wenn er von Anfang an von seiner Vaterschaft gewusst hätte? Hätte er mehr daraus gemacht?

Die Musik setzte ein. Es war Johann Pachelbels Kanon in D-Dur. Gegen diese barocken Klänge war auch Felix machtlos, obwohl er sich vorgenommen hatte, die Fassung zu wahren. Tränen drückten aus seinen Augen. Panisch sah er sich um, er hatte das Gefühl, übertrieben zu reagieren. Aber keiner beachtete ihn.

Felix dachte an Maria. Er fühlte sich schuldig. Er war es, der ihren Tod hätte verhindern können. Aber er hatte sie eiskalt abgewiesen. Das Sinnieren über seine Schuld nahm ihn derart in Beschlag, dass er vom Rest der Trauerfeier kaum etwas mitbekam. Erst nachdem die Beerdigungsgesellschaft im Schlepptau des die Urne tragenden Friedhofsbediensteten von der Leichenhalle zum Grab gelaufen war und dieser das Gefäß in dem kleinen dunklen Loch versenkt hatte, fand Felix' Bewusstsein wieder ins Jetzt zurück. Mit zärtlichem Blick beobachtete er Soleil, wie sie ein winziges, selbst gepflücktes Sträußchen von Wiesenblumen auf die Urne fallen und mit der kleinen Schaufel Erde in das Loch rieseln ließ. Jetzt geht es dir noch schlechter als es mir als Kind ging, dachte er. Ich hatte wenigstens eine liebevolle Mutter.

Nachdem auch die übrigen Beerdigungsgäste Erde auf die Urne geschaufelt hatten, verabschiedeten sich die ersten beiden Gäste. Bald darauf waren auch der dritte Unbekannte und Marias Eltern verschwunden. Am Ende standen nur noch Felix, Christian und Soleil am Grab. Dann, in einem Ton, als hätte er just den letzten Tagesordnungspunkt einer Konferenz abgearbeitet, sagte der Kunstexperte: »Na, dann mach's gut, Bruder!«, und streckte Felix die Hand hin.

Felix sah ihn verstört an. »Gehen wir nicht mehr … gemeinsam … ähm, essen? Ist doch so üblich, oder?«

»Üblich?«, brauste Christian auf. »Was ist in unserer Familie schon üblich, du Versager?«

»Christian, bitte!«, meinte Felix beschwichtigend und mit Blick auf Soleil.

»›Christian, bitte!‹«, äffte ihn der große Bruder nach. »Du willst doch eh nur auf meine Kosten essen, du Loser! Und was ist das überhaupt für eine Scheißfrisur? Du siehst aus wie von der Hitlerjugend!«

»Ich habe Geld, ich lade euch ein«, sagte Felix schnell. Er legte dem Bruder besänftigend die Hand auf die Schulter. »Komm jetzt, Christian, es geht auch um …«, er zögerte, »… Soleil.«

Hierauf traf ihn ein Blick Christians, den er schlecht einordnen konnte. In ihm lag Misstrauen, aber auch so etwas wie Freundschaftlichkeit.

Wenig später saßen sie zu dritt in dem unmittelbar neben dem Friedhof gelegenen Wirtshaus. Nachdem die Bestellung gemacht war, sah Christian den Bruder erstaunt an: »Du bestellst dir ein Bier? Seit wann trinkst du Alkohol?«

»Die Zeiten ändern sich«, erwiderte Felix mit einem Schulterzucken und schämte sich sofort für diese Plattitüde. Er räusperte sich. Er musste jetzt allmählich zu den wichtigen Gesprächsthemen vordringen, herausfinden, was Christian wusste. Nachdem er einen Schluck von seinem Bier getrunken hatte, fragte er vorsichtig: »Hat Maria eigentlich … also, hat sich das irgendwie angekündigt?«

Nun war Christian derjenige, der mit den Schultern zuckte.

»Ich muss kurz aufs Klo«, sagte Soleil, und Felix begriff sofort, dass dies seine Chance war.

Er fragte: »Hat sie einen Abschiedsbrief hinterlassen?«

Christian antwortete nicht sofort, sondern spielte eine Weile mit seinem Bierdeckel herum. Dann hob er den Blick und sagte: »Einem Typen, der mir meine tote Frau in den Vorgarten legt und dann abhaut, sage ich gar nichts.«

Felix wusste nicht, was diese Antwort zu bedeuten hatte: War sie lediglich Ausdruck von Christians Enttäuschung und Kränkung darüber, dass seine Frau sich nicht einmal von ihm verabschiedet hatte, oder gab es einen Abschiedsbrief, in dem etwas über Felix' Vaterschaft stand; und Christian wollte darüber – aus welchen Gründen auch immer – nicht sprechen?

»Du hattest sie rausgeschmissen, richtig?«

Christian raunzte ihn an: »Willst du mir jetzt die Schuld in die Schuhe schieben, oder was?«

Felix wurde wütend. Natürlich hatte Christian Maria in den Selbstmord getrieben. Wer denn sonst? Wenn sie allein in diesem Restaurant gewesen wären, hätte er ihm dies auch deutlich mitgeteilt. Aber so zog er es vor zu schweigen und rätselte: Wusste Christian nun Bescheid oder nicht? Gleich würde Soleil von der Toilette zurückkommen. Er musste die Zeit nutzen, um etwas herauszufinden ... »Und ... wie machst du das jetzt dann so mit ... Soleil?« Die Beiläufigkeit, mit der er die Frage gestellt hatte, klang einigermaßen glaubwürdig, fand er.

Christian hob den Kopf und sah ihn direkt an. Die Brüder starrten sich an, und für einen Moment hing die geballte Energiemasse einer Kernspaltung über dem Wirtshaustisch. Jetzt würde Christian gleich explodieren: »Wie ich das mache mit Soleil, fragst du mich?«, würde er fluchen. »Die Frage ist doch eher, wie du das machst! Wer ist denn hier der Vater? Jahrelang hast du mich blechen lassen! Was mit Soleil passiert, das ist ab jetzt dein Problem!« Kaum merklich begann Felix zu zittern. Aber statt der erwarteten Tirade sagte Christian hastig und mit gesenktem Blick: »Sie muss ins Internat. Es geht nicht anders. Ich muss ja arbeiten, bin viel unterwegs, da kann ich mich nicht auch noch um ...«

Er vollendete den Satz nicht, denn in diesem Moment kam das Mädchen von der Toilette zurück.

Felix biss sich auf die Unterlippe. Eigentlich hatte er sich vorgenommen, über seine Vaterschaft zu schweigen, falls Christian und Soleil nichts darüber wissen sollten. Er konnte doch jetzt nicht plötzlich ein Kind bei sich aufnehmen! Er verfügte doch über keinerlei Erfahrung mit Erziehung und dergleichen! Aber konnte er als ihr leiblicher Vater zulassen, dass Christian sie ins Internat steckte? Nach alldem, was Felix über derartige Einrichtungen gehört hatte, waren sie nicht geeignet, die Geborgenheit einer Familie zu ersetzen. Hatte nicht gerade er, der auf eine verkorkste Kindheit zurückblickte, die Pflicht, dafür zu sorgen, dass es seiner Tochter besser erging?

Auf der Rückfahrt vom Land nach München geriet Felix unversehens in einen Sog längst vergangener und verdrängter Bilder: Plötzlich sah er sich und Gabriel bei der Auktion der Riemenschneider-Fälschungen und erinnerte sich an die Worte, die der Kunstberater seinerzeit zu ihm gesagt hatte: »Ich freue mich, Felix, dass Sie sich für mich entschieden haben.« Felix schüttelte den Kopf und lächelte verkniffen. Wie sehr verfluchte er diesen Tag, an dem er Gabriels Bekanntschaft gemacht hatte, denn das war sein erster Schritt in Richtung Abgrund gewesen, und seither waren viele weitere gefolgt. Felix begann gerade darüber nachzudenken, ob all das Unheil, was ihm seit der missglückten Vernichtung des Bruders widerfahren war, Zufall sein konnte, als er in einen Stau am Münchner Stadtrand hineinfuhr, der seine ganze Aufmerksamkeit erforderte. Er fluchte, schaltete und suchte nach einer Zigarette. Aber sogar das war vergeblich: Die Schachtel war leer.

Vierzehn

Bikinis Plan stand. Voller Adrenalin und freudiger Erregung stieg er in den Wagen und ging vor seinem geistigen Auge nochmals die Schlagkombinationen durch, mit denen er diesen Aushilfsschreiner in nur wenigen Minuten vermöbeln würde. Die Fanfaren von Wagners »Walkürenritt«, der gerade im Radio lief, passten genau zu seiner aufgepeitschten Stimmung. Er drehte die Lautstärke auf Anschlag und sang die Melodie voller Inbrunst mit: »Da Da Dada Daada Dadada Daaada Daaaadada Da …«

Als er das Ortsschild von Hinteröx passiert hatte, drehte Bikini das Radio wieder leiser. Er bog in die Straße zum Hof seines Kontrahenten ein. Der Ort war ideal gelegen für eine Bestrafungsaktion: Das Haus stand etwas abseits des Dorfs am Waldrand. So würde keiner die Schmerzensschreie hören. Mit einem zufriedenen Grinsen auf den Lippen parkte Bikini direkt vor der Ausfahrt des Grundstücks; so würde sein Opfer nicht mit dem Wagen flüchten können.

Als er den Motor abgestellt hatte, schaute er sich um: nichts Verdächtiges zu sehen. Mit der Ruhe und Gelassenheit des Rächers, dessen Zeit gekommen war, griff Bikini nach dem schwarzen Baseballschläger im Fußraum. Trotz vieler Benutzungsspuren war die Aufschrift »Louisville Slugger« noch immer gut zu lesen. Mit der Keule in der rechten Hand stieg er aus. Er war jetzt auf alles gefasst. Auch darauf, dass sein Opfer ihn schon kommen gehört hatte und vielleicht gerade dabei war, sich seinerseits zu bewaffnen. Bikini war gespannt, ob dieser erbärmliche Hund Widerstand leisten oder es einfach nur jammernd geschehen lassen würde, wie die meisten, die nicht kampferprobt waren. Er klingelte. Doch im Haus blieb es still. Bikini trat einen Schritt zurück und blickte nach oben. Nichts zu sehen. Noch einmal betätigte er die Klingel. Als auch jetzt nichts passierte, klopfte er gegen die Tür. »Ist das Arschloch ausgeflogen …«, murmelte er nachdenklich. Die gute Laune von gerade eben hatte sich verflüchtigt. Er drehte sich um und ging die paar Schritte zum Nebengebäude. Die Tür ließ sich nicht öffnen, und eine Klingel gab es nicht. Bikini hämmerte wütend gegen die Werkstatttür. Aber auch hier keinerlei Lebenszeichen: kein Geräusch, keine Musik, kein Licht, das an- oder ausging. »So eine Scheiße«, fluchte Bikini und ging zurück zum Auto. Schmollend setzte er sich auf den Fahrersitz und wartete.

Dana schüttelte den Kopf und schaltete den Fernseher aus. Es lief nur Mist. Während ihre Gedanken durcheinanderrollten wie Lottokugeln in der Ziehungsmaschine, trat sie zum Wasserkocher, füllte ihn und schaltete ihn mit einem Seufzen ein. Sie fühlte sich einsam in ihrer neuen Bleibe. Aber immerhin war sie hier erst einmal in Sicherheit. Ihr tat es leid, dass sie Felix so sehr hatte verletzen müssen, aber was war ihr anderes übrig geblieben? Mit Gabriel war nicht zu spaßen! Auch ärgerte sie sich über ihre Naivität: Dadurch, dass sie sich an dem Verkauf der Kunstfälschungen beteiligt hatte, hatte sie sich erpressbar gemacht. Vermutlich war es schon ein Fehler gewesen, Gefühle für Felix zuzulassen: Wenn sie nicht so verliebt in ihn gewesen wäre, hätte sie ihn gar nicht erst nach Paris begleitet.

Sie hängte einen Teebeutel in eine Tasse und goss das heiße Wasser darüber. Dann ging sie mit der Tasse ins

Wohnzimmer zurück und nahm auf der abgewetzten Ledercouch unter dem schmiedeeisernen Hochbett Platz. Die Wohnung, in der sie vorübergehend untergekommen war, gehörte einer Bekannten, deren Einrichtungsstil zu wünschen übrig ließ. Anna war Choreografin und hatte sich wie immer um diese Jahreszeit für sechs Wochen nach Indien verabschiedet, um sich von einem Yogi ihr aus dem Takt geratenes Seelenleben ins Gleichgewicht bringen zu lassen. In dem alleinstehenden Haus an Münchens Stadtrand lebte sonst niemand mehr. Es sollte in Kürze kernsaniert werden. Alle anderen Mieter waren schon vor Monaten ausgezogen. Die Handwerker hatten bereits das Treppenhaus aufgerissen. Wer in die Wohnung im ersten Stock gelangen wollte, musste über einen verwinkelten Bretter-Parcours klettern. Klar, das war hier keine Dauerlösung, aber sie hatte es in der WG einfach nicht mehr ausgehalten. Was sie jetzt brauchte, war Abgeschiedenheit, um in Ruhe nachdenken zu können. Die Tänzerin wusste selbst noch nicht, was sie als Nächstes machen sollte. Vielleicht war es doch das Beste, Felix anzurufen und sich ihm zu erklären. Wie sehr sie ihn vermisste!

Aber war dies im Moment die richtige Idee? Oder sollte sie lieber nach London ziehen? Zumindest für so lange, bis Gras über die Sache gewachsen war? Die Option, dort an der London Contemporary Dance School eine Fortbildung zur Choreografin zu machen, gefiel ihr. Nebenbei zu jobben war auch kein Problem, schließlich kannte sie dort genügend Leute. Und von Gabriel wäre sie auch weit genug weg. Er würde sie also in Ruhe lassen. Dana nahm einen Schluck von dem Tee. Er schmeckte fad. Ihre Beine wippten nervös auf und ab. Sie kam einfach nicht zur Ruhe, und das, obwohl sie heute bereits vier Stunden in der Tanzschule verbracht und sich verausgabt hatte. Verflucht, warum war sie nur so hibbelig? Ihr Blick glitt über die Wände: Das Wohnzimmer war lila gestrichen, der Eingangsbereich pink und in der Küche war alles knallgelb. Hat auch was für sich, wenn das ganze Haus renoviert wird, dachte Dana, da konnte man sich farblich austoben, und es war dem Vermieter völlig egal.

Obwohl es draußen bereits dunkel geworden war, stand Dana auf, ging zu ihrer Sporttasche und zog die Laufsachen heraus. Es half nichts, sie musste sich noch mehr auspowern. Zwei Minuten später schob sie sich die Plastikstöpsel des MP3-Players in die Ohren, schloss die Wohnung ab und machte sich auf den waghalsigen Weg durchs Treppenhaus. Es sah routiniert aus, wie sie sich mit mehreren gezielten Sprüngen nach unten arbeitete. Jemand, der sich hier nicht auskannte, musste schon höllisch aufpassen; allzu leicht konnte man ein wackeliges Brett erwischen oder einfach in ein Loch treten. Denn die Beleuchtung im Hausflur funktionierte natürlich nicht mehr. Auf dem Weg in Richtung Straße kam Dana an zwei großen Schuttcontainern vorbei, die etwa zwei Meter von der Hausfassade entfernt standen und bis zum Rand mit Hausrat und Bauschutt gefüllt waren. Auch daneben war alles vollgestellt: Matratzen, Nachtkästchen, zerlegte Eckbänke, Kühlschränke, Schrankteile. Unglaublich, was die Leute alles zurückließen, wenn sie in ein neues Leben starteten.

Auf der Straße zog Dana ihre Kapuze über den Kopf und lief los. Sie passierte mehrere parkende Autos und bog nach knapp dreihundert Metern in Richtung des Sportplatzes ab, der im Flutlicht erstrahlte, weil hier auch abends noch Fußball gespielt wurde.

In einem der parkenden Autos kauerte Hugo auf dem Beifahrersitz und lächelte der vorbeijoggenden Dana milde hinterher. Dann tauchte er aus seinem Versteck auf und schraubte routiniert einen Schalldämpfer auf den Lauf einer Pistole. Er war erstaunt, dass er Dana so mühelos aufgespürt hatte; entweder hatte sie sich keine Mühe gegeben oder sie war nicht geübt im Spurenverwischen. Wer so blöd war und nur den Wohnort wechselte, sonst aber alles beibehielt, war nicht schwer zu finden. Es war ihm ein Leichtes gewesen, sie am Tanzstudio abzupassen und ihr hierher zu folgen. Dana war jetzt um die Straßenecke verschwunden. Hugo legte die Waffe auf den Fahrersitz und griff zum Telefon: »Hola, Gabriello, gute Nachrichten.«

»Und zwar?«

»Ich habe sie gefunden. Die kleine Puta wohnt in einer Bruchbude, hier in Feldmoching. Sehr abgelegen!«

»Wunderbar, Hugo, gut gemacht!« Der Latino mit der Pistole konnte das zufriedene Lächeln seines Lovers förmlich hören. Zufrieden zwirbelte er mit der einen Hand seinen dünnen, aber langen Zündschnurzopf, während er weiterhin wachsam die Straße beobachtete.

»Was soll ich machen, wenn sie wiederkommt? Die Waffe habe ich dabei …«

Gabriel schien nicht lange überlegen zu müssen, denn er antwortete schnell: »Nein, Hugo, lass mal gut sein. Kein Aufsehen erregen, bitte.«

»Pero, Gabriello, die Puta macht uns doch sonst nur *wieder* Probleme. Lass uns das jetzt für immer lösen.«

»Noch mal Hugo: Lass Dana in Ruhe! Die wird uns schon sehr bald keine Probleme mehr bereiten, glaub mir«, sagte Gabriel nachdrücklich und schob etwas mysteriöser hinterher: »Ich habe da einen anderen Plan.«

Manchmal nervten Hugo Gabriels Pläne. Wo war das Problem? Er hatte gerade angeboten, eine unliebsame Mitwisserin zu eliminieren. Dieses Angebot hätten manche mit Kusshand angenommen. Aber sein Gabriello war schon immer anders als alle anderen.

»Tu mir den Gefallen und schwing deinen knackigen Arsch jetzt wieder zu mir hier rüber, ja? Ich habe Poppers da und frischen Kaviar.«

Unbeeindruckt entgegnete Hugo: »Muy bien. Musst du wissen.«

Dann verabschiedete er sich von Gabriel. Aber er machte keine Anstalten, den Wagen zu starten, sondern blieb in seinen Sitz gekauert an Ort und Stelle und wartete. Die geladene und entsicherte Waffe lag auf seinem Schoß.

Auch Bikini saß noch immer in seinem Wagen. Er beobachtete das mittlerweile von Dunkelheit umhüllte Wohnhaus in Hinteröx. Ihm gingen die Ideen aus. Wo blieb der Penner bloß? Am meisten quälte Bikini die Vorstellung, dass dieser Ambach, der seine Kelly gevögelt hatte, am Ende bereits tot war. Dann würde er, Bikini, sich nicht einmal rächen können. Wütend schlug er auf das Lenkrad ein. Aber sein Zorn verging dadurch nicht. Es musste heute einfach klappen! So lange hatte er sich zusammengerissen. Und morgen musste er ja schließlich schon wieder zurück in den Knast. Erneut stieg er aus und überquerte die von ihm blockierte Einfahrt. Erst jetzt fiel ihm auf, dass der Briefkasten überquoll. Werbeprospekte und Briefumschläge hingen heraus, und sogar unter dem Kasten lagen Reklameblätter. Allmählich musste er sich ernsthaft mit dem Gedanken auseinandersetzen, dass sein Besuch hier am Ende völlig umsonst gewesen sein könnte. Womöglich wohnte das Arschloch nicht einmal mehr hier – oder er war schon länger im Urlaub. Oder war der Typ am Ende wirklich abgekratzt? Das konnte doch alles nicht wahr sein! Um seinem Ärger Luft zu machen, hob Bikini einen großen Stein vom Boden auf und warf ihn in das Fenster über der Haustür. Es klirrte. Aber natürlich war dieses Geräusch einfach nicht dasselbe wie der Sound splitternder Knochen oder entwurzelter Schneidezähne. Frustriert stieg er wieder in den Wagen. Er würde das Projekt wohl auf den nächsten Freigang verschieben müssen. Dass er über Nacht herausfinden würde, wohin sich dieser Ambach verpisst hatte, daran glaubte er nicht.

Felix schaffte es nicht, den Blick von Marias Abschiedsbrief zu nehmen. Verloren saß er in seinem überdimensionierten Münchner Atelier und hielt das Stück Papier mit beiden Händen umklammert. Eigentlich war er heute früh aufgebrochen, um Kunst zu erschaffen. Um ihn herum warteten die wunderbarsten Leinwände und Farben. Aber ihm fiel einfach nichts ein, was er gerne gemalt hätte.

Ein einziger Satz hatte ausgereicht, um seine komplette Schaffenskraft lahmzulegen: »Du bist ihr Vater.« So stand es hier auf diesem Blatt, in Marias Handschrift. Der Satz war in der Welt. Jede Hoffnung, er könnte sich diese vier schlichten Wörter nur eingebildet haben, war vergebens. Immerhin schien bislang keiner außer ihm davon zu wissen. Er starrte auf eine große leere Leinwand. Trotz ihrer Jungfräulichkeit fiel ihm rein gar nichts ein. Der Kuss der Muse blieb aus. Dafür klingelte es an der Tür. Wer auch immer es war, Felix war froh, aus seiner Lethargie gerissen zu werden.

Mit dem Brief in der Hand öffnete er. Es war Gabriel, der schnurstracks ins Atelier trat. »Puh, Felix, du musst mal lüften, hier ist ja dicke Luft.« Das war seine Begrüßung. Kein »Hallo, wie geht's?«, kein »Felix, schön dich zu sehen, störe ich?«. Nichts dergleichen. Felix konnte es nicht fassen. »Ich würde mal sagen, das geht dich einen Scheißdreck an.« Beiläufig faltete er den Abschiedsbrief zusammen und steckte ihn in die Hosentasche.

»Beruhig dich doch, Jüngelchen. War nicht böse gemeint«, besänftigte Gabriel ihn. »Ich bin auch gar nicht gekommen, um dir irgendwelche Ratschläge zu geben. Der Punkt ist vielmehr ...« Er zögerte kurz, dann sagte er: »Felix, wir haben ein ernstes Problem.«

»Problem?« Der Künstler sah ihn an und versuchte seine aufkeimende Unsicherheit zu überspielen. »Was denn?«

»Dana dreht durch!« Gabriel runzelte die Stirn.

»Dana?« Ehe der Kunstberater sich zur Wehr setzen konnte, hatte Felix ihn am Kragen gepackt. »Wo ist sie? Hast du sie gefunden?«

»Ja, hab ich, Felix. Aber du musst mir jetzt gut zuhören: Dana hat beschlossen, zur Polizei zu gehen und dich dranzuhängen!«

»Was?« Die Fassungslosigkeit war Felix ins Gesicht geschrieben. Er begann zu zittern und zu schwitzen. Entzugserscheinungen.

»Ja, ich konnte es auch nicht glauben. Aber ... sie hat es mir gestern selbst gesagt. Sie will reinen Tisch machen, und damit sie aus der Sache heil rauskommt, will sie dich dranhängen.«

Felix war verwirrt. Wieso sollte Dana das tun? Und wieso ihn? Sie hatte doch das geforderte Geld von ihm bekommen – und seitdem hatte sie sich nicht mehr gemeldet! »Wieso denn mich, und nicht uns? Wir hängen doch da alle drin …« Es fiel ihm schwer, sich auf das Gespräch zu konzentrieren. Er riss mehrere Schubladen auf, aber da fanden sich überall nur ungeöffnete Farbtuben. Ihm entglitt die Kontrolle über seine Glieder. Gabriels Stimme klang für ihn so, als hätte sie jemand durch einen Gitarrenverzerrer gejagt.

»Schon, schon, aber du warst es, der die Picassos gefälscht hat.«

Felix starrte Gabriel ungläubig an. Dessen Gesicht zeigte keinerlei Regung, außer einer Nuance Mitleid, die vermutlich gespielt war. Schon die Erpressung hatte Felix Dana nicht zugetraut. Aber dass sie ihn jetzt auch noch der Polizei ausliefern wollte … Offenbar hatte Gabriel doch recht gehabt. Was für eine durchtriebene Schlampe sie war! Er lachte gequält auf und war selbst überrascht von den Geräuschen, die sein Körper erzeugen konnte. Ihm war kalt, obwohl er schwitzte. Mit bebenden Händen fummelte Felix eine Zigarette aus der Schachtel. Seit er seine letzten Drogenvorräte in der Toilette versenkt hatte, war er nicht mehr er selbst. Er brauchte dringend neuen Stoff.

»Ich weiß, du bist durcheinander, Felix. Ist ja auch kein Wunder. Es ist schließlich eine große Verantwortung, wenn man schlagartig Vater wird. Ist ja klar … Aber, was ich mich frage, seit ich von Danas Plänen weiß: Wie willst du dich denn um die kleine Soleil kümmern, wenn du im Knast bist? Weißt du … Kunstfälschung ist ein schweres Delikt. Das werden schnell mal ein paar Jahre. Wolfgang Beltracchi saß, glaube ich, sechs Jahre ein.« Der Kunstberater sah Felix eindringlich an. Dann griff er in seine Innentasche und holte einen Plastikbeutel mit weißem Pulver hervor. Felix' Augen weiteten sich und fixierten den Beutel. »Ich glaube, das ist jetzt genau die richtige Medizin für dich. Du zitterst ja richtig!«

Felix griff gierig nach dem Kokain und zog eine Line. Und dann gleich noch eine. Gutes Zeug! Wo Gabriel das nur immer herhatte? Der Kunstberater sah ihm schweigend zu. Als Felix fertig war und etwas entspannter wirkte, sagte Gabriel leise: »Ganz ehrlich: Ich meine, du musst dich jetzt um Dana kümmern. Ein für alle Mal. Wer weiß, auf was für Gedanken die sonst noch kommt!«

Felix nickte nachdenklich. Es war wunderbar: Die Droge hatte seine Gedankengänge freigelegt. Er sah jetzt alles glasklar. Natürlich hatte Gabriel recht: Im Gefängnis konnte er sich wirklich nicht um seine Tochter kümmern. Felix betrachtete seine Handflächen. Für einen Moment schmuggelte sich ein anderer Gedanke in sein Hirn: Woher wusste Gabriel eigentlich von seiner Vaterschaft? Felix rekapitulierte ihr Gespräch – hatte er Soleil dabei erwähnt? Er konnte sich nicht erinnern. Egal. Dana war ein Miststück und musste dafür büßen. Wer ihn so eiskalt abservierte, der hatte keine Gnade verdient. Er würde es ihr heimzahlen. Sie war schuld an der Situation, in der er sich jetzt befand. Sie hatte Hass in sein Leben gebracht. Da war es doch nur gerecht, wenn er mit Hass reagierte. Plötzlich hatte er das Bild eines scharfen Messers vor Augen.

Gabriel ließ Felix eine Weile sinnieren. Dann sagte er bestimmt: »Ich habe schon einen Plan.« Er griff in seine Ledertasche, holte ein handliches hellblaues Bündel hervor und drückte es Felix wortlos in die Hand. Was sich wohl in dem Paket verbarg? Felix hatte fast das Gefühl, er könnte durch den Stoff hindurch in das Paket sehen.

Aber eben nur fast. Das musste er wohl noch üben. Mit langsamen Bewegungen schlug er das blaue Geschirrtuch auf – und blickte auf die Waffe. Er kannte sie. Es war dasselbe todbringende Metall, mit dem er das Leben des Journalisten Stefan Blank ausgelöscht hatte.

»Mit der Pistole kennst du dich ja bereits aus.« Väterlich legte ihm Gabriel die Hand auf die Schulter. »Sieh es auch als Vertrauensbeweis meinerseits. Wenn du die Sache erledigt hast, lässt du das Ding am besten verschwinden. Dann gibt es nichts mehr, was dich mit den … Morden … in Verbindung bringen kann.«

Er setzte seine E-Zigarette in Betrieb. »Ich hatte übrigens nie vor, die Waffe mit deinen Fingerabdrücken gegen dich einzusetzen, Felix.« Er zog am Verdampfer. »Ich wollte dich damals nur zur Vernunft bringen.« Der Kunstberater starrte nachdenklich in die Luft. Dann, als wäre ihm noch etwas Wichtiges eingefallen, sagte er: »Ach ja, und das brauchst du auch noch.«

Felix warf einen Blick auf den Zettel, den ihm der Kunstberater reichte. Darauf waren ein Straßenname und eine Hausnummer notiert. »Danas Adresse«, erläuterte Gabriel.

Felix nickte und ließ Waffe und Zettel in seiner Jackentasche verschwinden. Er wusste, was er zu tun hatte: Dana musste sterben.

Fünfzehn

»Sagen Sie mal, was stinkt denn da so?« Toni Glaser rümpfte die Nase. Seine Chefin, Kriminalhauptkommissarin Ute Dukaz, streute gerade braune Brösel in die auf dem Fensterbrett des Dienstzimmers vor sich hin kümmernden Topfrose.

»Guido hat mir da was gemischt, damit das Röschen wieder aufblüht.«

»Das riecht aber ganz schön unangenehm. Fast wie Pferdemist.«

»Ich glaube, da ist auch Pferdemist drin, Toni.«

Der junge Kriminalbeamte schüttelte unwillig den Kopf. »Wussten Sie eigentlich, Ute, dass die Rosen zur selben Pflanzenordnung wie die Hanfgewächse gehören, also wie auch Marihuana?«

»Nein, ist das denn die Möglichkeit? Wie du da nur jetzt gerade drauf kommst«, meinte Dukaz in ziemlich übertriebenem Tonfall. Dann klingelte ihr Handy. »Ah, Doktor Faltermeier.« Sie nahm den Anruf entgegen: »Ja, Herbert – Ute hier.« Sie hielt das Mikrofon des Handys zu und flüsterte Toni Glaser zu: »Unser Kontaktmann für die Obduktion!« Dann widmete sie sich wieder ihrem Gesprächspartner. Währenddessen füllte sie die kleine regenbogenfarbene Gießkanne am Zimmerwaschbecken, tröpfelte eine kleine Menge Wasser auf die Topfpflanze und sagte dreimal: »Das ist ja interessant, Herbert.« Schließlich beendete sie das Gespräch mit: »Vielen Dank, Herbert, damit hilfst du uns sehr. Komm doch mal wieder bei Guido und mir vorbei. Ihr zwei habt ja schon ewig keinen Shisha-Abend mehr gemacht … also dann … Jahaa … Grüße!« Dann legte sie das Telefon auf den Tisch, stützte sich mit beiden Händen auf und sah Toni direkt an: »Deine Affäre hat recht: Beim Seefellner hat wer nachgeholfen. Das war ein astreiner Mord.« Sie ließ sich auf ihren Stuhl fallen. »Herbert hat eine Lungenblähung und eine Herzerweiterung festgestellt – und in der Milz war kein Blut, was auf Erstickung hindeutet.« Die Polizistin schnappte sich einen Kugelschreiber. »Herbert wundert sich, wieso die das im Krankenhaus nicht gemerkt haben.«

Toni Glaser zuckte mit den Schultern. »Hat nicht der Oberarzt gesagt, dass der Seefellner zweimal reanimiert werden musste? Wenn dann so jemand stirbt, wundert das anscheinend niemanden. Und dazu sind die alle hoffnungslos unterbesetzt …« Er dachte nach. »Und so ein Dorfdepp hat halt wahrscheinlich in so einem Krankenhaus auch keine große Lobby.«

Dukaz fuhr fort: »Na, dann werden wir da wohl noch einmal tiefer einsteigen müssen. Weißt du zufällig, ob es bei Seefellner was zu erben gab? Oder sonst jemanden, der ein Interesse daran gehabt haben könnte, ihn verschwinden zu lassen?« Sie lächelte den Mitarbeiter eine Spur zu süßlich an. »Toni, ich glaube, es würde dir Spaß machen, die Antworten auf diese Fragen zu finden, oder? … Wo der neue Twist in diesem Fall doch auch von dir und deinem Gschpusi kommt …« Das bayerische Wort für »Techtelmechtel« auszusprechen, bereitete ihr sichtlich Vergnügen.

»Ich glaube, ich unterhalte mich jetzt erst noch einmal mit den Krankenhausleuten. Im Optimalfall haben die eine Überwachungskamera, auf der man sieht, wer wann in welches Zimmer …« Der Klingelton seines Smartphones unterbrach ihn. Die Nummer des Anrufers war unterdrückt. »Toni Glaser?« Sobald er die Stimme am anderen Ende erkannte, schoss ihm das Blut in die Wangen. Ein Umstand, der seiner Vorgesetzten nicht verborgen blieb. Ute Dukaz grinste ihm wissend zu. Er schüttelte scheu den Kopf und machte eine abwehrende Handbewegung. Weil seine Chefin noch immer nicht aufhörte zu feixen, stand er auf, verließ den Raum und schloss die Tür hinter sich.

»Warte mal!«, flüsterte er in den Hörer. Erst als er sich in einer Kabine der Herrentoilette eingesperrt hatte, nahm er das Gespräch wieder auf: »Kelly! Ich habe dir doch gesagt, dass du mich nur in Notfällen tagsüber anrufen sollst! Mensch, ich bin bei der Kripo!«

»Aber es ist doch ein Notfall: Hans kommt in zwei Wochen frei.«

Obwohl Toni Glaser sich sicher war, diesen Namen aus Kellys Mund noch nie gehört zu haben, wusste er sofort, um wen es ging. »Und was bedeutet das?«

»Das bedeutet, dass wir uns was überlegen müssen. Ich habe dir ja schon gesagt, dass er sehr eifersüchtig ist.« Toni merkte gar nicht, dass Kelly mit ihm sprach, als wäre er ein Grundschüler. Fieberhaft überlegte er, ob er es ihr jetzt sagen sollte: dass er sie liebte und mit ihr zusammen sein wollte, auf immer, und das alles. Aber dann ging in der Kabine neben ihm die Spülung und ein unangenehmer Geruch zog zu ihm herüber. Erst der Pferdemist und jetzt das; es waren einfach nicht der richtige Ort und die richtige Zeit für eine Liebeserklärung.

Wie und wann Gabriel sein Atelier auf der Praterinsel verlassen hatte, daran konnte Felix sich nicht mehr erinnern. Hätte jemand behauptet, der Kunstberater habe sich in einen Drachen verwandelt und sei aus dem Fenster geflogen – Felix hätte nicht das Gegenteil beschwören wollen. Auch hätte er sich allzu gerne vorgemacht, die Begegnung mit seinem Partner habe sich nur in seiner drogenvernebelten Phantasie ereignet. Aber dass auf dem Esstisch in der Atelierküche eine Pistole lag, konnte er nicht leugnen.

Eine Weile lang starrte Felix auf die Waffe, als wäre sie eine giftige Schlange. Dann riss er sich los, trat zum Kühlschrank und schnappte sich die angebrochene Champagnerflasche aus dem Seitenfach. Nach einem kurzen, orientierungslosen Blick ins Nichts setzte er die Flasche an und nahm mehrere Schlucke. Nach dem dritten oder vierten geriet er wegen der Kohlensäure ins Husten und setzte ab. Sein Blick wanderte zur großen Fensterfront, von der aus er das andere Isarufer sehen konnte. Ein Hundebesitzer bemühte sich vergeblich, seinen Berner Sennenhund von einem Pitbull wegzuzerren, den der viel größere Rüde zu besteigen versuchte. Der Berner humpelte wie der Leibhaftige, er hatte ein verbundenes Hinterbein. Felix schüttelte den Kopf und nahm noch einen Schluck. Wie wüst und brutal die Welt war! Seine Exfreundin hatte sich umgebracht. Seine Freundin hatte ihn ausgenommen und wollte ihn jetzt auch noch hinter Gitter bringen. Er ging hinüber in den großen Atelierraum, drehte die Flasche mit dem Hals nach unten und schüttete aus einer Laune heraus Champagner auf eine auf dem Boden liegende leere Leinwand. Während der Schaumwein auf den grundierten Nesselstoff plätscherte, kam ihm ein erdrückender Gedanke: Wer, wenn nicht er selbst, war schuld an all dem Unheil, das ihm widerfahren war? Wer hatte denn den armen Georg Seefellner getötet? Wer den Journalisten Blank? Wer hatte den Pfarrer niedergeschlagen? Sogar eine Kirche hatte Felix abgefackelt – nur um an altes Holz zu gelangen. Je mehr er nachdachte, umso elender fühlte er sich. Der Champagner hatte mittlerweile auf dem Boden vor ihm eine große Pfütze gebildet. Plötzlich verlor er jede Körperspannung und rutschte mit dem Rücken an der Wand nach unten, bis er, auf dem glatten Beton kauernd, in sich zusammensackte. Von unten drang langsam, kalt und nass der Champagner durch den Stoff seiner Jeans. Es fühlte sich an, als hätte er sich in die Hose gepisst. Nur der Geruch war angenehmer. Das Glück hatte ihn schneller verlassen, als es gekommen war, und Dana, dieses Miststück, wollte ihn offensichtlich fertigmachen. Wollte sie ihn ins Gefängnis bringen? Gerade jetzt, wo er Vater geworden war? Er patschte mit der flachen Hand in den Schampus am Boden. Das würde er sich nicht bieten lassen! Felix kämpfte sich ächzend in eine aufrechte Haltung, schwankte zu dem großen Holztisch und steckte sich Gabriels Pistole hinten in den Bund der nassen Jeans. Den Zettel mit Danas Adresse stopfte er sich in die vordere Hosentasche. Unsicheren Schritts verließ er das Atelier. Er sah aus wie ein Gespenst.

Im Autoradio lief »Ein Kompliment« von Sportfreunde Stiller. Als die Verse »Ich wollte dir nur mal eben sagen, dass du das Größte für mich bist …« erklangen, versuchte Felix, mit zitternden Händen eine frische Packung Zigaretten aufzureißen. Was, wenn Dana ihn doch liebte?

Endlich bekam er die beschissene Schachtel auf. Felix zündete sich eine Zigarette an, rauchte hastig. Als er am Filter angelangt war, kurbelte er das Fenster hinunter, warf die Kippe nach draußen und startete den Motor. Er versuchte, jeden Gedanken an Dana zu verdrängen. Es fiel ihm äußerst schwer, in seinem Kopf zwei, drei zusammenhängende Sätze zusammenzubasteln. Die Bilder in seinem Schädel drehten sich schnell wie ein Kreisel, die Konturen waren unscharf und die Farben verzerrt wie auf einem Gemälde von Gerhard Richter. Genauso überfordert musste sich sein Vater gefühlt haben. Hatte ihn, Felix, jetzt nicht noch eine schlimmere Sucht im Griff? Zum ersten Mal – dieses Gefühl kam wie aus dem Nichts – hatte er Verständnis für den Vater.

Mittlerweile war er schon ein ganzes Stück gefahren – Isar, Altstadtring, Leopoldstraße lagen hinter ihm. Wo genau war dieses Feldmoching eigentlich? Er schaute durch die schmutzige Windschutzscheibe. Es dämmerte bereits. Felix schaltete die Scheinwerfer an. Sollte er auf die Autobahn nach Nürnberg oder war es über den Frankfurter Ring besser? Soweit er wusste, befand sich Feldmoching irgendwo weiter nördlich. Dort, wo auch das schicke München sich in der grauen Eintönigkeit der Vorstadt verlor. Er zog Gabriels Notizzettel aus der Hosentasche und warf einen Blick darauf. Der Straßenname sagte ihm überhaupt nichts. Kurz entschlossen riss er das Lenkrad herum – hinter ihm sofortiges Gehupe – und rollte auf den Vorplatz einer Tankstelle. Sie sah aus wie ein leuchtendes Ufo, gelb, weiß, rot. War sie echt oder war das alles nur ein Drogentrip? Auf dem Parkplatz gab Felix die gesuchte Straße in das Navigationssystem des Autos ein. Er hatte es noch nie benutzt, daher dauerte es eine Weile. Dann sprach das Navi endlich zum ersten Mal zu ihm: »Ihre Route wird berechnet.«

Doch Felix fuhr noch nicht los. Stattdessen öffnete er das Handschuhfach. Die Pistole war noch da. Damit würde er in wenigen Momenten Danas Leben auslöschen. Er dachte an das erste Mal, als sie sich gesehen hatten. Wie sie sich völlig selbstverständlich vor ihm ausgezogen hatte, um ihm Modell zu stehen für seine

Kirchner-Fälschung. Wie unsicher er gewesen war und wie sehr ihre Schönheit ihn geblendet hatte. Felix kaute nervös an seinem Daumennagel. Ja, verdammt, sie war seine große Liebe. Mit wem, wenn nicht mit ihr, wollte er den Rest seines Lebens verbringen? Er konnte das unmöglich tun. Aber wenn sie wirklich vorhatte, ihm die Polizei auf den Hals zu hetzen, dann … musste er sie aus dem Weg räumen. Da blieb ihm doch gar nichts anderes übrig! Seine Gedanken pendelten hin und her. Wie ein Metronom. Immer schneller. Sein Mund war völlig ausgetrocknet. Er brauchte etwas zu trinken.

»Zwei Wochen«, murmelte Bikini gedankenverloren vor sich hin, er saß im Bus und war zurück auf dem Weg ins Gefängnis. Wenn er diese zwei Wochen noch die Füße stillhielt, dann war er ganz offiziell wieder ein freier Mann. Eigentlich war es gut, dass der Aushilfsschreiner gestern nicht zu Hause gewesen war. So hatte er ihn nicht vermöbeln können, und so bestand nun auch kein Risiko, dass sich seine Haftzeit verlängerte. Bikini lächelte. »Nur noch zwei Wochen.« Das kleine Mädchen mit den dunkel gelockten Haaren, das im Linienbus in der Sitzreihe vor ihm saß, wandte sich zu ihm um. Es verdrehte die Augen, verzog das Gesicht und starrte ihn an, als wäre er ein Zombie. Bikini bemerkte die Grimasse und freute sich. Auffallen war gut, egal aus welchem Grund. Er sprach die Kleine an: »Weißt du, in zwei Wochen kommt der Onkel frei. Der Onkel ist nämlich ein Verbrecher, der wo im Gefängnis sitzt. Aber in zwei Wochen, da darf er wieder raus.«

Das Kind kniff die Augen zusammen und sagte bestimmt: »Du bist nicht mein Onkel.«

»Aber hast du denn einen Onkel?«

Das Mädchen nickte. Der Bus passierte einige große Bäume. »Wenn man einen Onkel hat, ist das gut«, murmelte Bikini. »Weil ... ein Onkel kann böse Typen verdreschen ...« Sein Blick schwenkte weg von dem Mädchen auf die große Werbetafel vor einer Tankstelle, auf der eine halbnackte Frau für Strumpfhosen warb. Er versuchte zu schätzen, mit wie vielen Männern das Model schon geschlafen hatte. »Sechsundsechzig«, sagte er. Das Mädchen verzog erneut abschätzig das Gesicht. Im selben Moment blieb der Bus an einer roten Ampel stehen, und Bikinis Blick fiel auf einen Mann, der an einer Tankstelle gerade aus einem schwarzen VW-Transporter stieg. Die Jeans des Mannes war nass im Schritt. Dieser Vogel hatte sich in die Hose gepisst! Plötzlich war der Freigänger wie elektrisiert. Den Typen kannte er doch. Die platinblonde Szene-Frisur irritierte ihn kurz. Er rieb sich die Augen, zwinkerte und schaute noch einmal ganz genau hin. Dieses Gespenst auf Urlaub schien nicht tanken zu wollen, sondern blieb einen Moment lang stehen und blickte genau in Bikinis Richtung. Jetzt war er sich sicher. »Das ist er«, entfuhr es ihm. Und dann noch einmal lauter: »Das ist er.« Bikini sprang auf und brüllte los: »Anhalten! Anhalten, Busfahrer! Ich will hier raus!« Er musste diesen Scheißkerl kriegen! Zermalmen würde er ihn, auch ohne Baseballschläger. Aber der Bus fuhr weiter. Ohne auf die verstörten Blicke der Mitfahrenden zu achten, rempelte sich Bikini durch die im Gang stehenden Passagiere hindurch, bis er beim Busfahrer angelangt war. »Sofort anhalten, du Arschloch! Ich muss raus, verdammt!«

»Der nächste Halt kommt gleich«, meinte der Busfahrer gelassen. In einer Großstadt wie München hatte man es tagtäglich mit Irren zu tun.

Aber dieser Irre ließ nicht locker. Bikinis Ton wurde leiser, aber schärfer: »Du hältst jetzt an, verflucht!«

Der Fahrer zuckte mit den Schultern und hielt den Blick stoisch nach vorn gerichtet. Bikini konnte es nicht fassen. Mit einer schnellen Bewegung beugte er sich über die Absperrung, in der das Wechselgeld aufbewahrt wurde und die den Fahrer von den Mitreisenden trennte, und packte den Mann so heftig am Oberarm, dass der Bus einen abrupten Schlenker machte. »Sind Sie verrückt, oder was?«, entfuhr es dem Fahrer.

»Nein, ich bin nicht verrückt, aber ich werde es gleich, wenn du Arschloch nicht sofort anhältst.«

»Sie gefährden Menschen. Hören Sie sofort auf, oder ich rufe die Polizei.«

»Das lässt du mal schön bleiben.« Plötzlich hatte Bikini ein Messer in der Hand. Er ließ die Klinge herausklappen und hielt sie dem Busfahrer an den Hals. Unter den Passagieren verbreitete sich aufgeregtes Raunen. Dessen ungeachtet forderte Bikini erneut: »Anhalten!« Der Mann spürte die Klinge an seinem Hals und tat wie ihm geheißen. Der Bus stoppte unvermittelt, gefolgt von einem Hupkonzert, die Tür ging auf und Bikini sprintete zurück in Richtung Tankstelle.

Als er endlich die Auffahrt zu den Zapfsäulen erreichte, sah er gerade noch, wie der schwarze Transporter den Fahrradweg überquerte und in entgegengesetzter Richtung davonfuhr. Bikini starrte ihm mit wildem Blick hinterher. Dann nahm er das Messer in seiner Hand wieder wahr. Fünf große Schritte später streckte er mit einem herzhaften Faustschlag einen Mann im Anzug nieder, der gerade fertig getankt hatte. Er entriss dem auf dem Boden Liegenden den Autoschlüssel, warf sich auf den Sitz von dessen dunkelgrünem BMW und nahm die Verfolgung auf. Auf den ersten Metern befürchtete er, den Hurensohn verloren zu haben. Aber nachdem er auf der zweispurigen Stadtstraße mehrere lebensgefährliche Überholmanöver durchgeführt hatte, sah er den schwarzen Transporter weiter vorn an einer roten Ampel stehen. Die Lichter sprangen auf Grün, Ambach fuhr gerade wieder los. Bikini raste vor Wut – und vor Vorfreude. Jetzt würde er die Sau erwischen. Mit seiner Kelly, seiner wunderbaren Kelly, vögelte niemand ungestraft.

Sechzehn

Das Haus lag im Dunkeln. Die Straßenlaterne funktionierte nicht. Nur weiter hinten, am Ende der Straße, warf ein Flutlichtmast – vermutlich beleuchtete er einen Sportplatz – kaltes, gleißendes Licht in den vernebelten Abend. Doch kam von dieser Helligkeit hier nicht viel an. Felix' Blick glitt an der Fassade des heruntergekommenen Mietshauses entlang nach oben, dann wieder nach unten. Vor dem Haus standen jede Menge Hausrat und mehrere Container voll mit Bauschutt. An den Wänden blätterte der Putz. Nieselregen kitzelte seine Wangen. Konnte es wirklich sein, dass Dana sich hier versteckt hielt? In dieser Bruchbude? Sie hatte doch jetzt Millionen – seine Millionen!

Er drückte die Eingangstür auf, mit einem Knarzen gab sie nach. Im Halbdunkel des Flurs tastete er nach dem Lichtschalter. Er drückte ihn, aber nichts geschah. Als sich seine Augen an die Dunkelheit gewöhnt hatten, erkannte er schemenhaft, dass hier drinnen alles nach

Großbaustelle aussah. Anstatt einer Treppe gab es nur ein Labyrinth aus Verschalungsbrettern, über die man sich Meter für Meter nach oben arbeiten konnte. Felix trat zu den Briefkästen und prüfte der Reihe nach die Namen. Tatsächlich: Auf dem dritten von links in der untersten Reihe klebte ein provisorischer Zettel mit ihrem Namen. Als Felix testen wollte, ob das Türchen abgesperrt war, bemerkte er, dass seine Hand schon wieder zitterte.

Der Briefkasten war verschlossen. Felix senkte den Blick. Wieder fühlte er diese Schwäche, diese Unsicherheit. Was, wenn alles ein Missverständnis war? Warum hatte er von außen in keinem einzigen der Fenster Licht gesehen? Er hustete, Bauschutt staubte von den Briefkästen, das Geräusch echote unheimlich durch das Treppenhaus. Unterste Reihe bedeutete erster Stock. Felix ging dorthin, wo früher wohl einmal die Treppe gewesen war, und betrat die Bohlen. Die Dinger wackelten, aber sie hielten. Mit vorsichtigen Schritten stieg er Brett für Brett nach oben. Zwischendurch blieb er immer wieder stehen und lauschte. Außer entferntem Motorenlärm und dem Knattern einer Plastikplane, die vermutlich vom Wind hin- und hergeweht wurde, waren keine Geräusche zu hören.

In der ersten Etage angelangt, hielt er inne und warf einen Blick aus dem Fenster. Ein dunkler BMW passierte im Schritttempo das Haus. Felix beobachtete das Fahrzeug, bis es aus seinem Sichtfeld verschwand. Dann wandte er sich ab und machte sich in der Finsternis auf die Suche nach den Wohnungstüren. Sein Atem beschleunigte sich. Behutsam setzte er einen Fuß vor den anderen. Plötzlich stolperte er, seine Beine rutschten ins Nichts, sein Herz raste – im letzten Moment konnte er sich gerade noch an einem verdreckten Betonmischer festhalten und landete seitlich auf dem Oberschenkel. »Scheiße«, zischte er. Ein falscher Tritt und der Absturz war ihm sicher. Und das Smartphone, das er als Taschenlampe hätte verwenden können, lag auf dem Beifahrersitz seines Transporters. Die klatschnasse Hose klebte ihm am Hintern. Felix ging in die Knie und tastete mit den Händen nach der Wand. Er beschloss, auf allen vieren weiterzukriechen, das war sicherer. Draußen flatterte ein Vogel, oder was war das für ein merkwürdiges Geräusch? Vorsichtig robbte er vorwärts, bis er mit den Händen an einen Türrahmen stieß. Dann erhob er sich langsam und suchte den Bereich neben der Tür ab. Irgendwo da war garantiert ein Lichtschalter. Erst, nachdem er die eine Seite der Tür abgesucht und auf allen vieren zur anderen Seite gekrochen war, fand er ihn. Erstaunlicherweise ging das Licht diesmal an. Es blendete. Felix schloss die Augen, stützte sich mit beiden Händen an die Wand. Sein Magen rumorte. Er warf einen Blick auf die Tür. Stand da ein Name? Nein, nichts. Aber vor der zweiten Tür auf der anderen Flurseite erblickte er ein Paar Ballerinaschuhe, die er kannte. Langsam überquerte er die Dielen und legte sein rechtes Ohr an die Tür mit den Ballerinas. In der Wohnung schien sich nichts zu rühren. Felix drückte die Klingel, aber außer einem trockenen Klicken geschah nichts. Er klopfte. Keine Reaktion. »Du bist also nicht da …«, murmelte er.

Durch seine Arbeit als Gelegenheitsschreiner kannte er sich mit Türschlössern aus. Dieses hier war alt und nicht besonders stabil. Felix nahm einen kurzen Anlauf und rammte die rechte Schulter gegen die Tür. Es schepperte. Beim zweiten Mal breiteten sich höllische Schmerzen über seinen Oberarm aus. Aber beim dritten Mal splitterte das Holz und gab nach. Felix drückte die Tür ganz auf und trat ein. Sofort umfing ihn Danas Geruch – sogar diese erbärmliche Bruchbude konnte gegen ihren Blumenduft nicht anstinken. »Dana?« Sein Ruf war ein halbherziger Versuch. Er wusste, dass sie nicht da war. Er knipste das Licht an und kämpfte sich durch den vollgestellten Flur. An den Wänden hingen indische Schriftzeichen und Skizzen von Yogahaltungen. War er hier wirklich richtig? Rechts schien es in die Küche zu gehen. Er betrat zunächst das nach links abgehende Zimmer. Das Flurlicht erleuchtete den Raum nur spärlich. Felix erkannte zusammengeschusterte Möbel. Eine Teetasse stand auf dem Fußboden, und eine zerknüllte Decke lag auf einem heruntergekommenen Sofa. Über eine Holzleiter gelangte man auf ein Hochbett. Er trat zum Sofa, griff sich die Bettdecke und vergrub die Nase darin. Erinnerungen an Dana fluteten durch seinen Kopf. Wie oft hatte er mit ihr gekuschelt, sie geküsst, bei ihr Geborgenheit gefunden – und jetzt musste er sie … töten? Mit der Decke in der Hand trat er ans Fenster. Unten fuhr ein Auto vorbei, schon wieder ein BMW. Er legte Danas Decke auf das Fensterbrett, verließ das Zimmer und löschte das Flurlicht. Dann setzte er sich an den Küchentisch, holte die Pistole aus dem Hosenbund, legte sie auf die Tischplatte und atmete durch. So saß er eine Weile und lauschte. Bis er aus dem Treppenhaus ein Geräusch hörte. Hastig griff er nach der Waffe und stand auf. Nach einem kurzen Blick in den Flur drückte er sich an die Wand direkt neben dem Türrahmen. Sein Herz hämmerte gegen seine Rippen. Der Gestank des abgestandenen Champagners, der von seiner Hose ausging, breitete sich in seiner Nase aus. Jemand stieg die improvisierte Treppe nach oben. Und zwar schnell.

Als die Schritte den Fußabstreifer vor der Wohnungstür erreicht hatten, stoppten sie. Vermutlich sah die Person jetzt die aufgebrochene Tür. »Hallo? Ist da wer?« Felix' ganzen Körper durchfuhr ein Gefühl, das Schreck und Glück zugleich war. Es war Dana, die da rief. Sein Puls beschleunigte sich gewaltig, er begann zu schwitzen. Seine Hand umklammerte fest den Griff des Revolvers. Er würde kurzen Prozess machen. Er musste es sogar. Es war seine einzige Chance: Waffe hoch, abdrücken. Wenn er Dana erst einmal in die Augen gesehen, mit ihr gesprochen hätte, dann würde er es nicht mehr über sich bringen. »Hallooo!«, rief Dana noch einmal. Felix hielt den Atem an. Der Kühlschrank surrte, ein kleines Tier flitzte unter dem Küchentisch hindurch. Dana schien zu überlegen, ob sie die Wohnung betreten sollte. Würde sie das tun, was jeder Polizeibeamte in dieser Situation riet – umkehren und Hilfe holen? Felix überlegte, ob er ihr im Treppenhaus hinterherrennen und sie auf der Flucht erschießen würde … heimtückisch, von hinten … Da quietschte plötzlich die Tür, und das Licht im Flur ging an. Felix spürte, dass Dana nun im Gang stand. Alle seine Sinne waren hellwach. »Hallo, ist da wer?« Ihre Stimme klang längst nicht so fest, wie sie sich eben noch angehört hatte, als sie dieselben Worte vor der Wohnungstür gerufen hatte. »Ich wollte nur sagen, dass, falls hier wer ist … also … ich bin bewaffnet!« Lüg doch nicht, dachte sich Felix, lüg doch nicht. Du hast, wenn überhaupt, nur ein lächerliches Pfefferspray dabei. Er leckte sich über die trockene Unterlippe. Und dann ging alles sehr schnell: Er hörte, wie sie im Flur einen Gegenstand auf den Boden stellte, vermutlich eine Tasche, und wie sie einige Schritte in Richtung der Küche machte, an deren Tür er auf sie wartete.

Als sie den Türrahmen passiert hatte, trat er leise hinter sie, positionierte sich breitbeinig im Flur, nahm langsam die Waffe nach oben und richtete den Lauf auf ihren Rücken. Dana stand höchstens zwei Meter von ihm entfernt und spähte ins Wohnzimmer. Jetzt musste er abdrücken! – Aber er brachte es einfach nicht über sich! Ihr in den Rücken zu schießen, das war doch feige! Mehr unsicher als souverän rief er: »Halt, Dana, bleib stehen!« Die Pistole in seinen Händen zitterte.

Dana drehte sich um. »Felix!« Sie starrte ihn an – überrascht und angstvoll zugleich. Ihr Blick fiel auf die Waffe, sie schluckte. »Was soll das?« Beinahe hätte sie ihren Felix gar nicht erkannt. Irgendetwas stimmte mit ihm nicht: die Haare blondiert, sein Körper ausgezehrt, die Wangen eingefallen. Was war nur passiert?

Felix wusste, dass er in diesem Moment schießen musste, denn mit jedem Wort, das sie mehr zu ihm sprach, würde seine Liebe wieder aufkeimen. Eine Liebe, die keine Chance hatte, keine Chance haben durfte, weil sie ihn auf die niederträchtigste Weise hintergangen hatte. Seine ausgestreckten Arme schwankten etwas in der Luft. Auf seiner Stirn bildete sich, Perle für Perle, kalter Schweiß. Dana schien sein Zögern, sein Schweigen als Zeichen der Schwäche aufzufassen, denn sie machte einen zaghaften Schritt in seine Richtung. »Halt! Bleib stehen!«, brüllte er sofort. »Ich … ich … werde dich jetzt töten!« Felix kam sich lächerlich vor – dieses hilflose Gestammel!

»Felix, es ist alles nicht so, wie du denkst.« Ihre Stimme hatte jetzt etwas Schrilles, Gebrochenes. Felix spürte die Panik vor dem Schuss.

»Was, was, was?«, blaffte er sie an. »Ich glaube dir kein Wort! Ich … ich … schieße jetzt!«

Dana riss in Panik die Augen auf und stieß einen spitzen Schrei aus. Dann ertönte ein Schuss.

Durch den lauten Knall erschrak draußen auf der Straße ein Pizza-Fahrer auf seinem Fahrrad derart heftig, dass er beinahe das Gleichgewicht verlor. Die Ladung in der pinkfarbenen Styroporbox auf seinem Gepäckträger wurde ordentlich geschüttelt. Geschockt riss der Student den Kopf nach oben. War das eine Explosion gewesen? In dem Abbruchhaus gegenüber? Unsicher blickte er sich um. Dann hörte er splitterndes Glas und sah gerade noch, wie ein dunkles, sich bewegendes Etwas aus einem Fenster im ersten Stock fiel. Voller Angst schwang er sich auf den Sattel und trat in die Pedale. Das Essen würde er heute nicht mehr ausliefern.

Teil 6
Die Falle

Eins

Hans Bicker schlich in einem dunkelgrünen BMW durch die dunklen Straßen des Münchner Vororts Feldmoching. Er war aufgeregt. Den Wagen hatte er sich vor wenigen Minuten von einem Besserverdiener an der Tanke »geliehen«. Sein Puls raste, aber nicht wegen dieser Aktion, sondern weil er an ebendieser Tankstelle den Mann gesehen hatte, mit dem ihn seine Frau betrog: Felix Ambach. Bicker hatte sofort begriffen, dass es sich um einen Wink des Schicksals handelte, den er für sich nutzen musste.

Es war ihm gelungen, Ambachs dunklen Transporter im dichten Münchner Abendverkehr zu verfolgen, aber in Feldmoching hatte er ihn dann doch aus den Augen verloren. Nun durchkreuzte er diese wie ausgestorben wirkende Neubaugegend. Irgendwo hier musste der Typ, der es wagte, mit seiner Kelly zu vögeln, abgebogen sein. Aber wo? Die Straßenbeleuchtung entsprach der eines Entwicklungslands im Kriegszustand. Bicker fluchte. Er musste diesen Ambach finden, egal wie dunkel es war. Wegen dieses Arschlochs hatte er schließlich den Weg zurück ins Gefängnis abgebrochen, sein Freigang war längst abgelaufen. Vermutlich hatte man ihn bereits zur Fahndung ausgeschrieben. Die Bewährungsstrafe war damit wohl erledigt. Aber diese Mission war jetzt wichtiger: Es ging hier schließlich um seine Ehre. Er würde die Drecksau finden und fertigmachen. Bicker, den seine Freunde Bikini nannten, passierte einen Sportplatz und bog in eine menschenleere Straße ein. Am Straßenrand standen vereinzelt Autos, viele der Anwesen befanden sich noch im Rohbauzustand oder wurden saniert. Vor einem abbruchreifen Haus erspähte er endlich die Umrisse eines Transporters. Bikini blickte an der Fassade empor. Im ersten Stock brannte Licht. Offenbar war die Bruchbude noch bewohnt. Kurz verließ ihn die Gewissheit: War das wirklich der gesuchte Wagen? Was hatte der Idiot in dieser abgeranzten Hütte zu schaffen? Langsam fuhr Bikini an dem dunklen Transporter vorbei und folgte der Straße sicherheitshalber bis zur nächsten Abzweigung, einer Sackgasse. Dort waren außer zwei Kleinwagen keine weiteren Fahrzeuge zu erkennen. Der Transporter vor dem Altbau musste der richtige sein. Bikini wendete und parkte seinen Wagen etwa fünfzig Meter von dem VW-Bus entfernt am Straßenrand. Er stieg aus, schloss leise die Tür und schlich hinüber zu dem schwarzen Auto. Mit der Hand prüfte er die Motorhaube. Sie war noch warm. Bikinis Blick schweifte über mehrere Container, Bauschutt, Betonmischer, einen Kran und anderes schweres Gerät hinweg zu dem brennenden Licht im ersten Stock des verfallenen Hauses. Gleich würde der Mistkerl seine gerechte Strafe bekommen.

Dana starrte ihren Exfreund an. Sie hatte Todesangst. Felix stand kaum drei Meter von ihr entfernt im Halbdunkel des Flurs und wirkte zu allem entschlossen. Aber sie sah auch, dass seine Hand mit der Pistole zitterte. Doch was half das schon! Auf diese kurze Distanz würde selbst ein ungeübter Schütze sein Ziel treffen. Auch Dana zitterte jetzt. Sie musste etwas tun! Felix war blass. Auf seiner Stirn glänzten Schweißtropfen. Wollte er sie wirklich töten? Nur wegen Geld? Die fünf Millionen waren doch nicht einmal für sie gewesen. Aber das wusste Felix ja nicht. Dana schluckte. Sie musste ihm jetzt erklären, warum sie sich ihm gegenüber so seltsam verhalten hatte, und zwar bevor er abdrückte. Zu verlieren hatte sie nichts mehr. Sie musste die Karten auf den Tisch legen. Felix sah fertig aus, irgendwie nicht bei Sinnen, wie ein heruntergekommener Junkie. War er in diesem Zustand überhaupt in der Lage, ihr zu folgen?

»Felix, es ist alles nicht so, wie du denkst.« Sobald die Worte ihren Mund verlassen hatten, biss Dana sich auf die Lippen. Der Satz war ihr viel zu schrill geraten.

Bikini betrat vorsichtig das Haus. Der Eingangsbereich war vollgestellt mit Plastikeimern, Paletten, Rigipsplatten und anderem Baumaterial. Er griff sich ein schweres Kantholz von einem Haufen Verschnitt. Von oben fiel etwas Licht durch die staubige Luft des Treppenhauses. Entschlossenen Schritts machte Bikini sich daran, die maroden Stufen zu erklimmen. Weil die halbe Treppe bereits abgerissen worden war, musste er sich über diverse, provisorisch ausgelegte Dielen und Bretter nach oben arbeiten. Im ersten Stock angekommen, hörte er Stimmen durch eine halb aus dem Rahmen hängende Wohnungstür. Eine laute Männerstimme schrie: »Was, was, was? Ich glaube dir kein Wort!« Der Rest war Gestammel: »Ich … ich … schieße jetzt!«

Wie? Schießen? Bikini stand jetzt im Türrahmen und blickte auf den Rücken des Mannes, der direkt vor ihm im Flur stand. Sieh an, da ist ja das Arschloch, dachte er. Aber wieso schießen? Hatte der Typ etwa eine Knarre? Nach einem kurzen, zögerlichen Blick auf das Kantholz in seiner Hand machte Bikini einen vorsichtigen Schritt in den Flur der Wohnung hinein. Jetzt sah er, dass Felix

Ambach tatsächlich eine Pistole in seiner Rechten hielt. Nach einem weiteren Schritt erkannte er auch, wen er damit bedrohte: eine hübsche junge Frau. Jetzt musste es schnell gehen, denn die Schönheit mit dem dunklen Teint hatte ihn entdeckt. Sie riss erschrocken die Augen auf und zeigte auf ihn. War die noch ganz dicht? Bikini holte aus.

Felix hörte hinter sich einen hastigen Schritt, dann spürte er einen Luftzug und sofort darauf einen brutalen Schmerz. Jemand hatte ihm mit voller Wucht einen Balken oder einen Baseballschläger, jedenfalls irgendetwas Großes und Hartes, ins Kreuz gedroschen. Durch die Wucht des Schlags verlor Felix die Waffe. Wie in Zeitlupe sah er sie in hohem Bogen durch die Luft fliegen und dann hart auf dem Boden aufprallen. Ein Schuss löste sich. Felix röchelte. Der Schmerz am Rücken war mörderisch, er nahm ihm die Luft. Kaum war er in der Lage, sich umzudrehen, fräste sich ein Faustschlag in sein Gesicht. Sein Nasenbein krachte, er schmeckte Blut auf den Lippen. Dann spürte er zwei starke Hände am Kragen, die ihn hochhoben, sodass er nur noch auf den Zehenspitzen stand. Er hatte vollkommen die Orientierung verloren. Verzweifelt versuchte Felix, die Arme seines Peinigers zu packen und von seinem Hals zu lösen. Der Griff seines Gegners lockerte sich ein wenig, aber er ließ nicht los. Ein zähes Ringen begann. Felix war sich sicher, dieses Gesicht, das direkt vor seinem schnaufte, schon einmal gesehen zu haben. Aber er konnte es nicht zuordnen. Wer war dieses Schwein, das ihn jetzt mit gewaltiger Kraft und durch eine geschickte Gewichtsverlagerung in die Küche drängte? Felix rumpelte mit dem Oberschenkel gegen den Tisch, er stöhnte vor Schmerz auf, Geschirr und Gläser schepperten. Er sah sich um, und auf einmal begriff er, was der Mann, der ihn im Würgegriff hielt, vorhatte. Schon waren sie am Tisch vorbeigestolpert. Felix widersetzte sich, versuchte zu verhindern, dass ihn sein Kontrahent noch weiter in Richtung der Wand schob. Er wusste, was ihn da erwartete: Das bis zum Boden reichende Fenster machte keinen besonders stabilen Eindruck, noch schlimmer aber war, dass der dazugehörige Balkon nicht mehr vorhanden war. Wenn der Typ ernst machte, lag vor ihm der freie Fall. Mindestens fünf Meter bis zum Boden. Viel Zeit zum Nachdenken blieb Felix nicht mehr, denn der Stiernacken schob ihn erbarmungslos und mit irrem Blick auf das Fenster zu. Dich nehm' ich mit!, schoss es dem jungen Kunstfälscher durch den Kopf. Da zerschnitten aber schon die scharfen Kanten des klirrenden Glases die Haut an seinem Hinterkopf. Sein Gegner hatte ihn einfach so durch die Scheibe gestoßen. Felix kippte nach hinten, seine Füße verloren den Kontakt zum Boden. Der Angreifer ließ ihn jetzt los, aber Felix umklammerte seine Handgelenke wie Schraubstöcke. Nein, er würde nicht lockerlassen. Wenn er schon sterben musste, dann würde auch dieser brutale Drecksack dran glauben müssen. Während er fiel, verspürte Felix Erleichterung. Gleich wäre alles vorbei. Der Tod würde ihn endgültig von seiner Schuld befreien. Das Letzte, was er vor dem Aufprall vor seinem inneren Auge sah, war das Bild von seiner Mutter an einem Strand in Italien. Der Vater hatte es gemalt, es hing bis heute in seinem Elternhaus in Hinteröx. Die Mutter stand in der Brandung und lächelte ihn an. Felix lächelte zurück. Er würde gleich bei ihr sein. Dann der Aufprall. Ein dumpfer Schmerz im Kreuz. Als Nächstes krachte der Körper des Schlägers, den er mit in die Tiefe gezogen hatte, auf ihn. Männerschädel knallten gegeneinander, Rippen knackten. Ein lautes Stöhnen.

Wer hatte da gestöhnt? War er selbst das gewesen? War das möglich? – Er war nicht tot! Zwar fühlte Felix sich wie ein auf der Windschutzscheibe zermatschtes Insekt, aber er lebte. Er lag auf einer alten Matratze, Plastikfolie knisterte, überall Staub. Er musste husten. Um ihn herum die metallenen Wände eines Schuttcontainers. Über ihm der dunkle Himmel – und auf ihm: der Angreifer. Auch der stöhnte vor Schmerz. Doch offenbar war der Kampf für ihn noch nicht zu Ende: Sein Knie rammte sich in Felix' Eingeweide, zermalmte seine Hoden. Felix brüllte auf. Mit letzter Kraft versetzte er seinem Peiniger einen heftigen Faustschlag. Er traf nur die rechte Wange, aber damit hatte der Typ nicht gerechnet. In dem kurzen Moment der Ratlosigkeit, in dem ihn sein Gegner erstaunt anstarrte, setzte plötzlich Felix' Erinnerung wieder ein. Plötzlich wusste er wieder, wer dieser Wahnsinnige war. Der Mann war mal an seinem Gartenzaun in Hinteröx aufgekreuzt. Die Szene, die schemenhaft in seinem Gedächtnis wiederauferstand, hatte die matten Farben eines Super-8-Streifens. Jetzt sah er sie wieder genau vor sich: Der Schweinehund, der gerade neben ihm Blut spuckte, war damals zusammen mit einer jungen Frau bei ihm aufgetaucht. Felix hatte gerade seine ersten Kunstfälschungen fertiggestellt. Und die beiden Fremden hatten sich sonderbar verhalten. Aber er, Felix, hatte sich nichts dabei gedacht. Die Frau hatte ihren Begleiter mit einem seltsamen Namen angesprochen. Whoudini? Nein, irgendetwas mit B – Balkoni? Nein … Felix' Gedächtnis verweigerte die Arbeit. Schwerfällig rappelte er sich auf und sah auf den Mann hinunter.

Warum wollte dieser Idiot ihn eigentlich töten? Was hatte er gegen ihn? Weiter kam Felix mit seiner Denkarbeit nicht, denn der Brutalo richtete sich jetzt überraschend schnell auf, überwältigte Felix und setzte sich mit seinem ganzen Gewicht auf dessen Brustkorb. Er packte Felix' Hände und drückte sie rechts und links des Kopfs auf die Matratze. Felix war zu schwach, um ernsthaft Gegenwehr zu leisten. Geifernd vor Wut schrie ihn der Mann an. »Wenn du noch einmal meine Frau fickst, dann bring ich dich um, klar?«

Ehe Felix antworten konnte, verpasste ihm sein Feind eine krachende Ohrfeige. Sofort ertönte ein greller Fiepton in Felix' Ohr. Nach einem weiteren Schlag ins Gesicht raunte der Mann keuchend: »Meine Frau fickt nur einer. Und das bin ich!«

Jetzt donnerte eine Faust gegen Felix' Kiefer. Sein Widerstand war nun vollends gebrochen. Er weinte vor Schmerz, Tränen mischten sich mit Blut, er wimmerte: »Aufhören! Ich kenne deine Frau nicht.«

»Halt's Maul, Schwuchtel! Klar kennst du Kelly!« Er platzierte erneut eine schmerzende Ohrfeigen-Trilogie in Felix' Gesicht, abwechselnd mit der Vorder- und Rückseite seiner Hand. Felix hatte Mühe, überhaupt etwas zu verstehen, das Pfeifen in seinem Ohr übertönte alles. Und seine Sicht war durch das Blut, das ihm in die Augen lief, verschleiert. Er jaulte auf. »Ich kenne keine Kelly!« Immerhin gab es nicht sofort wieder Schläge. Stattdessen tropfte der mit Blut gemischte Speichel des Angreifers auf ihn herab. »Lügner! Ich habe ein Foto davon, wie du sie bumst!« Noch ein Faustschlag. Das musste eine Verwechslung sein! Felix holte tief Luft, aber anstatt erklärender Worte brachte er nur einen Schmerzensschrei heraus – seine Lunge fühlte sich an, als hätte sie ein Messer durchbohrt. Aber auch der Mann über ihm war außer Atem. Felix nahm erneut alle Kraft zusammen und presste verzweifelt einige Wörter hervor: »Du hast ... den Falschen. Ich ... kenne ... keine Kelly ...«

Voller Verachtung sah der Fremde auf ihn herab. Erst jetzt sah Felix im Schein der Straßenbeleuchtung, dass sein Gegner ebenfalls schwer verletzt war: In seinem Gesicht klafften zwei beeindruckende Platzwunden, aus denen Blut strömte. »Fuck you!«, schrie er jetzt. »Wenn du schon meine Frau flachlegst, dann sorg wenigstens dafür, dass davon keine Fotos auf ihrem Handy bleiben, du Arschloch!« Dann holte er weit aus und betonierte Felix erneut die Faust auf den Kiefer. Das Letzte, was Felix wahrnahm, war ein krachender Schmerz im Bereich der oberen Schneidezähne. Kurz bevor ihm schwarz vor Augen wurde, begriff er endlich, wer diese Kelly sein musste: Die Frau mit der Maske, die ihn mit vorgehaltenem Messer zum Sex gezwungen hatte.

Es war kurz vor Mitternacht. Als niemand auf sein Läuten hin öffnete, zog Bikini den Ärmel seiner ramponierten Jacke kurzerhand über die zur Faust geformten rechten Hand und schlug das kleine Fenster oberhalb der Türklinke ein. Dann griff er hindurch und entriegelte die Tür. Dass der kleinstädtische Blumenladen von Blütenduft erfüllt war, roch er kaum, zu viel Blut klebte in seiner Nase. Dieser Ambach war wehrhafter gewesen, als er erwartet hatte. Mit einem kurzen Blick über sämtliche Eimer, Vasen und Töpfe sondierte er die Auswahl. Dann griff er sich alle langstieligen roten Rosen aus einem schwarzen Kunststoffbehälter. »Das wird mein Schatzi freuen«, flüsterte er kaum hörbar und verließ das Geschäft, ohne die Tür hinter sich zuzuziehen.

Kelly lag im Bett und sah fern, als er das Schlafzimmer betrat. Mit den Worten »Für dich« legte er ihr die Blumen aufs Bett, beugte sich über sie und gab ihr einen Zungenkuss, dessen Dauer sogar Kelly als ordinär empfand. Irritiert schob sie seinen Kopf von sich weg. Erst jetzt erkannte sie, dass sein Gesicht blutverkrustet war. »Um Gottes willen, Bikini-Schatz, wie siehst du denn aus? Hast du dich geprügelt?« Ohne eine Antwort abzuwarten, fügte sie so streng wie besorgt an: »Und was um alles in der Welt machst du hier? Der Freigang gilt doch nur fürs Wochenende! Du solltest doch heute Abend wieder im Gefängnis sein?«

Bikini zuckte mit den Schultern und grinste verlegen. Kelly hatte ja keine Ahnung, was er heute alles durchgemacht hatte. Im Übrigen wunderte er sich selbst, dass die Bullen noch nicht vor der Tür standen, um ihn abzuholen.

»Such mir lieber mal ein Pflaster raus«, sagte er, um Coolness bemüht. Sie stand auf, sein Blick folgte ihren wippenden Hüften ins Bad, und allmählich dämmerte Bikini, was er heute so leichtfertig verspielt hatte. Nur wegen seiner beschissenen Eifersucht war er nicht zurück in den Knast gefahren. Dass er seinen Freigang ab sofort vergessen konnte, lag auf der Hand. Aber viel schlimmer war noch, dass die Bewährung damit auch passé war. Klar, er könnte untertauchen, aber zuerst musste er das hier mit Kelly regeln.

Kelly kam mit einer Rolle Pflaster aus dem Bad zurück und setzte die Schere an, um den ersten Streifen abzuschneiden. Ohne jede Vorankündigung und mit fester Stimme sagte er: »Ich weiß alles, Schatz.« Kelly hob fragend den Blick, ihre künstlichen Wimpern waren auf Anschlag. »Aber das ist jetzt endgültig erledigt. Ich habe dem Würstchen eine Abreibung verpasst, die er nicht so schnell vergessen wird.«

Kaum merklich begann die Schere in Kellys Hand zu zittern. »Ich verstehe nicht, was du meinst.«

»Du verstehst ganz genau, was ich meine«, erwiderte Bikini streng, zog ihr Gesicht nah an seines und küsste sie noch einmal so obszön wie kurz zuvor. Dann löste er sich von ihr, deutete auf sein geschundenes Gesicht und befahl: »Mach weiter.«

Kelly schwieg. Ihr Herz raste. Woher wusste Bikini von ihrer Beziehung zu dem Polizisten? Sie rang um Fassung. Als sie ihre Atmung einigermaßen im Griff hatte, sagte sie, bemüht um ihre mädchenhafteste und unschuldigste Stimme: »Ich verstehe wirklich nicht, wovon du sprichst, mein Bikini!«

»Mein Bikini!«, wiederholte er hämisch. »Lüg mich nicht an!« Als Kelly ihm ein Pflaster quer über die Nase klebte, stöhnte er vor Schmerz kurz auf und fügte dann gelassen an: »Ist ja auch egal. Dein Lover liegt jetzt im Krankenhaus. Aber wenn der noch ein einziges Mal seinen Schwanz in deine Nähe ...«, er hob die Hand und fasste Kelly zwischen die Beine, was sie mit einem nicht wirklich erfreuten Quieken quittierte: »... dann überlebt der das nicht, der Penner.«

Kelly schluckte. Hatte er wirklich ihren Toni krankenhausreif geprügelt? Einen Kriminalbeamten? Nein, es war doch völlig unmöglich, dass Bikini von der Sache mit Toni Wind bekommen hatte! Das war doch nur wieder einer von seinen Tricks, mit denen er abchecken wollte, ob sie ihm treu war! Sie musste dagegenhalten. »Schatzi, ich weiß echt nicht, was du da redest. Ich bin dir total treu und würde nie einen anderen Typen auch nur anschauen.«

Jetzt hielt es Bikini nicht mehr auf dem Bett. Wutentbrannt sprang er auf. »Red doch keine Scheiße! Wo ist dein Handy?«

Kelly zuckte zusammen. Natürlich wusste sie, wo das Telefon war. Aber sicherheitshalber sagte sie: »Oh, mein Handy? Weiß nicht …«

Bikini stürzte zu dem Sessel in der Zimmerecke, schnappte sich Kellys Leopardenhandtasche und kippte den gesamten Inhalt auf den Boden. Das Smartphone purzelte zwischen Tampons, Kleingeld, Lippenstift, Ballerinas und diversem anderem Plunder auf den Teppich. Mit schmerzverzerrtem Gesicht bückte Bikini sich nach dem Gerät und sprach, sein Geburtsjahr eingebend, leise mit: »Eins-Neun-Sieben-Neun.« Wenig später hielt er Kelly, die ihm hinterhergeeilt war und sein Tun schweigend mitverfolgt hatte, mit bösem Blick das Display unter die Nase. Kelly starrte auf das Foto – und war erleichtert. Das Bild zeigte ja gar nicht ihren Liebhaber Toni Glaser, sondern nur diesen Felix Ambach. Klar hatte sie mit dem auch geschlafen. Aber nur einmal aus Langeweile. Sie lächelte verdruckst, das Foto hatte sie bereits völlig vergessen.

»Was gibt's da zu lachen?«, schnauzte Bikini, der ihre Gefühlsregung natürlich bemerkt hatte. »Bist du das, die da diesen Loser bumst, oder bist du das nicht?«

Kelly schob das Smartphone beiseite, legte ihm beide Arme um den Hals und drückte ihre drallen Kunstbrüste an seinen Brustkorb. Weil er kurz aufstöhnte – seine Rippen hatten bei dem Sturz aus dem Fenster einiges abbekommen –, ließ sie etwas locker. Sie legte ihre Lippen an sein Ohr und flüsterte: »Also, erstens war er gar nicht ganz drin in mir. So weit darfst nämlich nur du … Und zweitens war das nur einmal.« Ihre Stimme wurde noch mädchenhafter, während sie hauchte: »Entschuldige, entschuldige, entschuldige, mein lieber Bikini. Das war, bevor du Freigang hattest. Und, weißt du, da hast du mir so gefehlt und ich war so einsam. Und da habe ich diesen Luschi besucht.« Sie deutete auf das Display. »Und eigentlich habe ich mir bei dem ja Geld holen wollen, weil, ich hatte ja gar nichts mehr. Nicht einmal was zum Essen konnte ich mir kaufen ... und der hatte aber auch nichts. Und dann habe ich spontan ...«

»Halt's Maul, das reicht«, unterbrach er sie rüde und schob sie von sich. »Wenn das noch einmal vorkommt, dann kannst du ihn aufm Friedhof besuchen, deinen Stecher.«

Kelly war zwar erleichtert, dass Bikini nicht ihren wirklichen Liebhaber verdroschen hatte, aber seine Aggressivität machte ihr trotzdem Angst. Ein eifersüchtiger Bikini war gemeingefährlich. So gerne sie ihn mochte, auf Dauer war das einfach nicht der richtige Mann für sie. Sollte sie vielleicht heimlich ihren Toni anrufen – dann, wenn Bikini schlief – und ihn um Hilfe bitten? Toni war schließlich bei der Polizei und konnte dafür sorgen, dass Bikini ein für alle Mal im Knast landete.

Bikini, der nichts von den Gedanken seiner Freundin ahnte, war stolz auf sich. »Der braucht jetzt ein neues Gesicht, der Depp. Eigentlich wollte ich ihm noch die Eier abschneiden, aber ich musste abhauen, weil die Sanitäter kamen. Ich will ja schließlich nicht sofort wieder in den Knast.« Weil Kelly schwieg, fügte er noch an. »Und noch was: Wenn ich dich noch mal beim Fremdgehen erwische, dann bist du auch fällig, also wenn ...« Bikini verzichtete darauf, seinen Satz zu vollenden, denn er hörte Schritte vor der Wohnungstür.

Zwei

Felix erwachte, weil ihn etwas an der Nase kitzelte. Er blinzelte. Die Sonne schien von einem wolkenlosen blauen Himmel und wärmte seine Haut. Das, was ihn da kitzelte, war ein Schmetterling. Felix blieb ganz ruhig liegen und beobachtete schielend das zerbrechliche Insekt. Der Falter putzte sich. Seine Flügel waren transparent. Felix beobachtete das luftig-leichte Wesen eine Weile lang, bis es wegflog. Er holte tief Luft und sog mit Genuss den frischen Duft der Blumen ein. Dann nickte er in der Wiese, in der er wie in einem weichen Bett lag, ein. Als er wieder erwachte, kitzelte ihn wieder etwas an der Nase. Felix blinzelte erneut und stellte fest, dass es dieses Mal kein Tier war, sondern die Rispe eines Haferhalms. Sein Blick wanderte weiter, und er sah, dass es eine wohlgeformte Hand mit gepflegten Fingernägeln war, die diese Rispe hielt. Er erkannte sie sofort: Die Hand gehörte Kelly. Sie stand vor ihm in einem märchenhaften Kleid aus gleißendem Licht und lächelte ihn an. Felix erwiderte das Lächeln. Als er etwas zur Begrüßung sagen wollte, legte sie den Zeigefinger auf ihre dunkelrot geschminkten Lippen. Felix nickte kaum merklich, und Kelly flüsterte: »Ich komme noch dieses eine Mal, um dich zu warnen.« Als Felix nachfragen wollte, vor wem sie ihn warnen wollte, fuhr sie fort: »... Du weißt, wer dir Böses will. Wach auf und rette, was zu retten ist.« Dann wandte sie sich ab. Unfähig, sich zu bewegen, sah Felix ihr dabei zu, wie sie sich schwebend durch das Blumenmeer entfernte. Für einen Moment glaubte er, durchsichtige Flügel an ihren Schultern wahrgenommen zu haben. Aber das war vermutlich Einbildung. Und dann war Kelly verschwunden. Als würde ein Fader sie langsam lauter drehen, drangen immer mehr Geräusche in sein Bewusstsein. Es klang, als würden viele Leute durcheinanderreden. Und plötzlich roch es auch nicht mehr nach Blumen. Die Luft war abgestanden und verbraucht. Die Farben der idyllischen Wiese verblassten, und stattdessen tauchte ein großer Raum voller Menschen und Cocktailtischen vor seinen Augen auf. Felix kannte diesen Raum. Die Flügeltüren gingen auf, und dahinter eröffnete sich der Saal des Auktionshauses Stettner in München! Auf einer Bühne stand sein Bruder Christian. Hinter ihm ein großes Plakat, auf dem zu Werbezwecken der heilige Eustachius in seiner Rüstung aufgedruckt war; Felix war erstaunt, wie sehr die Holzfigur an den Stil des berühmten Bildhauers Riemenschneider erinnerte – dabei hatte er diese Fälschung ja selbst angefertigt.

Gleich würde er im Saal Platz nehmen, gleich würde die Versteigerung der falschen Nothelfer beginnen. Da tippte Felix von hinten jemand auf die Schulter. Er drehte sich um und blickte in ein Gesicht, das ihm bekannt vorkam, obwohl sowohl die Nase als auch der Mund fehlten. Aber die eindringlichen schwarzen Augen und das lange Haar, das zum Pferdeschwanz gebunden war, waren unverkennbar. Bizarrerweise war das Gesicht in der Lage, auch ohne Mund zu ihm sprechen: »Wenn Sie Ihrem Bruder nur einen Denkzettel verpassen wollen, dann machen Sie, was Sie geplant haben. Wenn Sie ihn wirklich vernichten wollen, dann stehe ich Ihnen zur Verfügung.«

»Gabriel«, keuchte Felix. Aber kaum hatte er diesen Namen ausgesprochen, wurde es schwarz um ihn und die Geräusche verstummten. Felix lauschte. Ihn umgab jetzt vollkommene Stille. War er tot?

Plötzlich stieg ihm der Geruch nach Desinfektionsmittel und Kantinenessen in die Nase. Felix öffnete die Augen. Durch die Sehschlitze, die ihm der enge Kopfverband ließ, erkannte er, wo er sich befand: in einem Krankenhauszimmer. An der Wand gegenüber hing Claude Monets »Frau mit Sonnenschirm«. Doch daran konnte Felix sich nicht lange erfreuen, denn schon spürte er einen unsäglichen Schmerz, der seinen Schädel durchdröhnte. Und so, wie er seine Wangenknochen wahrnahm, hätte er schwören können, dass sie gebrochen waren. Der Geschmack in seinem Mund war schal und fremd. Wenn er mit der Zunge nach oben fuhr, so traf er dort nicht, wie erwartet, auf seine Schneidezähne, sondern auf die weiche Innenseite seiner Oberlippe. Felix versuchte den Mund zu öffnen. Doch der Spielraum, den ihm der feste Verband ließ, reichte nicht aus. Plötzlich hörte er ein Geräusch. Felix spürte Panik in sich aufsteigen. Mit einer abrupten Bewegung, die seinen Rippen nicht gefiel und die ihn aufstöhnen ließ, gelang es ihm, sein Sichtfeld etwas nach links auszuweiten. Und dann sah er ihn: Gabriel. Er stand neben seinem Bett mit einem Strauß Margeriten in der Hand. Felix war durch die Verbände so eingeschnürt, dass er sich kaum rühren konnte. Er war Gabriel ausgeliefert. Verzweifelt versuchte er etwas zu sagen, aber es gelang ihm nur ein leidendes Röcheln. Gabriel lächelte ihn an und trat noch näher an das Krankenbett.

Felix hörte die Worte seines Partners; sie handelten von Gesundung und dem Glück, das er gehabt habe, und davon, dass Gabriel so erleichtert sei, dass er den Sturz trotz allem überlebt habe. Aber Felix verstand nicht, wovon Gabriel sprach. Gerade sagte er: »Du hättest tot sein können, Jüngelchen!« Da drang von der rechten Seite ein ekelerregendes Keuchen an Felix' Ohr. Er konnte nicht nachsehen, wer dieses Geräusch abgesondert hatte, aber Gabriel bemerkte seinen fragenden Blick und lieferte eine Erklärung: »Dein Zimmergenosse. Du bist in einem Doppelzimmer. Das ist gut. Der Umgang mit anderen Menschen macht glücklich und gesund.«

Glücklich und gesund, glücklich und gesund ... Die Worte hallten in Felix' Kopf nach.

Und plötzlich drang eine Flut von Bildern auf ihn ein: Das leblose Gesicht des Journalisten Stefan Blank, den Felix umgebracht hatte. Der blutende Schädel des Pfarrers, den er für ein paar alte Holzbalken beinahe getötet hatte. Zwischendurch blitzte auch kurz Gabriels Gesicht auf, zu einem dämonischen Grinsen verzerrt. Dann sah Felix den im Todeskampf zappelnden Georg Seefellner, während er ihn mit einem Kissen erstickte. Die Gesichter wechselten immer schneller, Felix brach der Schweiß aus. Jetzt erschien ihm Maria, die tot in seinem Bett lag, dann Dana, die ihn, bedroht von seiner Pistole, in Todesangst anstarrte. Sosehr Felix sich auch bemühte, die Geister zu vertreiben, das Karussell der Bilder drehte sich immer schneller. Immer blutiger wurden die Details, und über allem hallte Gabriels Stimme: »Glücklich und gesund, glücklich und gesund ...« Felix versuchte, um Hilfe schreien, aber er konnte nicht. Er musste sofort fliehen, weg von Gabriel, diesem Teufel. Aber er war außerstande, sich zu bewegen. Stand der Mann, der ihm all das Unglück eingebrockt hatte, noch immer neben seinem Bett? Felix sah ihn nicht mehr, aber neben ihm begannen plötzlich mehrere medizinische Geräte zu blinken und zu piepen. Er nahm alle Kraft zusammen und versuchte, sich die Schläuche aus den Venen zu reißen, doch es gelang ihm nicht. Sein Herz pumpte immer schneller, die von den Geräten ausgestoßenen Warntöne wurden lauter und schrillten fast, als endlich eine Krankenschwester in sein Sichtfeld eilte und hektisch Knöpfe drückte. Nach wenigen Augenblicken befanden sich zwei weitere Menschen in weißen Kitteln an seinem Bett. Erst jetzt fühlte Felix sich in Sicherheit. Er blickte eine der Schwestern an, packte sie am Arm und fragte atemlos: »Wo ist er?«

Die ältere Frau mit den blonden Strähnchen sah sich kurz im Raum um und fragte dann mit ruhiger Stimme: »Meinen Sie Ihren Zimmernachbarn, den Herrn Raabe?«

»Nein«, stöhnte Felix durch seinen Verband. »Den … den …«

Die Krankenschwester unterbrach ihn sanft: »Hier ist niemand, Herr Ambach, nur der Herr Raabe. Sonst niemand. Ganz ruhig. Alles, was Sie brauchen, ist Ruhe.« Dann lächelte sie mütterlich, und Felix fiel wieder in tiefen Schlaf.

Toni Glaser hielt die Hand seiner Traumfrau ganz fest. Sie spazierten nebeneinander einen Feldweg entlang. Der Wind wehte ihm durch den Nackenspoiler. Das war Freiheit! Er konnte sein Glück kaum fassen. Bis gestern war ihre Beziehung noch auf der Kippe gewesen, aber seit heute früh war alles geklärt. Kelly hatte ihn angerufen und verkündet, dass sie sich für ihn entschieden habe. Kurz entschlossen hatte Toni sich bei seiner Chefin für einen »Arzttermin« abgemeldet und Kelly zu Hause abgeholt.

»Ehrlich gesagt fühle ich mich extrem erleichtert«, sagte Kelly jetzt und seufzte.

Toni blieb stehen, nahm ihren Kopf sanft in beide Hände und gab ihr einen leidenschaftlichen Kuss. »Ich mich auch«, erwiderte er und strahlte sie an wie ein frisch verliebter Teenie. »Wahnsinn, dass wir jetzt zusammen sind, also, so richtig.« Dem Polizisten war ein Stein vom Herzen gefallen. Es kam ihm so vor, als schwebten sie durch die Landschaft. Er wusste zwar nicht, was Kelly letztendlich dazu gebracht hatte, sich für ihn zu entscheiden, aber er besaß auch nicht den Mut, sie danach zu fragen. Hauptsache, sie waren zusammen.

Kelly ihrerseits hatte eine pragmatische Entscheidung getroffen. Allein konnte und wollte sie sich nicht durchs Leben schlagen. Bikini war verhaftet worden, weil er die Regeln des Freigangs nicht eingehalten hatte. Nun standen ihm weitere achtzehn Monate im geschlossenen Vollzug bevor. Für Kelly bedeutete dies, dass ihr neuer Beschützer nun endgültig der Polizist war.

Die beiden waren mittlerweile wieder am Parkplatz angelangt. Toni strich sich zufrieden über den Schnauzbart und öffnete seiner Freundin gentlemanlike die Beifahrertür seines Golfs. Minuten später waren sie wieder in der Straße vor Kellys Wohnung im Gewerbegebiet. Toni hätte gerne noch eine Runde mit ihr geknutscht, aber er musste zurück auf die Dienststelle. Seine Chefin hatte bereits zweimal versucht, ihn auf dem Handy zu erreichen.

»Eins ist klar«, sagte er, »du musst so schnell wie möglich raus aus dieser Bruchbude.«

»Du bist lustig. Wo soll ich denn hin?«, fragte sie. »Was anderes kann ich mir nicht leisten.«

Toni Glaser öffnete das Handschuhfach und fischte einen Energydrink heraus. Er grinste Kelly an, öffnete die Dose und unterbreitete ihr feierlich sein Angebot:

»Was hältst du davon, dass du erst mal deine wichtigsten Sachen packst und heute Abend mit zu mir kommst?« Weil Kelly nicht sofort darauf einging und deshalb eine unangenehme Pause entstand, nahm er einen nervösen Schluck aus der Dose. Dann fuhr er fort: »Ich habe zwar keine Villa, aber es ist eine schöne Zweizimmerwohnung.« Unsicher blickte er sie an: »Und ich hab eine echt bequeme Couch.«

»Gut«, antworte Kelly nicht gerade euphorisch.

Toni blickte auf seine Uhr. »Ich muss jetzt leider wieder ins Büro. Es hat sich da noch was Neues ergeben in Sachen Seefellner, weißt du.«

Kelly sah ihn interessiert an. »Aha, inwiefern?«

»Na ja, du hast mich da neulich auf eine Idee gebracht. Jetzt haben wir die Sache noch einmal aufgerollt, und siehe da: Bei dem Tod von deinem Freund Seefellner hat vermutlich doch jemand nachgeholfen.«

»War es Mord?«, fragte Kelly schnell.

»Kann ich noch nicht hundertprozentig sagen. Wir müssen da noch ein paar Tests abwarten«, schwadronierte Toni drauflos. Aber Kelly hörte ihm bereits nicht mehr zu. Sie überlegte fieberhaft, was das für sie bedeutete: Wenn Georg Seefellner wirklich ermordet worden war, dann war ja jetzt wohl sonnenklar, wer sein Mörder war: Felix Ambach! Und dem hatte zufällig gestern ihr eifersüchtiger Bikini die Fresse poliert. Musste sie diese Situation nicht sofort zu ihren Gunsten nutzen? Jetzt hatte sie doch im wahrsten Sinne des Wortes das Gesetz auf ihrer Seite. Sie schielte zu Toni hinüber, der gerade einen großen Schluck von seinem aromatisierten Powerdrink nahm. War das jetzt nicht der ideale Zeitpunkt, um mit einem einfachen Schachzug dafür zu sorgen, dass die Bedrohung, die von diesem Felix ausging, ein für alle

Mal aus ihrem Leben verschwand? So eine Art Neustart? Ein Versuch war es wert. Kurz entschlossen umfasste sie mit beiden Händen Tonis Oberarm: »Was krieg ich, wenn ich dir auch noch sage, *wer* den Seefellner umgebracht hat?«

»Wie bitte?« Toni sah sie ernst an. »Kelly, mit so was spaßt man nicht.«

Unschuldig erwiderte sie: »Ist doch klar, Liebling – aber was ist, wenn ich das wirklich weiß?«

»Na, dann musst du sofort eine Aussage machen! Wen meinst du denn?« Toni griff zum Zündschlüssel und wollte den Wagen starten, aber Kelly legte ihre Hand auf seine und stoppte ihn.

»Also, so eine ganz offizielle Aussage ...«, sie hielt inne, griff sich ins Haar und drehte scheinbar schüchtern ihre Locken um den Finger, »... möchte ich lieber nicht machen.«

»Ja, aber wenn du was weißt, Kelly, dann musst du mir das sagen!« Toni war plötzlich aufgeregt. Womöglich konnte er mit Kellys Hilfe den Fall aufklären! Das würde seine Chefin mächtig beeindrucken.

»Ja, schon. Aber ...« Kelly rang mit sich. Eine offizielle Aussage bei den Bullen wollte sie nicht abgeben. Sie hatte einfach keine guten Erfahrungen mit der Polizei gemacht. Aber ihrem Freund konnte sie sich anvertrauen. Sie holte tief Luft. »Also, pass auf, Toni. Du kennst den Mann nicht, aber ich habe da mal in einer Bar zufällig was mitgehört. Der Typ, der Georg Seefellner umgebracht hat, der heißt Felix Ambach, also, glaube ich zumindest, und ...«

Toni Glaser verschluckte sich beinahe an seinem Energydrink. Hatte er eben richtig gehört? Er unterbrach sie: »Felix Ambach?«

Kelly sah ihren Freund irritiert an. »Ja, kennst du den etwa?«

»Und ob ich den kenne! Dem schicken wir sofort eine Streife ins Haus!«

»Da wirst du ihn aber nicht finden.« Kelly gewann an Selbstsicherheit.

Immer, wenn Toni etwas nicht auf Anhieb verstand, bildeten sich Furchen auf seiner Stirn, die es mit jedem chinesischen Faltenhund aufnehmen konnten, so auch jetzt. Ungeduldig fragte er: »Und warum nicht?«

»Nun ja …«, druckste Kelly herum. »Ach, was soll's, du wirst es eh früher oder später erfahren: Mein Ex hat diesen Ambach gestern Nacht so verdroschen, dass er mit Sicherheit im Krankenhaus gelandet ist.« Kelly verzog das Gesicht, als hätte sie ein schlechtes Gewissen.

»Und in welchem Krankenhaus liegt er?«

Sie zuckte mit den Schultern. »Das kann ich dir leider nicht sagen, Toni-Schatzi.« Und warum Bikini den Kunstfälscher ins Koma geprügelt hatte, das verriet Kelly dem Polizisten auch nicht. Schließlich wollte sie nicht den Eindruck erwecken, sie springe mit jedem ins Bett.

Drei

»Was schaust du dir denn da für dummes Zeug an?«, fuhr Gabriel seinen Liebhaber Hugo an. Der Kunstberater hatte eben das Schlafzimmer seines Penthouse betreten, er trug einen Kimono. Sein Freund lag, nur mit einer weißen Jogginghose bekleidet, rauchend auf dem Bett und starrte auf sein Smartphone.

In unregelmäßigen Abständen waren Stöhngeräusche oder Schmerzensschreie zu hören. Weil Hugo nicht reagierte, setzte Gabriel noch einmal nach, dieses Mal etwas genervter: »Würdest du mir vielleicht antworten?«

Hugo hob den Kopf. »Äh, was?«

»Was du da schaust?«

»Dungeon Masters … das ist so ein neuer SM-Porno.«

Hugo hatte den Kopf schon wieder gesenkt und starrte gebannt auf das Display. Hin und wieder lachte er dreckig.

Gabriel sah ihn nachdenklich an. Der Spanier lag auf dem Rücken und hielt mit einer Hand das Smartphone, die andere verschwand in seiner Hose. Dem Kunstberater war nicht entgangen, dass Hugo keine Unterwäsche trug. Umso länger Gabriel ihn beobachtete, desto erregter wurde er. Pornos konnte er selbst zwar nichts abgewinnen, aber echte Schwänze, wie Hugo einen in der Hose hatte, törnten ihn an. Um Gabriels Libido war es trotz seines Alters gut bestellt.

Er trat hinüber zu dem Nachtkästchen und öffnete die oberste Schublade, in der ein schwarzer Plastikstab mit transparenter Spitze lag. Gabriel nahm ihn heraus, schaltete den Elektrostimulator scharf und setzte sich aufs Bett.

»Komm her!«, befahl er Hugo und klopfte auf das Kissen neben sich.

Hugo legte das Smartphone weg und näherte sich, über das Bett kriechend, seinem Liebhaber und Versorger. Dieser packte ihn am Hinterkopf und gab ihm einen langen und leidenschaftlichen Kuss. Beiläufig drückte er ihm den Stab in die Hand und öffnete seinen Kimono. Hugo wusste, was jetzt zu tun war. Sanft strich er mit der Spitze des Stabs über Gabriels entblößte Brust.

»Los, tu mir weh!«, forderte der ihn auf. Hugo drückte auf den Knopf, und ein blauer Blitz schoss von der Spitze des Stabs auf Gabriels Brustwarze nieder. Der jaulte auf vor Lust.

»Mach weiter«, stöhnte er.

Widerwillig gehorchte Hugo. Er war es leid, immer Befehle auszuführen. Klar zeigte sich Gabriel ihm gegenüber stets großzügig. Aber dass er ihm jederzeit zur Verfügung stehen musste wie ein Knecht, das ärgerte ihn. Ohne jede Leidenschaft deckte er Gabriels Brust weiter mit Stromstößen ein, woraufhin dieser sich wollüstig räkelte. Hugo verzog kaum merklich das Gesicht. Es gelang ihm nicht, seine Gedanken abzuschütteln. Warum musste er sich ständig um die Bedürfnisse dieses alten Perverslings kümmern? Warum konnten nicht auch mal seine eigenen Wünsche eine Rolle spielen? Auch er hatte Phantasien. Auch ihm bereitete es Lust, dominiert zu werden. Hugo machte weiter – und irgendwann bekam er doch Lust. Devot ließ er sich neben Gabriel aufs Bett fallen und drückte ihm den Elektroschocker in die Hand.

»Bestraf mich, mi maestro! Ich war unartig«, hauchte er. Es entstand eine Pause. Gabriel wandte sich ihm zu und sah ihn irritiert an. Schlagartig fiel die Erektion des Kunsthändlers in sich zusammen.

»Was soll denn die Scheiße jetzt?« Hugo richtete sich auf. Auch seine Erregung begann zu schrumpfen.

»Hör mal zu, Häschen, ich gebe dir Kohle, damit du machst, was ich von dir will, klar?« Hugo blickte betreten zu Boden, aber Gabriel war noch nicht fertig. »Und wenn ich dir sage, du sollst mir Schmerzen zufügen, dann machst du das gefälligst. Klar? Dafür bist du doch da. Und nur dafür!«

»Aber, Gabriello, vielleicht habe ich auch …«, versuchte Hugo eine Rechtfertigung, aber der nackte Kunsthändler unterbrach ihn harsch.

»Halt die Fresse! Wenn ich diskutieren will, dann hole ich mir 'nen Callboy mit Abitur.«

Jetzt doch von der rüden Art seines Gönners verunsichert, nahm der sonst so maskuline Spanier wieder den Elektroschocker, hielt die transparente Spitze seitlich an Gabriels Geschlecht und drückte auf den Auslöser. Ein blauer Blitz zuckte in die Haut, woraufhin Gabriel genervt aufschrie: »Scheiße, jetzt doch nicht, du Idiot!« Dann entriss er ihm wutentbrannt den schwarzen Plastikstab und schleuderte ihn in die Zimmerecke. Manchmal zweifelte er an dem südländischen Trottel. Vielleicht war es wirklich an der Zeit, sich einen neuen Liebhaber zu suchen. »Du bist echt zu blöd für alles. Seh' ich aus, als ob ich jetzt noch Bock hätte, oder was?«, schnauzte er Hugo an und deutete auf seinen schlaff herabhängenden Penis.

»Ich dachte ...«

»Nicht denken, Hugo. Dafür bist du nicht geeignet.« Wütend und unbefriedigt sprang Gabriel auf und verließ das Schlafzimmer. Etwas verloren blieb Hugo allein auf dem Bett zurück. Er musste seinen gekränkten Stolz herunterschlucken. Jeden anderen, der ihn so behandelte, hätte er krankenhausreif geprügelt. Er zog die Jogginghose wieder nach oben und sah auf sein Handy. Dann hörte er noch, wie die Wohnungstür ins Schloss fiel. Gabriel würde sich woanders besorgen, wonach ihn jetzt gelüstete. Hugo spürte heißen Zorn in sich aufsteigen. Gabriel hatte sich nicht einmal von ihm verabschiedet.

Ein geflüstertes »Hey« war das Erste, was Felix wahrnahm. Es war eine weibliche Stimme, sie klang zärtlich.

Aber er öffnete nicht gleich die Augen. Was, wenn es wieder nur ein Traum war? Wenn ihn seine Wahrnehmung nicht trog, dann war sein Kopf immer noch von Verbänden eingeschnürt. Aber Schmerzen spürte er gerade keine. Er fühlte sich gar nicht schlecht, auf jeden Fall wesentlich besser als beim letzten Mal, als er wach gewesen war. Er hörte jemanden neben sich atmen. Dann raschelte leise Stoff, und eine warme Hand legte sich sanft auf die seine.

»Hey, mach mal die Augen auf. Ich weiß, dass du wach bist.«

Felix' Herzschlag beschleunigte sich. Diese Stimme kannte er. Wenn er nicht schon wieder träumte, dann war das Dana. Was wollte sie von ihm? Angst stieg in ihm auf. Er hatte versucht, sie umzubringen. Wollte jetzt sie ihn …?

»Komm, Felix, ich merke doch, dass du wach bist. Du atmest ganz anders.« Sie klang nicht feindselig. Aber er konnte ihr einfach nicht vertrauen; nicht nach allem, was vorgefallen war. Und er war wehrlos. Gefesselt von Verbänden. Wenn sie ihm jetzt ein Kissen ins Gesicht drückte, wie er es bei Georg Seefellner getan hatte, dann war es vorbei. Nun vernahm er ein heiseres Röcheln, das eindeutig nicht von Dana kam. Okay, sein Zimmernachbar im Krankenhaus, Herr Raabe, war auch noch da. Dann war dies also kein Traum. Wenn der alte Mann wegen des Morphiums, das er gegen die Schmerzen bekam, nicht völlig weggetreten war, dann war er eine Art Überlebensgarantie für Felix. Dana würde ihn nicht vor einem Zeugen umbringen. Oder würde sie doch?

»Felix, ich muss dringend mit dir reden. Ich will dir alles erklären.« Was gab es da schon zu erklären? Sie hatte ihn erpresst. Fünf Millionen hatte er ihr gezahlt.

Außerdem wollte sie ihn an die Polizei verpfeifen und ins Gefängnis bringen. Er spürte einen Lufthauch, sie näherte sich seinem Ohr. Schon wieder stieg Angst in ihm auf. Aber dann sagte Dana: »Das Geld war nicht für mich. Es war für Gabriel. Er hat mich erpresst, verstehst du?«

Jetzt machte Felix die Augen auf. Danas Gesicht war ganz nah. Sie sah gut aus. Ein mildes Lächeln lag auf ihren Lippen. Es schmerzte ihn, sich eingestehen zu müssen, dass er sie noch immer begehrte, vermutlich sogar noch immer liebte. Er dachte daran, wie es sich anfühlte, sie zu küssen. Warm und weich. Und ihre Zunge erst … Stopp! Schon wieder geriet er in Gefahr, sich von ihr blenden zu lassen. »Aha.« Seine Stimme war heiser. Er wollte ein verächtliches Lachen hinterherschicken, aber das misslang. Das Einzige, was er zustande brachte, war ein trauriges Krächzen. »Gabriel hat dich also erpresst.« Immerhin schmerzte sein Kiefer mittlerweile fast gar nicht mehr. Wie lange er wohl geschlafen hatte?

»Ja!«, entfuhr es Dana jetzt lauter. »Du musst mir glauben! Er hat gesagt, dass er mich wegen der …« Sie warf einen Blick zu Felix' Zimmernachbarn und senkte die Stimme. »… Picasso-Geschichte in Paris dranhängt. Er hat verlangt, dass ich mich von dir trenne und dich erpresse. Gabriel hat die fünf Millionen eingesteckt. Ich bin pleite.«

»Wieso?«, fragte Felix verwirrt. »Das macht doch keinen Sinn!«

In seinem benommenen Kopf begannen die Gedanken zu kreisen wie Krähen über einem Maisfeld: Hatte Gabriel ein doppeltes Spiel gespielt? Sagte Dana die Wahrheit? Stand sie doch auf seiner Seite? Wem konnte er überhaupt trauen?

»Bitte glaub mir, Felix! Gabriel hat mich erpresst. Wenn ich ihm die fünf Millionen nicht gegeben hätte, säße ich jetzt im Knast. Gabriel wollte mich bei der Polizei verpfeifen.«

Felix starrte sie einen Moment lang ungläubig an, gerade so, als hätte sie ihm eben eröffnet, in Wirklichkeit seine Mutter zu sein.

»Wie? Dann fliegt er doch selber auf!« Dana starrte bekümmert ins Leere und antwortete nicht. Felix setzte nach: »Hallo? Das ist doch Schwachsinn!«

Sie senkte den Kopf und nestelte an etwas herum, das er nicht sehen konnte. Zog sie jetzt die Waffe? Er verrenkte sich beinahe den Hals beim Versuch, in ihre Handtasche zu spähen, aber dann sah er, dass sie lediglich ein Papiertaschentuch hervorgezogen hatte. Sie schnäuzte sich. In ihren Augen bildeten sich Tränen.

»Es gibt da noch was, das du nicht weißt … Ich kenne Gabriel ja schon länger …« Es entstand eine Pause.

»Und?«

»Er hat mich in der Hand«, schluchzte sie. Ein erneutes Röcheln vom Nebenbett erinnerte die beiden daran, dass sie nicht allein im Zimmer waren. Felix musterte Dana kritisch. Spielte sie ihm etwas vor?

»Warum?«, fragte er. »Was hat er denn gegen dich in der Hand?«

Dana rang um Fassung. Sie zog sich einen Stuhl ans Bett und beugte sich nah an Felix' Gesicht. Dann erzählte sie flüsternd:

»Die Dana, die du kennst, die gibt es eigentlich gar nicht. Was ich dir über meine Eltern gesagt habe, stimmt auch nicht ganz.«

Felix sah sie verstört an.

»Mein Vater war Afghane, und meine Mutter war für

Ärzte ohne Grenzen in Afghanistan. Die beiden sind bei einem Anschlag auf das Krankenhaus von Kabul gestorben.«

Felix schluckte.

»Ich bin illegal in Deutschland. Ich bin vor zehn Jahren ins Land geschleust worden, mir hatte jemand einen Job versprochen. Das mit dem Job war natürlich eine Lüge. Ich war sechzehn damals. Man hat mir wehgetan. Gabriel hat mich da rausgeholt und mir falsche Papiere besorgt. Seitdem bin ich Dana.« Sie zögerte und fügte dann noch leiser an: »… und seitdem muss ich alles tun, was Gabriel verlangt.«

Felix schwieg. Er war unfähig zu denken. Ihm war, als wummerte ein Subwoofer in seinem Kopf.

»Warum wolltest du mich denn töten?«, schluchzte sie jetzt. »Ich … ich … Wir gehören doch zusammen.« Herr Raabe schniefte. Sie sprach nun leiser und etwas gefasster weiter: »Felix, lass uns abhauen! Du hast doch noch Geld. Das reicht uns locker. Ganz weit weg. Lass uns ganz weit weg abhauen.« Weil er nicht sofort reagierte, schwieg auch sie eine Weile. Vom Krankenhausflur her drangen gedämpfte Gespräche in das Zimmer. Dann sagte sie mit fester Stimme: »Felix, willst du mich immer noch umbringen?«

Er lachte verächtlich. Was sollte das jetzt? Wollte sie ihn provozieren? Sie hatte alles daran gesetzt, sein Leben zu ruinieren, und fragte ihn jetzt allen Ernstes, wieso er sie umbringen wollte.

»Du willst mich in den Knast bringen. Das kann ich nicht zulassen, ich habe jetzt eine Tochter.«

Nun verstand Dana gar nichts mehr. Waren die Medikamente schuld an Felix' wirrem Gefasel? Was um alles in der Welt redete er da? In den Knast bringen? Eine

Tochter? Ungläubig starrte sie ihn an. »Was erzählst du da? Wieso sollte ich dich denn in den Knast bringen?«

»Um deine eigene Haut zu retten …« Felix beobachtete Dana prüfend,

»… das hat zumindest Gabriel gesagt. Dass du zu den Bullen gehst und mich verpfeifen willst.«

Dana wirkte jetzt ernsthaft verstört. Aber auf einmal verstand sie, was, oder besser: wer in Felix gefahren war. Hinter der geladenen Pistole, die sie in ihrer eigenen Wohnung fast getötet hätte, steckte niemand anderes als Gabriel de Moño.

»Das alles hier war von Anfang an Gabriels Plan! Dieser Bastard! Lass mich raten: Wo ich wohne, das hast du von ihm erfahren?«

Felix nickte. »… und die Waffe hat er dir bestimmt auch besorgt, oder?«

Auch diese Frage musste Felix bejahen. Es schien tatsächlich so, als spräche Dana die Wahrheit. Seine Zweifel an Gabriels Geschichte wurden immer größer. In seine Anspannung mischte sich Erleichterung. Vielleicht hatten er und Dana doch noch eine Chance? Aber er musste vorsichtig bleiben. Wenn es wirklich stimmte, was Dana behauptete, dann würde Gabriel dafür bezahlen, so viel stand fest. Er hoffte inständig, dass Dana ihn nicht wieder anlog …

Felix war sich alles andere als sicher, ob er nun der Serie an Fehlentscheidungen, die er zuletzt gefällt hatte, eine weitere hinzufügte, aber es fühlte sich richtig an. Deshalb sagte er nach einigem Grübeln: »Okay, ich vertraue dir, Dana.«

Sie atmete erleichtert auf und schenkte ihm ein strahlendes Lächeln. Mit der Bestimmtheit, die er schon immer an ihr geliebt hatte, sagte sie: »Ich liebe dich.« Sie kam ihm ganz nah, er roch den vertrauten Blumenduft, Dana flüsterte: »Lass uns abhauen, Felix.«

Plötzlich hatte er Mühe, sich zu konzentrieren. Danas Stimme hallte merkwürdig nach, sein Blick verschleierte sich, er sah nicht mehr scharf. Kein Wunder, schließlich hatte er seit Tagen – wie viele waren es eigentlich? – nicht die übliche Dosis Kokain geschnupft. Benommen murmelte er: »Und dann?«

»Ganz von vorne anfangen«, flüsterte sie. »In Thailand.«

Glückselig grinste Felix in das in ihm aufsteigende Delirium hinein. Das hörte sich gut an. Verrückt, aber irgendwie auch gut. Zu verlieren hatte er ohnehin nicht mehr viel. Außer … Plötzlich überkam ihn ein schlechtes Gewissen, dass er das hatte vergessen können: Er war Vater einer Tochter. Konnte er, durfte er da einfach so abhauen? Soleil im Stich lassen? Er dachte an die Bitte, die Maria in ihrem Abschiedsbrief an ihn gerichtet hatte: *Eine letzte Bitte habe ich noch an dich: Kümmere dich um Soleil. Ich wollte es dir schon lange sagen, jetzt tue ich es: Du bist ihr Vater. Auch, wenn du es nicht wahrhaben willst: Soleil ist deine Tochter. Das schwöre ich dir!*

Felix' Lächeln erstarb. »Ich habe eine Tochter.« Während er die Worte hervorpresste, versuchte er Danas Mimik zu erkennen. Aber er sah sie immer verschwommener … Sie setzte einen fragenden, fürsorglichen Blick auf. Das mit der Tochter hatte er vorhin schon mal in einem Halbsatz erwähnt, aber da hatte sie noch geglaubt, sich verhört zu haben. Er stammelte weiter: »Ich weiß das auch erst seit Kurzem, aber … die Tochter meines Bruders ist eigentlich meine. Und weil ihre Mutter sich … umgebracht hat …« Er vollendete den Satz nicht. Stattdessen sagte er: »Sie weiß nichts davon.«

»Dann lass uns nach Thailand abhauen, was Neues aufbauen und sie später nachholen!« Felix wurde es schwindlig. Aber er war auch beeindruckt. Das war die Dana, die er liebte. Die nicht lange fackelte, sondern einfach eine Entscheidung traf. Sie würden abhauen und die ganze Scheiße hinter sich lassen. Gabriel würde ihnen nicht noch mal in die Quere kommen.

Die Unterhaltung erschöpfte Felix. Sein Gehirn fuhr endgültig auf Reserve. Die Augen fielen ihm immer wieder zu. Er verlor die Kontrolle … »Dana, es tut mir leid. Du musst wann anders wiederkommen. Und dann machen wir … einen … Plan.«

Dana rüttelte sanft an Felix' Arm, vergebens: Er war eingeschlafen.

Nachdem er zum zweiten Mal zum Höhepunkt gekommen war, lag Gabriel erleichtert in den Laken eines Nobelhotels in der Nähe des Münchner Hauptbahnhofs. Der dunkelhäutige Callboy, der im Gegensatz zu Hugo alles nach seinen Anweisungen erledigt hatte, saß auf der Bettkante und zählte das Geld. »Danke, Rocko.« Gabriel seufzte zufrieden.

Mit den Worten »Immer wieder gerne« warf Rocko sich die schwarze Lederjacke über und verließ das Zimmer. Gabriels Telefon klingelte, er musste sich strecken, um es aus der Jackentasche zu fischen. Als er sah, wer der Anrufer war, nahm er gut gelaunt ab: »Hallo, Jüngelchen. Schön, dass du anrufst. Geht es dir schon besser?«

Das Telefonat, das hierauf folgte, fiel ziemlich kurz aus und sein Inhalt passte Gabriel überhaupt nicht: Wieso wollte Felix plötzlich all sein Geld auf einmal abheben? Was war in ihn gefahren, dass er plötzlich die ganzen zweieinhalb Millionen in bar verlangte? Er, Gabriel, solle sie ihm ins Krankenhaus bringen! Das Jüngelchen würde doch wohl keine Dummheiten machen wollen?

Vier

Dana fühlte sich vollkommen erschöpft von dem Treffen im Krankenhaus. Warum, war ihr unerklärlich. Schließlich war es doch Felix, der mit einem zertrümmerten Kiefer, mehreren Prellungen und zwei gebrochenen Rippen im Krankenbett lag! Ihr selbst fehlte ja gar nichts. Trotzdem zitterte sie, als wäre sie unterzuckert. Nachdenklich starrte sie auf den Küchentisch. Hinter ihr raschelte die Plastikplane, mit der sie das zerbrochene Fenster provisorisch abgehängt hatte. Auch die kaputte Haustür hatte sie wieder in die Angeln gehoben und behelfsmäßig mit einem Vorhängeschloss aus dem Baumarkt gesichert. Sie griff sich die Teekanne mit dem Früchtetee und schlurfte hinüber ins Wohnzimmer. Mit einer bunten Steppdecke über den Beinen kuschelte sie sich auf das Sofa. Sie sah sich um. Es war kalt in der baufälligen Wohnung. Und seit Felix' Einbruch und dem Kampf der beiden Männer fühlte sie sich alles andere als sicher in diesen Räumen. Wer wohl der Fremde gewesen war, der Felix attackiert und sie gerettet hatte? Warum hatte er ihr geholfen? Würde er wiederkommen? Am liebsten hätte sie das unheimliche Gebäude gleich verlassen. Aber ein paar Tage musste sie hier noch ausharren. Das mit der kaputten Tür und dem Fenster würde sie von Thailand aus regeln; jetzt gerade fühlte sie sich außerstande, ihre Freundin in Indien anzurufen und ihr das alles zu erklären. Wo sie doch selbst nur die Hälfte der Geschehnisse begreifen konnte.

Auf der Suche nach einem Taschentuch kramte sie geistesabwesend in der auf dem Boden stehenden Handtasche. Plötzlich hielt sie inne, denn unter ihrer rechten Hand spürte sie kaltes Metall. Nach einem Augenblick des Zögerns griff sie danach und hob langsam, ganz langsam, den Arm wieder hoch. Ehrfürchtig starrte sie auf den schweren Revolver, mit dem Felix sie vor zwei Tagen bedroht hatte. Das hatte sie völlig vergessen: Nach dem Sturz aus dem Fenster hatte sie sich die Waffe geschnappt und war geflüchtet. Seitdem hatte sie die Pistole in ihrer Handtasche herumgetragen, ohne auch nur einmal daran gedacht zu haben. Sie beäugte die Browning skeptisch. Wie es aussah, war das Ding geladen. Wegwerfen wollte sie die Waffe nicht, wer wusste schon, wozu sie noch gut sein konnte? Sie musste sie an einem sicheren Platz verstauen.

Dana schlug die Decke auf und ging zurück in die Küche. Dort öffnete sie die Schublade mit den Küchenutensilien und wickelte die Pistole in Frischhaltefolie ein. Dann öffnete sie den Kühlschrank und versteckte das Päckchen im Tiefkühlfach. Sie fühlte sich erleichtert.

Ein selbstbewusster Blick war etwas anderes. Toni Glaser suchte den Augenkontakt mit seiner Chefin Ute Dukaz. Gerade hatte er ihr aufgeregt und nicht ohne Stolz mitgeteilt, dass er wisse, wer Georg Seefellner im Krankenhaus ermordet habe, seine Freundin Kelly Christ habe den entscheidenden Tipp gegeben. Eigentlich hatte er einige anerkennende Worte vonseiten seiner Chefin erwartet. Aber das, was er als Durchbruch in dem Fall ansah, war zum Rohrkrepierer geraten. Ute Dukaz zeigte sich wenig begeistert. Im Gegenteil, sie fuhr ihn an: »Was redest du denn bitte jetzt für einen unprofessionellen Anfängerquatsch? Erstens sind im privaten Rahmen vorgenommene Zeugenbefragungen ermittlungstaktisch höchstens zweite oder dritte Wahl. Zweitens ist deine ... ich sag mal ›Freundin‹...«, sie machte mit ihren Händen das Zeichen für Anführungszeichen in der Luft, »... von ihrer Gesamterscheinung her ...« Die Kriminalhauptkommissarin unterbrach ihre Rede, um sich zu räuspern. Sie wollte den Kollegen nicht beleidigen, denn insgesamt war es ja zu begrüßen, dass er endlich einmal so etwas wie privates Glück gefunden zu haben schien. Aber dieses Mädchen kam zweifelsohne aus dem Rotlichtmilieu und hatte ganz sicher eine kriminelle Vergangenheit. Dukaz brach kurz entschlossen den Gedankengang ab und fuhr fort: »Also, ich meine, dass diese Aussage mit größter Vorsicht zu genießen ist. Deine Freundin ist wahrscheinlich hochgradig verliebt. Da sagt man schon mal irgendwelche Dinge, um dem anderen zu gefallen ...« Als Toni Glasers Gesichtsausdruck hierauf missmutig wurde, schob Ute Dukaz freundlicher hinterher: »Und mal ganz im Ernst, wieso sollte dieser komische Schreiner den harmlosen Seefellner umbringen? Haben wir denn irgendeinen Hinweis darauf, dass die beiden einander überhaupt gekannt haben?«

»Na ja, auf dem Land kennen sich doch irgendwie alle.«

Die Polizistin ging gar nicht auf Tonis offensichtlich hilfloses Argument ein, sondern beugte sich ihm über die vor ihren voluminösen Brüsten aufgetürmten Akten hinweg entgegen und schüttelte den Kopf. »Liebe, Toni! Ich sage nur Liebe: Dein Betthäschen will sich bei dir halt interessant machen!«

»Also hören Sie mal, Ute!«, entfuhr es Toni empört. »Kelly ist nicht mein Betthäschen, sondern meine Freundin, und ich habe sie auch mit Nachdruck darauf hingewiesen, dass sie mich nicht anlügen darf!«

Ute Dukaz schenkte dem Kollegen einen mitleidigen Blick.

»Ja, ja, und du glaubst deiner neuen Freundin natürlich alles.«

»Ja klar, wieso soll ich ihr denn nicht glauben?«

»Stimmt.« Der erfahrenen Kriminalbeamtin reichte es jetzt. »Wieso sollte man auch die Aussage einer Exprostituierten, die bis letzte Woche noch mit einem Berufsverbrecher zusammen war, anzweifeln? Wie dumm von mir. Glaubwürdiger ist da wirklich nur noch der Papst!«

Toni schnaubte wütend durch die Nase. Jetzt wurde es unfair. Ihre unverschämte Ironie konnte sich die Chefin getrost sparen. Seine Kelly – eine Exprostituierte! Ute Dukaz war wohl übergeschnappt! Ihm kam ein Gedanke, der seinen Zorn sofort verrauchen ließ. War seine Vorgesetzte etwa eifersüchtig? Verlegen starrte Toni auf den Bleistift in seiner Hand. Weil er nicht wusste, was er sagen sollte, begann er wahllos, ihn anzuspitzen.

Ute Dukaz merkte, dass sie ein bisschen übers Ziel hinaus geschossen war. Deshalb sagte sie in fast mütterlichem Ton: »Toni, ich will mich wirklich nicht in dein Privatleben einmischen, aber überlege dir bitte gut, mit wem du was anfängst.«

Sie hob eine dicke Aktenmappe in die Luft: »Deine Kelly Christ ist alles andere als ein unbeschriebenes Blatt.« Als sie hierauf einen betretenen Blick erntete, verzögerte sie die weiteren Worte ein wenig. Dem Arbeitsklima zuliebe war sie, wider ihre Überzeugung, zu einer Konzession bereit. Deshalb sagte sie: »Wenn es wirklich stimmt, was Frau Christ über den Mord an Seefellner sagt, dann wäre es das Sinnvollste, wenn du sie in die Dienststelle bittest, und dann soll sie hier eine vernünftige – will heißen – verwertbare Aussage machen. Wenn diese Aussage dann hält, was sie verspricht, dann können wir diesem Herrn Ambach ja mal einen Besuch abstatten und schauen, was er zu der doch ziemlich verstörenden Beschuldigung zu sagen hat.«

»Ja, aber … äh … dafür ist eigentlich keine Zeit, weil sie hat gesagt, dass dieser Ambach im Krankenhaus … also, weil …« Toni hielt mitten im Satz inne.

»Weil was?«

Auf die Nachfrage seiner Vorgesetzten vollendete er kleinlaut den Satz: »Na, weil der Exfreund von meiner Freundin, also dieser Hans Bicker, der hat den wohl ziemlich verdroschen, den Ambach. Weswegen der jetzt im Krankenhaus liegt. Also, der hat ihn wohl wirklich sehr verdroschen.« Toni suchte nach den richtigen Worten. »Was ich damit sagen möchte: Es kann sein, dass der gar nicht mehr lange eine Aussage machen kann, weil er vielleicht … stirbt.« Toni atmete auf, endlich war es draußen!

Ute Dukaz schüttelte entgeistert den Kopf. »Na, da haben wir uns aber feine neue Freunde ausgesucht, mein Lieber!« Sie stand auf, zog sich die Jacke über und meinte zum Abschied: »Ganz ehrlich, Toni, das alles hört sich nicht besonders vertrauenerweckend an. Eine Freundin, die bis gerade noch mit einem Zuchthäusler liiert war, der einen Mann krankenhausreif schlägt. Und ausgerechnet dieser Mann soll dann einen Mord begangen haben, also weißt du …« Im Türrahmen stehend fügte sie noch an: »Vielleicht hat ja auch dieser Exfreund den Mord begangen und die Frau benutzt dich nur, um vom echten Schuldigen abzulenken ... Schon mal darüber nachgedacht?«

Toni Glaser strich sich über den Schnauzbart. Dieser Gedanke war ihm tatsächlich noch nicht gekommen. Vielleicht hatte seine Chefin ja recht?

»Lade sie vor, dann kann ich sie befragen, und wir werden sehen, ob da wirklich was dran ist.« Kaum hatte Ute Dukaz die Tür hinter sich geschlossen, um an ihrem Schlagzeug den Feierabend ausklingen zu lassen, öffnete sich Toni Glaser erst einen Energydrink mit Melone-Minz-Flavour und startete dann seine Telefonaktion. Auch wenn er sich jetzt nicht mehr ganz so sicher war, ob Kelly die Wahrheit gesagt hatte, wollte er keine Zeit verlieren. Und so begann er auf eigene Faust, sämtliche Münchner Krankenhäuser abzutelefonieren. Es galt herauszufinden, wo dieser Ambach lag.

Auf Wunsch von Felix' Zimmergenossen Herrn Raabe war das Radio eingeschaltet worden, sodass nun Jürgen Drews seine Gedanken zur Liebe im Sommer erläutern konnte. »Ein Bett im Kornfeld«, schlagerte es Felix entgegen; ohne sich dessen bewusst zu sein, summte er die Melodie mit. Er war bereits wieder in der Lage, sich aufzusetzen. Die Rippen schmerzten noch beim Husten und Lachen, aber es ging ihm schon ein gutes Stück besser. Und zu lachen gab es ohnehin nichts. Als er nach der Teetasse auf dem ausklappbaren Tisch an seinem Nachtkästchen griff, öffnete sich die Tür. Felix setzte die Teetasse wieder ab und wartete gespannt, wer eintreten würde. Erleichtert atmete er auf. Es war Dana. Sie hatte Augenringe und sah etwas mitgenommen aus, aber ihre Anwesenheit beruhigte Felix. Wie selbstverständlich beugte sie sich über ihn und gab ihm einen Kuss.

Nachdem sie sich nach seinem Befinden erkundigt und er erklärt hatte, dass es ihm schon besser gehe, sagte er: »Ich hab Gabriel angerufen. Er bringt die Kohle vorbei.«

Dana sah ihn misstrauisch an. »Einfach so? Ohne nachzufragen, warum du das brauchst und was du damit vorhast?«

»Ähm, also er hat natürlich schon gefragt, aber da habe ich ihm gesagt, dass ich eine neue Fälschung plane und dafür Geld brauche. Also, viel Geld. Weil es ein Beuys werden soll. Eine große Skulptur.«

»Willst du das wirklich?« Dana runzelte kritisch die Stirn.

»Nein«, antwortete er knapp. »Aber mir ist nichts Besseres eingefallen. Irgendwas musste ich ja sagen. Und das mit dem Beuys hat er geschluckt – glaube ich.«

Trotz der Musik aus dem Radio, die den Raum erfüllte, verfiel Dana in ein Flüstern. »Wir hauen *schon* nach Thailand ab, oder?«

Er nickte. »Sobald wir das Geld haben, sind wir weg. Aber du musst mir noch einen wichtigen Gefallen tun.« Er beugte sich zum Nachtkästchen, stieß ein schmerzvolles Ächzen aus, zog die Schublade auf und angelte einen Schlüsselbund heraus. »Hier ist der Schlüssel vom Bus.«

Dana nahm ihn mit einem Nicken entgegen, stutzte aber für einen Moment, als sich der Gesichtsausdruck ihres Freunds verfinsterte. »Was ist?«

»Der Gefallen.« Felix warf einen Blick auf seinen Zimmernachbarn. Dann raunte er. »Mir ist klar, dass das jetzt ein bisschen krass ist. Und eigentlich würde ich das auch lieber selber machen. Aber …« Er ächzte erneut. »Ich kann ja hier nicht weg. Ich weiß, dass es eine Scheißaktion ist …«

Sie starrte ihn an. »Was …?«

Noch einmal warf er einen Blick auf das Nebenbett. Im Radio dudelte inzwischen »Es fährt ein Zug nach nirgendwo«, Herr Raabe schien zu dösen. Oder lauschte er? Felix war sich nicht sicher, wie fit der alte Mann wirklich war. Ehe er weiter darüber nachdenken konnte, öffnete sich die Tür und eine Schwester trat geschäftig ins Zimmer, um die Infusionsbeutel auszutauschen.

»Ich weiß, wo er liegt!« Toni Glaser lachte seiner Chefin am nächsten Morgen triumphierend entgegen.

»Wer liegt wo?« Die Kriminalhauptkommissarin sah ihn verständnislos an.

»Der Ambach! Im Schwabinger Krankenhaus! Ich habe alle Krankenhäuser abtelefoniert. Jetzt haben wir ihn! Kommen Sie, lassen Sie uns hinfahren!« Toni sprang auf.

Verdutzt beobachtete er, wie Ute Dukaz in aller Ruhe ihre Jacke auszog und sie über ihren Stuhl hängte, gerade so, als hätte er nichts gesagt oder als wäre er gar nicht anwesend. Er beobachtete sie argwöhnisch. Sie trug ein tief ausgeschnittenes Hemd, dessen Vielfarbigkeit jedem nüchternen Betrachter schlagartig das Gefühl gab, sich auf einem LSD-Trip zu befinden. Dukaz zog den Bürostuhl vom Tisch weg, drehte ihn um 180 Grad, setzte sich verkehrt herum darauf und rollte an die Tischplatte. Dann beugte sie sich nach unten – Toni Glaser war sich nicht sicher, ob er einen Furz gehört hatte – und drückte den Einschaltknopf an ihrem PC.

Er hätte ausflippen können angesichts dieser von seiner Chefin demonstrativ zur Schau gestellten Gleichgültigkeit. Eigentlich mochte er sie ja. Aber so, wie sich die Dinge in der jüngsten Vergangenheit entwickelten, musste er vielleicht doch früher oder später einmal die

Dienststelle wechseln. Die Schlagzeugtante mit ihrem Kifferehemann ging ihm allmählich auf die Nerven. »Was ist jetzt?«, blaffte er sie an.

»Nichts.« Ute Dukaz wandte ihm den Kopf zu. »Ich glaube aber, dass ich dir schon gesagt habe, unter welchen Umständen wir uns mit dieser absurden Aussage bezüglich des Herrn Ambach intensiver beschäftigen werden.« Sie griff nach einer Akte.

Natürlich wusste er, worauf sie hinauswollte. Er hatte am Vorabend ja auch mit Kelly gesprochen! Aber die war nicht bereit, mit in die Polizeiinspektion zu kommen. Und es war ihm auch nicht gelungen, ihr den Grund für diese Weigerung zu entlocken. Dann hatte Kelly ihn vom Thema abgelenkt, indem sie sich ausgezogen und auf seinen Schoß gesetzt hatte. Seine Chefin nahm sich unterdessen eine neue Akte, schlug sie auf und blätterte darin herum. Ihre emsige Aktivität kam ihm reichlich gekünstelt vor. Verärgert stand er auf und verließ ohne jede Erklärung den Raum, um allein in die Kantine zu gehen. Dort saßen um diese Uhrzeit in aller Regel ein paar Kollegen bei einer Runde Schafkopf. Deren routinierte Gleichmütigkeit würde ihm jetzt vielleicht guttun. Aber das Gegenteil war der Fall. Kaum saß er mit den vier uniformierten Beamten am Tisch – jeder von ihnen hatte ein Weißbier und ein kleines Häufchen mit Zehn-, Zwanzig- und Fünfzig-Cent-Stücken vor sich liegen –, gingen ihm wieder dieselben Gedanken durch den Kopf: Er glaubte Kelly, die felsenfest behauptete, dass dieser Ambach Seefellner um die Ecke gebracht hatte. Wenn seine Vorgesetzte nicht mitzog, dann musste er die Sache eben selbst in die Hand nehmen. Ein Mörder musste schließlich seine gerechte Strafe bekommen.

Fünf

Ermuntert von der Tatsache, dass er sich bereits aufsetzen konnte, beschloss Felix, einen Schritt weiterzugehen. Er schlug die Decke zurück und schwang vorsichtig die Beine über die Bettkante. Benommen blieb er einige Minuten in der ungewohnten Position sitzen. In seinem Kopf wummerte zwar noch ein dröhnender Schmerz, und auch an den Rippen ziepte es, aber wenn das mit Thailand klappen sollte, dann war es jetzt definitiv an der Zeit zu testen, ob er überhaupt schon in der Lage war, das Krankenhaus zu verlassen. Die für ihn zuständige Ärztin hatte ihm mitgeteilt, dass er noch mindestens zwei Wochen würde hierbleiben müssen. Aber das sah er ganz anders: Sobald Gabriel die 2,5 Millionen vorbeigebracht hätte, wären Dana und er über alle Berge.

Behutsam, beide Hände auf die Matratze gestützt, ließ er sich nach unten gleiten. Jetzt berührten seine Fußsohlen den hässlichen, grau gepunkteten Kunststoffboden. Sein Schädel fühlte sich zwar an wie ein einziger blauer Fleck, aber das musste er jetzt aushalten. Hinter seinem Rücken raschelte es. »Habe ich da vielleicht was nicht mitbekommen, junger Mann? Hat die Frau Doktor etwa erlaubt, dass Sie aufstehen dürfen, oder …«, Herr Raabe hustete heiser, »… oder sind wir am Ende gar flüchtig?« Es folgte ein rasselndes Lachen.

Halt die Fresse, dachte sich Felix, gab aber nur ein indifferentes Brummen von sich, das alles bedeuten konnte, und verlagerte jetzt sein ganzes Gewicht auf die Füße. Im Oberkörper riss der Schmerz an jeder Muskelfaser, doch Felix hatte beschlossen, es zu ertragen.

Vorsichtig setzte er einen Fuß vor den anderen – das Gleichgewicht zu halten, machte ihm Mühe –, bis er am Wandschrank angelangt war. Als er den Arm hob, spürte er die gebrochenen Rippen und stöhnte auf. Felix öffnete den Schrank und klaubte den Bademantel vom Bügel. Er hatte keine Ahnung, wem er den zu verdanken hatte. Nicht einmal zu Hause hatte er einen Bademantel. Vielleicht waren die hier im Krankenhaus ja inklusive? Oder gehörte er Raabe? Felix vermied es, sich zu dem Zimmergenossen umzudrehen. Etwas ungelenk schlüpfte er in das Kleidungsstück und schleppte sich, vorsichtig einen Schritt vor den anderen setzend, in Richtung Tür.

»Keine Sorge, ich verpfeife Sie nicht …«, krächzte der Greis prompt, als Felix die Tür aufzog und aus dem Zimmer auf den Krankenhausflur trat. Die blondierte Endfünfzigerin im pinkfarbenen Morgenmantel, die gerade an ihm vorbeischluppte, grüßte ihn mit einer so rauen wie lasziven Stimme: »Ah, hallooo, neu hier auf Station?«

Felix nickte leicht gehetzt und wandte sich in die entgegengesetzte Richtung. Solche Frauen flößten ihm Angst ein. Außerdem hatte er keine Zeit zu verlieren. Er musste ausprobieren, ob und wie gut das mit dem Laufen klappte. Also hob er den Kopf und schätzte die Entfernung bis zum Ende des Gangs: fünfundzwanzig Meter. Wenn er das schaffte, dann lag auch Thailand in Reichweite. Langsam und konzentriert arbeitete er sich über den glatten Boden. Er passierte eine geöffnete Tür, an die sich eine große Glasscheibe anschloss und hinter der sich zwei Frauen in Schwesternkitteln über Patientenakten beugten. Während er an der Herrentoilette vorbeihumpelte, schnappte er noch die Begriffe »Zahnhalteapparat« und »Onitis« auf und hörte, wie die Krankenschwestern kicherten. Es war schon nicht gut, krank zu sein. Aber noch schlechter war es, im Krankenhaus zu sein!

An der nächsten Tür hing ein Schild mit der Aufschrift »Anästhesiesprechstunde« und einem Pfeil, der in Richtung der Herrentoilette zeigte. Hätte ihm der Nacken nicht so wehgetan, er hätte vermutlich den Kopf geschüttelt. Danach kamen noch mehrere Patientenzimmer sowie eine Teeküche. Dort machte gerade ein alter Mann auf seinem Rollator eine Verschnaufpause und kramte in seinem schwarzen Herrenhandtäschchen nach etwas, das Felix verborgen blieb. Als er das Ende des Flurs erreicht hatte, verspürte er leichten Schwindel. Sein Kreislauf war noch nicht so richtig im Thailand-Modus. Aber so schnell würde er nicht aufgeben. Er gönnte sich eine Verschnaufpause. Dann drehte er sich um und machte sich auf den Rückweg. Kurz vor dem Schwesternzimmer hielt Felix inne. Die Tür stand offen. Anscheinend unterhielten sich eine Pflegerin und ein Pfleger gerade über einen Patienten. Die Frau sagte: »Hast du schon gehört – auf Zimmer Hundertzwölf schaut heute noch die Polizei vorbei.«

Felix fühlte sich, als hätte ihm jemand eine Faust in die Magengrube gerammt. Jetzt hörte er, wie einer der beiden mit einem Löffel Zucker in einer Kaffeetasse umrührte. Felix rückte noch etwas näher an die Milchglasscheibe.

»Warum?«, erkundigte sich der Pfleger, wobei er nicht sehr interessiert klang.

»Genau weiß ich's auch nicht. Aber es muss was Schlimmeres sein, weil es nicht die normale Polizei ist, sondern die Kripo.«

Felix kam es so vor, als schlüge sein Herz so laut, dass man es wie Paukenschläge im ganzen Flur hören könnte.

»Wer liegt denn auf der Hundertzwölf?«

Felix hielt den Atem an. Er wusste ganz genau, wer auf der 112 lag.

»Der Herr Ambach und der Herr Raabe. Wobei der Raabe ja eigentlich heute noch operiert werden soll …« Das war wieder die Frau. Sie gähnte. »Na ja, so richtig gefährlich kommen die mir jetzt beide nicht vor. Also, nicht so wie Mörder oder Vergewaltiger. Vielleicht sind es ja Betrüger. Betrüger leben ja davon, dass man ihnen nicht zutraut, dass sie was Schlimmes machen.«

Felix schluckte. Das Geräusch des Löffels war verstummt.

Dann hörte Felix, wie Stühle zurückgeschoben wurden, gleich würden die beiden das Zimmer verlassen. Er schnappte nach Luft. Sie durften ihn hier auf keinen Fall sehen! Er drehte sich um und humpelte so schnell er konnte in die seinem Zimmer entgegengesetzte Richtung. Er hoffte, dass eine der Türen in diesem Teil des Gangs zu einem Raum gehörte, in dem er sich verstecken konnte. Aber da kamen nur noch Patientenzimmer. Als er hinter sich hörte, wie eine Frau sagte: »Na, dann machen wir mal weiter, Schecki«, riss er kurz entschlossen die Tür zum nächstbesten Zimmer auf und stolperte ungelenk hinein. Für einen Moment war er erleichtert. Doch dieses Gefühl hielt nur kurz an, denn schon hörte er aus der Tiefe des schummrigen Raums eine resolute Stimme: »Na so was, Ferdinand, kommst du heute schon so früh?«

»Nein«, krächzte Felix. »Ich habe mich im Zimmer geirrt. Entschuldigung.«

»Aber das macht doch nichts! Ich freu mich über jeden Besucher.«

»Ich bin schon weg«, gab er zurück, öffnete die Tür einen Spalt, steckte den Kopf nach draußen und zog ihn gleich wieder zurück, was ihn ein schmerzvolles »Autsch« ausstoßen ließ. Verdammt! Die beiden Pfleger standen direkt vor dem Zimmer.

Jetzt raschelte es, als ob jemand eine Zeitung faltete, eine Bettdecke wurde zurückgeschlagen und mit den Worten »Na, da muss ich jetzt doch mal schauen, wer mich da besucht«, kam ihm eine Frau im Nachthemd entgegen, deren Haut sehr gebräunt und deren Ohrringe sehr schwer aussahen. Die Frau war attraktiv und gepflegt und wirkte beinahe jugendlich, obwohl Felix sie auf mindestens achtzig schätzte. Sie streckte ihm die Hand zum Handkuss entgegen, woraufhin er reflexartig einschlug. Die Frau roch mörderisch nach einem süßlichen Parfum: »Das ist ja schön, dass Sie mich besuchen! Stattlich sehen Sie aus, junger Mann, stattlich, stattlich!« Da Felix sie lediglich anstarrte und nichts sagte, fragte sie – gerade so, als hätten sie sich gerade an einer Hotelbar kennengelernt: »Haben Sie Lust? Trinken wir einen Prosecco zusammen?«

»Ich muss, äh, raus, es ist … ich bin …« Er wandte sich wieder der Tür zu und zog sie noch einmal auf, nur einen Spaltbreit. Die Pfleger vor dem Zimmer sprachen jetzt über »Fisteln« und »Ischämie«. Er musste hier weg! Die Frau nahm ihn entschlossen beim Arm und versuchte, ihn von der Tür wegzuziehen. Er stemmte sich dagegen, aber seine Rippen schmerzten. Felix ächzte. Er stand jetzt vor ihr. Ihre Brüste waren riesig. Sie musterte ihn von oben bis unten. Dann sagte sie: »Jetzt kommen Sie schon, ich beiß' auch nicht.«

Sie warf einen vielsagenden Blick in Richtung Fenster. »Mein Mann war Botschafter in Jakarta, Phnom Penh und Caracas.« Felix starrte sie an, als wäre sie ein Alien. Sie griff nach seinem Bademantelgürtel. Reflexartig legte er schützend die Hände auf die Schleife. Felix bekam Panik. Die Kripo würde gleich aufkreuzen und eine verrückte alte Botschaftergattin rückte ihm auf die Pelle – er musste verschwinden! Die Frau formte ihre Lippen zu einem Kussmund und stellte sich auf die Zehenspitzen und macht Anstalten ihn zu küssen. Er zog den Kopf zurück, wandte sich viel zu abrupt um, riss die Tür auf und rempelte die beiden Pfleger an, die sich noch immer unterhielten – inzwischen ging es in ihrem Gespräch um »Eiter«, »Klistier« und »Rektum«. Er mied die verdatterten Blicke der beiden und eilte, so schnell ihm dies möglich war, zurück zu seinem Zimmer. Hinter sich hörte er aus dem Mund der Pflegerin: »Das war er doch, der Ambach!«, und die Botschaftergattin schickte ihm ein geflötetes »Bis nachher!« hinterher.

Völlig außer Atem erreichte Felix sein eigenes Zimmer und trat ein. Aber auch hier hatte er keine Ruhe. Zwei Krankenschwestern machten sich gerade an Herrn Raabe zu schaffen. Als sie Felix eintreten sahen, fuhr ihn die eine an: »Ja, sind Sie wahnsinnig? Hier so einfach herumlaufen! Das ist gar nicht gut für Ihren Heilungsprozess! Die Frau Doktor hat gesagt, dass Sie frühestens in zwei Wochen aufstehen dürfen. Evi, ich glaube, ich spinne!«

»Dafür ist jetzt keine Zeit«, entgegnete die Angesprochene, sie zog Herrn Raabe gerade das Schlafanzugoberteil aus. »Die warten doch schon auf unseren Herrn Raabe im OP unten. Gell, Herr Raabe? Jetzt nehmen wir unseren Zaubersaft und dann schlafen wir und wenn wir aufwachen, ist alles wieder gut.«

Dann, in einem Tonfall, der jeden Bundeswehrgeneral vor Neid hätte erblassen lassen, fuhr sie Felix an: »Und Sie legen sich sofort wieder in Ihr Bett, Herr Ambach, sonst kann ich für nichts garantieren!«

Anstatt ihrem Befehl Folge zu leisten, tat Felix so, als hätte er nichts gehört, und schleppte sich zum Fenster hinüber. Von dort aus konnte er den Parkplatz sehen. Gleich würde die Kripo aufkreuzen. Felix fluchte innerlich. Wie waren die bloß auf seine Spur gekommen? Wussten die Bullen über alles Bescheid? Felix war nicht erpicht darauf, es herauszufinden. Er wollte mit Dana nach Thailand und sich so kurz vor seinem Ziel nicht aufhalten lassen. Er musste hier schnellstmöglich verschwinden. Bloß wie?

»Herr Ambach!«, ermahnte ihn die Schwester noch einmal. »Gehen Sie jetzt bitte ins Bett!« Widerwillig schleppte sich Felix durchs Zimmer und hievte sich auf die Matratze. Fieberhaft nachdenkend beobachtete er die Pflegerinnen, wie sie den Alten für die Operation fertig machten. Sie zogen ihn um, legten neue Zugänge für die Infusionen und gaben ihm einen Beruhigungssaft. »So, Herr Raabe, jetzt bleiben Sie noch ein bisschen liegen bis der Zaubersaft wirkt, und dann holen wir Sie wieder ab, nicht wahr?« Felix' Zimmernachbar nickte schläfrig. Dann verließen die beiden Schwestern den Raum. Sofort kämpfte sich Felix wieder aus dem Bett und humpelte ächzend zum Fenster.

»Haben Sie nicht gehört, was die Schwester gesagt hat?« Raabe lallte schon ordentlich, der Saft entfaltete seine Wirkung. Deshalb verzichtete Felix auch auf eine Antwort. Stattdessen schnappte er sich sein Handy und wählte Danas Nummer. Vielleicht hatte sie eine Idee? Aber sie ging nicht ans Telefon. Während er akribisch jede Bewegung, die auf dem Krankenhausparkplatz stattfand, beobachtete, trommelte er nervös auf das Fensterbrett. Wenn die Leute, die ihn vernehmen wollten, von der Kripo waren, dann kamen sie vermutlich mit einem zivilen Fahrzeug. Was sollte er tun?

Toni Glaser fühlte sich unwohl. Normalerweise hielt er sich an die Anweisungen seiner Chefin, er war schließlich Polizist. Trotzdem befand er sich jetzt, ohne ihr Wissen, mit seinem Dienstwagen auf dem Weg zum Schwabinger Krankenhaus, um diesen Felix Ambach zu befragen. Und sei es nur, um festzustellen, dass der Typ ein wasserdichtes Alibi und mit dem Tod von Seefellner nichts zu tun hatte. Auch das wäre eine wichtige Erkenntnis. Hin und wieder checkte er im Rückspiegel, ob ihm jemand folgte. Dies schien nicht der Fall zu sein.

Aus dem Autoradio tönte das ruhige Gitarrenintro von »Don't Take Your Guns to Town«, einer seiner Lieblingssongs von Johnny Cash. Toni trommelte den Takt auf dem Lenkrad mit. Das Seltsamste am Verhalten seiner Chefin war, dass sie die privat getätigte Aussage von seiner Freundin Kelly so vehement anzweifelte. Warum denn? Selbst wenn die Aussage falsch war, dann würde sich das doch spätestens nach einem kurzen Besuch bei Felix Ambach herausstellen! Wenn sich der Verdacht jedoch bestätigen sollte, dann würde er in wenigen Minuten einen Mörder verhaften. Die Kosten-Nutzen-Analyse erschien ihm derart eindeutig, dass er sich zusammenreißen musste, um nicht zornig auf Ute Dukaz zu sein. Toni drehte die Lautstärke auf – jetzt kam die schönste Stelle – und sang mit: »*He changed his clothes and shined his boots and combed his dark hair down.*« Intuitiv fuhr Toni sich durchs Haar und zwinkerte sich selbst im Rückspiegel zu. »*And his mother cried as he walked out … Don't take your guns to town, son. Leave your guns at home, Bill. Don't take your guns to town.*«

Als die Schranke sich öffnete und den Weg auf den Krankenhausparkplatz freigab, schaltete er das Autoradio aus und griff nach der verspiegelten Pilotensonnenbrille. Nachdem der Wagen geparkt war, schlug er sich zur Motivation mit beiden Händen auf die Wangen und zog einen Energydrink aus dem Handschuhfach. Er war bereit für das Duell.

Felix stand noch immer am Fenster und observierte den Parkplatz, wie ein Jäger die Lichtung. Und plötzlich sah er ihn. Dieser Typ im Holzfällerhemd mit der silbernen Sonnenbrille und dem Energydrink in der Hand, der da aus einem schwarzen BMW stieg, war ein Polizist. Felix kannte ihn. Der Mann hatte ihm nach dem Selbstmord seiner Exfreundin Maria einen Besuch abgestattet und unangenehme Fragen gestellt. Felix' Magen fühlte sich an wie eine Kläranlage. Dieser Möchtegern-Sheriff würde alles daran setzen, ihn ins Gefängnis zu bringen.

Sechs

Acht Minuten später trat Toni Glaser aus dem Aufzug und in den Flur, in dem er das Zimmer mit der Nummer 112 vermutete. Zielstrebig wandte er sich nach links, öffnete die Stationstür, trat kurz zur Seite, um zwei Pflegern Platz zu machen, die einen im Krankenbett schlafenden Patienten zum Lift schoben.

Weitere vier Minuten später öffnete sich die Tür zu Zimmer 112, und die Stationsschwester betrat, gefolgt von Toni Glaser, den Raum. Eben hatte sie sich noch mit Schwung eine Strähne ihres rot gefärbten Haars aus dem Gesicht gewischt, denn der maskulin aussehende Kriminalpolizist gefiel ihr. Er hatte was von einem modernen Cowboy. Mit einer Handbewegung, die an die Gestik einer Homeshopping-Moderatorin erinnerte, berlinerte sie: »Und dit da, dit wär dann unser Herr Ambach.« Dann trat die kleine, etwas untersetzte Schwester an die Kante von Felix' Bett und blieb dort stehen. Die Bettdecke hob und senkte sich vom ruhigen Atem des Patienten. Fast flüsternd sagte sie: »Oh, ick gloobe, er schläft.« Sie sah in Toni Glasers fragendes Gesicht. »Ham 'Se noch'n bisschen Zeit? Dann mach ick uns 'n Kaffee und wir warten, bis der Herr …«

»Ich würde ihn schon gerne jetzt gleich befragen«, erwiderte Toni Glaser ungeduldig. Er fühlte sich gestresst und wollte seinen Alleingang möglichst schnell hinter sich bringen.

Die Schwester machte ein keckes »M-mh« und schob gleich gutmütig hinterher: »Na jut. Dann woll'n wa doch ma' kiecken, ob wa ihn nicht wach bekommen, unseren Herrn Ambach, nich' wahr? Et kommt ja nicht jeden Tag so 'n schnieker Kriminaler zu Besuch, wa'?« Sie warf Toni Glaser ein Lächeln zu, das sie selbst für unwiderstehlich hielt, weil sie es zu Hause in der Badewanne an vielen Feierabenden einstudiert hatte. Natürlich immer mit dem Handy in der Hand. Dieses immergleiche Lächeln fand sich auch auf ihren zahllosen Profilbildern in der Internet-Partnerbörse, bei der sie seit zwei Jahren erfolglos Mitglied war.

Sie beugte sich über das Bett, griff nach der Decke,

unter der der Schlafende so weit verschwand, dass man sein Gesicht nicht sehen konnte, und zog sie vorsichtig nach unten. Im selben Augenblick entfuhr dem Mann im Bett ein lautes Schnarchen. Die dicke Krankenschwester zuckte zusammen und starrte panisch auf den Schlafenden. »Dit is' ja jar nüscht der Herr …« Sie wurde kreidebleich. »Du meine Jüte!«

Toni Glaser stand deutlich ins Gesicht geschrieben, dass er nicht begriff, was hier ablief. Der Polizist beugte sich nun auch nach vorn und über den Schlafenden, um ihn besser erkennen zu können: »Der Herr Ambach ist das nicht, so viel ist klar. Haben wir uns vielleicht im Zimmer geirrt?«

»Nee, nee! Dit is ja vielleicht …« Die Krankenschwester warf erneut einen ungläubigen Blick auf den Mann im Bett, dann wieder zurück zu Toni Glaser. »Dit is doch der olle Herr Raabe! Und der … liecht hier im Bett von … von unserm Herrn Ambach!« Sie schüttelte heftig ihren roten Schopf und schaute hinüber zu dem Platz, an dem Raabes Bett noch vor Minuten gestanden hatte. Dort: gähnende Leere. Nur der hohe Nachttisch auf Rollen mit Raabes Kofferradio stand noch da. Sie schluckte. »Oh Jott! Dit is 'ne astreine Verwechslung! Da müssen wa sofort im OP anrufen! Nüscht, dass die den Herrn Ambach … oh Jott, oh Jott, oh Jott!« Und schon eilte sie nach draußen und ließ einen ratlosen Toni Glaser zurück. Wäre der Polizist Raucher gewesen, hätte er sich jetzt eine Filterlose angezündet. Aber obwohl der Kommissar Cowboys wie den Marlboro-Mann verehrte, verabscheute er Zigaretten.

Der Krankenhausaufzug gab ein sonores Brummen von sich. Die beiden Pfleger unterhielten sich mit gedämpften Stimmen über Spezialdübel in porösen Altbauwänden. Felix atmete möglichst flach. Allerdings erschwerte das Adrenalin in seinem Körper dies enorm. Zudem war er erschöpft von dem Kraftakt, den er eben erst hinter sich gebracht hatte: Unter größten Anstrengungen hatte er den Zimmernachbarn in sein eigenes Bett gewuchtet und, so schnell wie möglich, Raabes Stelle in dessen Bett eingenommen. Bis jetzt ging der Plan auf. Es war ihm gelungen, noch vor Eintreffen der Kripo unerkannt aus seinem Zimmer zu verschwinden. Aber wie ging es weiter? Raabe sollte schließlich operiert werden!

Der Aufzug hielt, vermutlich im Erdgeschoss, und jemand stieg zu. Die Lifttüren schlossen sich.

»Und? Ausgeknockt?«, fragte der neue Mitfahrer, den Felix ebenso wenig sehen konnte wie die beiden Kerle, die ihn in Richtung OP beförderten; er hatte sich die Bettdecke über die Augen gezogen. Sie stank nach ungewaschenem altem Mann.

»Logens, Knock-out in der ersten Runde«, antwortete der Pfleger, der am Kopfende des Betts stand.

»Kaugummi?«, fragte der Neue im Aufzug. Dem hierauf folgenden Knistern entnahm Felix, dass die Pfleger das Angebot annahmen. »Was steht an bei dem?«, fragte jetzt der Neue.

»Prostata abhobeln«, meinte der Mann zu Felix' Füßen.

Der Neuankömmling schwieg kurz. »Stimmt das eigentlich, mit den missglückten Prostata-OPs bei uns im Haus?«

»Was für einen Scheiß die Leute reden!« Das war jetzt wieder der am Kopfende. »Das ist doch ein alter Hut! Wer sich auch nur ein bisschen informiert, weiß doch, wie's ausschaut: Mindestens einer von den zwei Blasenschließmuskeln wird angesäbelt und dadurch unbrauchbar … Das lässt sich doch überhaupt nicht vermeiden! Ja, unsere Zahlen sind scheiße, aber das sind sie überall!«

Der Neue schwieg kurz. »Ja, aber jetzt sag mal: Die sind doch dann alle inkontinent, oder?«

»Logens«, meinte der Pfleger von gerade eben. »Lebenslänglich Windeln.« Ein Knallen ertönte, vermutlich hatte jemand eine Kaugummiblase platzen lassen. »So schaut's aus. Und Impotenz gibt's gratis dazu.«

Felix war sich mit einem Mal nicht mehr so sicher, ob es eine gute Idee gewesen war, sich als falscher Herr Raabe ausgerechnet in dessen Bett aus dem Zimmer abzusetzen. War es nicht besser, im Gefängnis zu sitzen als in Windeln zu nässen und nie wieder einen hochzukriegen? Was, wenn diese abgebrühten Metzger ihn jetzt gleich mit einer Mördernarkose kaltstellten – ehe es ihm gelänge, die Flucht zu ergreifen? Würde Dana mit einem impotenten Pampers-Träger nach Thailand wollen? Auf einmal tat Felix wieder alles weh. Die fehlenden Schmerzmittel machten sich bemerkbar. In seinem geschwächten Zustand konnte er es unmöglich mit zwei kerngesunden und vom Pflegealltag gestählten Männern aufnehmen. Eine direkte Konfrontation schied zum jetzigen Zeitpunkt also aus.

Der Aufzug hielt. Das Geräusch der sich öffnenden Türen hallte bedrohlich in Felix' Ohren wider. Die Pfleger verabschiedeten sich von dem Kaugummikollegen und Felix' Bett setzte sich wieder in Bewegung. Mit einem leichten Rütteln überfuhr es die Schwelle zwischen Aufzug und Gang. Obwohl die Decke über seinen Augen lag, sah er die Oberlichter durch sein Sichtfeld fahren. Außerdem hörte er andere Rollbetten oder Wagen. Seine Pfleger grüßten hier und da Kollegen. Dann klingelte das Telefon eines der beiden, er schien den Anruf aber nicht anzunehmen, sondern sagte: »Meine Fresse, schon wieder die Dicke von Station eins.«

»Wer?«

»Die dicke Rote, die Notgeile, weißt schon. Der Berliner Ansaugstutzen.«

»Was will die denn immer? – Wir haben den Raabe doch schon abgeholt!« Es klingelte weiter. Nach einer kurzen Pause sagte der Erste: »Da geh ich jetzt nicht dran. Nicht, dass das wieder privat ist.«

»Wieso privat?«, fragte der Kollege neugierig, während Felix mit dem Gedanken spielte, jetzt einfach aus dem Bett zu springen – wer wusste schon, wie viel Zeit ihm noch blieb, ehe er im Schlachtraum landete.

»Na ja, der hab ich's auf dem Sommerfest mal richtig besorgt. Und seitdem ist die in mich verknallt. – Ich aber nicht in sie«, erklärte der Gefragte lapidar, während das Telefon unermüdlich weiterklingelte.

Im Schwesternzimmer hielt sich die rothaarige Pflegerin den Telefonhörer ans Ohr. Das Freizeichen war auch für den neben ihr stehenden Toni Glaser zu hören.

»Jeht wieder keener ran, wahrscheinlich sind 'se jetze im Aufzug, wa? Da is immer so schlechtes Netz«, erklärte sie flüsternd. Dabei hielt sie ihre Hand über den Hörer. Glaser runzelte die Stirn und nahm den letzten Schluck von seinem Energydrink. Er war sich mittlerweile sicher, dass dieser Ambach sich ganz bewusst verdrückt hatte, auch wenn die Schwester immer wieder beteuerte, dass das in seinem Zustand eigentlich unmöglich sei. Wenn es nach Toni Glaser ging, war das hier sicher keine Verwechslung! Er hatte keine Zeit, darauf zu warten, bis die Dicke im weißen Kittel etwas herausfand, denn dann wäre es mit Sicherheit zu spät. Er musste selber handeln, und zwar jetzt.

»Wo liegt der OP-Saal, wo die den hinbringen?«, fragte er forsch.

»Im Unterjeschoss, Abteilung B zwo«, erwiderte die Schwester und klang dabei abenteuerlustig, denn sie ahnte, was der Polizist als Nächstes sagen würde.

»Dann bringen Sie mich da sofort hin«, befahl der auch gleich, woraufhin er ein wissendes Grinsen erntete.

Die Geräusche um Felix herum hatten sich geändert, seit seine Liege vor wenigen Augenblicken durch eine Tür gerumpelt war. Im Gegensatz zu dem langen Gang davor hörte sich die neue Umgebung weniger betriebsam an. Hier schien außer seinem Bett nichts zu rollen, und auch die Pfleger grüßten niemanden mehr. Dafür drang ein ekelerregender Geruch an seine Nase. Aus der Ferne vernahm er einen spitzen Schmerzensschrei. Felix schwitzte unter der Decke. Er sah blitzende Skalpelle vor sich. Inkontinenz! Impotenz! Sein Unterleib schmerzte. Nein, er wollte nicht operiert werden.

Das Bett nahm jetzt Fahrt auf, fuhr ein gutes Stück weiter geradeaus, Felix schätzte die Strecke auf über zwanzig Meter, und schrammte dann seitlich gegen eine Wand. »Ich schau mal, ob Anästheisia schon so weit ist.« Nach dieser Ansage entfernten sich Schritte im Rhythmus einer gesummten Version von »I'm Outta Love« vom Fußende des Bettes weg. Felix vermutete, dass er hier geparkt werden sollte, bis sie ihm so richtig an die Wäsche gehen würden. Er lauschte. Stand der andere jetzt noch neben seinem Bett und hielt Wache? Für einen Kampf fühlte Felix sich zu schwach. Aber er musste schnell weg, und zwar ehe die Narkoseärztin kommen, ihm eine Nadel in den Arm rammen und sich irgendeine andere Kreatur an seinem Unterleib zu schaffen machen würde! Jetzt hörte er ein Geräusch, das ihn an das Sirren einer Säge erinnerte, gefolgt von einem lauten Piepen. Er musste hier raus. Seine Hände lagen rechts und links neben den Hüften. Er hob sie vorsichtig an, griff mit den Daumen und Zeigefingern nach der Decke und zog sie behutsam nach unten. Er musste zumindest die Augen freikriegen, um zu sehen, ob die Metzger noch da waren. Sein Herz schlug heftig, als das Textil ihm einen ersten Blick ermöglichte.

Toni Glaser folgte der Krankenschwester, die nach den zwei Stockwerken ganz schön ins Schnaufen gekommen war und ihr Tempo gedrosselt hatte.

»Können wir nicht ein bisschen schneller …?«

Auf seine Frage hin blieb sie jetzt sogar ganz stehen und starrte ihn beleidigt an.

»Nee, dit können wa nüscht. Und dit müssen wa och nüscht. Ick hab Ihnen doch jesagt, dass der Herr Ambach nirjendwo hinkommen wird, in seinem Zustand. Jetzt ma janz ruhig, Cowboy.«

Toni Glaser begriff, dass es sinnlos war, die Frau zu drängen. Ihm fiel wieder der Zettel am Schrank im Schwesternzimmer ein, auf dem stand: »Wir sind hier auf der Arbeit und nicht auf der Flucht.« Er atmete einmal tief durch, zählte innerlich bis zehn und sagte dann: »'tschuldigung, ich meine ja nur …«

Die Krankenschwester nahm ihre Keycard und öffnete damit eine nicht beschriftete Tür im Gang. »Jeheime Abkürzung«, raunte sie ihm mit einem Augenzwinkern zu. »Jetze nur noch zwo Stockwerke runter und dann sind wa im OP-Bereich.« Sie lächelte verschwörerisch.

Felix lugte vorsichtig über die Bettdecke. Am Fußende stand niemand mehr. Hatte sich der zweite Pfleger woanders aufgebaut? Er wurde mutiger und hob vorsichtig den Kopf. Keiner da. Doch, da hinten, am Ende des Gangs bewegte sich etwas. Ein schemenhafter Schatten. Felix durfte keine Zeit verlieren. Also warf er die Decke ab, wuchtete die Beine über den Bettrand und rutschte nach unten, bis er auf den eigenen Füßen stand. Ein heftiger Schmerz durchfuhr seinen Brustkorb. Aber jetzt war keine Zeit für Wehleidigkeit, er zwang seinen Körper zum Marschieren. Noch lieber wäre er gerannt, aber nach einigen zügigeren Schritten zwangen ihn die gefühlten zehn Zimmermannsnägel zwischen seinen Rippen wieder zu einer langsameren Gangart. Mit schmerzverzerrtem Gesicht schleppte er sich durch den Gang, der von den OP-Schildern wegführte. Sein Nachthemd flatterte. Nach etlichen Metern kam es ihm vor, als keuchte jemand hinter ihm her. Er blieb stehen, drehte sich um, und sofort wurde das Keuchen schwächer. Es war sein eigenes. Vor sich erkannte er nun den Zugang zu einem Treppenhaus. Er erblickte sein Spiegelbild in der Glasfläche der Tür. Wie ein Idiot aus der Irrenanstalt sah er aus! Er brauchte dringend unauffällige Klamotten. Vor ihm im Gang war eine Doppeltür, durch sie musste er vorhin gekommen sein – oder doch nicht? Sein Kopf dröhnte, seine Rippen schmerzten. Die Tür ließ sich Gott sei dank mittels eines Schalters automatisch öffnen. Felix humpelte hindurch.

Toni Glaser trottete der Krankenschwester hinterher. Sie war so unendlich langsam! Er blickte auf ihren fulminanten Arsch, während sie die Treppen vor ihm hinunterstieg. Er konnte sich selbst nicht erklären, warum, aber in diesem Moment kam ihm das Kinderlied »Spannenlanger Hansel, nudeldicke Dirn« in den Sinn. Am Ende der Treppe drehte sich die kleine Frau zu ihm um, lächelte schüchtern und sagte: »Gleich ham' wa's jeschafft.«

Dann öffnete sie die schwere Glastür am Ende des Treppenhauses und kommentierte dies mit einem »Tataaa!«. Toni verzog kaum merklich das Gesicht und betrat, der Krankenschwester folgend, den Gang. An den Wänden standen Dutzende leere Krankenhausbetten. Hinter ihm fiel mit einem lauten Knall die Tür zu.

Felix zuckte zusammen. Gerade hatte er ein lautes Knallen hinter sich gehört. Eine Tür, die zugefallen war? Vor ihm standen einige Rollcontainer und das eine oder andere Krankenhausbett. Bevor er irgendwo Schutz suchen konnte, trat ein dunkelhäutiger Angestellter mit Kopfhörern aus einem Raum und rollte ein frisch bezogenes Bett nach draußen in den Gang. Dann verschwand er wieder in der Tür, aus der er gekommen war. Felix atmete auf, der Pfleger schien ihn nicht bemerkt zu haben. Er wagte einen kurzen Blick um die Ecke. Ein großes Zimmer, in dem geordnetes Chaos herrschte: unzählige leere Betten, einige Matratzen waren besudelt, manche waren bereits abgezogen. Der Mann mit den Kopfhörern schob gerade ein Leintuch unter die Matratze eines Betts. Dabei summte er einen Reggea-Song. Felix trat lautlos ein, nutzte die Deckung der Betten und Container und durchquerte, ohne den Pfleger aus den Augen zu lassen, den Raum. Er brauchte etwas zum Anziehen! Irgendwelche normalen Klamotten! Der uniformierte Arbeiter war vom Summen zum Singen übergegangen: »*Bad boys, bad boys, what you gonna do, what you gonna do when they come for you …*«

Felix hatte jetzt einen großen Metallcontainer erreicht. Ächzend streckte er sich, um einen Blick hineinwerfen zu können. Das sah tatsächlich nach Kleidung aus. Er griff hinein und zog wahllos ein Stück Stoff hervor – das er sofort wieder zurückwarf. Er hatte eine vollgeschissene Bettdecke erwischt! Es stank bestialisch. Felix wischte sich die Hand an seinem OP-Kittel ab und warf erneut einen Blick zu dem Mann mit den Kopfhörern. Der schien nichts bemerkt zu haben, denn er sang unverdrossen weiter. Felix sah sich um. Dann schleppte er sich zu einer unscheinbaren Metalltür, zerrte sie auf und schlüpfte hinaus. Als die Tür hinter ihm zufiel, atmete er erleichtert auf. Lauter Bänke und Spinde, er war in einer Mitarbeiterumkleide gelandet. Vielleicht fand er hier, was er suchte? Links und rechts war je eine weitere Tür. Auf der linken stand »Zu den Fahrzeugen«. Ächzend humpelte er zum nächstbesten Metallschrank und öffnete ihn. Jackpot! Da hingen Kleider. Ohne die Größe zu checken, griff Felix sich den kompletten Inhalt, riss sich den Krankenhauskittel vom Körper und setzte sich auf einen Plastikstuhl, der in der Ecke vor einem Waschbecken stand. Er atmete tief ein, hob stöhnend die Arme und zog sich einen schwarzen Rollkragenpulli über den Kopf. Als Nächstes nahm er die Jeans in beide Hände und schlüpfte, so schnell es der Schmerz erlaubte, in die Hosenbeine. Jede Bewegung verursachte ein Stechen im Brustbereich, er musste den Anziehvorgang immer wieder unterbrechen, aber dann hatte er es endlich geschafft. Felix stand auf. Die Hose war ihm etwas zu kurz, aber am Bauch passte sie wie angegossen. Ein schwarzer Blouson aus Kunststoff und weiße Turnschuhe, die ihm etwas zu groß waren, komplettierten sein Outfit. Er musterte sich kurz in dem Spiegel, der über dem Waschbecken angebracht war. Mit seinen gefärbten Haaren und diesem neuen Look ging er glatt als eine Mischung aus Andy Warhol und Steve Jobs durch. Er sah in seiner Verkleidung zwar etwas seltsam aus, aber in einem Krankenhaus gingen schließlich nicht nur Finanzbeamte ein und aus.

Er öffnete die Tür, die zurück auf den Hauptgang führte, und hielt gerade noch rechtzeitig inne. Auf dem Gang herrschte hektische Betriebsamkeit. Ein Mann im Karohemd, offensichtlich der Bulle von eben, tigerte mit der dicken rothaarigen Krankenschwester von Felix' Station vorbei. Wenn die beiden hier unten waren, dann bedeutete das, dass sie ihn bereits suchten. Sein Eindruck verfestigte sich, als er sah, dass jetzt weitere Pfleger aus einem Raum kamen und gemeinsam mit dem Bullen und der Dicken die Tür zum nächsten Zimmer öffneten. Sie durchkämmten das Untergeschoss. Sie wollten ihn festnehmen! Felix schluckte, er spürte Panik in sich aufsteigen. Leise schloss er die Tür und eilte hinkend zu der anderen, die offenbar zu den Fahrzeugen führte. Dahinter eröffnete sich ein langer Gang vor seinen Augen, durch den gedämpfte Musik hallte. Kein Raum ohne eigenen Soundtrack! Wenn er sich nicht irrte, dann lag da vorn die Tiefgarage. Felix schleppte sich den Gang entlang bis an dessen Ende und sah, dass er richtig vermutet hatte. Ohne sich noch groß um Deckung zu kümmern, trat er in die Halle. Mehrere Krankenwagen standen hier herum. Hinter Säulen saßen einige Rettungssanitäter auf Klappstühlen; daneben eine Art Büro, aus dem auch die Musik zu kommen schien. In etwa fünf Metern Entfernung war ein Krankenwagen geparkt, dessen hintere Tür offen stand. Kurz entschlossen humpelte Felix auf das Fahrzeug zu. Die Männer hatten ihn nicht bemerkt. Dann brach die Musik ab und es knatterte eine Stimme aus einem Funkgerät. Jetzt kam Bewegung in die Sanitäter, sie standen auf, griffen sich Jacken, drückten Zigaretten aus, und drei von ihnen gingen in Richtung des Rettungswagens. Felix warf sich mit einem Hechtsprung hinten in das Fahrzeug und landete unsanft auf den gebrochenen Rippen. Er schrie laut auf. Das war's, schoss es ihm durch den Kopf. Jetzt bin ich in der Falle. Er hörte, wie feste Schritte in schweren Schuhen auf das Fahrzeug zukamen. Seine Zukunft im Gefängnis vor Augen, sah er angstvoll zu der offenen Schiebetür an der Seite des Krankenwagens. Sie würden ihn packen und dem Bullen mit dem Schnurrbart ausliefern. Doch dann, plötzlich, schob jemand die Tür mit einem Ruck zu, zwei Sanitäter sprangen in die Fahrerkabine, und wenige Sekunden später donnerte der Wagen mit hoher Geschwindigkeit die Rampe der Tiefgarage nach oben ans Tageslicht. Nach einem kurzen Halt nahm der Krankenwagen Fahrt auf und raste – mit Blaulicht und Sirene – durch die Straßen. Dem Fahrstil nach zu urteilen, ging es um Leben und Tod. Felix wurde wegen der abrupten Bremsmanöver und Kurven hin und her geschleudert wie ein Paar Turnschuhe in der Waschmaschine. Seine Schmerzensschreie blieben glücklicherweise unbemerkt: Das Heulen des Martinshorns übertönte sie.

Trotz der Schmerzen in der Brust schlug Felix' Herz vor Freude Purzelbäume. Er hatte den Bullen abgehängt – er war frei! Aber dieses euphorische Gefühl währte nur kurz, denn schon stoppte der Wagen. Ein letztes Mal knallte Felix gegen das Alugestänge der Krankenliege, ausgerechnet mit dem Kopf. Wimmernd kauerte er sich in eine Ecke. Sekunden später riss jemand die Türen auf.

Felix zitterte vor Angst. Rettungssanitäter waren Menschen mit Muskeln. Es war definitiv nicht gut, von ihnen im Andy-Warhol-Kostüm in einem vermutlich frisch desinfizierten Wagen entdeckt zu werden. Was sollte er sagen? »Danke für die Mitfahrgelegenheit. Sorry, ich hatte kein Geld für ein Taxi«? Konnte man damit einen Lebensretter auf seine Seite ziehen? Wie gebannt starrte Felix nach draußen. Aber zunächst geschah gar nichts. Vielmehr drangen jetzt gedämpfte Gesprächsfetzen an sein Ohr. Einer der Sanitäter erteilte jemandem, vermutlich einem Ersthelfer, Anweisungen: »Bitte halten Sie Abstand.«

Felix rappelte sich auf und stieß dabei an einen lose an der Seitenwand hängenden Spanngurt, dessen Verschluss gegen die Außenwand des Wagens schlug. Es gab ein schepperndes Geräusch. Aber dies schien draußen niemand zu bemerken. Vorsichtig näherte sich Felix der geöffneten Tür und streckte den Kopf raus. Eine Fahrradfahrerin lag reglos in einer Blutlache unter einem Pick-up, die beiden Sanitäter knieten neben ihr. Das Unfallfahrzeug wirkte monsterhaft und riesig über der Verletzten. Das linke Bein der Frau stand derart verdreht und in furchterregendem Winkel vom Rest des Körpers ab, dass es Felix schwindlig wurde. Taumelnd hangelte er sich aus dem Sanitätsfahrzeug. Dabei erblickte ihn eine junge Frau, die mit etwas Abstand zu den Sanitätern und der Fahrradfahrerin neben einem älteren Ehepaar stand. Sie schaute ihn erschrocken an. Felix zuckte verlegen die Schultern und bemühte sich um ein Lächeln.

Die Frau öffnete den Mund, sah auf die Sanitäter hinunter und machte eine Handbewegung in seine Richtung. »Da«, sagte sie. Offensichtlich war sie ratlos, wie sie das eben Beobachtete beschreiben sollte. Was sagte man auch, wenn gerade jemand starb und aus dem Rettungswagen stieg ein Typ, der aussah wie eine Leiche auf Urlaub? Felix hob die Hand und sagte beschwichtigend: »Alles in Ordnung. Ich … Äh …« Er warf einen unsicheren Blick auf die Sanitäter. Die Frau ging einen Schritt auf die beiden Retter zu. Aber der eine schrie gerade: »Scheiße, Hermann, die verliert zu viel Blut! Wir brauchen eine Infusion! Schnell!«

Sofort sprang der Angesprochene auf und blaffte die Frau, die ihn auf Felix hatte hinweisen wollen, an: »Aus dem Weg! Lassen Sie uns unsere Arbeit machen.« Die Frau öffnete den Mund und gestikulierte erneut in Felix' Richtung, aber der Retter hatte sich schon von ihr abgewandt, um etwas aus dem Krankenwagen zu holen. Genau in dem Moment, als sein Kollege »Hermann, mach schnell!« rief, erblickte dieser Hermann Felix, der noch immer mit leicht debilem Blick am Türrahmen hing. »Was machen Sie da?«

»Scheiße, Hermann!«, schrie der andere.

Die Frage des Sanitäters traf Felix wie ein Stromschlag. Er versuchte, sich zu sammeln, aber ihm gelang nur Gestammel: »Ich … äh … bin …«

»Waren Sie etwa da drin?«, herrschte ihn der Sanitäter an.

»Nein, nein, nein, nein …«, beteuerte Felix viel zu schnell, um glaubwürdig zu sein.

»Der war da drin«, widersprach ihm die junge Frau.

Der Sanitäter warf einen Blick zu seinem am Boden knienden Kollegen, ging dann auf Felix zu und rempelte ihn zur Seite. Felix entfuhr ein wehleidiges »Autsch!«.

»Diese Scheißmenschen!«, fluchte der Sanitäter und griff nach einem Alukoffer im Inneren des Rettungsfahrzeugs.

Diesen Moment nutzte Felix, um so schnell es ging davonzuhumpeln. In seinem Rücken spürte er noch die Blicke der Schaulustigen, aber dann war er bereits in der Masse der Passanten untergetaucht.

Vor seinem inneren Auge sah er die Fahrradfahrerin. Ihr Gesicht war so weiß gewesen, ihr Bein so verdreht. War sie tot? Felix blieb stehen, stützte sich an einer Mauer ab und übergab sich. Erst als er fertig war, sah er, dass es sich um die Außenwand einer H&M-Filiale handelte – und dass es einen vierbeinigen Zeugen gab: Ein Retriever, der an ein Regenrohr gebunden war, schnüffelte an dem Erbrochenen und schleckte es dann erfreut auf. Felix wandte sich angewidert ab. Nach dem Spucken ging es ihm besser. Gerne hätte er jetzt eine Zigarette geraucht. Aber zunächst musste er Dana anrufen. Er stellte sich mitten in die Fußgängerzone und sprach Passanten an: Ob er mal ihr Handy benutzen dürfe? Er müsse seine Freundin anrufen. Die meisten, die er ansprach, blieben nicht einmal stehen. Er schaute zu dem Hund an der Wand. Der hatte sein Mahl inzwischen fast beendet. Nun trat eine Frau zu dem Tier. Sie trug Reitstiefel-artige Schuhe, eine enge beigefarbene Hose und eine Bluse in Weiß. Ihr langes Haar war dunkel, ihr Blick selbstbewusst. Felix humpelte zu ihr hin. »Darf ich mir mal Ihr Handy …?« Die Frau sah ihm ins Gesicht, dann wanderte ihr Blick nach unten und blieb an seinen Turnschuhen hängen. Auch Felix betrachtete seine Schuhe. Sie waren voller Kotzflecken. Der Blick der Frau wanderte weiter von den verschmutzten Schuhen zu dem Rest Erbrochenen auf dem Boden. Dann hob sie brüsk den Kopf und fragte: »Waren Sie das?«

Felix nickte, bemerkte aber sofort, dass das ein Fehler war, und schüttelte dann schnell den Kopf. »Sch… schöner Hund«, stotterte er. Die Frau fixierte ihn fassungslos. »Können Sie mir Ihr Handy leihen? Ich bin verletzt und meine Freundin …«

»Leck mich am Arsch«, sagte die Reiterin abfällig, band den Hund los und ließ Felix stehen.

Der schaute sich verzweifelt um. Sein Blick kreuzte den eines am Boden sitzenden Bettlers. Der Mann, der eine für die sommerlichen Temperaturen viel zu warme Daunenjacke trug, nickte ihm zu. Felix hatte das Gefühl, dass es freundlich gemeint war. Der Mann griff in seine Jacke, fischte ein iPhone hervor und winkte Felix. Dieser hinkte zu dem Bettler hinüber und studierte die Aufschrift auf dessen Pappschild: »BITTE HELFE.«

»Du mich telefonieren lassen?«, fragte Felix und lächelte den auf dem Boden Sitzenden anbiedernd an.

Der nickte und drückte ihm das Smartphone mit den vollkommen akzentfrei gesprochenen Worten »Hier, Bruder, telefonier schnell. Ich mache eh Schluss für heute« in die Hand.

Dana ging gleich dran. »Alles wird gut«, sagte sie, und Felix entspannte sich zusehends, sowie er ihre Stimme hörte. »Du setzt dich jetzt in ein Café und wartest, bis ich da bin.«

Ein Lachen der Erleichterung bahnte sich seinen Weg aus Felix' schmerzender Brust. Er fühlte sich, als wäre ihm just in diesem Moment die Flucht aus Alcatraz gelungen.

Sieben

Felix saß im Innenhof eines Cafés in der Münchener Innenstadt. Er bestellte gerade seinen dritten Kaffee und rauchte die vierte Zigarette. Er genoss die Ruhe. Die Zigaretten hatte ihm der Kellner gebracht und auf die Rechnung gesetzt. Er hatte ja kein Geld bei sich. Wegen der kaputten Rippen konnte er nicht tief inhalieren. Dennoch half ihm das Nikotin dabei, einen klaren Kopf zu bekommen. Je mehr er nachdachte, umso weniger verstand er, warum er überhaupt aus dem Krankenhaus geflohen war. Vielleicht hatte die Polizei ihn nur noch einmal wegen Marias Selbstmord befragen wollen? Vielleicht hatten die Bullen keinen blassen Schimmer von seinen anderen Taten, den Morden an dem Journalisten und an Seefellner? Er versuchte, sich zu erinnern, was die Pfleger auf dem Gang genau gesagt hatten … Hatten sie gesagt, »die Polizei kommt wegen eines Mordes«, oder einfach nur »die Polizei will jemanden auf Zimmer Hundertzwölf verhören«? Verdammtes Kurzzeitgedächtnis. Er wusste es einfach nicht mehr. Oder waren sie ihm wegen der Kunstfälschungen auf der Spur? Hatte Dana ihn doch verpfiffen? Felix fröstelte, obwohl das große digitale Thermometer am Schaufenster des Juwelierladens auf der anderen Straßenseite 24 Grad anzeigte.

Toni Glaser warf die wenigen Sachen, die er in Ambachs Schrank und in seinem Nachtkästchen gefunden hatte, auf den Beifahrersitz seines Wagens und fuhr vom Krankenhausparkplatz. Aus der Freisprechanlage des Wagens hörte er seine zweifelnde Chefin: »Also, ich weiß nicht …«

»Ute, wenn ich es Ihnen doch sage: Der Typ ist getürmt. Der hat uns reingelegt. Wie in einem schlechten Film. Und jetzt ist er auf der Flucht. Wir müssen eine Fahndung einleiten! Der hat Dreck am Stecken!«

»Hab ich dich nicht vor so einem dämlichen Alleingang gewarnt?« Die Kriminalhauptkommissarin war nicht angetan vom Vorgehen ihres Untergebenen: »Mann, Mann, Mann, du bist schon ein Künstler! Jetzt ist das Chaos wirklich perfekt.« Trotz ihrer Wut über die stümperhafte Aktion gestand sich Ute Dukaz ein, dass es nach dem neuesten Stand der Dinge sinnvoll war, diesen Ambach zur Fahndung auszuschreiben und in dessen Wohnung vorbeizuschauen. In den meisten Fällen kehrten Leute, die untertauchen wollten, vor dem endgültigen Verschwinden noch einmal in ihre gewohnte Umgebung zurück – um letzte persönliche Dinge zu regeln oder etwas, das ihnen wichtig war, mit auf die Flucht zu nehmen.

Dana kam direkt auf ihn zu. Dennoch blieb Felix nicht verborgen, dass sie sich unauffällig nach allen Seiten umsah. Als sie an seinem Tisch angekommen war, beugte sie sich zu ihm hinunter, küsste und umarmte ihn. Er war inzwischen beim fünften Kaffee und der zehnten Zigarette. Außerdem roch er noch immer nach Erbrochenem. Dana setzte sich auf den freien Stuhl neben ihm. Er schaute in die Richtung, aus der sie gekommen war: Würde gleich noch ein Trupp Polizisten aufmarschieren und ihn festnehmen? Als einige Minuten lang nichts dergleichen geschehen war, verfestigte sich sein Gefühl, dass sie ihn doch nicht verpfiffen hatte. Trotzdem hatte er ein Problem: »Gabriel wollte mir das Geld doch ins Krankenhaus bringen«, meinte Felix flüsternd, damit der

Herr, der am Nebentisch scheinbar in eine Zeitung vertieft war, nicht zu viel von ihrer Unterhaltung mitbekam. Dana hielt Felix' Hand fest, gab ihm einen sanften Kuss und hauchte in sein Ohr: »Kein Problem, dann trefft ihr euch eben bei mir in der Bruchbude – von dieser Wohnung weiß die Polizei nichts …«

Mit einem strahlenden Lächeln lehnte sie sich zurück und streichelte seine Hände. Dann raunte sie ihm zu, wobei ihre Begeisterung nicht zu überhören war: »Außerdem habe ich mit meinem letzten Geld zwei Flüge nach Thailand gebucht. Ende der Woche geht's los. Ich freue mich schon so!« Ihre Augen leuchteten. Felix' Herz klopfte schneller.

Der Herr am Nebentisch zahlte und ging. Auch Dana rief den Kellner und beglich die Rechnung. Auf dem Weg zum Parkhaus, in dem der VW-Bus stand, hakte Felix sich bei Dana unter. Das tat gut: An ihrem Arm fiel sein Humpeln weniger auf. Eine Gruppe Touristen rollte auf Segways an ihnen vorbei.

»Noch lächerlicher ist eigentlich nur noch so ein Liegefahrrad«, meinte Dana gut gelaunt. »Da kannst du deine Eier dann gleich an der Kasse abgeben.«

Felix grinste. Seit Langem fühlte er sich wenigstens für einen Moment wieder leicht und glücklich. Wenn er doch nur das Geld schon hätte! Dann könnten sie jetzt sofort zum Flughafen fahren und einfach abhauen. »Pass auf, du bringst mich jetzt in deine Wohnung. Ich rufe Gabriel an und verabrede mit ihm die Geldübergabe für morgen.«

Dana nickte, während sie den Wagen startete. Souverän manövrierte sie den Transporter durch das enge Parkhaus. Felix liebte es, wie sie das Fahrzeug im Griff hatte. Er dachte weiter laut nach: »Und morgen fährst du zu mir raus nach Hinteröx.«

Danas Gesichtsausdruck veränderte sich. Sie schaute zwar auf die Fahrbahn, aber ihre Aufmerksamkeit war ganz bei Felix.

»Du musst alles, was auf die Fälschungen hinweisen könnte, vernichten. Damit die Bullen, wenn sie jemals dort suchen, nichts finden.«

Dana schluckte, sie war sich nicht sicher, ob Felix' Plan klug war. »Wäre es nicht besser, wenn du das machst? Also, ich meine, weil ich weiß ja gar nicht genau, was ich alles mitnehmen soll? Du hast doch sicher einiges auch versteckt ...«

An einer roten Ampel wandte Dana Felix den Blick zu – aber er sah sie gar nicht an. Sie musterte ihn. Die neue Frisur und die seltsame Haarfarbe waren schon gewöhnungsbedürftig. In Afghanistan, wo ihr Vater herkam, hätte man einen Mann mit seinem Äußeren vermutlich für schwul gehalten und gleich gesteinigt. Während sie ihn beobachtete, schaute Felix weiter nachdenklich aus dem Fenster. Dana fragte nochmals zögerlich nach: »Was soll ich denn genau verschwinden lassen, Felix?«

Mit hohler Stimme antwortete Felix: »Am besten, du fackelst gleich die ganze Werkstatt ab.«

Am nächsten Morgen verließ Dana um acht Uhr das heruntergekommene Haus im Münchner Norden. Sie wollte auf keinen Fall Gabriel begegnen, der Felix zugesagt hatte, um neun zu kommen, um ihm das Geld zu übergeben. Felix hatte sich ein wenig gewundert, dass Gabriel gar nicht misstrauisch reagierte, als er ihm erklärte, dass er nicht mehr im Krankenhaus liege. »Ich bin schon wieder fit«, hatte Felix beteuert, und Gabriel hatte diese Behauptung ohne Nachfragen akzeptiert.

Doch jetzt war es bereits Viertel nach neun, und der

Kunstberater war noch immer nicht aufgetaucht. Felix lag auf Danas Bett und zupfte nervös an der Decke herum. Um neun Uhr dreißig griff er nach dem Prepaid-Handy, das Dana zuletzt in London benutzt hatte, und wählte Gabriels Nummer. Es klingelte, aber niemand nahm ab. »Was ist los mit dem Arsch?« Felix stand auf und humpelte in die Küche. Die Plane vor der Fensteröffnung knisterte leise im Wind. Von unten her drangen Maschinengeräusche und Rufe an sein Ohr. Die Bauarbeiter mischten Beton. Felix öffnete den Kühlschrank, betrachtete den Becher mit veganem Joghurt, die Flasche Ketchup und die Packung fettarme H-Milch, nur um die Tür lustlos wieder zu schließen. Doch dann öffnete er sie sofort wieder, nahm die Milch heraus, schraubte sie auf und setzte die runde Plastiköffnung des Tetrapacks an die Lippen. Nach zwei Schlucken hatte er genug. Und er war zornig: Wo blieb Gabriel, diese verlogene Ratte? Wollte der Kunstberater ihn etwa reinlegen? Saß er womöglich gerade mit einem Milchkaffee in der Hand bei den Bullen und plauderte alles aus? Für einen Moment stieg in Felix der Wunsch auf, die Zeit noch einmal zurückdrehen zu können: Zurück bis zu diesem Tag im Frühsommer, als er beschlossen hatte, mit Gabriels Hilfe seinen Bruder zu vernichten. Aber er verdrängte den Gedanken sofort wieder. Die Zeit ließ sich nun mal nicht zurückdrehen.

Ute Dukaz stand immer noch vor der Eingangstür von Felix Ambachs Münchner Wohnung. Toni Glaser kehrte gerade von seiner Hausumrundung zu ihr zurück. Er schüttelte den Kopf

»Da ist ziemlich sicher niemand zu Hause.«

Trotzig klingelte die Polizistin Sturm. Das aggressive

Geräusch war bis nach draußen zu hören. Enttäuscht nahm sie nach einer Weile den Zeigefinger von dem Plastikknopf.

Mit einem ratlosen Blick sah Toni Glaser sie an. Weder in seinem Atelier auf der Praterinsel noch hier war der Flüchtige anzutreffen. War er bereits über alle Berge?

»Okay, das war's für heute«, sagte Toni mit einem Unterton, der signalisierte, dass er sich geschlagen gab. Und genau das aktivierte den Ehrgeiz seiner Vorgesetzten. So wenig Lust Ute Dukaz auf diesen Alleingang ihres Kollegen gehabt hatte – einfach aufgeben wollte sie nun auch nicht. Einen Joker hatte sie noch im Ärmel.

»Sag mal, wenn ich mich richtig erinnere, hat dieser Ambach noch eine alte Meldeadresse draußen auf dem Land?«

Toni strahlte seine Kollegin an, als hätte sie ihm gerade eine Palette Energydrinks geschenkt. Wenige Augenblicke später legte er den Anschnallgurt an und trat das Gaspedal durch.

Hinteröx wirkte wie ausgestorben. Das Ambach'sche Anwesen lag einsam und verlassen da. Die Morgensonne spiegelte sich in den Scheiben des Haupthauses. Die Fenster von Felix' Atelier lagen im Schatten. Dana stieg nicht sofort aus dem VW-Bus, sondern ließ den Anblick auf sich wirken. Eigentlich war das alles hier doch ganz schön! War es richtig, es anzuzünden? Felix hatte sich in den vergangenen Wochen mit Drogen das Hirn vernebelt. War er überhaupt zurechnungsfähig? War er sich bewusst, was er ihr aufgetragen hatte? Auch wenn sie nur die Werkstatt abfackeln sollte, wer garantierte denn, dass das Feuer nicht auch auf das Wohnhaus übersprang? War Felix bereit, auch sein Elternhaus zu opfern?

Danas Blick wanderte über Kiesweg und Garten. Die Pflanzen waren beträchtlich gewachsen, seit sie das letzte Mal hier gewesen war. Plötzlich bewegte sich das hohe Gras am Schuppen hinter dem Atelier. Danas Herz schlug schneller. Aber sofort beruhigte sie sich wieder. Es war nur die getigerte Katze des Nachbarn. Sie stieg aus, umrundete den Wagen und öffnete die Heckklappe. Da standen sie: Die vier schwarzen Kanister mit den roten Deckeln hatte sie eben noch an der Tankstelle gekauft und mit Benzin gefüllt. Der Treibstoff stank. Dana blickte auf. »Bevor du das Feuer machst, stellst du den Wagen in Fahrtrichtung zur Straße, damit du gleich losfahren kannst«, hatte Felix ihr gesagt, »nicht, dass der Novak oder irgendein anderer Penner dich noch sieht.«

Dana griff nach einem der Kanister und schleppte ihn zur Werkstatt. Sie brauchte einen Moment, um die passenden Schlüssel für die drei Schlösser zu finden. Die ersten beiden waren relativ schnell geöffnet, aber das dritte Schloss klemmte. Erst als sie mit dem Knie gegen die Tür drückte und gleichzeitig den Schlüssel drehte, klappte es. Sie trat ein. Es roch nach Holz, Leim und Lack. Über die Skizzenblätter auf dem Tisch hatte sich eine feine graue Staubschicht gelegt. Dana zog mit dem Zeigefinger die Linie einer Zeichnung nach, die sie selbst als Tänzerin zeigte. Sie erinnerte sich, wie sie das erste Mal für Felix posiert hatte. Damals hätte sie sich nicht träumen lassen, dass sie jemals mit diesem unbeholfenen Landei eine Beziehung führen würde. Für einen Moment spielte sie mit dem Gedanken, das Bild aufzuheben. Aber dann riss sie sich los. Wenn der Thailand-Plan aufgehen sollte, dann musste sie dafür sorgen, dass keinerlei Spuren übrig blieben. Felix hatte schon recht:

Alles, was auf seine Fälschereien hinweisen könnte, musste in Rauch und Asche aufgehen. Alles!

Schweren Herzens kippte sie den ersten Schwall Benzin über die Zeichnung, die sie eben betrachtet hatte. Das trockene Papier saugte die Flüssigkeit gierig in sich auf und verfärbte sich dunkel. Dann trat sie einen Schritt zurück und kippte etwas Brennstoff auf den Fußboden. Sägespäne schwammen davon. Dana war gerade dabei, im hinteren Bereich des Ateliers Benzin über die alten Holzvorräte zu gießen, da hörte sie das Geräusch eines sich nähernden Wagens. Kurz darauf knirschten Reifen im Kies, und das Motorengeräusch erstarb.

Dana stellte den Kanister ab und spähte durchs Fenster. Eine kräftige Frau mit großer Oberweite und ein jüngerer Mann mit Schnurrbart und schwarz-rot kariertem Hemd stiegen aus dem Fahrzeug. Was wollten diese Leute? Waren es Freunde von Felix oder Touristen, die sich verfahren hatten? Schnell trat sie nach draußen und bemühte sich um einen neutralen Gesichtsausdruck.

»Guten Tag«, meinte der Mann und machte einige Schritte auf sie zu. Seine Cowboystiefel verursachten ein unangenehmes Geräusch auf dem Kies.

»Guten Tag«, erwiderte Dana zögerlich. Hoffentlich war das keine Verwandtschaft von Felix. »Was kann ich für Sie tun?«

Der Mann griff in die Gesäßtasche seiner Levi's und holte einen Ausweis hervor, den er ihr kurz unter die Nase hielt. »Wir sind von der Polizei, also Kripo. Ist der Herr Ambach da?«

Dana hatte Mühe, den Schreck zu verbergen, der sie durchfuhr. »Nein«, antwortete sie ein wenig zu leise und etwas atemlos. Was, verdammt noch mal, wollte die Kripo hier? Sie atmete vorsichtig ein, wobei sie das

Gefühl nicht loswurde, dass man den Geruch des Benzins, das sie gerade vergossen hatte, auch hier draußen riechen konnte.

»Dukaz, mein Name.« Die korpulente Begleiterin des Mannes nickte Dana zu. Sie trug eine hässliche Batikbluse. »Das ist Herr Glaser«, meinte die Polizistin mit Blick auf den Schnurrbärtigen. »Wo ist denn der Herr Ambach?«

»Oh, das ...« Dana überlegte fieberhaft, mit welcher Antwort sie sich in diesem Moment am besten aus der Affäre ziehen konnte: Sollte sie sagen, dass sie keine Ahnung hatte? Sollte sie eine vage Auskunft geben? Was war jetzt gut und richtig? Dana sagte: »... weiß ich nicht. Ich bin nur die ...« Sie räusperte sich. »... Mieterin, also Airbnb ...«

»Airbnb, soso«, wiederholte der Mann und sog, während er das Haus kritisch musterte, tief Luft ein. »Und wo ist der Herr Ambach?«

»Der Herr Ambach? Ich ... weiß es nicht. Also ... genau genommen kenne ich ihn gar nicht. Also nicht persönlich.«

»Sie sind seine Mieterin und wissen nicht, wo er ist?« Dana gefiel der Ton der dicken Polizistin, die sich als Frau Dukaz vorgestellt hatte, ganz und gar nicht.

»Er ist – soweit ich weiß – verreist. Ich hatte nur online Kontakt mit ihm ...«

Der schnurrbärtige Polizist machte einige Schritte um den Bus herum und schaute in den Kofferraum. Dana konnte selbst nicht in den Wagen blicken, aber sie wusste ja, dass hier die anderen drei Kanister standen. Ihr Herz pochte heftig.

»Und das hier?« Er nickte in Richtung der Benzinkanister.

»Was denn?«

Dana ging zu dem Polizisten hinüber und betrachtete ebenfalls die Ladefläche.

»Reservekanister. Die habe ich zur Sicherheit immer dabei.« Dana bemühte sich um einen forschen Ton. Gleichzeitig hämmerte in ihrem Kopf nur eine Frage: Warum zum Teufel war die Polizei hier?

»Stellen Sie sich doch nicht so an!« Der Polizist klang nun ungeduldig. Als Dana ihm einen unschuldigen Blick schenkte, meinte er vorwurfsvoll: »Sie wissen doch ganz genau, was ich meine!«

»Was ist denn mit dir, Toni?«, erkundigte sich jetzt die Polizistin und trat neben ihren Kollegen. »Ist dir eine Laus über die Leber gelaufen, oder was?«

Sie bereute es, mit ihrem übermotivierten und offenbar schlecht gelaunten Kollegen hierhergefahren zu sein.

»Da stehen drei Kanister«, erläuterte Glaser gereizt. »Und wenn Sie mich fragen, Ute, dann riecht es hier zudem nach Benzin.«

Die Kripobeamtin warf nun ihrerseits einen Blick in den Kofferraum des Transporters. Ehe sie etwas äußern konnte, sagte Dana so ruhig und deutlich wie sie nur konnte: »Das sind einfach drei Kanister mit Benzin. Mir ist schon mal der Sprit mitten auf der Landstraße ausgegangen. Nachts. Das war ganz schön unheimlich. Seitdem bin ich etwas vorsichtiger geworden …«

Die beiden Polizisten schwiegen und blickten sich suchend um.

»Soll ich Herrn Ambach etwas ausrichten, wenn ich ihm demnächst eine Mail schreibe? Warum brauchen Sie ihn denn?«

Sofort traf Dana ein bohrender Blick der Polizistin. Sie wich dem Blick aus, blieb aber an der ziemlich geschmacklosen Tunika der Polizistin hängen. Der Stoff war so bunt, dass Dana befürchtete, ihr könnte schwindlig werden.

Der schnurrbärtige Beamte mit der Vokuhila-Matte machte jetzt einige Schritte zum Haus, nahm die Stufen des Treppenabsatzes und rüttelte an der Tür. Mit einem »Darf ich mal …« und ohne Danas Antwort abzuwarten, drückte er die Klinke.

Dana schluckte nervös. »Also … das ist jetzt eigentlich … nicht in Ordnung. Ich bin ja nur die …« Sie warf der Polizistin einen hilfesuchenden Blick zu. Die reagierte nicht.

»Aufmachen«, befahl der Polizist jetzt. Dana kam zu ihm, und suchte hektisch am Schlüsselbund nach dem passenden Schlüssel. Intuitiv steckte sie ein Modell, das mit einem roten Gummiring versehen war, ins Schlüsselloch. Sie lächelte den Mann verlegen an und drehte den Schlüssel um. Gott sei dank. Es war der Richtige. Die Tür öffnete sich. Der Mann trat sofort ein und rief: »Hallo? Herr Ambach?« Es blieb still, nur aus der Ferne läutete die Kirchenglocke. Dana zählte mit. Zehn Schläge. Dann war es wieder ruhig. Eine Fliege summte um Danas Kopf herum und setzte sich auf ihren nackten Unterarm. »Herr Aaambach!«, rief der Polizist noch einmal. Dann trat er wieder in den Hof hinaus. Zu seiner Kollegin gewandt, stellte er fest: »Der ist nicht da.«

Die kräftige Polizistin ging jetzt zum Eingang des anderen Gebäudes und stellte sich in den Türrahmen zum Atelier. »Werkstatt?«, fragte sie knapp.

»Ja«, beeilte Dana sich zu erwidern. Sie war der Beamtin gefolgt und stand nun neben ihr in der offenen Werkstatttür. Dana musterte den Raum. Verflucht, die Tänzerinnenzeichnung lag noch auf dem Tisch! Und da waren auch weitere Skizzen. Zudem stand auf einem Schrank im Eck der Rohling einer Holzskulptur, die Felix bereits angefangen hatte. Und hinter dem Tisch lugte der Benzinkanister hervor, den sie eben dort abgestellt hatte.

»Im Internet stand, dass Herr Ambach Künstler ist. Und dass ich eben auch die Werkstatt mitbenutzen darf.« Danas Stimme klang alles andere als selbstsicher.

»Darf ich mal?«, fragte die Polizistin und betrat, ohne eine Antwort abzuwarten, das Atelier.

»Ich weiß nicht, ob das in Ordnung ist, also, ich meine, mich geht das ja nichts an, weil ich bin ja nur die Mieterin und … aber, wenn Sie etwas … also für eine Hausdurchsuchung, braucht man da nicht einen Durchsuchungsbefehl?«

Dukaz zuckte mit den Schultern. »Na ja, durchsuchen wollen wir hier ja gar nichts. Nur ein bisschen umsehen. Der Herr Ambach steht nämlich unter Mordverdacht. Stinkt bestialisch hier. Wie heißen Sie?« Die kurzen Sätze, die eine so ungeheure Anschuldigung enthielten, hatte die Polizistin in nüchternem, fast gelangweiltem Tonfall hervorgebracht.

»Karin Perfaller«, antwortete Dana so schnell, dass sie selbst über ihre Geistesgegenwärtigkeit überrascht war. Erst jetzt realisierte sie, was die Polizistin da so beiläufig gesagt hatte: Mordverdacht! Ihr wurde heiß. Die Kripofrau hob den Kopf und sah ihr nun direkt ins Gesicht. Dana glaubte zu spüren, dass ihre Wangen rot anliefen, aber sie war sich nicht sicher. Sie bemühte sich, dem stechenden Blick der Polizistin standzuhalten. Die hielt sicher eine halbe Minute durch. Dann sagte sie »Okay«, drehte ab und verließ das Atelier. Dana hörte, wie sie »Also, komm, Toni, das bringt hier nichts!« rief. Vorsichtig trat auch sie wieder nach draußen.

»Sie brauchen dem Herrn Ambach gegenüber unseren Besuch nicht zu erwähnen«, sagte die Polizistin.

Dana nickte. Während der Wagen rückwärts vom Hof fuhr, bemühte sie sich, ihre Atmung in den Griff zu bekommen. Als das Auto um die Ecke verschwunden war, eilte sie in die Küche des Wohnhauses, ließ sich ein Glas kaltes Wasser einlaufen und trank es in einem Zug leer. Es schmeckte metallisch. Dann hastete sie zurück ins Atelier und kippte das restliche Benzin über Möbel und Boden. Schließlich zündete sie einen in Brandbeschleuniger getränkten Putzlappen an, warf ihn auf den Tisch mit den Skizzenblättern, rannte nach draußen, schob die Tür zu und sperrte ab. Durchs Fenster der Werkstatt sah sie, dass das Feuer sich rasch ausbreitete. Minuten später lag Hinteröx bereits einige Kilometer hinter ihr.

Acht

»Die Polizei war hier!«, schrie Dana ins Telefon, als Felix sich nach zweimaligem Klingeln meldete.

»Was?«, antwortete auch er viel zu laut.

»Ja, Mensch, das war richtig scheiße!«

»Was hast du gemacht?«

»Ich habe ihnen eine beschissene Geschichte erzählt, von wegen, dass ich dich nicht kenne und den Schuppen übers Internet gemietet habe, verdammt. Aber ich glaube, die haben was gemerkt. Die suchen dich wegen Mordverdacht! Hast du jemanden umgebracht?« Danas Stimme überschlug sich.

»Nein …« Felix dachte nach. Was konnte er Dana jetzt sagen? Er stammelte: »Das … das stimmt alles nicht. Da steckt auch Gabriel dahinter!«

Damit gab sich Dana für den Moment zufrieden. Sie schaltete einen Gang höher, um den Wagen zu beschleunigen. »Wir müssen weg, so schnell wie möglich!«

»Gabriel war aber noch nicht da!« Auch Felix' Stimme klang jetzt schrill.

»Der Wichser«, sagte Dana leiser und mit fester Stimme. »Der will uns linken. Aber das werden wir nicht zulassen.«

»Irgendwas ist da faul, Ute, das sag ich Ihnen!« Toni zog einen Energydrink aus dem Handschuhfach. Die Chefin saß am Steuer. Nachdem er einen Schluck genommen hatte, tippte er auf dem Handy herum und legte es ans Ohr. »Servus, da ist der Toni. Du, kannst du mir einen Gefallen tun und einen Fahrzeughalter überprüfen?« Dann gab er ein Münchner Autokennzeichen durch. Nach einer guten Minute sagte er: »Aha! Danke, hast mir sehr geholfen.« Er legte auf und befahl seiner Chefin: »Sofort umdrehen. Der Bus von der Frau, die wir da eben beim Putzen gestört haben, ist zugelassen auf – rate mal wen?«

Ohne etwas zu erwidern, steuerte Ute Dukaz die nächste Parkbucht an und drehte mit quietschenden Reifen um.

Nachdem Dana das Telefonat mit Felix beendet hatte, trat sie noch stärker aufs Gaspedal und versuchte ihre Gedanken zu sortieren: Die Werkstatt in Hinteröx brannte mittlerweile bestimmt lichterloh. Das bedeutete, ihnen rannte die Zeit davon. Denn gleich wäre die Feuerwehr und wenig später die Polizei vor Ort – und dann würde eine Fahndung losgetreten werden, der sie mit Felix' Bus nur schwerlich entkommen konnte. Schlagartig wurde ihr klar, dass es ein Riesenfehler gewesen war, das Haus anzuzünden. Die Ermittler hatten sie gesehen, und natürlich würden sie als Erstes nach dem VW-Bus mit Münchner Kennzeichen suchen! Für einen Moment spielte Dana mit dem Gedanken, umzudrehen und zu versuchen, das Feuer zu löschen. Doch ein Blick auf die Uhr führte ihr die Unsinnigkeit dieser Idee vor Augen: Seit Brandlegung waren bereits über zehn Minuten vergangen. Dieses Feuer würde sie allein nicht mehr in den Griff bekommen. Unmöglich. Die einzige Chance, die Felix und sie noch hatten, war es, möglichst schnell bei Gabriel das Geld einzutreiben und das Land zu verlassen.

Während Dana nachdachte, fiel ihr Blick auf den Rückspiegel. Folgte ihr dieses weiße Auto nicht schon, seit sie aus Hinteröx hinausgefahren war? Sie versuchte zu erkennen, wer darin saß, aber die Sonne stand ungünstig. War sie jetzt einfach nur paranoid oder wurde sie wirklich verfolgt? War das auch ein Wagen der Polizei? Um sich zu beruhigen, machte sie das Radio an. Aber egal, welchen Sender sie wählte, entspannend wirkte keiner der Songs auf ihren aufgewühlten Gemütszustand. Sie skippte von »Atemlos« über »Hells Bells« zu »Hello« von Adele. Alles scheiße. Schließlich landete sie bei einem Sender, auf dem gerade »The Race« von Yello lief. Dana drehte die Lautstärke auf und schaltete in den fünften Gang. Nein, Felix und sie würden sich nicht den Traum von einem Neuanfang zerstören lassen! Dann musste sie eben das Arschloch hinter sich abhängen – und wenn es die Polizei war! Dana griff noch einmal zum Telefon und rief Felix an: »Versuch es noch einmal bei Gabriel! Und sprich ihm drauf – dass … wenn er das Geld nicht bis in einer Stunde bei dir abliefert, wir kommen, um es uns zu holen. Ich bin mir sicher, dass der seine Mailbox abhört. Er hört sie doch immer ab!« Sie wollte schon auflegen, da fiel ihr noch etwas ein: »Ach ja, und übrigens glaube ich, dass ich verfolgt werde. Aber mit dem werde ich auch noch fertig.« Sie ließ Felix keine Zeit für eine Antwort, sondern beschleunigte den Wagen, sie war bereit, das Letzte aus dem Transporter herauszuholen. Dana jagte mit Tempo hundertsiebzig über die Autobahn in Richtung München. Mehr gab die Kiste nicht her. Aber um den Verfolger ernsthaft abzuhängen, war das natürlich zu langsam. Auf der Autobahn würde es so nicht klappen. Sie musste sich nur bis zur Stadtgrenze gedulden. Im Cityverkehr mit seinen vielen Ampeln würde sie es schaffen. Sie musste es schaffen.

Eine knappe halbe Stunde später hatte Dana die Stadtgrenze erreicht. Der Verkehr verdichtete sich allmählich. Aber der weiße BMW hing ihr noch immer an der Stoßstange. »Na gut, wenn du es nicht anders willst …«, murmelte sie und nahm Kurs auf den erst kürzlich fertig gestellten Ringtunnel. Sie wusste, dass sich die beiden Fahrspuren kurz nach dem Tunneleingang aufteilten – eine ging weiter in Richtung Norden und die andere führte zum Münchner Zoo und zum Giesinger Stadion. Dana hielt sich auf der rechten Spur, die den Ring in südlicher Richtung weiterführen würde, und erhöhte trotz des auf vierzig Stundenkilometer begrenzten Limits ihr Tempo. Der Verfolger zog nach, was Dana beabsichtigt hatte. Im letzten Moment, ehe die Spur im Tunnel verschwand, riss Dana das Lenkrad nach links und nahm mit quietschenden Reifen die gen Norden führende

Röhre. Sie verringerte das Tempo und checkte den Rückspiegel. Sie atmete auf. Dem weißen BMW war es offensichtlich nicht gelungen, ihrem Manöver zu folgen. Als sie die Donnersbergerbrücke und damit die Gleise zum Münchner Hauptbahnhof überquert hatte, wählte sie noch einmal Felix' Nummer: »Ich habe ihn abgehängt. Bin gleich da!«

»Aber ich habe Gabriel noch immer nicht erreicht.«

»Scheißegal. Versuch es einfach immer weiter. Und wenn er sich, bis ich bei dir bin, nicht gemeldet hat, dann fahren wir gemeinsam hin und holen die Kohle. Also, bis gleich, ich küsse dich!« Dana fühlte sich nach dem erfolgreichen Abhängen des Verfolgers siegesgewiss. Sie drehte das Radio lauter, es lief gerade »Sweet Child o' Mine« von Guns N' Roses. In diesem Moment war sie sich sicher: Felix und sie würden auch Gabriel noch in die Knie zwingen.

Nach dem Telefonat mit seiner Freundin trat Felix ans Küchenfenster und zog die Plastikplane an einem Eck so weg, dass er die Straße einsehen konnte. Er hatte Danas Begeisterung gespürt. Aber – er konnte sich nicht erklären, warum – er teilte das Gefühl nicht. Irgendetwas stimmte hier nicht. Gabriel, diese miese Ratte, wollte sie reinlegen. Und vermutlich hatte der Kunstberater dies von Anfang an so geplant. Felix schaute nach draußen. Unten vor dem Haus stand noch immer der Container, der ihm bei seinem Sturz das Leben gerettet hatte. Wenn er jetzt in die Tiefe blickte, wurde ihm ganz flau im Magen: Nur einen halben Meter weiter nach rechts und sein Körper wäre auf den stählernen Rahmen des Containers gekracht, seine Knochen wären zerborsten und er sofort tot gewesen. Zwischen Leben und Tod,

Glück und Elend, Armut und Reichtum lagen oftmals nur wenige Zentimeter.

Obwohl es erst kurz nach zwölf Uhr mittags war, schien es, als hätten die Bauarbeiter bereits Feierabend gemacht. Felix holte tief Luft. Er war froh, dass Dana gleich da sein würde. Ihr Mut und ihre Zuversicht taten ihm gut. Während seine Gedanken unablässig kreisten, verlor er jedes Gefühl für Zeit. Seine Konzentration ließ nach, der Blick wurde müde, die Bilder verschwammen. Felix erwachte erst wieder aus seinem Dämmerzustand, als er seinen VW-Transporter sah – wie er in die Straße einbog und etwa zehn Meter vor dem Container stehen blieb, um einzuparken. Was dann geschah, war real, und doch hatte Felix das Gefühl, einem Film in Zeitlupe zu folgen. Denn während Dana noch damit beschäftigt war, den Anschnallgurt zu lösen, wurde Felix' Aufmerksamkeit plötzlich von einem weißen BMW gefesselt. Hatte der Wagen schon die ganze Zeit hier gewartet – oder war er kurz vor oder nach Dana vorgefahren und Felix hatte ihn nur nicht wahrgenommen, weil er so in Gedanken versunken gewesen war? Jedenfalls entstieg dem Sportwagen jetzt ein Mann, dessen Anblick Felix irritierte. Denn natürlich erkannte er den Latino sofort. Was zum Teufel machte Hugo auf einmal hier?

Felix blieb keine Zeit, Antworten auf die Fragen in seinem Kopf zu finden, denn jetzt sah er, dass Hugo eine Pistole in der Hand hielt und entschlossenen Schritts in Richtung des VW-Transporters lief. Gleich würde Dana die Tür öffnen. Hugo war nur noch fünf Meter von ihr entfernt. Felix musste sie warnen!

Er holte so tief Luft, wie er nur konnte. Als Dana ausstieg, schrie er aus Leibeskräften: »Daanaaa!« Doch anstatt sich zu der Gefahr in ihrem Rücken umzudrehen, blickte sie instinktiv zu ihm nach oben. Hugo hob jetzt den Revolver mit dem aufgeschraubten Schalldämpfer, kniff ein Auge zusammen und zielte. Dana warf Felix einen fragenden Blick zu, die Hand noch an der Autotür, die sie gleich schließen wollte, doch dazu kam sie nicht mehr. Der Schuss war kaum zu hören. Ihr Gesichtsausdruck änderte sich schlagartig, und dann sackte sie auch schon in sich zusammen. Schockiert starrte Felix nach unten. Er wünschte sich, dass Dana sich rührte. Aber er konnte sie nicht mehr sehen. Das Auto verdeckte sie. Hugo machte noch einige Schritte auf die Stelle zu, an der sie liegen musste. Dann drückte er nochmals ab, nickte zufrieden, steckte die Waffe weg und ging zügig, aber ohne Hast zurück zu seinem Wagen. Felix wartete nicht, bis Gabriels Lover in den weißen BMW gestiegen war, sondern humpelte, strumpfsockig wie er war, in den Hausflur und die Treppen nach unten. Er rannte, so gut es seine Verletzungen zuließen. Die schmerzenden Rippen spürte er kaum mehr. Er musste zu Dana. Er musste sie retten. Felix stolperte über Dielen, quer liegende Dachlatten und Kunststofffolie, dann war er endlich draußen. Als er die Straße überquert hatte und beim Transporter angekommen war, nahm er aus dem Augenwinkel wahr, wie der weiße BMW langsam an ihm vorbeifuhr. Er riss den Kopf herum und starrte für einen Moment in Hugos Gesicht. Der Mörder zuckte mit den Schultern. Es sollte wohl eine entschuldigende Geste sein, aber für das, was gerade geschehen war, gab es keine Entschuldigung. Dann gab Hugo Gas.

Dana lag auf dem kalten Asphalt. Sie hatte die Augen weit aufgerissen. Auf ihrem eng anliegenden Top breitete sich ein Blutfleck aus. »Dana!« Felix gelang kaum mehr als ein Flüstern. Sie röchelte. Er beugte sich über sie und schob seinen Arm unter ihren Kopf, versuchte sie zu sich nach oben zu ziehen. Aber ihr Körper war kraftlos und er zu schwach. Ihr Gesicht wurde blass und blässer, sogar ihre dunklen Augen verloren an Farbe. »Dana! Nicht sterben! Ich fahre dich ins Krankenhaus! Ich … ich …« Ihm fiel nichts Sinnvolles ein. Der Blutfleck auf ihrer Brust war nun kein Fleck mehr, das ganze Top war mittlerweile durchtränkt. Auch der Boden unter ihrem Kopf verfärbte sich rasch dunkelrot. Eine Kugel hatte sie links des Herzens getroffen. Dort war der Fleck am dunkelsten. Die zweite hatte sich in ihre Schläfe gebohrt. Erst jetzt wurde Felix bewusst, dass ihm warmes Blut über die Hand rann. Danas Mund öffnete sich, sie bewegte ihre trockenen Lippen. Felix rückte näher. Sein Ohr vernahm kaum mehr als ein Hauchen, aber er verstand es. »Ich liebe dich«, ja, das sagte sie. Dann, einen Wimpernschlag später, erstarrte ihr Blick. Felix versuchte, sie mit einer Herzdruckmassage zu reanimieren, Blut besudelte seine Hände; er probierte eine Mund-zu-Mund-Beatmung, er schrie sie an, aber es war alles vergeblich. Dana atmete nicht mehr.

Als Felix begriff, dass seine Freundin gestorben war, stieg blinder Hass in ihm auf, zunächst auf sich selbst. Wie in Trance schlug er sich mit der flachen Hand auf die Schläfen. Erst leicht, dann immer fester. Hätte er nicht Danas Namen gerufen, hätte sie vielleicht noch eine Chance gehabt und den Angreifer kommen sehen. Minutenlang kauerte er schluchzend über der auf der Straße liegenden Leiche. Kein Mensch war weit und breit zu sehen. Felix war ganz allein. Durch einen Tränenschleier hindurch starrte er in das leblose Gesicht seiner großen Liebe. Dann packte er Dana an den Schultern, zog sie dicht an sich und umarmte den toten Körper. Es gab nur einen, der hinter dieser niederträchtigen Tat stecken konnte: Gabriel. Er hatte die Vereinbarung zur Geldübergabe gebrochen, er hatte alle seine Anrufe ins Leere laufen lassen, und er hatte, feige wie er war, Hugo als Handlanger vorgeschickt, um Felix' und Danas Traum von einem glücklichen Leben zu zweit zu zerstören. Das würde Gabriel ihm büßen.

Felix stand auf, umrundete den Bus, öffnete den Kofferraum, schob die leeren Kanister zur Seite, ging zurück zu seiner Freundin und trug sie zur Ladefläche. Seine schmerzenden Rippen spürte er gar nicht. Er schloss die Heckklappe und ging zurück zum Haus.

Die Leere, die Felix in sich spürte, wich mit jeder Stufe, die er nach oben klomm, dem Zorn. Er hasste Gabriel. Und noch mehr hasste er sich selbst, dass er so lange untätig geblieben war und das alles mit sich hatte machen lassen. Aber jetzt war damit Schluss! Ihm war, als hörte er Gabriels triumphierendes Lachen im Treppenhaus. Diese Ratte lachte ihn aus.

Wieder in der Wohnung, ging er in die Küche und durchsuchte wie in Trance die Schubladen. In der zweiten wurde er fündig. Er griff sich ein langes Küchenmesser. Als er die raue Fläche des hölzernen Griffs in der Hand spürte, wusste Felix, dass er Gabriels Machenschaften damit endgültig ein Ende bereiten würde.

Neun

»Nein, und nochmals nein, Hugo. Du dummer Kerl«, gellte Gabriels Stimme durch die Penthousewohnung. »*Du* hast den Abzug gedrückt, nicht ich! Ich kann dich hier jetzt nicht gebrauchen. Verstehst du das denn nicht? Hau ab!«

Üblicherweise gelang es Gabriel besser, derartige Situationen souverän zu regeln, aber sein dämlicher Handlanger ging ihm mittlerweile so auf die Nerven, dass es ihm unmöglich war, die Contenance zu bewahren. Zwar hatte Hugo den Auftrag ausgeführt und die Tänzerin erschossen, aber natürlich hatte der Idiot sich nicht an Gabriels Anweisung gehalten, sich danach erst einmal in einem Hotel einzumieten.

»Bist du denn so schwer von Begriff?«, herrschte Gabriel ihn an: »Felix wird gleich hier auftauchen – und wenn er dich hier sieht, dann funktioniert das alles nicht wie geplant. Außerdem – wie dämlich ist das denn: direkt nach einem Mord bei mir aufkreuzen! Was, wenn dir jemand gefolgt ist, du Schwachkopf?«

»Mir ist keiner gefolgt, Gabriello«, erwiderte der Mann mit dem vernarbten Gesicht gelangweilt. Es war nicht das erste Mal, dass er einen Menschen getötet hatte. Außerdem hatte er es langsam satt, so abfällig behandelt zu werden. Je mehr Gabriel ihn demütigte, umso größer wurde seine Lust, auch den Kunstberater einfach umzulegen. Aber dafür war es noch zu früh. Gabriel stellte für Hugo eine gute Geldquelle dar, die noch längst nicht ausgemolken war.

»Husch, husch, Hugo«, zischte der Kunstberater jetzt,

packte ihn am Oberarm und schob ihn in Richtung Ausgang.

Hugo riss sich trotzig los. »Está bien. Schon gut«, grunzte er widerwillig und stieg in den Aufzug.

Auf dem Weg zu Gabriels Penthouse fühlte sich Felix, als hätte ihn jemand in Watte gepackt. Es kam ihm so vor, als sähe er alles um sich herum durch einen feinen seidenen Schleier. Er hörte Musik, die es nicht gab, und allmählich verwandelte sich der Hass, den er direkt nach Danas Tod verspürt hatte, in Kaltblütigkeit. Ja, er würde es genießen, Gabriel zu töten. Packen würde er ihn, das Hemd würde er ihm aufreißen, die Spitze des Messers würde er ihm auf die Stelle drücken, an der sein Herz schlug. Er würde Gabriel zwingen, sich zu entschuldigen, zu bereuen, demütigen würde er ihn; und dann würde er ihm das Messer in die Brust rammen. Als er eine Kreuzung zu flott nahm, rumpelte es hinten im Auto. Für einen Augenblick tat es ihm leid, wie pietätlos er Danas Leiche da hinten zwischengelagert hatte: Der Laderaum eines Transporters war nicht der richtige Ort für eine schöne tote Frau. Vermutlich waren gerade die Kanister auf sie gestürzt. Aber um Danas Würde konnte er sich später kümmern. Jetzt musste er erst einmal für sie Rache nehmen. Das war er ihr schuldig.

Gabriel meldete sich gar nicht erst durch die Sprechanlage zu Wort, sondern betätigte gleich den Türöffner. Felix kam es wie eine Ewigkeit vor, bis der Aufzug oben ankam. Gabriel stand im Flur, als Felix ihm blutbesudelt und mit dem großen Küchenmesser in der Hand entgegentrat. Es würde ein kurzes und ungleiches Duell werden.

»Grüß dich, Jüngelchen.« Die Miene des Kunstberaters war ebenso freundlich wie seine Stimme. »Magst du einen Espresso – oder vielleicht ein bisschen Kokain?«

Felix starrte ihn ungläubig an. Gabriel lächelte, gerade so, als nähme er Felix' blutige Kleidung und das Messer in seiner Hand gar nicht wahr. Als Felix einen Schritt auf ihn zu machte, bemerkte er, dass er noch immer ohne Schuhe, also nur in seinen Kniestrümpfen, unterwegs war.

Gabriel wich nicht zurück, sondern fragte noch einmal: »Espresso?«

»Bist du total vollgepumpt mit Drogen, oder was?«, blaffte Felix ihn an. Er wischte sich mit dem Handrücken über die Stirn. Als er die Hand senkte, sah er, dass sie blutverschmiert war. »Dana ist tot! Du hast sie von dieser schwulen Kanaille umlegen lassen. Ich weiß alles. Ich habe dich durchschaut. Du bringst nur Hass auf die Welt. Damit ist jetzt Schluss.«

Gabriel lächelte noch immer. Felix trat noch zwei Schritte auf ihn zu. Die beiden trennte jetzt nur noch eine Armlänge. Felix hob das Messer. Die Klinge blitzte im Sonnenlicht, das grell durch die große Panoramascheibe des Wohnzimmers fiel. Felix glaubte ein meckerndes Lachen zu hören.

»Moment«, sagte Gabriel mit ruhiger Stimme und griff an das Revers seines Jacketts. Felix zuckte erschrocken mit dem Messer. »Ganz ruhig, Jüngelchen. Ich möchte mir doch nur die Jacke ausziehen.« Der Kunstberater schlüpfte aus dem Kleidungsstück und warf es mit einer eleganten Bewegung über einen Stuhl. Dann knöpfte er sich das Hemd bis zur Hälfte auf und entblößte die linke Hälfte seiner Brust. Die Augen mit festem Blick auf Felix gerichtet, befahl er: »Stich zu, Jüngelchen, stich zu!« Felix hob den Arm, aber er spürte, dass er zitterte. Wieso blieb der Mann so cool? Meinte er es ernst? Wollte er, dass Felix ihm jetzt den Todesstoß versetzte? »Stich zu!«, ermunterte ihn der Kunstberater noch einmal. Es klang keineswegs unfreundlich, sondern eher so, als würde er ein Kind dazu überreden, im Schwimmbad vom Einmeterbrett zu springen. Und schon sickerten in Felix' Gedanken Zweifel ein: War das eine Falle? War es nicht so, dass immer alles, was in der Vergangenheit nach Gabriels Plan gelaufen war, stets für Felix nur noch Schlimmeres nach sich gezogen hatte? War es nicht so, dass, wenn Gabriel ihn jetzt aufforderte, ihm das Messer in die Brust zu rammen, alles noch fürchterlicher werden würde? Den Gefallen würde er ihm nicht tun. Mit einem wissenden Lächeln legte Felix das Messer weg und ging zurück zum Aufzug.

»Was ist denn los, Partner?«, rief Gabriel ihm hinterher. »Ich verstehe ja, dass du sauer bist wegen der Kohle. Aber ich hab's einfach nicht geschafft. Ich habe gerade Stress mit Hugo, weißt du.«

Felix hätte sich gewünscht, seine Ohren wären mit Wachs verschlossen, so wie die der Seemänner um Odysseus. Er wollte das alles nicht hören. Er wollte das alles nicht mehr. Er war am Ende.

Im Aufzug, auf dem Weg nach unten, übermannte ihn die Verzweiflung. Tränen brachen aus ihm hervor. Im Auto lag die Leiche seiner Geliebten, und er hatte es nicht einmal geschafft, sie zu rächen. Ein hämmernder Schmerz machte sich in seinem Kopf breit.

Die Werkstatt des Ambach'schen Anwesens in Hinteröx war vollständig ausgebrannt. Die Feuerwehrmänner hatten alles versucht, jetzt rollten sie die Wasserschläuche ein. Toni Glaser stand neben Ute Dukaz und betrachtete das schwarze, hier und da noch dampfende Gerippe. Die Chefin gab per Telefon eine Fahndung nach dem Transporter, der auf Felix Ambach zugelassen war, heraus.

»Außerdem fahnden wir nach einer weiblichen Person, Mitte zwanzig, dunkle Haare, etwa eins siebzig, Name Karin Perfaller. Ja, ich warte …«

Während die Polizistin mit dem Telefon am Ohr neben dem Dienstwagen stand, hatte die Besatzung des Löschwagens alles zusammengepackt und fuhr vom Hof. Tonis Blick folgte den sich über die Baumwipfel des Waldes verziehenden Rauchschwaden. Sein Gesichtsausdruck war nachdenklich: Jetzt musste er Kelly erst recht dazu bringen, eine Aussage zu machen. Sie mussten diesen Ambach drankriegen! Seine Chefin riss ihn aus den Gedanken: »Toni, ich hab's mir fast schon gedacht. Die vermeintliche Mieterin, die wir hier angetroffen haben, hat uns natürlich einen falschen Namen gesagt.«

»So eine Scheiße!«, entfuhr es dem Polizisten. »Mir ist das ja gleich komisch vorgekommen, mit den Benzinkanistern und Airbnb und dem ganzen Schmarrn.«

»Hör ich da etwa einen Vorwurf raus?«, fragte die Frau mit dem Pagenkopf gereizt.

Natürlich war es ein Vorwurf. Toni Glaser war sich durchaus bewusst, dass seine Vorgesetzte für gewöhnlich recht damit hatte, sich bei Ermittlungen möglichst an die Vorschriften zu halten. Aber in diesem Fall hatte er einfach ein Bauchgefühl gehabt, und auch darauf musste man sich manchmal verlassen. Sogar, wenn das vor Gericht nicht standhielt.

»Nein, kein Vorwurf«, antwortete er und klang dabei ein wenig kleinlaut.

Danas Übergangswohnung roch modrig und verlassen.

Felix humpelte in die Küche. Er war ratlos. Was sollte er tun? Die Polizei anrufen? Sich stellen? War nicht ohnehin schon alles egal? Sie suchten ihn wegen Mordes. Und dann hatte er noch eine Leiche im Wagen liegen – die Leiche seiner Geliebten. Jetzt konnte er Dana nicht aus dem Auto in die Wohnung holen. Das Risiko, dabei beobachtet zu werden, war zu groß. Im VW-Bus würde sie vorerst nicht entdeckt werden, schließlich hatte er eine Decke über ihr ausgebreitet.

Nun stand er hier, umgeben von ihren Sachen, und war außerstande darüber nachzudenken, was es als Nächstes zu tun galt. Thailand war gestorben. Der Kummer über diese Erkenntnis wummerte tief im Innern seiner Seele. Er war allein und musste sich mit Feinden an zwei Fronten herumschlagen. Wer war gefährlicher – die Kripo oder Gabriel de Moño? Der stechende Schmerz hinter seinen Augen verhinderte jeglichen klaren Gedanken. Er wusste, dass Gabriel hinter alldem steckte. Aber wenn er ihn für all die Leichen büßen ließ, die seinen Weg pflasterten, dann würde er, Felix, selbst im Knast landen. Das durfte nicht passieren. Welche Optionen hatte er noch – Selbstmord? Untertauchen? Felix schleppte sich zum Kühlschrank und öffnete die Tür. Er musste die rasenden Kopfschmerzen in den Griff bekommen – irgendetwas Kaltes würde helfen. Er riss das Gefrierfach auf. Das von Eis überwucherte Fach ließ ihm die Wahl zwischen einer Packung Tiefkühlerbsen, einem Stück Brot in einer Plastiktüte und einem Gefrierbeutel mit undefinierbarem Inhalt von der Größe eines Steaks. Felix griff nach dem Beutel und zog ihn heraus. Kaum spürte er den Gegenstand in seiner Hand, nahm sein Gesicht einen ungläubigen Ausdruck an. Trotz der Eiskristalle, die sich im Inneren gebildet hatten, erkannte er sofort, was er in

Händen hielt. Das hier war kein Steak. Es war die Browning, mit der er den Journalisten Stefan Blank getötet hatte, und mit der er selbst, noch vor Kurzem, Dana hatte erschießen wollen. Bei der Prügelei mit dem Wahnsinnigen, der ihn fast umgebracht hatte, war ihm diese Waffe aus der Hand gefallen. Dana musste sie gefunden und offensichtlich hier versteckt haben. Brauchte er die Waffe noch – oder war es besser, sie für immer verschwinden zu lassen? Felix öffnete den Kühlschrank erneut und griff sich die Tüte mit den Tiefkühlerbsen. Bewaffnet mit den zwei eiskalten Beuteln humpelte er hinüber ins Wohnzimmer und ließ sich aufs Sofa fallen. Dann legte er sich die kalte Verpackung mit dem Gemüse auf die Stirn und atmete tief durch. Die Kälte tat gut. Sein Puls wurde langsam ruhiger. Dann schlief er ein.

Als er wieder aufwachte, war es draußen bereits dunkel. Sein Gesicht lag in einer Pfütze. Die Erbsen waren mittlerweile aufgetaut. Mit einer Handbewegung warf er angewidert den Plastiksack auf den Fußboden. Dann richtete er sich auf und betrachtete die Pistole. Sie war das einzige Beweisstück, das ihn mit dem verschwundenen Journalisten in Verbindung bringen konnte. Er nahm die Waffe aus der Verpackung und stellte fest, dass er sich jetzt besser fühlte. Er konnte wieder klar denken. Und zum ersten Mal, seit er aus dem Krankenhaus geflohen war, hatte er eine Idee, wie er seinen Kopf vielleicht doch noch aus der Schlinge ziehen konnte. Natürlich war der Plan waghalsig, aber er musste es versuchen.

Als Erstes suchte er die Wohnung nach Werkzeug ab. In einem Schuhkarton im Gang wurde er fündig. Unverzüglich begann er, die Waffe in ihre einzelnen Bestandteile zu zerlegen. Nachdem das geschafft war, holte er sich das Putzzeug, das unter der Spüle stand. Zunächst schlüpfte er in die gelben Putzhandschuhe aus Plastik, dann schrubbte er jedes einzelne Teil des Revolvers mehrmals ab. Kein einziger Fingerabdruck sollte darauf zu finden sein. Nach einer halben Stunde nickte er zufrieden, dann schlug er die mit großer Sorgfalt gereinigten Metallteile in ein Geschirrhandtuch ein.

Zwei Stunden später hatte er die Teile der Pistole in acht verschiedenen Mülltonnen im Großraum München entsorgt. Felix war sich sicher: Dieses Puzzle würde von niemandem mehr gelöst werden. Und das war erst der Anfang seines Plans. Doch bevor er den nächsten Schritt in Angriff nehmen konnte, musste er noch Danas Leiche in die Wohnung schaffen. Er sah auf die Uhr: Es war neun Uhr abends und damit noch ein wenig zu früh. Aber gegen zehn würde er es wagen. Um diese Uhrzeit war die Wahrscheinlichkeit, hier in diesem menschenleeren Vorort beim Entsorgen einer Leiche entdeckt zu werden, gleich null. Felix stellte sich den Wecker und nickte noch einmal ein. Um Punkt zehn schreckte er auf. Der Weckton hallte schrill durch die Wohnung. Nachdem er eine Zigarette geraucht hatte, machte er sich auf den Weg nach unten. Vor dem Haus blieb er kurz stehen. Die Nachtluft war kühl. Außer dem Rauschen des Verkehrs auf einer weiter entfernten Straße hatte sich Ruhe über das Viertel gelegt. Felix sperrte den Bus auf. Erleichtert stellte er fest, dass die Leiche trotz der sommerlichen Temperaturen des vorangegangenen Tages noch nicht den Geruch des Todes verströmte. Er schlug die Decke zurück. Auch im Tod war Dana noch wunderhübsch. Nur ihre dunkle Haut war blasser geworden. Felix betrachtete sie mit zärtlichem Blick. Sie sah nicht so aus, als hätte sie mit dem Schuss gerechnet. Ihr Gesichtsausdruck wirkte überrascht. Je länger er sie ansah, umso weniger verstand er, wie er nur an ihrer Aufrichtigkeit hatte zweifeln können. Wie dumm und einfältig war er nur gewesen? Er riss sich von seinen deprimierenden Gedanken los, bedeckte Danas Gesicht wieder und wickelte ihren Körper fest in die Decke ein. Dann versuchte er, sie mit beiden Armen zu tragen – wie ein Bräutigam, der seine Braut in der Hochzeitsnacht über die Schwelle des Schlafzimmers trug. Aber trotz ihres leichten Gewichts vereitelten seine gebrochenen Rippen diesen Plan. Also griff er nach ihren Händen, drehte sich um und versuchte, sie sich auf den Rücken zu ziehen. Als ihre Füße von der Kofferraumfläche auf die Straße plumpsten, entstand ein hässliches, dumpfes Geräusch, das ihn erschaudern ließ. Aber darauf konnte er jetzt keine Rücksicht nehmen. Er musste all seine Kraft zusammennehmen und Dana nach oben schaffen. Bis zur Haustür gelang es ihm ganz gut. Im wegen der Haussanierung entkernten Treppenhaus galt es, die notdürftig zusammengeschobenen Dielen zu überklettern. Felix wankte mit seiner schweren Last zwischen Eimern, Plastikplanen und Paletten hindurch. Er hatte noch nicht einmal die Hälfte der Treppe zum ersten Stockwerk geschafft, da beschloss er, eine Pause einzulegen. Also legte er Dana auf einer Diele ab und verschnaufte. Die Luft war trocken vom Baustaub. Plötzlich zuckte Felix erschrocken zusammen: Mit einem kaum vernehmbaren Knarzen öffnete sich die Haustür. Wer kam da jetzt um diese Uhrzeit in das unbewohnte Gebäude? Felix schob sich sofort vor Danas Leiche und hoffte, dass sie vom Eingang aus nicht zu erkennen war. Er fühlte sich wie auf einem Präsentierteller. Gespannt observierte er den Flur. Ein Windhauch zog ins Treppenhaus, dann stand ein Fremder in blauer Arbeitshose vor ihm.

»'tschuldigung, ich komm nur wegen der Säge.« Der Mann deutete auf eine Handkreissäge, die achtlos auf einem Stapel Bretter deponiert worden war.

Felix nickte zögerlich.

»Weißt schon … Ich brauch die privat …«, stammelte der Bauarbeiter und war schon wieder verschwunden.

Minuten später lag Dana in ihrem Bett. Felix schmiegte sich an sie und schlief erneut ein. Obwohl eine Leiche neben ihm lag, fühlte es sich völlig normal an. Sein Traum führte ihn an einen thailändischen Sandstrand. Er saß mit Dana an einem Lagerfeuer. Doch als er ein Stück Holz nachlegte, verbrannte er sich die Hand. Felix erwachte und glaubte für einen Moment, auch von dem Mord an Dana nur geträumt zu haben. Aber dann wandte er sich um und sah, dass sie neben ihm lag. Tot.

Toni Glaser seinerseits lag neben Kelly Christ und studierte nachdenklich ihr Gesicht, während sie mit seinem Brusthaar spielte. Ihre Lippen näherten sich den seinen. Doch er hatte gerade anderes im Kopf als sie.

»Tut mir leid, ich kann … gerade nicht.«

»Seh' ich selbst«, sagte sie enttäuscht und blickte an seinem Körper herab.

»Weißt du, mir geht das nicht aus dem Kopf mit diesem Felix Ambach. Ich bin mir sicher, der ist in irgendwas Großes verwickelt …« Er sah sie an, aber sie wich seinem bittenden Blick sofort aus. »Jetzt gib dir halt einfach einen Ruck und komm morgen mit aufs Präsidium, Kelly. Mach deine Aussage, und dann kann es losgehen.«

Sein Appell prallte an ihr ab wie ein hart geschlagener Tischtennisball an einer Fensterscheibe. Kelly zog ihre Beine schützend zur Brust.

»Ich weiß nicht, ich glaube, ich möchte lieber nichts mit der Polizei zu tun haben.«

»Also, ich befürchte, das lässt sich nicht vermeiden«, meinte Toni lächelnd und strich ihr zärtlich über die Wange.

Seit einer halben Stunde blickte Felix immer wieder auf das Display seines Handys. Er erwartete keinen Anruf, er dachte nach. Die Mordwaffe hatte er entsorgt, seither fühlte er sich besser. Aber ob das Telefonat, das er vor dreißig Minuten geführt hatte, wirklich die Lösung all seiner Probleme war, das konnte er nicht einschätzen. Vor allem wusste er nicht, ob er sich auf seinen Komplizen verlassen konnte. Und davon hing jetzt alles ab. Felix hatte hoch gepokert, denn er wusste, dass dies seine letzte Chance war.

Zehn

Gabriel war noch immer verärgert über Hugo, aber vielleicht konnte er die angestaute Energie ja in wenigen Minuten abbauen. Man konnte von Hugo halten, was man wollte, aber im Bett war er einfach eine Granate. Der Kunstberater parkte seinen Jaguar in der Tiefgarage des Hotels und machte sich direkt auf den Weg zu der verabredeten Zimmernummer. Obwohl er dies eigentlich nicht nötig hatte, denn seine Virilität stand außer Frage, hatte er schon vor einer Stunde eine Viagra-Tablette eingenommen. Mit einer leichten Erektion verließ er den Aufzug und betrat den Gang im dritten Stock. Der in einem aufdringlichen Aquamarinton vor ihm liegende Teppichboden war von ausgesuchter Hässlichkeit. Gabriel klopfte an die Tür des Zimmers mit der Nummer 333. Hugo öffnete ihm. Als er ihn sah, war sich der Kunstberater plötzlich doch wieder sicher, dass er seinen Lover liebte. Hugo trug ein unwiderstehliches schwarzes Lackoutfit. Ohne Zögern umarmte der Liebhaber ihn und gab ihm einen leidenschaftlichen Zungenkuss. Dann verbeugte er sich geradezu devot und bat ihn herein.

Gabriel staunte, als er die Dekoration sah, die Hugo sich für dieses Treffen ausgedacht hatte: Auf den Nachttischen neben dem Bett standen Lampen, die sanftes Licht verströmten und dezent ihre Farben wechselten. Die Matratze war mit einem Laken aus Latex überzogen. Auf einem Tisch warteten mehrere Stahl-Dildos, Handschellen und anderes SM-Equipment. Gabriel grinste.

Nachdem Hugo ihn entkleidet hatte, zog der Spanier sich selbst mit aufreizender Langsamkeit die bereitliegenden Latexhandschuhe über und begann damit, den auf dem Rücken liegenden Gabriel zu massieren. Dieser genoss die Berührungen ganz offensichtlich. Doch wie bereits beim letzten Mal bat Hugo nach einiger Zeit um einen Rollentausch. »Ich lege mich da jetzt hin, Maestro, und dann bitte ich dich, es mir richtig zu besorgen, ja?« Sein Tonfall klang etwas gespielt. Aber Gabriel schöpfte keinen Verdacht. Eine gewisse theatralische Künstlichkeit gehörte bei solchen SM-Akten ohnehin dazu. Abgesehen davon, dass er zunehmend erregt war, freute Gabriel sich auch darauf, Hugo Schmerzen zuzufügen, weil der sich heute nach dem Mord derart unmöglich benommen hatte. Hugo räkelte seinen muskulösen Körper auf dem Bett und hauchte dann, als Gabriel ihm zu lange zögerte: »Fessle mich, Maestro!«

Gabriel griff sich die Handschellen und umschloss damit Hugos Handgelenke so fest es ging. Dann drang Gabriel ohne Vorwarnung brutal in ihn ein. Hugo stöhnte. Ja, es tat weh, aber Gabriel schien keinen Verdacht zu hegen und außerdem schien es ihm zu gefallen. Als die Schmerzen zu stark wurden, versuchte Hugo Gabriel zu stoppen, doch der schlug ihn mit der flachen Hand ins Gesicht. Hugo war erschrocken, beschloss aber, das Spiel noch eine Weile mitzuspielen.

»Ja, Maestro, bestrafe mich, ich habe es verdient!«, keuchte er halbherzig. Dann deutete er mit dem Kopf auf eine schwarze Box, die neben ihm auf dem Nachtkästchen lag. Gabriel nickte und griff nach der Kiste. Was Hugo sich wohl dieses Mal ausgedacht hatte? Der Kunstexperte hielt kurz inne, um es zu erraten, aber er kam nicht darauf. Dann öffnete er mit einem wollüstigen Grinsen die Schatulle. Ihr mit rotem Samt ausgeschlagenes Inneres gab den Blick auf einen verchromten Revolver frei: ein Colt Anaconda. Gabriel verstand sofort, was von ihm verlangt wurde. »Du sollst deine Strafe bekommen, du ungezogener Bengel!«

Schon öffnete Hugo demonstrativ den Mund. Doch jetzt wollte Gabriel die Spielregeln bestimmen. »Du willst, dass ich dir den Lauf in den Mund schiebe, du Lustmolch?«, fragte er gespielt begriffsstutzig. Hugo nickte mit einem devoten Hundeblick. Gabriel kam ganz nah an sein Gesicht und flüsterte: »Das wäre doch viel zu langweilig, mein Lieber!« Hugo war irritiert – was meinte Gabriel, was hatte er vor? Der Kunstberater strich sich die langen Haare aus der Stirn, streckte sich nach seinem Jackett, das über einem Stuhl hing, und griff in die Seitentasche. Ein metallisches Klimpern war zu hören. Als er erkannte, was Gabriel da in der Hand hielt, krampfte sich Hugos Magen zusammen. Er spürte kalten Schweiß auf der Haut. Mit angstgeweiteten Augen verfolgte er die Bewegungen des Kunstberaters: Der setzte sich nun rittlings auf sein ans Bett gefesselte Opfer und zeigte ihm mit überdeutlichen Gesten, was er soeben aus dem Sakko gefischt hatte. Hugo starrte auf zwei silberne Patronen. Gabriel lächelte ihn an.

»Mit scharfer Munition ist unser Spiel doch viel spannender … Oder was meinst du?«

Hugo versuchte, sich unter dem älteren Mann herauszuwinden, aber dieser hatte ihn mit seinen Oberschenkeln fest fixiert und grinste diabolisch, während er die zwei Patronen in die Kammern der Waffe schob. Hugo winselte: »Mierda, Gabriello, was machst du da? Bitte nicht!« Aber schon ließ Gabriel die Trommel zurück in die Waffe schnappen. Dann drehte er sie mit der linken Hand. Das Surren des Todes vibrierte in Hugos Ohrmuscheln. Er bäumte sich auf, versuchte, Gabriel energisch strampelnd abzuwerfen, aber es gelang ihm nicht. Stattdessen sagte Gabriel: »Mund auf!«

Hugo schüttelte mit angstverzerrtem Gesicht den Kopf und presste seinen Mund zu. Das war kein Spiel mehr.

»Mund auf!«, befahl Gabriel noch einmal und gab ihm eine Ohrfeige.

Hierauf öffnete Hugo den Mund, und Gabriel schob ihm das kalte Metall zwischen die Zähne. Hugos ganzer Körper zitterte wie in einem Fieberkrampf. Der Kunstberater sah ihn mitleidig an, dann sagte er mit lauter, herrischer Stimme: »Hör zu! Ich werde jetzt nicht schießen – noch nicht! Erst will ich noch ein bisschen Spaß mit dir haben.« Und während er lachte, wie Hugo ihn noch nie hatte lachen hören, drang Gabriel nochmals mit Gewalt in ihn ein. Hugo stöhnte vor Schmerz, und gleichzeitig jagten ihm Gedanken durch den Kopf. Würde Gabriel wirklich den Abzug der Anaconda drücken und Russisch Roulette mit ihm spielen? Was war das für ein irres Spiel? Zwei Kugeln in sechs Kammern. Wenn Gabriel wahrmachte, was sich andeutete, dann würde Hugo die nächsten Minuten mit einer über dreißigprozentigen Wahrscheinlichkeit nicht überleben. Nach weiteren quälenden Sekunden spürte Hugo, dass es so weit war: Gabriel steuerte auf seinen Höhepunkt zu. Danach sagte der Kunstberater, vor Anstrengung noch immer nach Luft schnappend: »Jetzt kommt deine Erlösung.« Dann drückte er zweimal schnell hintereinander den Abzug der Waffe.

Felix riss das Klingeln seines Handys aus dem Schlaf. Er blickte auf das Display. Es war kurz nach vier. Er nahm den Anruf entgegen. Eine zitternde Stimme am anderen Ende sagte nur: »Hat alles geklappt. Leg los!«

»Ist das wirklich hundertprozentig? Kann ich mich auf dich verlassen?«, fragte Felix, aber da hatte der andere bereits aufgelegt. Aufgeregt betrachtete Felix Danas totes Gesicht. Schlafen konnte er jetzt nicht mehr. Er war sich zwar alles andere als sicher, aber dieser Plan war seine letzte Chance, um heil aus der Katastrophe, in die er sich selbst im Lauf der vergangenen Monate manövriert hatte, herauszukommen. Er hinkte zur Dusche und kletterte mühsam hinein. Wieder tat ihm alles weh: die kaputten Rippen, die Kopfverletzungen, die Prellungen an den Armen. Nachdem das heiße Wasser eine gefühlte Ewigkeit über seinen geschundenen Körper geflossen war, stieg er aus der Dusche und trocknete sich ab. Dann nahm er seinen Langhaarschneider und schnitt sich ohne jedes Zögern das blondierte Haar ab. Locke um Locke fiel auf den gekachelten Boden. Nackt ging er zurück ins Wohnzimmer und zog ein zerknittertes weißes Hemd aus dem Kleiderstapel. Er betrachtete es kritisch. Dann schüttelte er den Kopf und durchsuchte sämtliche Schränke und Kommoden der Wohnung. In einem Unterschrank in der Küche wurde er fündig. Er trug das Bügeleisen zum Wohnzimmertisch, legte das Hemd darauf und bügelte es glatt, so gut es der Tisch erlaubte. Als er an der Vorderseite angekommen war, bemerkte er, dass er eine Melodie pfiff: Es war die von »Tequila«.

Der Münchner Morgen roch nach Abgasen. Eben war ein Laster mit Bauschutt abgefahren und hatte Felix in eine Staubwolke gehüllt. Es war sechs Uhr früh. Er stand glatzköpfig, in Jeans und gebügeltem weißem Hemd auf der Straße und schloss sein Auto auf. Dann drehte er den Zündschlüssel um, schaltete die Scheinwerfer ein und fuhr in gemächlichem Tempo in Richtung Innenstadt. Felix hatte sich vorgenommen, sich Zeit zu nehmen. Also ließ er das Fenster halb herunter und zündete eine Zigarette an, die er – im Gegensatz zu seinen sonstigen Rauchgewohnheiten – kein bisschen hastig, sondern voller Genuss rauchte. Im Radio wählte er den Klassiksender. Das, was da lief, klang gefällig. Er tippte auf Mozart. Zwei Zigaretten später hatte er sein Ziel erreicht. In wenigen Stunden wäre alles vorbei. Er ging auf die gesicherte Pforte zu. Darüber stand in weißer Schrift auf blauem Grund »Polizei«. Felix fühlte sich wie jemand, der beim Roulette im Casino sein letztes Geld auf eine einzige Zahl setzte. Rien ne va plus.

Er drückte die Klingel. Als ihn der Pförtner durch die Sprechanlage fragte, was er wolle, war er plötzlich aufgeregt. Er stammelte: »Mein Name ist Felix Ambach. Ich will mich der Polizei stellen. Außerdem habe ich die Leiche von meiner Freundin in einer Wohnung hier in der Nähe, die hat jemand umgebracht. Also, nicht ich. Aber ich weiß, wer der Mörder ist.«

»Hören Sie, für Spaßvögel ist jetzt nicht die richtige Zeit. Wir sind am Ende der Nachtschicht. Wenn Sie schön gefeiert haben, dann freut uns das, aber …«, knatterte die Stimme des Polizisten verzerrt und müde, aber nicht unfreundlich aus dem Lautsprecher.

Felix erschrak – damit hatte er nicht gerechnet. Mit gepresster Stimme und leicht stotternd antwortete er: »Ich … ich meine das ernst. Dana ist wirklich tot. Erschossen. Ich konnte sie nicht retten. Ich kam zu spät. Ich habe ihre Leiche jetzt in ihre Wohnung gelegt. Also … Dana liegt jetzt in ihrem Bett. Sie müssen unbedingt kommen. Den Mörder festnehmen. Ich weiß, wer sie umgebracht hat. Bitte lassen Sie mich rein!«

Elf

»Warum sollten wir Ihnen glauben, was Sie erzählen? Eine Frauenleiche daheim im Bett, erschossen …« Der Polizist schüttelte den Kopf, um gleich danach in eine Butterbrezn zu beißen. Brösel und Salzkörner flogen in die Tastatur, die vor ihm auf dem Schreibtisch der Dienststelle stand. Er wirkte ausgeschlafen, offensichtlich hatte er eben erst von den müden Kollegen die morgendliche Schicht übernommen, und das Laugengebäck war sein Frühstück.

Felix war übel vor Anspannung. Auch wenn der Polizist nicht das schärfste Messer in der Schublade war – immerhin setzte sich jetzt endlich jemand mit seiner Aussage auseinander. Vorhin, um kurz nach sechs, hatte er zwar, nach einiger Diskussion mit dem Pförtner, erreicht, in die Polizeidienststelle eingelassen zu werden. Aber so richtig ernst genommen hatte keiner der diensthabenden Beamten seinen Hinweis, er wisse von der Leiche einer erschossenen Frau in einer Wohnung. Man hielt ihn offensichtlich für einen nicht zurechnungsfähigen Besoffenen, der sich wichtigmachte. Das Desinteresse der Ordnungshüter an seiner Aussage wurde noch dadurch verstärkt, dass die Kollegen von der Streife um kurz vor sieben mehrere Männer hereinbrachten, die sich über Facebook zu einer Massenschlägerei in der Innenstadt verabredet hatten. Es gab Dringlicheres als eine unglaubwürdige Mordanzeige.

Nach einer ihm schier endlos erscheinenden Wartezeit wurde Felix dann aber doch von dem Polizisten mit der Butterbrezn auf seinem Wartestuhl im Flur angesprochen und hereingebeten. Das Büro mit den vier Schreibtischen wirkte, als hätte es die Achtziger-, Neunziger- und Nullerjahre nie gegeben, als wäre die Zeit stehen geblieben. Die Möbel, Telefone und Vorhänge sahen aus wie aus einem Museum. Nur die Schreibmaschinen fehlten.

Auf die Frage des schmatzenden Polizeibeamten, warum man ihm Glauben schenken solle, antwortete Felix hilflos: »Warum sollte ich denn bitteschön erfinden, dass jemand meine Freundin erschossen hat?«

Sosehr sich Felix bemühte, seiner Stimme einen sicheren, glaubhaften Klang zu verleihen, es gelang ihm nicht recht, seine Nervosität zu überspielen. Ihn quälte vor allem eine Frage: Was, wenn sein waghalsiger Plan nicht aufging? Dann lieferte er sich gerade selbst ans Messer.

»Jetzt frage ich einmal anders«, brummte der Beamte, der mittlerweile seine Brezn vertilgt hatte und in der Bäckertüte auf dem Tisch nach weiterem Essbarem fahndete. Er wirkte so, als wäre ihm sein Frühstück wichtiger als Felix' Aussage. »Wie viel haben wir denn heute Nacht getrunken?« Felix empfand den Blick des Beamten als süffisant. Er unterdrückte den Impuls, ihn zu beschimpfen.

»Nichts! Warum?« Felix schüttelte empört den Kopf. Es war zum Kotzen! Dieser Typ nahm ihn einfach nicht ernst! Felix war verzweifelt. Er war unausgeschlafen, und mit jeder Minute, die er hier warten musste, wuchs seine Angst, er könnte seine sorgfältig zurechtgelegten Lügen vergessen oder Details seiner Story durcheinanderbringen. Die stickige Luft verschlimmerte seinen Zustand noch.

»Hauchen Sie mich einmal an!«, forderte der Beamte ungerührt und legte sich einen glasierten Krapfen auf den Teller.

Aber Felix hatte genug von dem Theater. Das war reine Zeitverschwendung: »Hören Sie, kann ich bitte Ihren Vorgesetzen sprechen? Das ist doch alles Schwachsinn hier. Ich will einen Mord melden, und Sie behandeln mich wie einen besoffenen Teenager!«

»Oha!«, entfuhr es dem überraschten Vernehmungsbeamten. »Jetzt werd einmal nicht frech, du Zigarettenbürscherl!« Aber dann legte er doch den Krapfen, in den er gerade beißen wollte, auf den Teller zurück, schleckte sich den Zuckerguss von den Fingerkuppen und erläuterte in freundlicherem Tonfall: »Wissen 'S, Herr … äh, Ampler, das Problem ist, dass wir von der Polizei am

Limit sind …« Er würdigte, während er dies sagte, Felix keines Blicks. »Wie Sie vielleicht gemerkt haben, geht's hier rund. Und ich habe keine Lust, wegen nichts und wieder nichts eine Streife loszuschicken, bloß um dann festzustellen, dass Sie ein Wichtigtuer sind oder auf Drogen oder was weiß ich.« Er hob herausfordernd den Kopf. »Herr Ampler!«

Im selben Moment trat ein Uniformierter mit randloser Brille in den Raum und legte einen Stapel Akten auf einen Schreibtisch.

»Ich heiße Ambach. Felix Ambach«, korrigierte Felix. Warum war er nur hierhergekommen?

»Sag ich doch!«, schnauzte ihn der Ermittler an und blickte genervt zum Fenster hinaus.

»Wie heißen Sie?« Der bebrillte Beamte, der eben hereingekommen war, starrte ihn an.

»Felix Ambach«, erwiderte er kleinlaut.

Der Polizist mit der Brille wandte den Blick seinem Kollegen zu.

»Den haben wir doch in der Fahndung!«

»Fahndung?«, wiederholte der mampfende Polizist verdattert – er hatte eben einen Bissen von seinem Krapfen genommen. Puderzucker staubte durch die Luft. »Also gut, das ändert natürlich die Situation!«

Zwei Stunden später traf ein Team der Spurensicherung in Danas Wohnung ein und sicherte den Tatort. Felix saß zur selben Zeit in sich zusammengesunken auf der Pritsche einer U-Haftzelle der Münchner Kriminalpolizei. Neben ihm lag eine wollene Decke in bräunlichem Grau, und sein linkes Bein zuckte auf und ab wie eine Nähmaschine. Zwar wurde er sich seines nervösen Gewippes immer wieder bewusst, aber sobald seine Gedanken abschweiften – zu Danas tödlich blassem Gesicht, zu Hugos gleichgültigem Blick nach dem Mord, zu Gabriels verlogenem Grinsen; in das elegante Hotel an der Place Vendôme in Paris und in sein verfallendes Elternhaus in Hinteröx; zu den von ihm gefälschten Schutzheiligen, zur Tänzerinnenfigur, zu Picassos »Menschen am Strand« und zu Soleil, seiner Tochter –, nahm sein Bein wieder die Arbeit auf. Er hatte sich freiwillig in die Höhle des Löwen begeben. Die Frage war nun, ob ihn der Löwe fressen würde.

Als nach einer gefühlten Unendlichkeit die Tür ein leises, metallisches Geräusch von sich gab und den Blick auf den schnurrbärtigen Polizisten freimachte, der ihm im Krankenhaus nachgestellt hatte, begann Felix am ganzen Leib zu zittern. War es der Entzug oder die Angst oder beides? Der Mann betrat die Arrestzelle und musterte den Gefangenen. Felix wich dem Blick aus und schaute unsicher auf den Boden. Sofort fielen ihm die wildledernen Cowboystiefel ins Auge. Sie wirkten neu, spitz und gefährlich. Der Polizist stellte sich als Toni Glaser vor und forderte Felix auf, ihm zu folgen.

Zögerlich erhob sich Felix von der Pritsche. Er rechnete damit, in Handschellen gelegt zu werden, aber der Kriminalpolizist machte keine diesbezüglichen Anstalten, sondern hielt ihm sogar noch die Zellentür auf. In Felix' Magen gurgelte es, als er an dem Mann vorbei in den Gang trat. Der Schnauzbartpolizist roch nach einer Mischung aus Moschus und künstlichem Erdbeeraroma. Während Felix den Flur entlangtappte, ging er im Kopf noch einmal die Geschichte durch, die er dem Cowboy jetzt gleich auftischen wollte. Den Kaugummi mit Erdbeergeschmack, den dieser ihm auf dem Weg ins Vernehmungszimmer anbot, lehnte er ab. Dort erwartete ihn bereits eine kräftige Polizistin. Auch sie kannte Felix schon. Sie hatte ihn nach Marias Selbstmord in seiner Münchner Wohnung vernommen.

»Das ist die Frau Dukaz«, meinte der Polizist. »Bitte nehmen Sie Platz, Herr Ambach.«

»Guten Tag, Herr Ambach«, sagte die Frau mit dem regenbogenfarbenen T-Shirt. Unter ihren Armen waren großflächige Schweißflecken zu sehen. Es war heiß in dem kleinen Zimmer.

»Guten Tag«, antwortete Felix. Das Warten in der Zelle hatte ihn mürbe gemacht. Er musste sich jetzt zusammenreißen.

»Herr Ambach«, begann die Beamtin nun, »wer hat diese junge Frau erschossen, zu deren Leiche Sie unsere Kollegen geführt haben?«

Felix hatte mit dieser Frage gerechnet. Doch er hielt es für klüger, zunächst auf ein anderes Verbrechen zu sprechen zu kommen. Während er überlegte, wie genau er seine Antwort formulieren sollte, schob der Kommissar hinterher: »Wir wissen übrigens, dass die Tote kurz vor ihrem Ableben auf Ihrem Anwesen in Hinteröx ein Feuer gelegt hat.«

»Wenn hier also jemand ein Motiv für diese Tat hatte, dann Sie«, ergänzte die Frau im T-Shirt und sah ihn mit einem bohrenden Blick an. »Wollen Sie vielleicht ein Geständnis ablegen?«

»Ich war das nicht. Dana war meine Freundin.« Er bemerkte selbst, wie wenig glaubwürdig er klang.

Die Kriminalhauptkommissarin schüttelte langsam den Kopf.

»Warum sind Sie eigentlich neulich so überstürzt aus dem Krankenhaus abgehauen?«, wollte jetzt Toni Glaser wissen. »Wussten Sie, dass ich komme?«

»Ich …« Felix war sich unschlüssig, auf welche Frage er als Erstes antworten sollte. Natürlich war er vor dem Schnurrbart-Polizisten geflohen!

»Der Herr Glaser ist in das Krankenhaus gekommen, um Sie zu befragen; und – plötzlich waren Sie weg. Obwohl Sie noch gar nicht wiederhergestellt waren, wie die Stationsleitung uns bestätigt hat. Warum diese Flucht?« Die Polizistin bedachte ihn mit einem fragenden, aber nicht feindlich wirkenden Blick.

»Ich weiß, dass Sie mich zum Tod von Georg Seefellner befragen wollten. Ich weiß, dass Sie glauben, dass ich ihn umgebracht habe. Ich habe den Georg aber nicht umgebracht. Ich mochte ihn. Der Georg war fast wie ein Freund für mich. Zwar etwas speziell, aber …« Felix bemühte sich um einen traurigen Gesichtsausdruck und eine ebensolche Stimme. »… doch einer, den man mögen konnte.« Es war zwecklos: Er war einfach ein schlechter Schauspieler. Die beiden Polizisten musterten ihn aufmerksam. Glaser, der in der Nähe der Tür stand, hatte die Hände in die Hosentaschen seiner Jeans gesteckt. Dukaz hatte ihre voluminösen Brüste auf dem Tisch abgelegt, um ihren Rücken zu entlasten. Sie hatte abends wieder Schlagzeugunterricht. Bis dahin musste ihr Kreuz halten. Felix suchte den Blickkontakt mit Glaser, aber der ließ ihn abblitzen. Hilfesuchend wandte er sich wieder der Polizistin zu. Plötzlich wusste er, was er sagen musste: »Ich weiß, wer den Georg umgebracht hat. Aber Sie müssen schnell und vorsichtig sein. Der Mann ist ein Profi, ein Verstellungskünstler.«

»Aha. Interessant. Und wer soll dieser geheimnisvolle Profi sein?« Ute Dukaz' Frage kam leise und war angereichert mit einer großzügigen Prise Misstrauen. »Wenn Sie hier so weitermachen, können Sie gleich bei der

Mordkommission anfangen. Sie sind hier wohl der Mann, der auf einen Schlag gleich mal alle Morde aufklärt ...«, kommentierte Toni Glaser aus dem Hintergrund.

Felix nickte, wich aber dem bohrenden Blick des Ermittlers aus. Toni Glaser trat einen Schritt vor. »Also, dann jetzt mal raus mit der Sprache: Wer soll den Seefellner getötet haben, wenn es nicht Sie gewesen sind?«

»Der Mann heißt Gabriel de Moño«, sagte Felix. Während er die Worte über die Lippen schickte, spürte er, dass seine Wangen heiß wurden.

»Gabriel de Moño! Ha!«, entfuhr es dem Kriminalpolizisten wütend. »Ich glaube, Sie haben zu viele Mafiafilme angeschaut! Mit so einem italienischen Klischee-Schmarrn brauchen Sie uns nicht zu kommen!«

»Ich glaube, das ist spanisch, Toni«, meinte Ute Dukaz in mütterlichem Tonfall.

Felix war klar, dass er an einer heiklen Stelle seines Plans angelangt war. Schon wieder zuckten seine Beine wie eine Nähmaschine auf und ab. Er legte beide Hände auf den Tisch und sagte: »Gabriel de Moño ist der Kopf eines internationalen Verbrecherrings. Offiziell tritt er als Kunstexperte auf, aber in Wirklichkeit ist er in eine Vielzahl von Verbrechen verstrickt. Er ist skrupellos und geht über Leichen. De Moño hat nicht nur Georg Seefellner umgebracht, sondern auch Dana.« Felix stoppte und ließ seine Worte wirken. Er war gespannt, wie die Ermittler auf diese für Gabriel schwer belastende Aussage reagieren würden.

»Also, was den Tod von Georg Seefellner angeht, verfügen wir da aber über ganz andere Erkenntnisse, Herr Ambach. Ich mache Sie darauf aufmerksam, dass es eine Zeugin gibt, die aussagt, dass Sie es waren, der Herrn

Seefellner getötet hat. Und Sie belasten also jetzt jemand anderen? Kann es sein, dass Sie einfach nur von sich selbst ablenken wollen?« Toni Glaser trat an den Tisch und setzte sich auf den freien Stuhl gegenüber von Felix. Dann beugte er sich nach vorne und stützte sein Kinn auf die Fäuste. »Ihnen ist schon klar, dass Sie sich mit einer Falschaussage strafbar machen?«

»Sie müssen mir glauben!« Felix schluckte, er spürte, wie ihm der Schweiß ausbrach. Erneut beschlichen ihn Zweifel, ob sein Plan wirklich so gut durchdacht war. Alles hing davon ab, ob es ihm gelang, die beiden Polizisten zu überzeugen.

»Und warum, Herr Ambach, sollten wir Ihnen das glauben? Haben Sie denn ein Alibi für den Tag, an dem Georg Seefellner verstorben ist? Und wo waren Sie, als Ihre Freundin angeblich von diesem Spanier ermordet wurde?«

Felix holte tief Luft, nahm all seinen Mut zusammen und antwortete: »Ich weiß von Gabriel de Moño persönlich, dass er beide Morde begangen hat. Glauben Sie mir! Im Krankenhaus gibt es doch sicher eine Überwachungskamera, oder? Schauen Sie sich doch einfach mal die Aufnahmen an. An dem besagten Tag, da werden Sie mich darauf sicher nicht sehen, weil ich es nicht war. Aber diesen Herrn de Moño ziemlich sicher schon.« Die beiden Kriminalbeamten tauschten Blicke, die Felix nicht richtig einordnen konnte. Dann sagte Ute Dukaz zu ihrem jüngeren Kollegen: »Gehen wir kurz raus?« Und die Polizisten ließen Felix allein im Vernehmungszimmer zurück. Durch die Windungen seines Gehirns ratterten jetzt Gedanken wie die Zahnräder im Inneren eines einarmigen Banditen. Würden Dukaz und Glaser den Köder, den er ihnen hingeworfen hatte, schlucken? Um das Zucken seiner Beine in den Griff zu bekommen, stand Felix auf und machte einige Schritte durch den Raum. Es war noch immer ein ungelenkes Humpeln. Aber die körperlichen Verletzungen würden heilen. Was nicht heilen würde, war die Wunde, die Danas Tod ihm zugefügt hatte.

Zwölf

Toni Glaser war sich hundertprozentig sicher, dass Felix Ambach log. Seine geliebte Kelly hatte doch überhaupt kein Interesse daran, einen ihr völlig Fremden mit einem Mord zu belasten! Außerdem war sie seine Freundin. Und ein bisschen Menschenkenntnis hatte er auch. Er machte den Job schließlich nicht erst seit gestern.

»Der verarscht uns doch, Ute!« Mit aufgebrachtem Gesichtsausdruck starrte Glaser seine Vorgesetzte an. »Ein Mensch, der nichts zu verbergen hat, ergreift doch nicht schwerverletzt die Flucht! Ich glaube dem gar nichts, diesem Lügner!«

Die beiden standen im Flur vor dem Vernehmungszimmer. Ute Dukaz dachte nach. Mit einem »Oh Mann, ist das heiß heute« zog sie das T-Shirt aus der Hose und wedelte sich damit Luft zu. Glaser trat unwillkürlich einen Schritt zurück. Die Polizistin steckte das Oberteil wieder in die Hose und meinte bestimmt: »Komm, wir überprüfen jetzt doch noch einmal die Überwachungskameras im Krankenhaus. Wenn sich herausstellt, dass er lügt, dann nehmen wir ihn auseinander.«

Der Kollege schnaubte verächtlich: »Fragt sich nur, ob die im Krankenhaus die Aufnahmen überhaupt noch haben.« Glaser gähnte. »Außerdem brauche ich jetzt dringend einen Drink.«

»Soll ich dir einen Cuba Libre bringen?«, witzelte Ute Dukaz. Als sie sah, wie Toni Glaser die Augen verdrehte, weil er natürlich einen Energydrink meinte, schob sie schnell hinterher: »Ja, schon klar. Einen von deinen Energydrinks. Und ich könnte einen Kaffee vertragen.« Sie warf einen Blick auf ihre Armbanduhr. »Gibt's von der KTU eigentlich schon irgendwelche Infos über die tote Frau?«

Der Kollege hob die Schultern. »Keine Ahnung. Holen Sie uns in der Kantine was zu trinken, und ich bringe den Ambach zurück in die Zelle?«

»Eigentlich bist ja du dran mit Zahlen«, erwiderte Dukaz schnippisch.

Glasers Wangen röteten sich, er fühlte sich ertappt. Seit er mit Kelly zusammen war, hielt er sein Geld noch mehr zusammen als vorher. Er wollte seiner Zukünftigen etwas bieten. Aber so sagte er: »Okay, dann kümmern Sie sich um den Verdächtigen – und ich hole die Drinks.«

Einen Energydrink und einen Kaffee später hatten die Ermittler die Aufgaben unter sich aufgeteilt. Toni Glaser fuhr in Richtung Krankenhaus, wobei er sich von Willie Nelsons »Blue Eyes Crying in the Rain« beschallen ließ, und Ute Dukaz versuchte, im Büro etwas über den mysteriösen Gabriel de Moño in Erfahrung zu bringen. Weder im Fahndungscomputer noch im Bundeszentralregister fand sich ein Eintrag.

»Oh, oh«, sagte die Kriminalhauptkommissarin mehr zu sich selbst, »kein Eintrag für Gabriel de Moño. Vielleicht ein Stiefbruder von Don Vito Corleone?« Sie weitete die Suche auf die herkömmlichen Internetsuchmaschinen aus – und dort stieß sie zu ihrer Überraschung tatsächlich auf drei Artikel in Onlinemedien, in denen ein Kunstexperte namens Gabriel de Moño Erwähnung fand. Im ersten Fall wurde er in der Kunstzeitschrift »Claves de la Razón Práctica« zitiert. Der Text war auf Spanisch geschrieben, weshalb die Polizistin damit nichts anfangen konnte. Der zweite Bericht befasste sich mit dem Auktionshaus Stettner in München. Im Text selbst wurde Gabriel de Moño nicht erwähnt, allerdings fand sich ein Foto mit der Bildunterschrift:

> Auch Mäzen Gunther von Kleist, Kunstexperte Gabriel de Moño und Auktionshauschef Claus E. Stettner (von links nach rechts) ließen im Rahmen des Jubiläums des Auktionshauses Stettner die Korken knallen.

Der dritte Treffer ließ sich nicht mehr aufrufen, es kam eine Fehlermeldung. Die Kriminalhauptkommissarin klickte sich zurück zu dem Foto vom Auktionshausjubiläum und murmelte: »Dann gibt es dich also doch. Na ja …« Nachdem sie das Farbfoto ausgedruckt hatte, nahm sie es genauer unter die Lupe: Die Frisur des Mannes erinnerte sie an jene des Münchner Promi-Barchefs Charles Schumann. Ansonsten kam ihr dieser de Moño von seinem Äußeren her irgendwie unseriös vor. Sie legte das Foto zur Seite. Bis Toni aus dem Krankenhaus zurück war, hatte sie bereits das Melderegister abgefragt und die Anschrift des durch Felix Ambach so schwer Beschuldigten ausgedruckt. Ob der Mann dort auch wirklich wohnte, war eine ganz andere Frage.

Kurz nach der Mittagspause kehrte Toni Glaser ins Büro zurück.

»Hier ist alles drauf«, meinte er und warf seiner Chefin einen USB-Stick zu.

»Na, dann wollen wir mal sehen …« Ute Dukaz beugte sich nach unten und fummelte den kleinen Stecker, auf dem ein Sheriffstern abgedruckt war, in ihren Computer. Während das Gerät die Informationen einlas, rollte Glaser seinen Stuhl auf die Schreibtischseite der Vorgesetzten, schnappte sich Stift und Block und setzte sich.

»Oh, ganz schön schlechte Qualität«, entfuhr es der Ermittlerin, als die ersten Bilder in rauschendem Schwarz-Weiß sichtbar wurden. Der Bildausschnitt zeigte den Eingangsbereich des Krankenhauses. Rechts unten war die Uhrzeit eingeblendet. Da stand jetzt in weißen eckigen Digitalziffern »05:39«.

»Die haben leider nicht in jedem Stockwerk Kameras, wegen Privatsphäre und so. Aber falls dieser de Moño durch den Haupteingang gekommen ist, dann muss er ja eigentlich irgendwann hier auftauchen«, erklärte Glaser.

»Na, da bin ich ja mal gespannt …« Die Kripofrau war wenig überzeugt. Vor allem aber klang das nach einer Menge langweiliger Fleißarbeit.

»Spulen Sie mal ein Stück vor, bis was passiert«, forderte Toni Glaser die Chefin auf, woraufhin diese ihm einen für sie untypischen, verlegenen Blick zuwarf. »Ähm, wie – jetzt?«

Der Kriminalkommissar verstand. »Okay, dann tauschen wir vielleicht besser die Plätze und ich mach das schon.«

»Gute Idee«, meinte Dukaz und erhob sich. »Eigentlich muss ich da doch gar nicht dabei sein, oder?«

»Pff, na gut«, sagte Glaser. Er hatte schon geahnt, dass die Sichtung an ihm hängen bleiben würde. Seine Chefin war sehr geschickt darin, sich vor weniger spannenden Tätigkeiten zu drücken.

»Ach ja, und hier ist das Vergleichsbild, damit du den feinen Herrn de Moño auch erkennst, falls er durchs Bild marschiert.« Sie schob ihm den Fotoausdruck aus dem Internet zu, auf dem das Gesicht eines Mannes mit schmalem Schnauzer und langen grauen Haaren rot umkringelt war. Mit einem geflöteten »Bis später!« verabschiedete sich die Kriminalhauptkommissarin.

Glaser spulte den Film immer so weit vor, bis jemand den Eingangsbereich betrat. Dann stoppte er kurz und verglich das schemenhafte Bild mit dem des Verdächtigen und mit Felix Ambach. Es war öde, denn die Bilder wiederholten sich. Einmal sah er, wie eine Pflegerin durch die Tür kam und kurz beim Empfang stehen blieb. Dann tauchte ein Mann im Arztkittel auf. Später humpelten Patienten in Bademänteln und Schlafanzügen durchs Bild, gefolgt von Angehörigen mit Blumen und einer Putzfrau, die neben ihrem Putzwagen in der Nase bohrte. Ein Pfleger und eine Pflegerin stritten sich gestikulierend, und eine Krankenschwester stoppte einen Mann, der nur mit einer Windel und einem Handtuch bekleidet in Richtung Ausgang unterwegs war. Zwei Kinder folgten ihren Eltern, und das Mädchen warf das Papier von dem Eis, das es eben ausgepackt hatte, auf den Boden. Zwei Ärzte betraten gemeinsam mit vier jungen Menschen, die aussahen wie Studenten, das Krankenhaus, und erneut rollte die Putzfrau mit ihrem Wagen durchs Bild. So ging das immer weiter. Krankenhausalltag eben. Toni Glaser gähnte und schaltete den Durchlauf auf etwas schneller. Die Bildqualität ist schon wahnsinnig schlecht, dachte er, nahm dabei den Blick aber nicht vom Bildschirm. Man konnte gerade so die Gesichtsform der Menschen erkennen, die Hautfarbe zeigte wegen der gnadenlosen Überbelichtung keine Schattierungen. Zwei dunkle Punkte ließen die Augenpartie erahnen und ein schwarzer Strich den Mund. Die Nasen verschwanden in der digitalen Schwarz-Weiß-Suppe fast vollständig.

Je länger er den Film kontrollierte, umso gelangweilter starrte Toni Glaser in den folgenden drei Stunden auf das Computerdisplay. Hin und wieder schnaubte er ungeduldig. Doch dann hielt er plötzlich inne. Mit einem Mal hellwach, spulte er den Film etwas zurück: Da passierte ein Mann mit langen grauen Haaren den Eingangsbereich des Krankenhauses; und über dem Mundbereich schien der Verdächtige tatsächlich etwas zu haben, das ein Schnauzer sein konnte. Außerdem sah sich der Fremde mehrmals um. Das war verdächtig. Direkt danach schlurfte eine Frau im Leopardenbademantel nach draußen. Dann passierte eine Weile nichts, und schließlich, nach knapp zehn Minuten, sah Toni Glaser sich selbst und Ute Dukaz das Krankenhaus betreten. Weitere fünf Minuten später verließ der Mann mit den langen Haaren das Gebäude wieder. Toni Glaser warf einen Blick auf die eingeblendete Uhrzeit. Von Seefellners Todeszeitpunkt her, den die Ärzte ihnen genannt hatten, konnte das durchaus hinkommen. Hatten sie am Ende den Mörder im Krankenhaus nur um wenige Augenblicke verpasst? Er spulte nochmals zurück und stoppte das Bild erneut an derselben Stelle, um sich den Burschen genauer ansehen zu können. Aber sosehr er auch vor und zurück spulte, das Gesicht des Mannes blieb unscharf und verschwommen. Glaser druckte das schemenhafte Standbild trotzdem aus und legte es neben das Auktionsfoto, das Ute Dukaz im Internet gefunden hatte.

»Könnte schon sein…«, murmelte er vor sich hin und strich sich nachdenklich über den eigenen Schnurrbart. Dann entfuhr ihm ein »Du miese kleine Ratte«. Er schüttelte den Kopf. Noch einmal würde dieser Typ ihnen nicht durch die Lappen gehen. Toni Glaser griff zu seinem Telefon und rief die Chefin an. »Ich glaube, wir haben einen Treffer. Es sieht so aus, als hätte der Ambach wohl wirklich die Wahrheit gesagt. Wir sollten uns diesen de Moño einmal persönlich vorknöpfen.«

Dreizehn

Gabriel ließ sich von der Irritation, die der unangekündigte Besuch der Kriminalpolizei bei ihm hervorrief, nichts anmerken. Mit der Andeutung einer Verbeugung und einem höflichen »Herzlich Willkommen« bat er den Beamten mit der unmöglichen Frisur und dessen geschmacklos gekleidete Kollegin aus dem Aufzug in seine Penthousewohnung. Allerdings lief er mit seinem Versuch, die Ermittler zunächst mit dem herrlichen Blick, den sein Appartement über die Dächer von München bot, zu beeindrucken, auf Grundeis.

»Wenn wir eine schöne Aussicht wollen, dann steigen wir auf den Alten Peter!«, knurrte der Polizist, der sich als Toni Glaser vorgestellt hatte. »Herr de Moño, wir hätten da ein paar Fragen an Sie. Es geht um einen Mordfall.«

Gabriel kniff die Augen zusammen. Damit hatte er nicht gerechnet. Was für ein Mord? Ging es um Dana? Er musste jetzt die Contenance bewahren. Deshalb sagte er in eher interessiertem als eingeschüchtertem Tonfall: »Mord, aha, und was soll ich mit einem Mord zu tun haben?«

»Sie sind einer der Verdächtigen«, antwortete Toni Glaser kurz und knapp.

»Sagt Ihnen der Name Georg Seefellner etwas?«, übernahm nun die Frau, deren ungepflegtes Äußeres Gabriel als albtraumhaft empfand.

Er dachte nach. Seefellner? Irgendwo hatte er diesen Namen doch schon einmal gehört! Ach ja: »Meines Wissens gab es einmal einen Direktor an der Wiener Oper, der so hieß. Er hat sich um die Verbesserung der Akustik sehr verdient gemacht. Aber ich war mit Egon Seefehlner nicht persönlich bekannt.« Gabriel bemühte sich um ein einnehmendes Lächeln.

»Nicht ›Seefehlner‹, sondern ›Seefellner‹.« Die Kripofrau musterte ihn kritisch. Wollte dieser Schwachkopf sie verarschen oder meinte er das ernst?

»Und auch nicht Egon, sondern Georg«, ergänzte der jüngere Kollege.

»Nie gehört.« Gabriel schüttelte energisch den Kopf.

Aber der Ermittler fragte weiter: Wo er sich denn am – der Polizist nannte ein einige Monate zurückliegendes Datum – zwischen sechzehn Uhr fünfundvierzig und siebzehn Uhr aufgehalten habe?

Jetzt war Gabriel verstört. Er hatte den Namen des Mannes, der angeblich getötet worden war, noch nie gehört – und doch sollte er ein Alibi nachweisen, weil man ihn des Mords verdächtigte! Was ging hier vor? Ohne sich etwas anmerken zu lassen, sagte er: »Um Ihnen diese Frage beantworten zu können, müsste ich eben meinen Kalender konsultieren. Einen Moment, bitte.« Gabriel ging vom Flur der Wohnung in das Wohnzimmer und rief den Polizisten über die Schultern hinweg zu: »Kommen Sie doch herein, hier können wir uns auch setzen.« Er griff nach dem auf dem Couchtisch liegenden Smartphone und wischte darauf herum. »Soweit ich das überschauen kann, war ich da mit meinem …« Er räusperte sich. »… Freund beim Shoppen. Jedenfalls habe ich mir das hier so vermerkt …« Er hielt Ute Dukaz das Display hin.

Die nahm es und prüfte den Eintrag. »Sie tragen sich in den Kalender ein, wenn Sie mit Ihrem … Freund einkaufen gehen?« Die Kriminalhauptkommissarin betrachtete ihn misstrauisch. Sie schien ihm nicht zu glauben.

»Ich bin viel beschäftigt. Da muss man sich seine Zeit einteilen, denn am Ende des Tages …« Er strich sich mit einer eitlen Handbewegung durchs Haar.

Weiter kam er jedoch mit seinem Satz nicht, denn Toni Glaser unterbrach ihn, nicht ohne Schärfe: »Was machen Sie eigentlich beruflich?«

»Ich bin Kunstberater.« Gabriel setzte ein möglichst professionelles Lächeln auf.

»Das heißt?« Ute Dukaz reichte ihm das Telefon zurück.

»Das heißt, dass ich mich auf dem Kunstmarkt bewege und sowohl mit Künstlern und Kunsthändlern als auch mit Sammlern und Museen in Kontakt stehe.« Gabriel legte das Handy wieder auf den Couchtisch. »Wollen wir uns nicht setzen? Wollen Sie etwas trinken, einen Espresso?«

»Danke«, lehnte Ute Dukaz ab und ließ sich auf einen der Sessel fallen. Die Luft aus dem Polster entwich mit einem lauten Geräusch, woraufhin sie das Gesicht verzog. »Und dafür, dass Sie sich auf dem Kunstmarkt bewegen, bekommen Sie Geld?«

»Nein, nein, ich stelle mein Wissen zur Verfügung und bringe Menschen zusammen. Ich netzwerke, wie man heute so schön sagt. Und wenn es zu Abschlüssen kommt, verdiene ich auch ein bisschen. Ich kuratiere hier mal eine Ausstellung, vermittle dort mal einen unbekannten Künstler an einen Sammler, oder ich ersteigere Objekte mit der Aussicht auf Gewinn.«

Waren die beiden wirklich wegen eines Mords hier oder ging es nicht vielmehr um die Fälschungen? Hatte Felix ihn drangehängt? Was war hier los? Gabriel konnte sich auf das alles keinen Reim machen. Sicher war nur: Mit *diesem* Mord hatte er nichts zu tun.

»Wie heißt denn dieser Freund, der mit Ihnen an besagtem Nachmittag beim Shoppen gewesen sein soll?«, fragte Toni Glaser, der sich im Gegensatz zu seiner Chefin nicht auf einem der weißen Polstermöbel niedergelassen hatte, sondern mitten im Raum stehen geblieben war.

»Hugo Sanchez.« Gabriel versuchte, den Kripomann mit einem Augenaufschlag zu umgarnen, aber der wich mit dem Blick zu der großen Panoramafensterfront aus, vor der sich die Türme der Frauenkirche gegen den Himmel abzeichneten. Also nahm Gabriel Blickkontakt mit dessen Chefin auf und erklärte in beiläufigem Ton: »Na ja, das sollten Sie vielleicht wissen: Hugo ist mehr als nur mein Freund. Er ist mein Partner. Ich bin homosexuell.«

Schwul auch noch, dachte sich Toni Glaser, während er weiterhin zum Fenster hinausschaute. »Und wo ist der Herr Sanchez jetzt gerade?«

Gabriel zuckte mit den Schultern und lächelte verlegen. »Er ist zwar mein Mann, aber nicht mein Eigentum. Ich kann ihn aber gerne anrufen.« Schon streckte er sich in Richtung des auf dem Tisch liegenden Smartphones. »Dann kann er Ihnen das mit dem Shoppen bestätigen.«

Ute Dukaz und Toni Glaser tauschten einen Blick. Dann sagte Letzterer: »Das lassen wir jetzt mal schön. Geben Sie uns lieber seine Adresse.«

Toni nahm dem verdutzten Gabriel das Telefon aus der Hand und ergänzte: »Und packen Sie bitte schnell ein paar Schlafsachen und … ähm, Ihr Schminkzeug ein, wir nehmen Sie nämlich mit auf die Dienststelle. Sie können sich darauf einstellen, dass Sie angesichts des Tatvorwurfs, der hier im Raum steht, etwas länger unser Gast bleiben werden.«

»Das ist nicht Ihr Ernst!« Zum ersten Mal, seit die Polizisten seine Wohnung betreten hatten, entgleisten Gabriels Gesichtszüge.

»Das ist unser voller Ernst«, bekräftigte Ute Dukaz und stand auf.

»Das wird ein Nachspiel haben«, protestierte der Festgenommene, ließ sich jedoch kurze Zeit später von den zwei Polizisten ins Präsidium fahren und bezog eine Zelle, die im selben Gang wie die von Felix lag, nur zwei Türen weiter.

»Haben Sie gesehen, wie blass der auf einmal ausgesehen hat, obwohl er doch gar so einen guten Teint hat?«, freute sich Toni Glaser und klappte den Sonnenschutz des zivilen Polizeifahrzeugs nach unten.

»Das könnte aber auch darauf hindeuten, dass er wirklich unschuldig ist.« Ute Dukaz knabberte an ihrem Daumennagel und öffnete ihr Fenster einen Spalt, sie saß auf dem Beifahrersitz. Ihr war bei der Sache nicht ganz wohl zumute, schließlich hatten sie nichts in der Hand, das sie berechtigte, den Mann länger festzuhalten.

»Wenn sein Partner jetzt sein Alibi bestätigt, dann haben wir ein echtes Problem. Denn die Bilder von der Überwachungskamera sind Schrott.«

Toni Glasers Euphorie dagegen kannte keine Grenzen. Er sah in dem Fall seine große Chance. Mit etwas Glück konnte da sogar eine Beförderung herausspringen. Er grinste die Chefin an: »Warum so pessimistisch? Die Sonne scheint, wir sitzen in einem coolen Auto …«

»Na ja, Toni, es ist ein Audi …«, meinte Dukaz und zog die Mundwinkel nach unten. »Ein Mustang wäre was anderes.«

»… und außerdem hören wir Williiiiie Neeelson!«, tönte Toni Glaser und startete die CD.

»Alter Cowboy!«, lachte Ute Dukaz, hob ihre Hände vor die Brust, als hielten sie Zügel, und imitierte das Geräusch galoppierender Pferde. Sie fand Countrymusik vollkommen belanglos. Gerade die Schlagzeugparts waren unter ihrem Niveau. Aber die kindliche Begeisterung, mit der sich ihr Kollege an dieser Musik erfreuen konnte, die gefiel ihr schon.

Eine Viertelstunde später standen die beiden Ermittler vor einem schäbigen Fünfzigerjahrebau in der Münchner Vorstadt. Auf dem Grünstreifen vor dem fünfstöckigen Wohnblock lagen leere Flaschen, Dosen und Plastiktüten und neben der Tür ein Stapel Gratiszeitungen, der am Treppenabsatz festzuwachsen drohte.

Toni Glaser betätigte die Klingel, auf der ein Heftpflaster mit der gekrakelten Aufschrift »Sanchez« klebte. Die Polizisten traten einen Schritt zurück und warteten. Nichts geschah. Glaser drückte noch einmal die Klingel, dieses Mal blieb er länger drauf, ließ kurz los und drückte erneut lang.

Jetzt knackte es in der Sprechanlage. »Ja?«

»Herr Sanchez?«, fragte der Kriminalpolizist.

»Wieso?«

»Weil ich es wissen muss.«

»Wieso?«

Glaser war allmählich genervt. »Weil ich von der Kripo bin, Mensch! Machen Sie auf! Hier ist die Polizei!«

Die Polizisten tauschten überraschte Blicke, als direkt danach der Summer brummte und sie die Tür aufschieben konnten. Im Treppenhaus roch es nach Zigarettenqualm, Kohl und verbranntem Essen.

»Erster Stock?« Ute Dukaz warf Toni Glaser einen fragenden Blick zu. Der nickte. Unwillkürlich griff er an seine Hüfte und ertastete seine Dienstwaffe. Sein Instinkt sagte ihm, dass dieses Verhör nicht friedlich verlaufen würde.

Die mittlere der drei Türen auf der ersten Etage stand halb offen. Im Dunkel des dahinterliegenden Flurs wurde ein Mann in Trainingshose, Turnschuhen und Muskelshirt sichtbar.

»Herr Sanchez?«

Der Mann nickte widerwillig. »Qué pasa?«

»Dürfen wir reinkommen?« Toni Glaser hatte, schon bevor die Frage seine Lippen verlassen hatte, einen Cowboystiefel über die Schwelle gesetzt. Der nächste folgte sogleich. Hugo wich zurück in die schummrige Wohnung, die sich als winzig herausstellte: ein kurzer Flur, ein winziges Bad, keine Küche, dafür ein vollgerümpeltes Schlaf- und Wohnzimmer mit Bett. Die Rollos waren heruntergelassen, eine schwächliche nackte Glühbirne tauchte den Raum in fahles, gelbliches Licht. An der Wand hingen ein Poster von Ricky Martin in Unterwäsche, ein Paar Handschellen mit einer großmaschigen Kette und eine große rote Rose aus Plastik. Die Luft war abgestanden wie in der Umkleide einer Schulturnhalle. Der Verdächtige hatte wohl gerade noch an der Spielkonsole gespielt, denn auf dem großen Flatscreen flirrte das Standbild eines Ego-Shooters, und auf dem ungemachten Bett lag der drahtlose Controller.

Ute Dukaz erkannte mit einem Blick, dass man sich in diesem Zimmer nirgends hinsetzen konnte. Auf der Sitzfläche des einzigen Stuhls lagerten Schuhkartons, Klamotten und leere Pizzaschachteln. In dem Bemühen, nicht auf die am Boden liegenden Socken, Pullis und Zeitschriften zu treten, bahnte sie sich einen Weg zum Fensterbrett, kippte das Fenster und lehnte sich an die Wand daneben. Ihr Versuch das Rollo hochzuziehen scheiterte, da der Gurt offensichtlich abgerissen war. Toni Glaser blieb neben der Tür stehen. Hugo umrundete das Bett und lehnte sich abwartend an den IKEA-Schrank, dem die Türen fehlten. Sein Gesichtsausdruck wirkte neutral, doch seine Körperhaltung kam dem Kriminalkommissar überheblich vor.

»Sie kennen Herrn de Moño?«, eröffnete Ute Dukaz die Befragung, die binnen kürzester Zeit ein derart überraschendes Ergebnis zutage brachte, dass die Ermittler Hugo direkt im Anschluss auf die Polizeiwache mitnahmen.

Fünfunddreißig Minuten später führte Toni Glaser Gabriel aus der U-Haftzelle in den Vernehmungsraum, in dem Hugo bereits an einem Tisch Platz genommen hatte. Beim Anblick seines Lovers atmete Gabriel beruhigt auf. Schnell würde sich das ganze Missverständnis hier aufklären. Ute Dukaz erhob sich und sagte in Gabriels Richtung: »Herr de Moño, würden Sie bitte noch einmal erklären, wo Sie am Donnerstag, den siebzehnten sechsten zwischen Viertel vor fünf und fünf Uhr nachmittags waren?«

»Ich war mit Hugo beim Shoppen. Das hatte ich Ihnen doch auch bereits anhand meines Kalenders nachgewiesen.« Er suchte Hugos Blick und lächelte siegessicher.

Der sah seinem Liebhaber und Geldgeber direkt in die Augen und erklärte: »Shoppen? Daran kann ich mich nicht erinnern, Gabriello.«

Der Kunstberater zuckte zusammen und starrte seinen Freund ungläubig an. »Was?«, entfuhr es ihm entsetzt. »Was redest du denn da? – Hugo, ich bitte dich!«

Der Latino schüttelte mit heruntergezogenen Mundwinkeln den Kopf.

»Komm, Hugo, jetzt sag doch die Wahrheit! Wir waren da doch hübsch Bummeln und Eisessen am Gärtnerplatz!« Mit einem Mal wurde Gabriel hektisch. An Toni Glaser gewandt, sagte er: »Wissen Sie, Hugo ist manchmal etwas unkonzentriert. Sein Gedächtnis ist nicht das allerbeste. Er trinkt gerne mal einen Schluck. Nicht wahr, Hugo, du trinkst gerne auch mal einen Schluck …?« Gabriel sah den Angesprochenen hilfesuchend an. War das möglich – hatte er gerade die Kontrolle über das Geschehen verloren?

»Mein Gedächtnis ist okay, ich bin kein loco«, erwiderte der Gefragte mit schnoddrigem Ernst. »Ich bin mir ziemlich sicher, dass wir an dem Tag nicht beim Shoppen waren.«

»Was heißt ziemlich?«, hakte Ute Dukaz nach.

Jetzt drohte Gabriel auszuflippen: »Hugo, bitte bemüh dich doch ein bisschen! Bist du dir denn im Klaren, was du mir antust, wenn du das hier jetzt sagst? Die wollen mir einen Mord anhängen, Hugo, das ist kein Witz! Wir waren beim Shoppen – warum sonst sollte ich das denn in meinem Kalender stehen haben? Beim Shoppen waren wir, hundertprozentig!«

Hugo zuckte mit den Schultern. »No sé. Das muss ein anderer Typ gewesen sein. Ich war da jedenfalls nicht dabei. Ich bin mir ganz sicher. Ich war an dem Tag zu Hause und habe meinen Rausch ausgeschlafen.« Er warf Ute Dukaz einen prüfenden Blick zu. Würde sie seine Lüge schlucken? »Es geht ja wahrscheinlich nicht darum, was man einem anderen mit seiner Aussage antut, sondern ... man soll doch die Wahrheit sagen, oder?«

»Absolut«, bestätigte die Kriminalhauptkommissarin und erhob sich. »Gut, danke, Herr Sanchez, Sie haben uns sehr geholfen. Ein Kollege wird Sie nach Hause fahren – und Sie ...«, sie nickte Gabriel zu, »... bleiben noch ein bisschen bei uns.«

Gabriel starrte Hugo fassungslos an, während dieser aufstand und zur Tür ging, die Toni Glaser ihm bereits aufhielt.

»Das ist ein Komplott«, schrie Gabriel ihnen hinterher. »Eine Verschwörung! Ich habe *natürlich* rein gar nichts mit diesem Mord zu tun! Ein Mord – ich bin doch nicht verrückt!«

Unbeeindruckt von dem Geschrei traten die beiden Männer nach draußen, und nachdem der Polizist die Tür hinter sich geschlossen hatte, meinte Hugo beiläufig: »Eine Sache noch zu der Person von Gabriel de Moño, was vielleicht interessant für Sie ist.«

»Aha«, horchte Toni auf, »und das wäre?«

»Mmh, das kann ich jetzt schlecht sagen, so zwischen Tür und Angel. Das ist ...« Der Latino mit dem Zündschnurzopf suchte nach den richtigen Worten, »... un poco complicado.«

Vierzehn

Der Vorteil an der Untersuchungshaft war, dass die Mahlzeiten nicht aus billigem Fraß aus der Gefängnisküche bestanden, sondern dass man zwischen mehreren Lieferservices wählen konnte. Dennoch stocherte Felix lustlos mit seinen Essstäbchen in der Sushi-Plastikbox herum. Er saß auf der Pritsche, und obgleich er ausgehungert war, bereiteten ihm der Fisch, der Seetang, das Gemüse und der Reis keine Freude. Nachdem er das erste Maki in den Mund geschoben hatte, dachte er an Dana. An ihre erste Begegnung. Dana hatte Sushi geliebt. Schon kam ihm ihr totes Gesicht wieder in den Sinn. Seine Speiseröhre zog sich zusammen, der Bissen blieb ihm beinahe im Hals stecken. Während Felix die graue Wand seiner Zelle anstarrte, reiste er in Gedanken zurück in das große sonnendurchflutete Münchner Atelier, in dem er auf das Aktmodell gewartet hatte, das Gabriel ihm gebucht hatte. Als wäre sie aus dem Nichts gekommen, hatte Dana plötzlich vor ihm gestanden und ihm den Atem geraubt. »Nigiri mag ich am liebsten«, hatte sie frech gesagt, als sie das Sushi entdeckt hatte. Wie warm war ihre Stimme gewesen, wie offen ihr Wesen! Er konnte nicht glauben, dass es sie jetzt nicht mehr gab. Betrübt strich Felix sich über die frisch rasierte Glatze.

Nach einer Weile, in der er an gar nichts dachte, sondern nur dumpf vor sich hin starrte, fand er langsam wieder zurück in die Realität. Er fühlte sich wie ein Apnoetaucher, der sich aus den finsteren Tiefen des Ozeans langsam wieder der Oberfläche näherte. Felix holte tief Luft. Was bedeutete es, dass seit seiner letzten Befragung, die eine gefühlte Ewigkeit zurücklag, kein Polizist mehr bei ihm vorbeigekommen war? Das Warten zermürbte ihn.

Er stellte die Plastikbox mit dem Sushi auf der Pritsche ab, stand auf und schritt in der Zelle auf und ab. Nach etwa einer halben Stunde der Stille erschrak er, denn jemand machte sich von außen an seiner Zellentür zu schaffen. Schon öffnete sie sich. Es war der Cowboy. Er trat ein, nickte in Richtung des verschmähten Sushis und fragte: »Keinen Hunger?« Felix schüttelte den Kopf. Dann führte ihn der Polizist in den Vernehmungsraum.

»Bitte nehmen Sie Platz«, forderte ihn der Mann auf und ließ sich selbst nieder. Felix tat wie ihm geheißen. Ihn fröstelte. Was mochte jetzt kommen? »Also, Herr Ambach. So, wie es momentan aussieht, haben Sie uns in puncto Seefellner tatsächlich die Wahrheit gesagt.«

Felix nickte zaghaft. Seine Beine begannen wieder unkontrolliert zu wippen. »Haben Sie ihn verhaftet?«

Ehe der Polizeibeamte reagierte, ging die Tür erneut auf, und Ute Dukaz betrat den Raum. »Na, Herr Ambach? Wie geht's uns jetzt?«

Felix zuckte mit den Schultern. Nach einem kurzen Zögern fragte er noch einmal: »Haben Sie de Moño festgenommen?«

»Warum ist Ihnen das denn so wichtig?«, erkundigte sich Toni Glaser. Felix war sich unschlüssig, ob in der Frage nicht erneut Misstrauen mitschwang.

»Der Mann ist gefährlich«, meinte Felix. Ihm war bewusst, dass er sich nun auf dünnem Eis bewegte. Er musste noch weiter auspacken. Dabei musste er sich aber davor hüten, so zu wirken, als wollte er Gabriel um jeden Preis belasten. »Und ich weiß noch ein paar Dinge über ihn. Aber die möchte ich erst sagen, wenn …«

»Ja, wenn Sie das beruhigt: Wir haben ihn festgenommen, Herr Ambach.«

Felix spürte die konzentrierten Blicke der beiden Ermittler. Aber er schwieg. Toni Glaser durchbrach die Stille schließlich. Seine Ungeduld war nicht zu überhören. »Würden Sie uns vielleicht ›die paar Dinge‹ sagen, die Sie über den Herrn de Moño noch wissen?«

Während der letzten Worte des Polizisten hatte Ute Dukaz eine Schachtel Zigaretten aus der Hosentasche gezogen und in Felix' Richtung über den Tisch gleiten lassen.

»Darf ich eine rauchen?« Toni Glaser schüttelte den Kopf, aber Ute Dukaz nickte und schob ihm ihre leere Kaffeetasse rüber. »Aschenbecher.«

Mit der Kippe in der Hand begann Felix seine Aussage. Er ließ sich Zeit und versuchte, keine wichtigen Fakten auszulassen und doch nicht zu sehr ins Detail zu gehen. Seine Aussage sollte glaubwürdig sein und nicht in allen, aber in ausreichend vielen Punkten nachprüfbar. Allerdings durfte er nicht zu viel hinzudichten. Er musste das Risiko minimieren, sich in Widersprüche zu verstricken oder Dinge zu erfinden, die nachweislich nicht stimmten.

Zunächst berichtete er den staunenden Polizeibeamten davon, dass er im Auftrag von Gabriel de Moño mehrere Kunstwerke gefälscht habe. Allerdings sei dies nicht freiwillig geschehen. Vielmehr habe ihn der Mann erpresst: mit körperlicher Gewalt und der Drohung, Menschen, die Felix etwas bedeuteten, wehzutun. Ja, Gabriel habe sogar angekündigt, Freunde von ihm umzubringen.

»Georg Seefellner war das erste Opfer«, sagte Felix mit ernster Miene. »De Moño hat ihn nicht nur als ahnungslosen Boten für seine schmutzigen Kunstfälschergeschäfte missbraucht, sondern ihn dann, weil er fürchtete, der Georg könnte alles ausplaudern, auch umgebracht. Als ich ihm einmal gesagt habe, dass ich aussteige, hat de Moño gesagt, dass ich das besser nicht tun soll, weil mir sonst das Gleiche passiert wie dem Seefellner. Da war der Georg schon tot. Und ab da habe ich geahnt, wie er wirklich umgekommen ist.«

»Was waren das für Kunstfälschungen, die Sie gemacht haben?«, fragte Ute Dukaz. Ihre Stimme war nun leise, sie klang hochkonzentriert.

»Die erste Serie bestand aus vierzehn Heiligen, den sogenannten Nothelfern im Stil von Tilman Riemenschneider. Das war aber quasi nur der Testlauf. Die erste richtige Fälschung war eine Holzfigur nach Ernst Ludwig Kirchner. Ich weiß nicht, ob Sie den kennen. Der hat so vor hundert Jahren gelebt. Ein großartiger Künstler, aber auch ein verrückter Typ, der sich wegen den Nazis, die ihm die Arbeit verboten haben, erschossen hat.« Felix nahm einen Zug von seiner Zigarette, blies den Rauch hastig aus. »Die Figur sollte eine Tänzerin werden. Das hat de Moño so verlangt. Und dafür hat er mir ein Model besorgt. Das war die Dana. Wir haben uns quasi bei der Arbeit kennengelernt und ziemlich schnell verliebt. Und Dana hat irgendwann herausgefunden, was Gabriel so treibt und dass er mich erpresst. Sie hat ihn zur Rede gestellt. Aber dann ist er brutal geworden.«

Felix machte eine Pause, er wollte die Story schließlich nicht runterrattern wie ein Schulreferat. Wenn er glaubwürdig klingen wollte, dann musste er hin und wieder zum Schein in seiner Erinnerung kramen.

»Dana und ich wollten aussteigen.« Ein Stück Asche fiel von der Spitze der Zigarette auf den Boden. Toni Glaser schob Felix die Tasse auffordernd näher. Der nickte dankend. »Dann hat er sie entführt und vor meinen Augen gefoltert. Das war der Punkt, an dem ich nicht mehr konnte.« Kaum hatte Felix den letzten Satz gesagt, wurde ihm bewusst, dass das mit dem Foltern zu dick aufgetragen sein könnte. Aber die beiden Kriminalpolizisten schienen ihm wie gebannt zuzuhören. »Als Nächstes hat er mich gezwungen, einen Picasso zu fälschen. Danach wollten wir endgültig aussteigen. Wir hatten alles schon geplant. Und dann …« Hatte Felix bis zu diesem Moment vor allem geschauspielert, waren die Gefühle, die er jetzt zeigte, vollkommen echt. »Er hat Dana umgebracht. De Moño hat sie umgebracht.« Seine Stimme brach.

»Können Sie das irgendwie beweisen?« Felix spürte, dass Ute Dukaz ihm glauben *wollte*.

Er schüttelte den Kopf. »Aber ich weiß es. Er war es, ganz bestimmt.« Durch das Fenster hörte man gedämpft die Alarmanlage eines Autos vor sich hin hupen.

»Aber warum sind Sie erst jetzt zur Polizei gegangen?«, wollte Glaser wissen.

»Verstehen Sie denn nicht? Der hat uns bedroht! Der hat gesagt, er bringt uns um! Dieser Typ verkehrt mit Schwerverbrechern. Der kennt Leute, die gehen über Leichen!« Felix hielt inne und warf den noch glimmenden Rest der Zigarette in die Kaffeetasse. Es zischte. »Dana ist tot. Jetzt bin ich hier bei Ihnen. Wissen Sie … ich hab nichts mehr zu verlieren. Ich möchte nur, dass das Schwein seine gerechte Strafe bekommt. Und ich will nicht auch noch von diesem Typen umgelegt werden!« Dann überfiel Felix völlig unvermittelt ein Heulkrampf, und er sank in sich zusammen.

Ute Dukaz stand auf und legte ihm die Hand auf die

Schulter. »Ganz ruhig, Herr Ambach, wir machen morgen weiter.«

Der nächste Morgen war düster und grau. Ute Dukaz und Toni Glaser stellten den Wagen mangels Parkplätzen direkt auf dem Bürgersteig vor Gabriels Haus ab, öffneten mit Gabriels Schlüssel die Haustür und betraten den Aufzug. Sie waren müde. Kaffee dampfte aus den Pappbechern in ihren Händen. Ute Dukaz brach als Erste das Schweigen. »Die KTU hat vorhin angerufen. Das Opfer, diese Dana Karimi, ist durch zwei Kugeln vom Kaliber fünfundvierzig getötet worden.«

Toni Glaser nickte und nahm einen Schluck aus seinem Becher. Dann hielt der Aufzug, und die Tür schob sich auf. »Gibt es Fingerabdrücke auf den Projektilen?«

»Sie konnten auf der Straße nur noch eine Patronenhülse finden – auf der sind Abdrücke. Aber die konnten sie noch nicht abgleichen.«

Die Ermittler stiegen aus dem Lift, und Glaser sagte: »Wenn das alles stimmt, was uns der Sanchez und der Ambach erzählt haben, dann ist dieser Kunstberater fällig.« Er sah sich um. »Na, dann wollen wir doch mal schauen, ob wir hier eine Knarre Kaliber fünfundvierzig finden.«

»Wenn die Story wahr ist«, erwiderte seine Begleiterin skeptisch.

Sie stellte ihren Kaffeebecher auf dem Sideboard aus edlem Palisanderholz ab. Dann zog sie den Schutzanzug aus ihrer großen Handtasche, den sie sich von den Kollegen der Spurensicherung geborgt hatte, und begann, ihn sich überzuziehen. Während sie etwas ungelenk mit den Hosenbeinen kämpfte, hatte Toni Glaser seinen Overall bereits an. Rasch zog er noch die Handschuhe über und kniete dann nieder, um die untere Tür eines der Flurschränke aufzuziehen. »Also, ich habe dem Ambach ja lange nichts geglaubt. Aber seit der das gestern mit den Folterungen erzählt hat, kommt der mir schon glaubwürdig vor. Der ist wirklich fertig mit der Welt. Und selbst belastet hat er sich auch, mit seinen Kunstfälschungen. Stell dir mal vor, wenn du mit ansehen musst, wie deine Freundin gefoltert wird. Furchtbar! Aber dieser Sanchez? Ich weiß ja nicht …«

Weil die Chefin nicht antwortete, drehte Glaser sich nach ihr um und sah, dass sie sich wegen ihrer Körperfülle schwertat, den Reißverschluss des Anzugs zu schließen. Sie verzog das Gesicht. »Ich brauche XXL.«

»Ach was, steht Ihnen doch, das Ding, Ute!«, versuchte der junge Polizist seine Chefin aufzumuntern.

»Na ja, erinnert mich irgendwie an mein Hochzeitskleid«, konterte diese trocken. »Kannst du mal versuchen …?«

»Klar.« Toni Glaser stand auf, griff seiner Vorgesetzten ans Dekolleté und zog den Reißverschluss behutsam zu. Der Stoff spannte zwar etwas über Ute Dukaz' ausladendem Busen, aber er hielt.

Dann durchsuchten die beiden Polizisten akribisch und mit großer Konzentration Schränke, Regale und Schubladen.

»Der muss schon ganz schön gut verdienen«, meinte Toni Glaser nach einer Weile, nicht frei von Neid. »Wenn ich mir diese ganze teure Einrichtung anschaue, dann kann ich mir schon vorstellen, dass das nicht alles auf ehrliche Art und Weise verdient worden ist.«

Die Antwort seiner Chefin kam prompt: »Solange wir hier nichts finden, ist der Mann unschuldig.«

»Wir finden was!«, entgegnete Glaser vehement.

Nach etwa einer Stunde hatten die beiden Ermittler sämtliche Schränke und Regale gründlich durchsucht und wandten sich nun der Terrasse mit dem Dachstudio zu. Toni Glaser schob die Tür auf und setzte vorsichtig einen Stiefel nach dem anderen auf den weichen Teppich.

Die Zellentür öffnete sich mit einem Scheppern. Felix fuhr erschrocken hoch. Er hatte die Nacht über tief und traumlos geschlafen. Jetzt stand ein ihm unbekannter Polizist in dem etwa zehn Quadratmeter großen Raum und stellte ihm ein einfaches Frühstück hin: ein Automatenkaffee im Plastikbecher und eine Butterbrezn. Felix rieb sich die Augen. Vom Gang her drangen Geräusche herein. Eine schimpfende Männerstimme, gegen Blech hämmernde Schläge, ein Pfeifen. Der Beamte ging zurück zur Tür, trat hinaus und warf einen Blick in den Gang. Dann schüttelte er den Kopf und sagte genervt: »Ich mach mal wieder zu, dann haben Sie Ihre Ruhe.« Im letzten Moment, bevor die Tür ins Schloss fiel, erkannte Felix durch den schmaler werdenden Spalt einen anderen Gefangenen, der von einem Polizisten vorbeigeführt wurde. Es war Gabriel. Ihre Blicke kreuzten sich. Felix lächelte ihn an.

Nachdem Ute Dukaz und Toni Glaser auch Gabriels Dachstudio durchsucht hatten, schüttelte der junge Kriminalkommissar enttäuscht den Kopf. »Dieses Scheißteil muss doch irgendwo sein!« Er setzte sich auf den Designerdrehstuhl und sah sich nochmals im Raum um.

»Vielleicht hat er sie ja in irgendeinem See versenkt oder in der Isar.«

Glaser sah seine Chefin nachdenklich an. Die erklärte

jetzt: »Hier oben ist auf jeden Fall nichts. Und außerdem muss ich mal.«

»Okay«, murmelte Toni Glaser. »Dann war's das hier wohl.« Er ließ noch einen letzten Blick über den Schreibtisch des Kunstberaters gleiten, auf dem nichts lag außer dem Bildband einer Fotografin namens Vivian Maier, von der er noch nie etwas gehört hatte, einem Stapel weißen Papiers und einem Montblanc-Füller, und wandte sich zum Gehen. Ute Dukaz stieg bereits mit zusammengeklemmten Beinen vor ihm die Treppe von der Terrasse in den Wohnbereich hinunter. Sie schien wirklich dringend auf die Toilette zu müssen.

Zur selben Zeit saß Hugo in einem türkischen Imbiss am Hauptbahnhof und trank einen starken schwarzen Tee mit viel Zucker. Er war sich nicht sicher, ob er die Polizisten gestern mit seiner Geschichte überzeugt hatte, aber wenn sie erst die Waffe in Gabriels Appartement gefunden hätten, dann würden sie ihm schon Glauben schenken. Er fragte sich nur, ob er die Pistole nicht vielleicht zu gut versteckt hatte. Er hatte die Waffe nicht einfach in Gabriels Kleiderschrank gelegt, das hätte zu offensichtlich ausgesehen. Aber jetzt war er sich auf einmal nicht mehr sicher, ob diese plakative Methode nicht schlauer gewesen wäre. Was, wenn die Bullen das Ding nicht fanden? Dann wäre alles andere auch umsonst gewesen.

Ute Dukaz kehrte mit erleichtertem Gesichtsausdruck von der Toilette zurück. Im Hintergrund war noch das Geräusch der Spülung zu hören. Toni Glaser räumte gerade den Kühlschrank in der Küche leer, als sie um die Ecke bog.

»Hunger?«

»Nein, ich habe nachgedacht – und der einzige Ort, an dem wir noch nicht gesucht haben, ist der Kühlschrank …«

In diesem Moment stoppte die Klospülung und das länger anhaltende, gleichmäßige Zischen zeugte davon, dass nun frisches Wasser in den Spülkasten strömte. Toni Glaser hielt den Kopf schief, wie ein Wachhund, der ein verdächtiges Geräusch vernimmt.

»Und – ist was drin im Kühlschrank?«, fragte die Vorgesetzte, aber Toni antwortete nicht, sondern verließ wortlos die Küche. Ute Dukaz blickte ihm nach. Er steuerte zielstrebig auf die Toilette zu.

»Äh, da würde ich jetzt nicht direkt reingehen, weil …«, sagte sie und errötete. Doch Toni Glaser beachtete sie gar nicht. Er betrat die Toilette, öffnete mit einem gezielten Griff die Plastikklappe des Spülkastens, schob sich den rechten Ärmel des Overalls nach oben und griff in das kalte Wasser. Wenige Sekunden später zog er seine Hand triumphierend wieder heraus. Darin: ein triefender, durchsichtiger Plastikbeutel. Sein Inhalt war für jemanden, der sich mit Waffen auskannte, unschwer zu erkennen: ein Colt Anaconda.

Gabriel schäumte vor Wut. Seit geraumer Zeit saß er in diesem einrichtungstechnisch vollkommen verhunzten Vernehmungszimmer und wartete darauf, dass etwas passierte. Irgendein Polizist hatte ihn hier abgesetzt und gesagt, die Kollegen kämen gleich. Der Kunstberater betrachtete seine Fingernägel. Sobald die leidige Angelegenheit geklärt war, musste er zur Maniküre. Diese erbärmlichen Wichte würden ihn nicht kleinkriegen mit ihren amateurhaften Psychotricks.

Dann kamen sie endlich – die voluminöse Person und ihr gut gebauter Assistent mit dem lächerlichen Schnurrbart. Gabriel setzte ein gewinnendes Lächeln auf. Er wollte hier so schnell wie möglich raus. Allerdings dämpfte der erste Satz, den der Schnurrbärtige äußerte, diese Hoffnung beträchtlich. Denn Toni Glaser sagte: »Wir haben Ihre Fingerabdrücke auf einer Mordwaffe gefunden. Dieselben Fingerabdrücke konnten wir auf einem der Projektile feststellen; und außerdem haben wir einen Zeugen, der Sie beschuldigt hat, Dana Karimi erschossen zu haben.«

Mit einem Mal hatte Gabriel Probleme, sich zu konzentrieren. Ihm wurde schummrig vor Augen.

»Was? Dana Karimi?«, fragte er entgeistert. Was faselte dieser schlecht gekleidete Cowboy? Fingerabdrücke auf einer Mordwaffe? »Also, kennen Sie die Tote?«, hakte der Polizist nach, aber die Frage drang gar nicht zu Gabriel durch.

Wie sollten seine Fingerabdrücke auf die Mordwaffe kommen? Der Polizist redete weiter, aber Gabriel gelang es nicht, ihm zu folgen. Eine Nase Koks ... Er musste sich zusammenreißen. Unbändige Wut stieg ihn ihm auf. Du darfst hier nicht ausflippen, versuchte er sich selbst in Gedanken gut zuzureden, du musst jetzt ganz ruhig bleiben. Der Bulle lügt.

Toni Glaser sprach indes unbeirrt weiter. Und nach und nach reimte sich Gabriel zusammen, was geschehen war. Er hatte einen Fehler gemacht. Er war unachtsam gewesen. Er war sich seiner Sache zu sicher gewesen und hatte die Kontrolle über zwei seiner Spielfiguren verloren. Wie um alles in der Welt war diese lächerliche Allianz zwischen Felix und Hugo zustande gekommen? Er ärgerte sich maßlos, aber zeigen durfte er das auf keinen

Fall. Und so lächelte er die dicke Frau an, als diese befahl: »Machen Sie reinen Tisch!«

Das Einzige, was ihm hierauf einfiel – sein Auge zuckte wie von einem nervösen Tick –, war: »Ich sage nichts mehr ohne meinen Anwalt.«

Der Kunstsachverständige Dr. Christian Ambach saß im seidenen Morgenmantel am Frühstückstisch. Er war allein. Soleil, seine Tochter, war mit der Schule für drei Tage auf Klassenfahrt. Vor ihm warteten auf einem Teller zwei noch warme Toasts auf die Butter, die er sich in einem Schälchen hergerichtet hatte. Auch ein Glas italienische Orangenmarmelade aus biologischer Herstellung stand bereit. Es sollte ein ruhiger, ein angenehmer Vormittag werden. Felix Ambachs älterer Bruder hatte am Vorabend im Jugendstilambiente der Großen Aula der Ludwig-Maximilians-Universität einen Vortrag über Eros und Tod in den Werken des Renaissancebildhauers Tilman Riemenschneider gehalten und war dafür von sechshundert Zuhörern frenetisch beklatscht worden – kurz: Dr. Christian Ambach fühlte sich blendend, als er das Feuilleton der von ihm geschätzten, so konservativen wie kunstaffinen Tageszeitung aufblätterte. Doch dies änderte sich schlagartig, als er die Überschrift eines Artikels entzifferte, der drei Viertel der ersten Seite des Kulturteils einnahm:

> **Kunstfälscherring geht über Leichen**
> Junger Holzbildhauer verursacht Millionenschaden. Auch bedeutende Persönlichkeiten der Münchener Kunstszene verstrickt.

Christian Ambach traute seinen Augen nicht. Der Bericht handelte von den Riemenschneider-Heiligen, die er selbst vor Monaten für echt erklärt hatte. Weiter hieß es, dass ein gewisser Felix Ambach – sein Bruder! – gegenüber den Ermittlungsbehörden gestanden habe, die vierzehn Nothelferskulpturen gefälscht zu haben. Christian Ambachs Herz pochte wie wild, seine Gedanken rasten orientierungslos durch die Windungen seines Gehirns. Es war ihm unmöglich, sie zu sortieren.

Felix Ambach, so hieß es in dem Artikel, sei von einem Verbrecher namens Gabriel de Moño gezwungen worden, die Fälschungen herzustellen. Dieser de Moño sei auch in mindestens zwei Mordfälle verwickelt, ihm drohe bei Verurteilung eine Haftstrafe von rund vierzehn Jahren. Felix Ambach dagegen habe gute Chancen, straffrei zu bleiben, da er ein umfassendes Geständnis abgelegt und sämtliche Hintermänner benannt habe. Noch unklar sei hingegen die Rolle, die ein Kunstsachverständiger, dessen Name zum augenblicklichen Ermittlungsstand aus taktischen Gründen noch nicht bekannt gegeben werden könne, bei dem Millionendeal gespielt habe.

Christian Ambach rieb sich die Augen. Hatte er das eben richtig gelesen?

Zudem zähle ein Kunsthändler zum Kreis der Verdächtigen. Er soll es gewesen sein, der die Fälschungen in den Markt geschleust hat. Auch hier blieb der Bericht einen Namen schuldig. Aber natürlich wusste Christian ganz genau, von wem hier die Rede war. Sein Blick glitt nach unten und blieb an einem kleineren Kasten unter dem Hauptartikel hängen:

Kunstexperte des Vatikans erhängt
Die Leiche eines im Kirchenstaat für den Ankauf von Kunstwerken zuständigen Mitarbeiters wurde im Büro des Instituts für Kunst und Kultur in Rom tot aufgefunden. Die genaueren Umstände – insbesondere ob Fremdeinwirkung vorliegt oder ob es sich um einen Suizid handelt – sind noch unklar. Aus wohl informierten Kreisen wird kolportiert, dass es sich bei dem Toten um den promovierten Kunsthistoriker Heribert K. handelt, der für den Ankauf der Riemenschneider-Fälschungen verantwortlich war.

Christian Ambach schnürte es die Kehle zu, und für mehr als eine Minute saß er hölzern und steif da wie eine der Skulpturen, die er sonst auf ihre Echtheit prüfte. Dann wurde er hektisch, denn er hörte Motorengeräusche und Stimmen vor dem Haus. Er stand auf und blickte aus dem Küchenfenster. Zwei Männer und eine Frau hatten bereits die Hälfte des durch den Vorgarten zur Haustür führenden Wegs zurückgelegt. Der eine Mann trug eine Kamera mit dem Logo eines bekannten Fernsehsenders auf der Schulter, der andere hatte eine schmale Aktenmappe bei sich, und die Frau trug ein Mikrofon mit Windschutz. Schon schrillte der grelle Ton der Klingel durch Christian Ambachs Haus. Weil die Frau mit dem Mikrofon just in diesem Moment den Kopf in Richtung des Küchenfensters wandte, tauchte Christian schnell nach unten ab. Er lehnte sich an die Wand unter dem Fenster und betrachtete die feinen Slipper, die er anstatt Hausschuhen trug. Die wenigen Haare auf seinen Unterschenkeln standen empor wie Kakteen in der Wüste.

»Ich bin erledigt«, murmelte er.

Jetzt wurde es draußen noch lauter. Er raffte sich auf und lugte über das Fensterbrett auf die Straße. Weitere Kamerateams und Fotografen marschierten auf. Eine Frau erkannte er sogar, sie moderierte eine beliebte Boulevardsendung im Privatfernsehen.

Nun klingelte im Flur auch noch das Telefon. Er musste hier weg. Auf allen vieren krabbelte er von der Küche in den Flur, da sprang der Anrufbeantworter an. Er erkannte die Stimme von Claus E. Stettner. Der Eigentümer des renommierten Auktionshauses sprach einige wutentbrannte Sätze auf das Band, von denen nur Bruchstücke bis in Christians Bewusstsein vordrangen: »Eine seltene Sauerei – wir müssen die Zusammenarbeit mit Ihnen beenden.« Verzweifelt rettete sich Christian Ambach ins Badezimmer und verriegelte die Tür hinter sich.

Der Kameramann eines regionalen Fernsehsenders, der am Abend desselben Tags – der Rest der Medienmeute hatte den Schauplatz längst verlassen – die gekippte Terrassentür öffnete, fand Dr. Christian Ambach in der Badewanne. Ohne auch nur eine Sekunden zu zögern, hielt der Mann die Kamera drauf: Ambach lag leblos und nur in einen Bademantel gekleidet in der mit kaltem Wasser gefüllten Badewanne. Neben der Wanne ein Schuh und ein abgerissener Knopf vom Ärmel des Morgenrocks. Auf dem Wannenrand mehrere Pappschachteln und Kunststoffröhrchen mit Medikamenten, im Wasser ein Fön. Die Schläfe des Kunsthistorikers wies eine bläulich angelaufene Schürfung auf. War Ambach gefallen? Hatte er gekämpft? Falls ja, mit wem? Und warum lag der eine Slipper direkt neben der Tür und der andere neben der Badewanne?

Diese und viele andere Fragen stellten sich zunächst nur dem Kameramann, der sich bereits ausmalte, wie diese Bilder seiner Karriere einen gigantischen Schub verleihen würden.

Fünfzehn

Kelly Christ nahm einen Löffel von ihrem Eis, benetzte sich damit die Lippen und küsste ihren Verlobten, den ihr gegenübersitzenden Toni Glaser. Der Kuss schmeckte nach Erdbeersirup. Toni hatte sie auf einen Becher »Hot Bloody Love« eingeladen. So großzügig war er selten. Insofern, fand Kelly, hatte seine anstehende Beförderung etwas extrem Gutes an sich. Auf dem kleinen Fernseher der Eisdiele lief eine Boulevardsendung. Der Ton war abgestellt. Die Bilder zeigten den verurteilten Gabriel de Moño, wie er aus dem Gerichtssaal abgeführt wurde, wie die Pressemeute ihn bedrängte, überall Blitzlichtgewitter. Als Kelly diese Bilder sah, wurde ihr mulmig zumute. Sie glaubte einfach nicht, dass dieser de Moño der Mörder von Georg Seefellner war. Was den Mord an diesem Mädel anging – das war ihr egal. Aber der Mörder von Georg Seefellner, da war sie sich sicher, das war Felix Ambach. In ihrer Zeit als Prostituierte hatte sie gelernt, Menschen einzuschätzen. Und als Felix ihr damals gedroht hatte, wenn sie nicht dichthalte, werde es ihr genauso ergehen wie Seefellner, wusste sie instinktiv, dass diese Drohung ernst zu nehmen war. Allzu gerne hätte sie mit Toni noch einmal darüber gesprochen. Aber einmal mehr biss sie sich auf die Lippen. Toni war vor allem wegen seines Beitrags zur Aufklärung des Mordes an Seefellner befördert worden. Seinen beruflichen Erfolg – und seine Gehaltserhöhung – wollte sie nicht gefährden.

Hugo Sanchez brauchte einen Kugelschreiber, um die vielen Nullen zu zählen, die hinter der Eins auf dem Kontoauszug standen, den er eben im Foyer einer Bankfiliale in der Vorstadt ausgedruckt hatte: Es waren sechs. Felix hatte also sein Wort gehalten. Und Gabriel, diesen Sklaventreiber, war er ein für alle Mal los. Er war frei. Dachte er.

Als Hugo jedoch aus der Bank trat, stellte sich ihm ein Mann in den Weg. Dunkles Haar. Sehr groß. Typ Bodybuilder mit leichtem Bauchansatz. Die Gesichtshaut künstlich gebräunt und voller Pickel. Mit der Gewalt einer Schraubzwinge packte er Hugo am Oberarm, sodass etwaige Fluchtphantasien sofort im Keim erstickt wurden. In gebrochenem Deutsch sagte der Mann: »Gruß dich, Hugo. Gabriel noch hat Schulden bei mir. Habe ich Journalisten, den er hat gekillt, verschwinden lassen, und dann er hat nur erste Hälfte von Geld bezahlt. Lass uns kleine Spazierfahrt machen.« Hugo warf einen hilfesuchenden Rundumblick über die Kreuzung, aber da war niemand, der ihm hätte beispringen können. Dann ließ er sich ohne jede Gegenwehr von dem grobschlächtigen Typen zu einem schwarzen SUV mit getönten Scheiben führen. Der Koloss öffnete die Tür zu den hinteren Sitzen und schob ihn mit der Dominanz eines Panzers auf die Lederpolster der Rückbank. Hugo ließ es geschehen. Dann schloss der Mann die Tür, stieg auf den Fahrersitz und das Auto fuhr mit quietschenden Reifen davon.

Sechzehn

Fünf Jahre später saß Felix Ambach auf einer Holzbank inmitten des verschneiten Münchener Ostfriedhofs. Außer ihm waren fast keine Besucher mehr da. In einer halben Stunde würde ein Friedhofsbediensteter die Eingänge abschließen. Felix sah auf das Display seines Smartphones und scrollte über die Onlineausgabe eines Nachrichtenmagazins, bis er bei einer mit einem außergewöhnlichen Foto bestückten Meldung angelangte. Sie stand direkt unter einem Kommentar, dessen Schlagzeile »›Wir schaffen das‹ war richtig – Einwanderer bringen Wirtschaftsplus« lautete.

Das in strahlend bunten Farben gehaltene Foto zeigte eine farbig bemalte Keramikbüste in einem Museum. Der Artikel, den es bebilderte, berichtete von einer Ausstellung in der Londoner Tate Gallery of Modern Art mit Werken des Künstlers Roy Lichtenstein. Die Büste, so erläuterte es der Text, sei ein bislang unbekanntes Werk des Künstlers, mithin eine kunstgeschichtliche Sensation und das Herzstück der aktuellen Ausstellung »The Unknown«. Sie stellte den Kopf einer hübschen, jungen Frau dar. Der Künstler, so hieß es, habe sein lange verschollenes Meisterwerk auf den Namen »Soleil« getauft, davon künde die Signatur auf der Innenseite, die der Artikel wie folgt wiedergab:

Soleil. For M. and D.
R. Lichtenstein 1968

Felix betrachtete das Foto eine Weile. Dann, es dämmerte bereits, steckte er das Smartphone ein, stand auf und ging zielstrebig über den Kiesweg des Friedhofs. Weil ihn fröstelte, vergrub er die Hände tief in den Taschen seines Mantels und zog den Schal enger. Nachdem er mehrere Reihen Gräber passiert hatte, blieb er vor einem Grabstein in unauffälligem Grau stehen. Er starrte einige Momente auf den schneebedeckten Boden – gerade so, als suchte er etwas –, dann griff er in die Manteltasche und holte eine kleine Figur aus Holz hervor. Sie war filigran gearbeitet und kaum größer als eine Pflaume. Es war eine perfekte Miniaturkopie seiner Kirchner-Skulptur »Die Tänzerin«. Jedes Detail stimmte: die Maserung des hellen Holzes, die kleinen Vertiefungen, die geschwungene Taille, ja selbst der kleine Sprung. Eine Weile stand er so vor dem Grabstein, dessen Inschrift unter dem Schnee nicht zu sehen war. Dann beugte er sich behutsam vor und stellte die Skulptur neben dem Stein ab.

»Mach's gut«, sagte er.

DANK

Unsere AMBACH-Krimiserie wäre nicht geworden, wie sie ist, hätten uns nicht viele liebenswerte und kluge Menschen geholfen. Wir danken allen, die uns unterstützten, vor allem aber:

Dr. Daniela Brandl (Ärztin), Bernd Degner (Kunstauktionshaus Neumeister), Julia Eisele (ehemalige Programmchefin), Matthias Falk (unser Erstlektor), Marcel Hartges (ehemaliger Verleger), Robert Heimberger (Polizeipräsident), Caro Kania (Lektorin), Andreas Kräftner (Schreiner und Holzexperte), Felicitas von Lovenberg (Verlegerin), Tina Rausch (Beraterin), Dirk Rumberg (Agent), Florian Stückl (ehemaliger Leiter der Oberammergauer Schule für Holzbildhauer), Johannes Volkmann (Künstler), Ludwig Waldinger (Bayerisches Landeskriminalamt).

Matthias Edlinger und Jörg Steinleitner

Weißwurst-Guerilla am Tegernsee

*Cover- und Preisänderungen vorbehalten

Jörg Steinleitner

Räuberdatschi

Ein Fall für Anne Loop

Piper Taschenbuch, 256 Seiten
€ 9,99 [D], € 10,30 [A]*
ISBN 978-3-492-30241-8

Die Putzfrau Irene Heigelmoser hat eine Riesenwut. Denn erstens ist sie pferdenarrisch, zweitens ist heute Rosstag und drittens wurde sie trotzdem für den Reinigungsdienst in der Bank eingeteilt. Als sie schon kurze Zeit später neben dem Filialleiter gefesselt und geknebelt unter dessen Schreibtisch liegt, schlägt die Stunde von Bayerns heißester Polizistin: Anne Loop begibt sich in Gefahr.

»Steinleitner versteht sein Handwerk und bedient Genre-Freunde bestens.« IN München

Leseproben, E-Books und mehr unter **www.piper.de**

»Spannend!«

Bild am Sonntag

*Cover- und Preisänderungen vorbehalten

Sabine Kornbichler

Gefährliche Täuschung

Kriminalroman

Piper Taschenbuch, 432 Seiten
€ 10,99 [D], € 11,30 [A]*
ISBN 978-3-492-30518-1

Als die Kinderbuchillustratorin Emma zu einer Radtour aufbricht, ahnt sie nicht, dass für sie ein Albtraum beginnt: Ein Unbekannter zerrt sie in seinen Lieferwagen und verschleppt sie. Fünf Tage bleibt sie in der Gewalt des Mannes, der sein Gesicht hinter einer Maske verbirgt. Doch als sie endlich freikommt, ist der Schrecken noch nicht vorbei. Die Polizei vermutet, sie habe ihre eigene Entführung inszeniert. Emma sieht keinen anderen Ausweg, als sich selbst auf die Suche nach dem Täter zu machen.

PIPER

Leseproben, E-Books und mehr unter **www.piper.de**